2020年重庆市教育委员会人文社会科学研究重点项目
『魏晋士人精神互文性研究』（20SKGH214）

魏晋士人精神的文化互文研究

WEIJINSHIREN JINGSHEN DE WENHUA HUWEN YANJIU

张文浩 著

蘭州大學出版社
LANZHOU UNIVERSITY PRESS

图书在版编目（CIP）数据

魏晋士人精神的文化互文研究 / 张文浩著. -- 兰州：兰州大学出版社，2023.12
ISBN 978-7-311-06590-4

Ⅰ. ①魏… Ⅱ. ①张… Ⅲ. ①中国文学—古典文学研究—魏晋南北朝时代 Ⅳ. ①I206.3

中国国家版本馆CIP数据核字(2023)第240083号

责任编辑　梁建萍
封面设计　汪如祥

书　　名　魏晋士人精神的文化互文研究
作　　者　张文浩　著
出版发行　兰州大学出版社　（地址:兰州市天水南路222号　730000）
电　　话　0931-8912613(总编办公室)　0931-8617156(营销中心)
网　　址　http://press.lzu.edu.cn
电子信箱　press@lzu.edu.cn
印　　刷　西安日报社印务中心
开　　本　710 mm×1020 mm　1/16
印　　张　18.25(插页2)
字　　数　296千
版　　次　2023年12月第1版
印　　次　2023年12月第1次印刷
书　　号　ISBN 978-7-311-06590-4
定　　价　48.00元

序

魏晋时期在中国历史上很有特色，一方面社会较为动荡不安，一方面文化成就颇为璀璨。用陈登原的话来说，这时期经历了“文化史上之大风雨”，一切文化成就都与时局跌宕起伏有直接或间接联系。在如此风云变幻的文化语境里，魏晋时期形成了中国历史上极富独特思想内涵的士人审美精神，即鲁迅先生所命名的“魏晋风度”。魏晋风度其实就是从主体角度来说的魏晋士人精神，体现在道德观念、学术追求、政治参与、生活态度和社会责任等方面的个性风采和群体风貌。类似概念有魏晋风尚、名士风流、魏晋风流等，意指大体相同，都是对魏晋士人精神特征的描述和形容，只是侧重点略有差异。可以说，魏晋士人精神在中国文化发展史上产生了多层面的深远影响，而魏晋风度成了中华民族一个重要的精神标识。

魏晋士人精神的历史影响体现在思想、文化、政治等多个方面。首先，魏晋士人精神对中国思想史产生了重要影响。魏晋士人注重个体的内心修养和自我完善，开掘和发展了魏晋玄学义理，其“崇无论”和“崇有论”或者“独化论”，在发生论、本体论、主体论等方面都抵达思想高峰；玄学融通了佛教和道教思想，使中国人的哲学探究更为深广。他们由此提倡追求真理和人性的价值，重视个体的独立思考和自由意志，主张以人为本，实现了“人性的自觉”。其次，魏晋士人精神对中国文化的发展起到了积极的推动作用。魏晋士人崇尚文学艺术，注重个体的情感表达和审美追求。比如竹林七贤以诗词、文章、艺术等形式表达自己的思想感情，形成了独特的“嵇志清峻、阮旨遥深”文化风格。他们“重情爱美”观念至上，留下“掷果盈车”“看杀卫玠”“一往情深”“雪夜访戴”等唯美画面，实现了“审美的自觉”，为后世文人提供了范本和启示。此外，魏晋士人精神对政治格局的变革产生了重要影响。他们以自己的才智和见解参与政治，提出了诸如“崇本息末、守母存子”之类的政治理念和制度建议，为中国政治制度的演变提供了思想借鉴。

魏晋士人过于张扬个性独立，某种程度上没有担负起足够的社会责任。他们崇尚个人智慧和才华的极致炫耀，这种个人主义的价值观导致了士人们对于社会问题有所漠视；他们关心自己或家族的小利益，而忽视了其言行举止对社会发展的负面影响。比如其“越名教而任自然”的行事方式，初心是为抗拒儒家道德观念被功利化和表演化，而追求自我道德的真正完美和高尚，可是名士末流“画虎不成反类犬”，造成恶劣的社会影响；过度张扬个性和荒诞行为，而社会规范和道德约束的重要性被有意或无意地漠视、质疑甚至抛弃。我们在诠释魏晋士人精神时，应该意识到其中的负面价值，并加以批判和反思。只有加以辩证弹正，我们才能真正理解和传承一种精神标识的文化精髓。

自鲁迅发表演讲《魏晋风度及文章与药及酒之关系》以来，宗白华、冯友兰、陈寅恪、李泽厚等踵续推扬至今，以魏晋风度为核心概念的魏晋士人精神方面的研究，蔚为壮观。略作梳理，大概从以下几个方面展开研究：一是界定魏晋审美风尚之概念群的内涵和外延，分析其历史成因、类型特征和呈现形态等。魏晋风度、魏晋风流、魏晋风尚、魏晋气度等概念，囊括了审美主客体两方面的核心内涵和基本特征。比如赵克尧《魏晋风度论》（1988年）、王升《魏晋风尚志》（2011年）、刘强《魏晋风流》（2018年）等论著，径论魏晋风尚之家族相似概念及其内涵和外延。陈燕玲《陶渊明与魏晋风流之研究》（2005年）、张旭东《“魏晋风度”与鲁迅“杂文自觉”的风格外化》（2023年）等，阐释其在文化场域具体鲜活的审美呈现，并考量其时代意义。二是经由艺术哲学、文艺美学、古代文论等学科视野，确立显现魏晋士人阶层在文化行为中塑造的代表性审美范畴。比如清、奇、空、逸、远、神、简、妙、味、骨、悲、丽、趣、雅、绮靡、冲淡、高远、纤秾、自然、任真等范畴，学界都有所研究。此外，张节末《魏晋六朝艺术理论中审美范畴的演进》（1991年）、赵志军《作为中国古代审美范畴的自然》（2005年）、普慧《佛教思想与文学性灵说》（2012年）等论著，探寻了魏晋风度为核心的审美风尚之典范建构的功能和价值。这些研究都辨梳和充实了魏晋审美风尚的立体影像及其肌理脉络。三是审视和反思魏晋士人精神在审美文化上的历史影响。他们研究魏晋士人精神对南北朝文人风流、唐宋思想家风范、元明清文艺精神的深刻影响，及其对于现代社会生活的影响。比如宁稼雨人《魏晋名士风流》（2007年）、李春青《魏晋清玄》（2009年）等著作，对《世说新语》所建构的魏晋士人精神史揭示较系统。比如刘跃进《兰亭雅集与魏晋风度》（2011年）、朱汉民《论“名士风度”与“圣贤气象”的思想脉络》（2008年）、高俊林《现代文人与“魏晋风度”》（2007年）等，由生活风尚考察魏晋士人生命意识及其历史回声。再比如余开亮《论魏晋风度的内在矛盾性》（2018年）等，则从文化形态学角度审视和反思其正负效应。四是阐扬魏晋士人审美风尚在精神文化诸类型中的遗存体现。比如在审美社会学领域或在古代器物载体的考掘解读中，兼涉魏晋审美属性的佐证推介。还有李壮鹰《纸与诗》（2014年）、陈苏镇《魏晋洛阳宫的形制与格局》（2021年）、谢伟《汉画像列女画像图像叙事在魏晋南朝的转向》（2021年）、余开亮《魏晋名士的园林生活美学》（2019年）、张文彬《中国古代物质文化史》（2020年）等，从音乐服饰、建筑园艺、经济风俗等方面诠解了魏晋士人审美风尚的多层面呈现，涉及了魏晋审美风尚物质基础问题。总之，学界关注以魏晋风度为核心的士人精神文化状态，对其审美内涵、历史成因和典范影响展开了颇有成效的研究。

魏晋士人阶层以儒道玄互补的审美精神，丰富了中华民族的精神品格基础；其坚守气节、重情守信、物我修睦、通达超越和崇尚美好生活等精神品格，成为优秀传统文化的重要精神标识。坚守中华文化立场，提炼展示中华文明的精神标识和文化精髓，有助于提升国家文化软实力和中华文化影响力。因此，重估和弘扬魏晋士人精神的标识价值仍然具有必要性。士人阶层指拥有较高经济实力、政治权位和文化资本而主要从事精神文化活动的士族成员，通常融集官宦、学者和文人三种身份。本书仍以魏晋士人阶层为总的研究对象，具体分解在文化各层面的精神气质内涵及其特征、不同时段的差异性、价值评判的整体性和动态性；思考路径大致循着历史语境、政治体制、宗族文化、玄学气质、佛学观念、道教观念、政治场域、理想人格、审美追求、文艺品鉴等方面展开。

关于国家、民族、社会、种群命运的宏大叙事，往往可以通过诸多大大小小的具体可感的事件、人物和主题铺展呈现出来。魏晋士人精神风貌也由各类文本纷呈异彩，显示其内涵的无限丰富性。鉴于魏晋风流或魏晋风度近年来被过分称誉、其固有的矛盾性和价值缺陷有所遮蔽，从文化互文角度进行"去蔽"活动，尽量呈现其全息影像，应该还是有必要的。本书试图回顾魏晋士人的真实生存，观察不同时期士人精神的个性和共性，关注生命美感的神圣性和世俗生活的社会性；遵循相互理解的一般性规则和方向，以历史同情态度处理作为显性存在的魏晋异类文本、作为知性存在的士人精神主体和作为隐性存在的魏晋文化史；分析文本之间内藏的文化变异因素，使异类文本形成相互指涉的互文性描述。确实，文化互文研究，必须融合阐释史的多维视野，同时也要防范陷入互文本的迷海，反省魏晋士人精神底蕴里的固存缺陷及其成因；开掘魏晋士人精神不同时段的演变轨迹，更细致入微地剖析差异性、矛盾性、断裂性甚至悖论性，以便更为理性地对待魏晋士人精神的深情色彩和审美属性。

毫无疑问，本书在很多方面还思考得不够深入，一些内容在观点、材料和分析之间有待加强逻辑推导的自洽性。特别要指出的是，本书在行文过程中，糅杂了不少古代汉语的词汇和句式，类似"冲静自然""即物而虚"，这使得文字表述风格不太统一。囿于学力和精力，错谬难免，期望以后修缮。撰写成一本书的样子，也只是总结一个阶段的思考，更加深入而圆融的研究，还需要时间去磨炼。

张文浩

2023年12月24日

目　录

绪论　约四百年的文化史语境 ……………………………1

篇一　政治体制特征及其对士人精神的潜在影响 ……………27

一、总体变化特征 / 28

二、决策机构和行政职能机构分权特征 / 30

三、地方政治制度特征 / 34

四、文官制度特征和生成原因 / 37

篇二　魏晋南北朝宗族体制与家庭文化表征 …………………45

一、宗族体制的形成、类型、结构和功能 / 46

二、以门户利益为先的宗族观念和发展策略 / 51

三、宗族门风建设和家庭教育思想 / 58

四、家庭生活中的精神信仰系统 / 65

篇三　魏晋士人精神的玄学气质 ……………………………69

一、“三玄”学术时尚与玄学的发生表征 / 70

二、清谈玄学化与士人阶层的政治分化及学术冲突 / 75

三、政治身份归属与玄学精神的殊途同归 / 78

四、从竹林到元康：名士风度的解放和解构 / 81
五、永嘉玄学的学理建设与士人生存方式的合法性解释 / 84
六、玄道儒融通与士人精神的家族化呈现 / 87

篇四　佛教义理观念与士人精神的因缘会合 ……………………93
一、从王弼到郭象再到僧肇：佛玄在士人阶层的融通演化和逻辑体系 / 93
二、重塑士人精神：本无宗、心无宗、即色宗与贵无、崇有、独化的义理互映 / 97
三、释慧远弘扬佛法与士人阶层的佛、玄、儒“三教会通” / 103
四、余波鼓荡：士人阶层的思想信仰与审美文化的佛玄合流 / 108

篇五　道教圣境与士人精神的双重性 ……………………113
一、士族阶层结缘道教并提升其文化素养 / 115
二、文学载体中的道教圣境想象 / 117
三、炼形和养神：士族文人的神仙信仰 / 119

篇六　重世务与贵清虚：魏晋士人阶层的政治哲学 ………129
一、宗族利益的政治保障和文化炫耀 / 129
二、名理玄谈中的风神及其政治指涉 / 131
三、政治场域：人生图谱的悲剧意蕴 / 135
四、矛盾的丰富性：圆融的历史诠释 / 138

篇七　游移于情礼困境：魏晋士人阶层的人生哲学 ………143
一、问题线索：名教和自然的所指及辙迹 / 144
二、人生选择：从才性之辨转向情性之辨 / 146
三、嵇志清峻：超越政治场域的批判精神 / 149
四、阮旨遥深：在情礼困境中的独立精神 / 153
五、适性逍遥：失去超越性的独化论思想 / 157

篇八　理想人格：魏晋士人精神的道德询唤 ……………163
一、《人物志》设置人格序列：政治人格渡向自然人格 / 164
二、正始玄学的本体论建构：伦理人格和自然人格相倚互通 / 166
三、"越名任心"的精神重荷：理想人格的崇高德性 / 170
四、道家化的儒家理想人格：独化论的道德相对主义 / 176

篇九　魏晋士人精神的审美询唤 ……………………181
一、"身名俱泰"：士人群体的价值确证 / 181
二、性情倾向和审美物象的融通互映 / 184
三、佛玄合流：自然美中的"精神我" / 187
四、"万趣融其神思"：陶渊明的审美询唤 / 190

篇十　文艺批评的拟社会化机制及审美法则定型 …………195
一、社会品评模式及其功能移转 / 196
二、人物品藻的审美化趋向与文艺品评体系拟社会化特征 / 198
三、人物品评、文艺批评的客体论和主体论 / 201
四、由形貌容止鉴识到审美经验范畴概括 / 204
五、形式美和神韵美的描述、发展及有机融通 / 207
六、"取象比类"思维方式与"直寻"和"妙鉴"的文艺批评模式 / 211

篇十一　魏晋士人精神气质在文艺创作领域的灌注 ………217
一、士人精神的文学史考察 / 217
二、"南帖北碑"的审美文化史考察 / 256

结语　魏晋南北朝士人精神的多层面呈现 ……………275

跋 ……………………………………………………279

绪　论

约四百年的文化史语境

魏晋南北朝这段跌宕起伏的历史，总会给人一种世事变幻和人生难测的感觉，正如唐代诗人杜牧在《赤壁》中感喟："折戟沉沙铁未销，自将磨洗认前朝；东风不与周郎便，铜雀春深锁二乔。"关于国家、民族、社会、种群命运的宏大叙事，往往可以通过诸多大大小小的具体可感的事件、人物和主题铺展开来，呈现出来。曹操一首《蒿里行》，嵇康一曲《广陵散》，傅咸一篇《纸赋》，王羲之一幅《兰亭序》，顾长康妙捐百万之举，大官僚何曾家里的一个蒸饼，清谈名士习用的一柄麈尾，一双登山的谢公屐，一部《昭明文选》，草木皆兵的狼狈状，"不觉屐齿之折"的矫情镇物，金谷园的豪奢，"侯景之乱"的残杀，十六国的战乱，南北兼汇的酥茶，"鸟声禽呼"的民族文化交流，凡此种种，或大或小，或显或幽，都是构成这段历史的不同侧面，使动荡不安甚于国泰民安的魏晋南北朝的历史形象丰富充盈起来。关于这个时期的文艺思想，我们同样可以沿循这些线索，以立体观照方式对它进行历史性描述和同情式理解。

长期分裂且战乱纷繁，王朝频换而思想多元，是魏晋南北朝历史的总特点。按照叙史惯例，这个时期自建安（196年）始，至隋开皇九年灭陈（589年）为止，凡394年，近四个世纪。其间35个大小政权更迭相替，错综交错，可谓群雄角逐，竞智力，争利害，大小相吞，强弱相袭，或鼎峙，或吞灭，干戈不息，氛雾交飞，殊少宁日。当中，既有不同阶层之较量，不同民族之争斗，亦有统治者内部纷乱；政权上的风雨飘摇，酿成了这段“文化史上之大风雨”①时期。时世之艰可以线性大致描述：东汉末年，皇室衰微，宦官、外戚和各路诸侯豪雄各据其势；光和末（184年），黄巾起；继而董卓之乱（189年），诸侯割据，形成魏、蜀、吴三国鼎立纷争；继而司马炎以禅让方式代魏而建西晋，分裂近百年之局面暂时结束；旋有“八王之役”（291—306年）和“永嘉之祸”（311年），匈奴、鲜卑、羯、羌、氐五个胡人游牧部落联盟与南方汉人政权对峙并雄，是谓五胡乱华；前赵乘隙攻灭西晋（316年），琅邪王司马睿于南方建立东晋（317年），偏安江左，统一局面昙花一现后，重又进入东晋十六国割据分治时期；南方刘裕南征北伐东讨西战，除桓玄、孙恩、卢循、刘毅等军事集团，又取巴蜀、伐南燕、灭后秦，最终代晋立宋（420年），迎来南朝时期疆域最大、实力最强、经济最发达、文化最繁荣的一个时代；北方汉赵燕凉等前仆后继，稍后苻坚之前秦励精图治，基本统一北方，可惜很快遭遇淝水之败（383年），北方复陷离析，直至北魏自代渐显头角而统一北方（439年），始定南北分治之局。南北两势各有朝代更迭，却长期维持对峙状态，史称南北朝。南朝（420—589年）包含宋、齐、梁、陈四朝；北朝（439—589年）则包含北魏、东魏、西魏、北齐和北周五朝。“花开花落不长久，落红满地归寂中！”陈后主的“亡国之音”《玉树后庭花》恰好总结了这近四百年来走马灯式的王朝更换史。代北周而起的隋朝军队进入建康，陈后主被俘，意味着南北朝历史的终结，更为悠长繁盛的华夏统一局面再次出现。

汉末军阀豪强混战，最后三国鼎立，曹魏控制中原地区，刘蜀控制巴蜀地区，孙权控制江东地区。曹魏地处经济较发达的中原地区，早在曹操发布“魏武三令”之后，就人才荟萃，其求贤令打破东汉选官之道德品评标准，避免世族把持选官而名实相违；又采取“申商韩白之术”以强壮其军事势力，以屯田制占据世族豪强土地，严格管制土地兼并；

① 陈登原：《中国文化史》，辽宁教育出版社，1998，第289页。

又以严刑峻法，一些世族名士遭到压制或杀害。曹丕即位后，曹魏皇室改善与世族关系，重用以经学礼法传家的名士，如钟繇父子、王朗、王肃、司马懿等。220年，曹魏实施九品中正制，选官兼顾德才标准，但世家大族渐渐控制了“中正”职位，遂掌握了吏部铨衡之权，改变九品中正制的初衷而使其成为世族的政治特权；郡望出身、父荫家业是通往上层社会最重要的条件，导致晋代形成“上品无寒门，下品无世族”的社会阶层局面。魏齐王曹芳正始年间（240—249年），曹爽主持朝政，起用何晏、丁谧、邓飏、毕轨、桓范、王弼等清谈名士。“任何晏以选举，内外众职，各得其才，粲然之美，于斯可观”（《晋书·傅咸传》），但实际上何晏具有学术和政治双重人格，其典选举亦有党争性质，他为曹魏政治集团寻找新的意识形态以维护皇室权威，压制礼法派司马氏政治集团。两派斗争的结果，是代表世族利益的司马氏政治集团发动高平陵事变，曹魏宗亲势力被铲除，天下名士也在这场斗争中减去大半，竹林名士在政治高压下，或被杀或被迫屈从司马氏集团，或放浪形骸或隐于朝市，越名教而任自然。司马氏集团提倡汤武周孔之名教，以此压抑老庄玄谈，但名实不符，徒具名教之名而实名教之实，故名教之忠义观念颇显尴尬。于是，晋室略过忠义而主张“以孝治天下”，世传家法得到重视，家庭孝礼得到弘扬。西晋初年，武帝司马炎吞吴统一天下，采取措施发展经济生产，颁行占田制、户调制和品官占田荫客制；又实行分封食邑制度，同姓二十七人以此为王，名曰辅翼王室，避宦官外戚专权之祸，诸王拥有地方政权、任命属官权和兵权。西晋还强化了九品官人法，彻底把门第作为选官唯一标准，使几乎所有重要官职都掌握在世家大族阶层手里。虽然“太康之治”使得社会暂时稳定并呈现繁荣状况，然而好景不长，由于大封宗室，罢州郡兵，再加上怠惰政事，自上而下讲究奢侈腐化，士无准行，诸王内讧不已，最终在惠帝即位初年酿成“八王之乱”。此前贾后主政九年任用裴頠、贾模等政治贤才，稍得太平时光；贾模死后，贾后杀太子司马遹，赵王司马伦起兵杀贾后及其亲党，张华、裴頠等大臣名士亦被杀。301年，司马伦称帝，官秩乱套。齐王冏联合成都王颖与河间王颙讨伐司马伦，兴兵六十余日，司马伦败死。河间王颙又联合长沙王乂攻伐并除去司马冏，再联合司马颖攻伐司马乂，失败；东海王越杀司马乂。此后，东瀛公司马腾加入混战并招收鲜卑人、乌桓人相助；司马颖也引进匈奴左贤王刘渊、氐人李雄助战。少数民族部落在汉末即被引入中原参与军阀混战，后来被各豪强收为田客、奴仆，任意买卖剥削，民族矛盾激化；“八王之”乱后，晋室四分五裂，经济生产遭到严重破坏，民生凋敝，华夏大伤，胡人趁机起兵侵扰中原，在百余年间先后由胡人及汉人建立数十个大大小小的政权，五胡乱华局面形成。匈奴、鲜卑、羯、羌、氐等五胡各族问鼎中原，晋室束手无策，而士族阶层只顾各自的家族利益，或清谈务虚不关心朝政。东海王司马越率晋军主力及朝臣东走河南，途中病死。随军太尉王衍及晋宗室四十八王被石勒所杀，洛阳陷于前赵刘渊之子刘聪手里，怀帝被杀。秦王司马邺在长安称帝，是为晋愍帝。司马邺有心支撑晋室，奈何大势已去。“帝之继皇统也，属永嘉之乱，天下崩离，长安城中户不盈百，墙宇颓毁，蒿棘成林。朝廷无车马章服，唯桑版署号而已。众唯一旅，公私有车四乘，器械多阙，运馈不继。巨猾滔天，帝京危急，诸侯无释位之志，征镇阙勤王之举，故君臣窘迫，以至杀辱云。”（《晋书·卷五·帝纪》）司马邺终在316年投降前赵刘曜，后受辱被杀。西晋灭亡后，少数民族军事政权互相攻伐，中原的经济文化遭破坏殆尽。魏晋之际，“天下多故，名士少有全者”，抑郁抱憾或遭杀戮等非正常死亡者比其他历史时期更多。在正始年间（240—249年）两大集团斗争中，曹髦、何晏、夏侯玄、邓飏、丁谧、邓飏、毕轨、桓范、毌丘、嵇康、阮籍、费祎、朱異、诸葛恪、周昭、孙皓等皆非自然终老；在晋室内乱中，张华、周处、潘岳、石崇、欧阳建、陆机、陆云、孙拯、嵇绍、牵秀、阮修、杜育、刘琨、棘蒿、王浚、王赞、挚虞、曹摅、闾丘冲、嵇含、王衍等上演一幕幕名士的人生悲剧；名士的人生如此多难多灾，却又造就了魏晋风流，使人物品评由道德风范转向精神气貌和审美旨趣。

琅琊王司马睿于318年称帝建业，“帝初镇江东，威名未著，敦与从弟导等，同心翼戴，以隆中兴。时人为之语曰：王与马，共天下”。（《晋书·王敦传》）东晋王朝在琅琊王氏家族及北方世族名流的辅佐支持下偏安江左，又努力争取南方本地世族的拥护。这样，南渡世族与本土世族帮助司马皇权稳住了脚跟，东晋门阀政治开始。过江之初，朝野人士志在收复失地，但信心很快被现实击碎，偏安东南已成大势。这个时候，晋廷主要采用王导提出的绥靖政策，以内部稳定和经济发展为

实务，以清谈思辨为务虚。向秀、郭象的“名教即自然”成为士族阶层的人生信条，玄学也渐渐佛学化。晋元帝为了加强皇权，抑制侨居世族势力膨胀，重用寒族士人刁协、戴渊等，结果引起王敦反叛，欲代晋自立。王敦反叛一旦成功必破坏政治平衡，故遭到其他世族群起击败，门阀与皇权重新达成共天下格局，此后世家大族庾氏、桓氏、谢氏等依次主政，维持士族阶层与皇权共同经营朝政的局面。这时，偏安还是北伐成为世族内部争权夺利的旗号。庾亮、桓温都主张北伐收复故土，与王谢两家不同。晋成帝时，军事重镇分别由陶侃守荆襄、苏峻及祖约守淮南，庾亮安排温峤守武昌以牵制陶侃，致使陶侃不满；苏峻和祖约对庾亮巩固中央的措施心生不满，反叛并胁持晋成帝，陶侃在温峤劝说下讨伐苏峻，平乱成功。桓温于346年伐蜀灭成汉政权，南方统一，与后赵隔秦岭互相对峙。桓温声威剧增，其他世族以清谈派殷浩来牵制他。殷浩联合羌将姚襄北伐前秦，又伐姚襄，均失败告终，被贬为庶人流放到东阳。356年，桓温讨伐姚襄阳，收复洛阳，建议迁都洛阳，遭世族反对而作罢。371年，桓温改立司马昱为简文帝；次年孝武帝继位，桓温要求加“九锡”，因谢安、王坦之拖延而未遂愿；不久桓温病死，谢氏家族执政，谢玄开始训练北府兵，加强中央军力。383年，前秦苻坚出兵伐晋，于淝水交战，被谢安北府兵击败；北方各族分裂为后秦和后燕为主的几个政权，东晋趁势把边界线推进到黄河。皇族司马道子、司马元显父子忌讳谢氏家族功高盖主，放弃北伐，并打破士族门阀政治的平衡局面，殷仲堪、桓玄起兵抗击皇权。桓玄袭杀殷仲堪，欲篡晋自立楚国，却被寒族出身的北府兵将领刘裕所杀。其间道教徒士族孙恩和卢循发动叛乱，被刘裕荡平。自此，“世族与皇权共天下”的局面不复存在，刘裕开始了军阀主政，皇室只是傀儡，世族也已衰微不堪。420年，刘裕称帝，南朝刘宋建立。魏晋思想虽以玄学为主导，但世族作为最基本的社会组织单位，仍然以儒学齐家理论来维系宗族稳定。魏晋思想发展趋势总的来说是多元汇聚，“将无同”“儒道为一”“圣人身在庙堂，心在山林”“名教即自然”“玄佛合流”“三教合流”，等等，直接导致南北朝文化的交汇融通。

刘裕（363—422年）立宋，称宋武帝。军阀主政，世族认定保全门第为首务，“与时推迁，为兴朝佐命，以自保其家世，虽朝市革易，而我之门第如故”（赵翼《廿二史札记》“江左世族无功臣”条）。宋武帝对政治经济进行一些改革，削弱强藩，加强中央集权，军队朝廷化；整顿户籍，厉行土断之法，废除苛繁法令，休养生息，发展生产。宋武帝本为庶族出身，鉴于魏晋奢华误国，提倡节俭，宫中生活朴素以至其孙讥为“田舍公”；更下诏兴复儒学，建国以教学为先。宋文帝刘义隆（407—453年）继续清理户籍，免除百姓“逋租宿债”；劝学、兴农、招贤，一系列发展社会生产的措施予以推行，三十年间，“氓庶蕃息，奉上供徭，止于岁赋。晨出暮归，自事而已。守宰之职，以六期为断，虽没世不徙，未及曩时，而民有所系，吏无苟得。家给人足，即事虽难，转死沟渠，于时可免。凡百户之乡，有市之邑，歌谣舞蹈，触处成群，盖宋世之极盛也”。（《宋书·良吏》）在位三十年，励精图治，赢得元嘉之治的美誉。元嘉之世，是东晋南北朝国力最为强盛的历史时期，文人风流和武将神采，可谓群星璀璨；可惜随后北伐大败于北魏太武帝拓跋焘，“魏人凡破南兖、徐、兖、豫、青、冀六州，杀伤不可胜计……自是邑里萧条，元嘉之政衰矣”。（《资治通鉴》卷一二《宋纪》）更糟糕的是，王室诸子争位而混战不止，帝王荒淫残暴，朝政日益堕落，于479年禅位南齐萧道成。萧道成（427—482年）即位后加强建康城的防务，城墙改用砖砌筑，并形成中国都城特有的以中轴线为基准，建筑物左右对称的规整风格，成为后代都城建设范本。萧道成“少沈深有大量，宽严清俭，喜怒无色。博涉经史，善属文，工草隶书，弈棋第二品”（《南齐书·本纪·高帝下》）。生活是限制营立私邸，节俭自奉，同时禁止民间华丽淫靡生活，具体规定不准使用华丽饰物、不用金铜铸像、不穿锦鞋等细节；又曾跟从儒学大师雷次宗研习儒家经典，故在位时能够“精选儒官，广延国胄”，减免赋税，安抚流民还乡。萧道成文化艺术修养较高，书法上可与王僧虔交流争胜，草隶兼工；围棋上常与直阁将军周覆、给事中褚思庄共棋对弈而累局不倦，且著有《齐高棋图》二卷。齐武帝萧赜即位后延续其父政策，恢复百官禄田俸秩，劝课农桑，修建孔庙；在位十年，继刘宋元嘉文学之“富丽”，创造了主“清丽”审美风格的永明文学辉煌时期，“四声八病”之声律学成就较为突出，是隋唐格律诗的先导。齐武帝子孙一如刘宋皇室，争夺帝位自相残杀，高帝从侄萧鸾趁乱夺得帝位，称齐明帝。齐明帝尽杀高帝一系诸王，“皆以夜遣兵围宅，或斧关排墙，叫噪而入，家财皆见封焉”（《南

齐书·高祖十二王传》）。其时北魏孝文帝迁都洛阳，举兵攻侵南齐，南齐在内乱外忧中灭亡，雍州刺史萧衍杀东昏侯萧宝卷、齐和帝萧宝融，即位建康，国号为梁，是为梁武帝。

梁武帝萧衍（464—549年）在位四十八年，时长为南朝皇帝第一。在经济生产方面，梁武帝鼓励农耕，广辟良田，“公私畎亩，务尽地利，若欲附农而粮种有乏，亦加贷恤”（《梁书·武帝纪下》）；整理户籍，维持土断政策；于州郡县置官选才，制定《梁律》。政令实施多年后，萧梁统治较为稳定繁荣。萧衍家世信奉道教，跟道教茅山宗创始人陶弘景交往甚密，其国号即是陶弘景援引图谶确定，即位后仍然对陶弘景“恩礼愈笃，书问不绝，冠盖相望”，“国家每有吉凶征讨大事，无不前以咨询”（《南史·陶弘景传》）。后来发愿事佛，曾三次舍身佛寺，精心研究佛教理论，亲自讲经并著述《涅萃》《大品》《净名》等；又改年号为大通、普通、大同等，常由公卿以下群臣出钱亿万赎身回朝，导致朝政渐乱渐坏。梁武帝晚年更由笃信佛法而纵容邪恶，“郡下佛寺五百余所，穷极宏丽。僧尼十余万，资产丰沃”。（《南史·郭祖深传》）招纳东魏叛将侯景，侯景与京城守将萧正德合谋发动“侯景之乱”，梁武帝被围建康台城而饿死。梁武帝本人的才能是南朝诸帝翘楚，“六艺备闲，棋登逸品，阴阳纬候，卜筮占决，并悉称善。又撰《金策》三十卷，草隶尺牍，骑射弓马，莫不奇妙”。确实“历观古昔帝王人君，恭俭庄敬，艺能博学，罕或有焉”。在学术上，梁武帝曾撰有《周易讲疏》《春秋答问》《孔子正言》等二百余卷，还主持编撰了六百卷的《通史》；他把儒家的“礼”、道家的“无”和佛教的涅槃、“因果报应”等糅合在一起，创立了“三教同源说”，具有一定的思想史意义。他是“竟陵八友”之一，推动了梁代文学兴盛。然而，“侯景之乱”使繁华的建康城“千里烟绝，人迹罕见，白骨成聚，如丘陇焉”（《南史·侯景传》）；“中原冠带，随晋渡江者百家，故江东有《百谱》；至是，在都者覆灭略尽”（颜之推《观我生赋》）南朝士族遭到毁灭性打击，王谢家族的风光已成过眼烟云，南方社会生活状况极大恶化。萧绎在江陵即位，为梁元帝。时值西魏和北齐侵伐，江陵城破时，梁元帝烧尽江南十四万多卷书籍，称“文武之道，今夜尽矣”，此谓中华典籍“五厄”之最烈的一次。557年，陈霸先（503—559年）最终夺得帝位，建立陈朝，为陈武帝。陈霸先登位于南方危难之时，“陈高非忠于萧氏，而保中国之遗民，延数十年以待隋之一统，则功亦伟矣哉！”（王夫之《读通鉴论·陈高祖》）陈武帝及其后的陈文帝统一长江以南蜀以东地区，在抵御落后势力摧残，维护社会稳定，恢复南方经济，保护华夏传统文化等方面，都有不凡表现。后主陈叔宝“生深宫之中，长妇人之手……初惧阽危，屡有哀矜之诏，后稍安集，复扇淫侈之风”（《陈书·后主本纪》）。陈后主不理朝政，惟君臣唱和《玉树后庭花》《临春乐》等曲，终在祯明三年（589年）被隋文帝杨坚灭陈，其诗《玉树后庭花》盛行宫中的过程也是王朝覆灭的过程。

鲜卑族拓跋珪于386年建立北魏，太武帝拓跋焘于439年统一北方，结束五胡十六国混战局面。493年，孝文帝拓跋宏迁都洛阳，大举改革。拓跋氏重用汉人士族崔浩，将部落组织转化为国家形态，并加速汉化进程。拓跋珪之时，“命有司制官爵，撰朝仪，协音乐，定律令，申科禁，玄伯总是裁之”（《魏书·崔玄伯传》）。玄伯即崔宏，在他的帮助下，魏道武帝拓跋珪崇儒，又令五经诸书各置博士，设太学，祭周孔；同时传播黄老思想，诸王莫不喜好。太武帝拓跋焘接受崔氏建议，实施灭佛活动，限制佛教发展而奉道教为国教；又南攻刘宋，形成南北朝对峙的社会局面。孝文帝拓跋宏（即元宏）实行系列改革，比如改良吏治，推行俸禄制；推行均田制和三长制；整理户籍，调整胡汉关系，恢复闾里制度；最大改革动作是迁都洛阳，全面实行汉化政策。但是，宣武帝元恪继位后，政纲不举，诸王竞豪奢成为风尚，“帝族王侯，外戚公主，擅山海之富，居川林之饶，争修园宅，互相夸竞”（杨衒之《洛阳伽蓝记·城西》）。孝文帝崇佛，建云冈石窟、龙门石窟，耗去臣资，加重赋税租调。结果从太和末年（499年）到孝明帝正光五年（524年）发生二十七次暴动。北方六镇各族反叛，北魏朝廷依靠契胡军阀尔朱荣去镇压六镇叛乱势力，尔朱荣顺势掌握实权。尔朱荣重用鲜卑化汉族高欢统管六镇，却被高欢从内部灭掉；高欢以孝武帝元修为傀儡，元修逃入关中投靠关陇军阀宇文泰，高欢另立孝静帝元善见。这样，东魏和西魏分立。550年，高欢之子高洋废孝静帝，改国号为“齐”；557年，宇文觉废西魏恭帝元廓，建立北周。周武帝宇文邕于560年即位，继续摆脱鲜卑旧有的生产方式和生活习俗。天和四年

（569年），召集名僧名儒名道士与文武百官二千余人，辩论三教优劣，结果以儒为先，次之道教，以佛为后。建德三年（574年）发动毁佛断道运动，“初断佛、道二教，经像悉毁，罢沙门、道士，并令还民”（《周书·武帝纪上》）；于是关陇佛法诛除略尽，既克北齐，一并毁之。毁佛断道抵制了寺院经济对中央集权财力的分割，保证了生产力和府兵制兵源，为北方统一奠定了物质基础。北齐政权的主要依靠力量是鲜卑族军阀，废止许多汉化政策，恢复六镇胡人旧俗，故汉人士族大批被杀，处境不妙。高洋统治时期，北齐与北周关系比较平稳，主要集中力量向北方和南方扩张；高洋晚年奢侈至极，朝政腐败，国势衰落，军队也日益削弱。北齐是鲜卑化政权，诸帝大多昏庸荒淫，穆提婆、和士开、高阿那肱等奸佞专权弄事颇为突出。北齐后主高纬更是自称“无愁天子”，其诛杀名将斛律光、兰陵王，更使北齐面对北周进攻失去了有效抵抗力，遂于577年被周武帝宇文邕所攻灭。周武帝北与突厥和亲，南与陈朝修好，灭北齐后将改革措施扩展到中原。经过多年的汉化努力，儒家思想已在北方民族当中根深蒂固，国舅杨坚乘着辅助幼主静帝的良机，受禅建立隋朝。隋文帝杨坚采纳高颎策略，干扰陈朝经济生产，破坏其军事物资，先后战胜突厥、废除西梁国，于589年攻入建康城俘获陈后主，南北分裂局面结束。

反观整个魏晋南北朝政权更迭史，可见人心险恶，篡弑愈演愈烈，“盖为人上者，苟慕虚名，而实无唐虞三代之公心，为诸侯者，既获裂土，则遽效春秋战国之余习”（《文献通考·自序》）；在这样的环境里，民生多艰，黎庶无疑直承恶果，即便高居上位如世家大族者亦多蒙厄运。至于士人，其瞳孔里也尽是阴霾恐怖的世界和隐秘曲藏的伤情，所谓“魏晋之际，天下多故，名士少有全者”（《晋书·阮籍传》），说得极是。何晏、嵇康、二陆、张华、潘岳等等，皆不得善存天年。是以，分裂时期的文治武功、典章制度往往较少令人称道之处，魏晋南北朝的历史常被忽视冷落，比起周、汉、唐、明这些宇内一统的时代，人们关注的力度曾经很不够。当然，时至今日，关于这段历史时期的研究，在领域、方法、成果、人员、媒介等各方面早已今非昔比。毕竟在中国历代帝王世系图表中，最密集的篇幅就在这个时期；而且当今二十四正史中，这个时期有十一部之多，比例是相当大的。而且，战乱不息、哀怨载道的社会未必一无是处，其实华夷民族在消长互进中抒写了可歌可泣的关于个人和民族的崛起奋斗史，创造了灿烂的物质文明、精神文明和制度文明。即如宗白华先生说："汉末魏晋六朝是中国政治上最混乱、社会上最苦痛的时代，然而却是精神上极自由、极解放，最富于智慧、最浓于热情的一个时代，因此也就是最富有艺术精神的一个时代。"[①]岂止是最富有艺术精神，在社会各个层面都有特殊表现。

先说社会经济方面。汉魏之际，王权已大为削弱，士族地主和地方豪强势力崛起自雄，其强烈的兼并性和割据性是造成军阀混战的重要因素；而内徙的北方民族之多，甚于古代社会其他时期，胡汉民族矛盾也构成战祸连绵的重要因素。"汉献婴董卓之祸，英雄棋峙，白骨膏野，兵戈相寻，三十余年。"（《后汉书·仲长统传》李贤注）幸有曹操集团的不懈努力，苦心恢复经济生产活动，积聚经济力量，为处置军事、政治和社会生活打下基础，此后能够基本统一北方，与此关系大焉。曹操在山东兖州立业之初就听取谋士毛玠的建议："今天下分崩，国主迁移，生民废业，饥馑流亡，公家无经岁之储，百姓无安固之志，难以持久。今袁绍、刘表，虽士民众强，皆无经远之虑，未有树基建本者也。夫兵义者胜，守位以财，宜奉天子以令不臣，修耕植，畜军资，如此则霸王之业可成也。"（《三国志·魏书·毛玠传》）同时，任用毛玠、崔琰典选举之时，"务以俭率人，由是天下之士莫不以廉节自励，虽贵宠之臣，舆服不敢过度"。这样，一方面发展生产积累经济资本，一方面厉行节约使经济效用最大化，为以后在豪雄纷争中胜出奠定了坚实的物质基础。

曹操破青州黄巾军后，获得一批农业生产资料，整编的青州军也成为生产力，开始实施屯田办法。建安元年（196年），曹操采用枣祗、韩浩建议，将屯田制度化。数年中，在其控制范围内全面实行屯田制，分民屯和军屯；后又形成士家制度，兵源和粮源得到双重保证。顺应屯田制度的实施和推广，曹魏集团兴修了大大小小的水利工程，遍布其整个辖区，这对农业生产发展无疑是推动力。如"修广淮阳、百尺二渠，

① 宗白华：《美学散步》，上海人民出版社，1981，第177页。

上引河流，下通淮颍，大治诸陂于颍南、颍北，穿渠三百余里，溉田二万顷，淮南、淮北皆相连接。自寿春到京师，农官兵田，鸡犬之声，阡陌相属”。（《晋书·食货志》）尽管这些水利工程在魏末晋初造成了水患[①]，但导致水患的原因很多，毕竟在曹魏攻取天下的阶段，屯田与水利互相促进，实现了劳动力与土地的切实结合，“这是生产得以继续的必要条件，和东汉末年社会上流民千百成群相比，是一种进步”[②]。屯田制延续至东晋十六国时期，只是不同阶段对民屯和军屯各有侧重，对政权巩固都到了重要作用。比如东晋祖逖实行军屯，“躬自俭约，劝督农桑，克己务施，不畜资产，子弟耕耘，负担樵薪，又收葬枯骨，为之祭醊，百姓感悦”；收效甚著，据说使得“石勒不敢窥兵河南”。长江以南地区由于较少遭受重大的战火破坏，社会民生较为安定，生产活动亦正常进行，故适应战争所需的屯田制度在南朝不怎么兴盛；但北朝各政权还经常效法曹魏行屯田之制以增强军政实力。

从曹魏建政开始，北方政权劝课农桑不绝于史，要旨基本上都是提倡精耕细作，可以说，提倡精耕细作是本时期劝课农桑的核心。精耕细作的方式使有限的土地资源与众多人口的生存需求之间的矛盾得到一定程度的缓解。循此大原则大方式，魏晋时期的农业技术有所发展，比如人字耙和无齿耙开始出现，形成“耕—耙—磨”结合的耕作技术，加强旱地防旱的技术；北魏时又积累了一整套针对不同季节的“耕—耙—磨”经验，且有园艺式种植方法的出现。在此背景下，北魏贾思勰的《齐民要术》应运而生，反过来推进当时农业生产。书中关于五谷、瓜蔬、果木之栽培，牲畜家禽鱼类之养殖，酱醋羹菹、饼饭饴糖之制作，以及煮胶、造墨方法等，均富有亲身经验的论述。试想，没有一定的农业经济作为支撑，魏晋风度与酒之关系就没有那么耦合无间了，须知酿酒需要耗用大量粮食，社会饮酒总量的大小直接影响国计民生。曹操为防军队断炊之虞，出于经济学的考量，曾下禁酒令，优先保证军队粮草供给。陶渊明深得饮酒雅趣，想种更多的高粱以便酿造更多的酒，可是其妻坚持多种水稻，渊明“乃使二顷五十亩种秫（高粱），五十亩种秔（水稻）”（《宋书·隐逸·陶潜传》）。北朝拓跋部不断崛起，在逐渐

① 详参曹文柱：《魏末晋初的陂堨之害》，载《北京师范大学学报》1984第2期。
② 蒋福亚：《魏晋南北朝社会经济史》，天津古籍出版社，2004，第123页。

完成由游牧转向农业定居的历程后，土地兼并也日趋激烈，贫富分化严重，兵源补给不足，社会各阶层的矛盾非常敏感。北魏孝文帝于485年推出均田制，企图找到一条化解财政危机和社会危机的出路。均田制的实施，使大量无主荒地收归国有，并确保赋役收入。结果，“虚妄之民绝望于觊觎，守分之士永免于凌夺”（《魏书·李孝伯传附李安世传》），大量浮游和荫附户口被编制到官田荒地上进行生产，一定程度上缓解了豪强兼并、地荒民逃的问题。

江东孙吴政权经过孙坚父子三人的苦心经营，加上程普、张昭、周瑜、鲁肃、诸葛瑾等英才汇聚，地利、人和兼备，制服山越，西攻黄祖，孙刘联盟赤壁败魏，又取得战略要地荆州，终于确立和稳定了孙吴雄峙江表的局势，称帝虽晚于曹魏和蜀汉，割据江东却为时最长。相比北方战乱纷繁的情景，孙吴所辖东南地区的局势较为稳定，经济状况好于北方。黄武年间（222—229年），“陆逊以所在少谷，表令诸将，增广田亩”。孙权采纳陆逊建议，大规模屯田，劝课农业。大批北方人避乱南下，既补足大量劳动力，又广播中原生产经验技术，东南地区的经济在原有基础上进一步发展。左思《吴都赋》描写：“其四野则畛畷无数，膏腴兼倍。原隰殊品，窊隆异等。象耕鸟耘，此之自与。穱秀菰穗，于是乎在。煮海为盐，采山铸钱。国税再熟之稻，乡贡八蚕之绵。”虽是文学笔法，其农业经济阜盛也约略可观。同时，孙吴的世袭领兵制和赐田复客制，促进了南方大土地私有制的发展，也为世家豪族势力的发展确立了基础，推动了南方世族门阀势力的形成。此期东南地区的工商业也可圈可点，如葛布、麻布之柔软精致使之成为名产，所谓“蕉葛升越，弱于罗纨”（《吴都赋》）即可为证。东吴的江河湖海密布，造船业绩自是不凡，“弘舸连舳，巨舰接舻，飞云盖海，制非常模，叠华楼而岛跱，时仿佛于方壶”（《吴都赋》）；“大者二十余丈，高去水三二丈，望之如阁道，载六七百人，物出万斛”（万震《南州异物志》）。盐业、陶艺、酿酒、制茶较前同样有很大发展。此外，孙吴地区商业之活跃也甚于中原，不仅长江两岸商贸发达，且与曹魏和蜀汉间的商旅往来密集，《吴都赋》对此也有细致描述，南北互市这种商业情况客观上促进了各地人民的经济文化交流。同时，地处东南的孙吴还进一步发展了与海外诸国的商贸交往。史料记载说：“吴孙权时，遣宣化从事朱应、

中郎康泰通焉，其所经过及传闻，则有百数十国，因立记传。”所谓记传，有康泰的《扶南土俗》《吴时外国传》、朱应《扶南异物志》（《南史·海南诸国传序》），海外交通之国如此之多，非前代可比肩，为此后的中外海上交往创造了历史基础。

此后东晋和南朝立足割据，亦得益于江东地区的平稳开发和繁荣。司马炎于265年魏建立西晋，又于280年灭吴，东吴辖内郡、州、县悉数纳入晋国版图，并迎来近十年的“太康”繁华治世，可惜很快发生“八王之乱”，引发北方无休无止的战乱；此后，北方战乱远甚于南方。晋室偏安江南后，北方粮食作物也随之南迁，南方农作物品种日益丰富（谢灵运《山居赋》记载了秫麻麦粟菽等）。同时，岭南、巴蜀、长江中游两湖、长江下游浙东等地区继续发展，渐渐形成新的经济中心。《宋书》卷五四《孔季恭传》云：“江南之为国盛矣……民户繁育，将曩时一矣。地广野丰，民勤本业，一岁或稔，则数郡忘饥。会土带海傍湖，良畴亦数十万顷，膏腴土地，亩值一金，鄠都之间不能比也。荆城跨南楚之富，扬部有全吴之沃，鱼盐杞梓之利，充仞八方，丝绵布帛之饶，覆衣天下。”会稽、宣城、毗陵、吴郡、余杭、东阳等地，更是殷盛，“良畴美柘，畦畎相望，连宇高甍，阡陌如绣”（《陈书·宣帝纪》）。“自晋氏渡江，三吴最为富庶，贡赋商旅，皆出其地”也就顺理成章了。战乱固然破坏经济生活，却也刺激统治阶层想方设法发展生产，以备战时之虞，安抚辖内民心。劝课农桑、设置侨州郡和开放山林川泽在东晋南朝之时是常有的政策，这些政策是有积极作用的。如建武元年（317年）放弛山泽之禁，允许人民自由樵采渔猎或垦辟拓荒，南方封山固泽据为私产之风兴盛，至刘宋大明年间（457—464年）占山法颁布，更是完全开放。尽管此为社会现实和自然环境所迫，但终究促进了南方经济的纵深开发和广度延展。唯其如此，方有世家大族为主创力的文化兴盛，方有诸如田园山水诗群之崛起的文艺阜盛景况。

南北各方面的融汇互混贯通整个魏晋南北朝。以南北方言混融为例，《颜氏家训·音辞》篇云：“南方水土和柔，其音清举而切诣，失在浮浅，其辞多鄙俗；北方山川深厚，其音沉浊而钝，得其质直，其辞多古直。然冠冕君子，南方为优；闾里小人，北方为愈。易服而与之谈，南方士庶，数言可辩；隔垣而听其语，北方朝野，终日难分。而南染吴越，北杂夷虏，皆有深弊，不可具论。”胡人学汉语或汉人习民族语言者颇为普遍。“语言是存在之家”，语言之混融，必定影响人民的生活方式，也必定带来文学、语言的新质。“吴兴沈约，陈郡谢朓，琅琊王融，以气类相推毂；汝南周颙善识声韵，约等文皆用宫商，将平上去入为四声。”（《南史·陆厥传》）除了佛经传译促成魏晋六朝人对文学声韵的研究外，南北语言交汇也是一种历史条件。南北融汇当然不仅仅表现在语言上的混同，胡人、北人、南人杂居相处的特点也很显著。《洛阳伽蓝记》载：“四夷来附者，处崦嵫馆。自葱岭以西，以至于大秦，百国千城，莫不款附。商胡贩客，日奔塞下。所谓尽天地之区已，慕中国风土，因而宅者，不可胜数。是以附化之家，万有余家。”《世说新语·排调》：“康僧渊目深而鼻高，王丞相每调之。僧渊曰：‘鼻者面之山，目者面之渊。山不高则不灵，渊不深则不清。’”相关文献记载不胜枚举。所谓“五胡乱华”固然给中古时期的人们制造了沉痛创伤，若拉长历史时段，却也附带了一个民族融合的机会。这一融合，无疑在社会风尚诸方面影响至著，性格、服装、饮食、居所、婚俗、节庆、宗教、娱乐、文艺和学术，都在融汇混杂中兼收并蓄同济共进。

尽管乱离纷纭，魏晋南北朝士族们的奢华生活却足令后人咋舌瞠目。石崇与王恺斗富、太傅何曾日费万钱犹叹无菜下箸、王济家的天价烤乳猪、荀勖看菜辨柴的工夫，这些当时历史环境中士族豪强集团的代表事件，无不印证奢侈是这个阶层的普遍特点。不过，从士族豪强的侈忲无度也可以看出当时的科技发展水平。何曾家里的食品蒸饼之所以被视作汰侈难见之物，在于其发酵技术只为少数人掌握；到了北魏的时候，崔浩《食经》详细讲述了饼酵制作方法，发酵技术已经很成熟，蒸饼再也不是士族权贵的变态展示品了。饮食内容的改变，往往意味着文化习俗的改变。

在魏晋南北朝时期，人们对煤炭、石油、天然气的认识、开采和利用均获较大进步。煤炭开采量比以往增大，且运用于冶铁业中；石油已被人们用作润滑剂和燃料，应用于生产和军事中；天然气广泛使用在日常生活及煮盐业。某种技术的发展，又往往带动相关行业的发展，例如煤炭开采拉动了石墨的生产和应用。《陆士龙文集》卷八载西晋文学家陆云《与兄平原君书》云："一日上三台，曹公藏石墨数十万片，云烧此，消复可用，然（燃）烟中人不知，兄颇见之不？今送二螺。"此"石墨"即煤，东晋陆翙《邺中记》解释说"北则冰井台，有屋一百四十间，上有冰室，室有数井，井深十五丈，藏冰及石墨。石墨可书，又热之，虽尽，又谓之石炭"。石墨可书，在书写原料方面是一大改观，直接波及书画艺术的演进。元末明初陶宗仪《辍耕录》卷二十九发现，"上古无墨，竹挺点漆而书。中古方以石磨汁，或云是延安石液。至魏晋时，始有墨丸。乃漆烟松煤，夹和为之。所以晋人多用凹心砚者，欲磨墨贮沈耳"。有了墨的推广使用，则有砚台的推广使用，据王渔洋《池北偶谈》，"孙承泽曾藏谢氏道韫一砚，有铭曰'丝红清石，墨光洪璧，资我文翰，玉砯坚质'"。元代陆友著《墨史》三卷，介绍历代精于制墨技术者，自曹魏的韦诞起，晋代张金，刘宋时代张永，至赵宋周伯卄，共一百九十人，墨之典故，广搜博采，颇为博瞻，盖知东晋时制砚技术已较高，使用越来越普遍。

石油和天然气在此期也得到进一步开掘利用，士族豪强之争奇斗胜，以拥有稀缺资源为底气。《魏书》卷一〇二《西域传·龟兹》条载："其国西北大山中，有如膏者流出成川，行数里入地，状如醍醐，甚臭。"《北史》卷九十七《西域传·龟兹》条所载完全相同。张华《博物志》称"酒泉延寿县南山出泉水，大如筥，注地为沟，水有肥如肉汁，取著器中，始黄后黑，如凝膏，然极明，与膏无异。膏车及水碓缸，甚佳，彼方人谓之石漆"。可见当时已把石漆当作润滑剂涂在了车和水碓的轴承上，用作照明更是常见；郦道元《水经注》卷三在谈到高奴县和延寿县皆有"水肥可燃"的现象后说，"水肥亦所在有之，非止高奴县洧水也"，到了北魏时期，石油已是众所周知之物。魏晋时期关于天然气的描述也不少，人们对其奇异特性常赞叹不已。西晋左思《蜀都赋》云："金马骋光而绝景，碧鸡倏忽而曜仪；火井沉荧于幽泉，高焰飞煽于天垂"。东晋郭璞《盐池赋》说："饴戎见珍于西邻，火井擅奇乎巴濮，岂若兹池之所产，带神邑之名岳，吸灵润于河汾，总膏液乎浍涑。"这是魏晋博物学家、辞赋家们对天然气燃烧时的瑰丽景观的惊艳描绘，可见科学技术发展更新了魏晋文学的表现元素。

此期的冶金技术虽然总体发展缓慢，但制钢炼铁技术仍有一定发展，制钢工艺主要有灌钢法、炒钢法和百炼钢法。等刘琨《重赠卢谌》有诗云“何意百炼钢，化为绕指柔”，撇开文学意蕴的解读而从科技角度来看，铁本来是很脆的，用百炼技术锻造后，可以变柔至缠绕在手指上，表明当时钢铁的柔化技术已然炉火纯青。傅玄《正都赋》云：“苗山之铤，铸以为剑，百辟文身，质美铭鉴。”裴景声《文身刀铭》云：“良金百炼，名工展巧，宝刀既成，穷理尽妙；文繁波回，流光电照。”这些精彩描绘性文字，正是对当时炼钢技术的艺术写照。从铸件上看，除一般生产工具、兵器、日用器外，还有不少大型佛像、人像、铜镜、铜钱、铁钱、大铁镬等，都是这个时候冶炼技术的见证；铸制佛像之风甚盛，则顺应了佛教东传中土的历史进程，“南朝四百八十寺，多少楼台烟雨中”，佛法之兴盛，缺不了铸像技术的推波助澜。《魏书》卷一一四《释老志》云，“兴光元年（454年）敕有司于五缎大寺内为太祖已下五帝铸释迦立像五，各长一丈六尺，都用赤金二万五千斤”；天安二年（467年），“又于天宫寺造释迦立像，高四十三尺，用赤金十万斤，黄金六百斤”。此期铜镜中，要数鄂城所出孙吴铜镜最为工精，如三角缘鸟兽镜、画纹带神兽镜、四叶八凤佛像镜等，而曹魏铜镜曾东传至日本，在中日文化交流史上占有重要的地位。

此外，陶瓷技术在魏晋南北朝时期得到进一步发展，青瓷、黑瓷、白瓷能够烧制，在胎料、釉料的选择和配制，成形、施釉、筑窑和烧造技术上，都取得了长足的进步，广布长江流域及东南沿海地区。随着瓷器越来越精美，饮茶成为豪门生活时尚之一，而时尚的亮点在于瓷器茶具的档次。荆州刺史石崇托关系购到在当时价值连城的“九兽茶具”，凭此斗得皇室巨富王恺无地自容。然而，针对士族淫侈之风，有识之士主张官场以茶代酒来养廉，如王蒙“茶汤敬客”、陆纳“茶果待客”、桓温“茶果宴客”，可以说中国人喝茶讲究品位始自魏晋，或者说魏晋开始有了饮茶文化。瓷器的功能不仅仅在喝茶，那时期还出现瓷制笔筒、砚台、水盂。文人雅士拥有全套瓷器文具，是证明其身份的重要方式；精美瓷器是士族阶层的时尚追求，是标识其高雅品位的重要道具。王羲之临终前交代子女务必辞却朝廷“金紫光禄大夫”的赠官，却不忘用一套名贵瓷器文具来陪葬。这些文化现象的出现以及瓷器出口成为经济外

贸增长点，离不开当时精湛的陶瓷技艺。

纺织技术方面，魏晋南北朝也有重要进展。杨泉《织机赋》等文献也在一定程度上反映了这一情况，赋云："取彼椅梓，桢于修枝，名匠聘工，美手利器。心畅体通，肤合理同，规矩尽法"，"足闲踏蹑，手习槛匡；节奏相应，五声激扬"。形象生动地描述了织工和挽花工分工合作的场景。文中对织机材料、安装规格、提花操作都作了细致的描写，辞赋家写得如此细致生动，可以想象当时纺织技艺的普及程度之广。纺织技术与纺车改造发明密切相关，三锭式脚踏纺车是此期纺车技术的重要成就。脚踏纺车约出现于汉，但从各地所出汉画像石看，皆是单绽作业的，今有东晋名画家顾恺之为汉代刘向《列女传·鲁寡陶婴》所作纺丝配图，原图虽已失传，但历代均有《列女传》翻刻本，宋刻本配图描写的便是三锭式脚踏纺车的形象，说明这种纺车在晋代使用已广，纺纱能力大为提高，这为中古贵族的奢华生活提供了技术后盾。

这时期最具影响力的科技发展当属造纸术的改进与推广。纸张的便捷获取与大量使用，使文艺走向独立的可能性增加；纸张一旦成为主要的文艺传播媒介，则必然极大地充实文艺创作队伍和接受群体。加拿大学者麦克卢汉《理解媒介》一书指出，一切媒介都是人的延伸：衣服是皮肤的延伸；交通工具是脚的延伸；数字是触觉的延伸；文字是视觉的延伸；计算机不仅是眼睛的延伸，而且还是人的中枢神经系统的延伸；等等。同理，纸张这种媒介也是文艺的延伸，即再现、表现和传播文艺的能力得到空前延伸。20世纪初英国人斯坦因窃走敦煌石窟内各种古写本、刻本、丝织物、佛像、杂书等万余卷；法国人伯希和，日本人橘瑞超、大谷光瑞等窃走二百余卷；清政府才将劫余的六千多卷运到了北京。这批经书的成形年代大约集中于东晋十六国时期与北宋之间；书的种类除佛经外尚有稀见之经、史、子、集写本和公私文书、契约等；语种方面除大量汉文资料外，亦有许多少数民族以及南亚、欧洲民族的文字资料，内容丰富是显然的，用纸量之大也是不言而喻的。从中管窥出，魏晋南北朝时期的造纸技术颇为发达，造纸业勃兴，官方和民间日常用纸均已较普遍，数量巨大。唐代徐坚《初学记》卷二十一引晋人虞预《请秘府纸表》说："秘府中有布纸三万余枚，不任所给，愚欲请四百枚，付著作史，书写起居注。”此“布纸”应指麻布做成的纸，或者有布纹的纸。秘府藏纸量三万余枚，数字不可谓不大，而且用丝布麻头来制纸，当为魏晋时的一大创造发明。《太平御览》卷六〇五引《语林》说：“王右军为会稽谢公乞笺纸，库中唯有九万余，悉与之。”库中藏纸量更是达到九万多枚，充分说明了造纸业之发展。魏晋纸张品类繁多，产量大，质量胜前，楮皮纸、桑皮纸、藤皮纸、土纸、侧理纸、涂布纸等均已大量出现，生产效率较高，成本大大降低，故渐次取代竹简。西晋时张华在《博物志》记有：“剡溪古藤甚多，可造纸，故即名纸，为剡藤。”是为藤皮纸；卫夫人《笔阵图》有：“纸取东阳鱼卵，虚柔滑净者。”是为鱼卵纸，即当时最好的纸。唐代的李亢《独异志》中称：“王右军永和九年曲水会，用鼠须笔蚕茧纸为《兰亭记叙》。”南朝宋刘义庆的《世说新语》称：“王羲之《兰亭序》用蚕茧纸，纸似茧而泽也。”可见蚕茧纸就是以其纸的特征像茧而命名，“似茧而泽”这一特征正与鱼卵纸相似，故根据卫夫人与王羲之的师承关系与王羲之对各类纸笔特征的理解，一般认为，《兰亭序》用的蚕茧纸就是鱼卵纸。不管两者是否属于一物异名，其虚柔滑净等特质已接近后世的宣纸。从西晋到东晋前期，官方文书仍是纸简并用，东晋末年后，竹简被大量削减下来，有的统治者甚至作出了奏议一律用纸而不得用简的规定。《太平御览》卷六〇五引《桓玄伪事》说：东晋豪族桓玄（369—404年）在废晋安帝自立为皇之后，曾下诏说：“古无纸，故用简，非主于敬也。今诸用简者，皆以黄纸代之。”在考古发掘中，东晋以后的简牍已很少看到。纸之发明，其赐福于社会甚巨，“真能撼动中古文化者，则纸的发明，与承受印度来佛教是也”[①]。

至于建筑方面的成就，在整个魏晋南北朝时期，其建筑不追求秦阿房宫、唐大明宫式的宏伟壮丽，建筑体制没有重大变革；但其广泛而多样的建筑活动对中国古代建筑艺术的发展仍有独特贡献。当然，“作为一种实用性极强且极重工用材质及匠技劳作的普通造型艺术，建筑不得不去艰难地接受新的文化、新的宗教与新的人生观念之挑战，接受由政权频繁更替、民族的往复交融与人生的起落动乱所造就的对实用的重新

① 陈登原：《中国文化史》，辽宁教育出版社，1998，第264页。

估价与对精神的重新追求”[1]。为了适应现实需要，即应对动乱时势的结果是，单体建筑多呈高台楼阁式，突出其防御功能，内部空间结构则精巧繁复和灵活多变；建筑群落依势造型，重视相互映衬，显得挺拔隽秀而错落有致。宗教气息的增添，使建筑群在绮靡浮华之中保留了质朴恢宏的风尚。《世说新语》记载石崇家的厕所，“常有十余婢侍列，皆丽服藻饰。置甲煎粉、沉香汁之属，无不毕备”；又“绛纱帐大床，茵蓐甚丽”，以致客人刘寔如厕以为误入石崇卧室。官僚们的宅室华美之装饰令人叹奇，而宫室之豪艳奢华自然有过之而无不及，如《晋书》卷二《后赵录》描述石虎宫室“漆瓦金铛，银楹金柱，珠帘玉璧，穷极伎巧”。晋人陆翙《邺中记》更加详细，记石虎“于魏武故台立太武殿，窗户宛转画作云气，拟秦之阿房，鲁之灵光。流苏染鸟翎，为之以王色，编蒲心荐席”；其太武殿“悬大绶于梁柱，缀玉璧于绶”，“西有昆华殿，阁上辄开大窗，皆施以绛纱幌”；其金华殿“三门徘徊，反宇栌檘隐起。彤采刻镂，雕文粲丽”。其余装饰，“太武殿前沟水注浴时，沟中先安铜笼疏，其次用葛，其次用纱，相去六七步断水。又安玉盘，受十斛。又安铜龟，饮秽水出后，却入诸公主第。沟亦出建春门东。又显阳殿后皇后浴池上作石室，引外沟水注之，室中临池，上有石床。石虎以胡粉和椒涂壁，曰椒房”。在建筑材料方面的重要革新是琉璃的广泛使用，其晶莹闪亮的色泽和珠光宝气的特点，“在总体装饰上改变了大屋顶由于材质所造成的暗淡效果，创造出了一个金碧辉煌的感觉世界，使中华以大屋顶为特征的建筑群落产生了一种先声夺人且触目惊心的瞻观”[2]，故风靡于魏晋六朝时期，应和着当时的审美需求。约略观之，正像此期的文学处于缘情绮靡和巧构形似的时代，建筑艺术亦处一个讲究巧丽夸饰和华艳富美的朝代。

伴随着道教兴起并深入社会生活各个方面，魏晋南北朝的中医药学承秦汉余绪进一步发展，成就较大者有王叔和、皇甫谧、葛洪和陶弘景等。王叔和是魏晋之际高平人，生于世家大族家庭，宗族数代不乏权势显赫者，也多有文学名士；王叔和由此获得良好的文化熏陶，少年时期即已通晓经史百家。后于动荡时局中投奔荆州刺史刘表，受张仲景弟子

① 陈绶祥：《中国美术史·魏晋南北朝卷》，齐鲁书社，2000，第193页。

② 陈绶祥：《中国美术史·魏晋南北朝卷》，齐鲁书社，2000，第201页。

卫汛熏染而有志钻研医道。最终整理《伤寒论》，更著成《脉经》。《脉经》集汉前脉学大成，分门别类，脉理和临床结合，首次将临床脉象归纳为浮、芤、洪、滑、数、促、弦、紧、沉、伏、革、实、微、涩、细、软、弱、虚、散、缓、迟、结、代、动二十四种，具体描述了每种脉象的特征，区分为八种基本类型，开脉象鉴别之先河，据此分析脉象和病人身体状况、疾病症状的对应关系，颇符现代医学对人体血液循环特性的认识；又收集保存魏晋以前的诊脉方法、脉象所反映的病理变化以及脉诊的临床意义等许多重要文献资料。王叔和确定的脉名类型成为历代脉书中脉名分类的基本准则；提醒医生要注意脉象的区别对照，对后世医家对脉象的鉴别有很大的启示作用；确立三部脉法和脏腑分候定位。王叔和的实践研究，促使中医诊断学当中的独立出的脉学分支。安定郡皇甫谧自号玄晏先生，魏晋之际医学家、史学家和文学家。皇甫谧以著述为业，晋武帝累征不就。其《针灸甲乙经》是中国第一部针灸学专著，后世称誉他为“针灸鼻祖”。《针灸甲乙经》记述人体穴位三百四十八个，提出适合针灸治疗的疾病和症状等共计八百多种。例如该书所分述的热病、头痛、痓、疟、黄疸、寒热病、脾胃病、癫、狂、霍乱、喉痹、耳目口齿病、妇人病等等，条分缕析，内容丰富，使事类相从，删其浮辞，除其重复，论其精要；创立分部依线检穴法，划出三十五条穴位线路，以此确定穴位的位置，详述针刺深度、留针时间和艾灸时间等，临床指导意义很大。皇甫谧还有文史著，作如《帝王世纪》《年历》《高士传》《列女传》《逸士传》《玄宴春秋》等，门人挚虞、张轨、牛综、席纯，皆为晋世名臣，《晋书·皇甫谧》评其“属意文雅，忘怀荣秩”，“确乎不拔，斯固有晋之高人者欤”，应该说很恰当的。丹阳道教人物葛洪毕生钻研神仙导引之术，创立丹鼎派道教授。因弘教需要，葛洪学习炼丹术和医术，行医于民间。《抱朴子》是其代表作，内篇论述神仙方药、养生延年、禳邪祛祸之法，总结晋前神仙方术，提倡守一、行气、导引等修炼方法，为医药学积累了宝贵的资料；外篇论述人间得失，世事臧否，阐明其社会政治观点，融合儒道两家哲学思想。另撰成医学著作《金匮药方》《玉函方》，精选成《肘后卒救方》。《肘后卒救方》收集应急抢救药方，书中最早记载一些传染病如天花、恙虫病症候及预防诊治法，因而葛洪被称作是预防医学的导介者。文学创作方面，著有《碑颂诗赋》百卷，《军书檄移章表笺记》三十卷，《神仙传》十

卷，《隐逸传》十卷，成就可谓卓著不凡。丹阳陶弘景亦为道教精神领袖，历南朝宋、齐、梁三代，隐居山中却名重当世，人称“山中宰相”。陶弘景主要在药物学方面系统总结前人成果，著成《神农本草经集注》，所记药物七百三十种，比《神农本草经》多出一倍。其集注改变原书按上、中、下三品分类法，而根据药物自然属性分为玉石、草木、虫兽、米食、果、菜、有名未用七大类，更加符合药理特点，给后代药物分类法确定基本思路和标准；又首创按治疗性能进行药物分类法，比如防风、秦艽、防己、独活等，归在祛风药物类，此法便于治疗参考，促进医药发展；又创“诸病通用药”，如治风通用药有防风、防己、秦艽、芎劳等，治黄疸通用药有茵陈、栀子、紫草等，对临床选择用药有很大的助益；另对药物的产地、采集时间、炮制、用量、服法、药品真伪等与疗效的关系都予以精要记述。

中国古人的历史意识是很强烈的，所谓“盛世修史，明时修志”，史书的著述反映古人对继承历史和创造历史的能力。魏晋南北朝乱世黯淡居多，却犹有大量史书著作出现，并且使历史学摆脱经学附庸地位而成为独立学科，放在四部分类中的乙部，开创史学新局面。刺激人们著史兴趣和责任感的原委，大致有这几种因素：自司马迁、班固之后，史学体裁已较完备；政权频繁更替，制造无数重大历史事件，修史资料相当丰富；各大政权对思想的控制力较弱；以造纸术为中心的技术进步；等等。这些因素都是促成史学撰述的客观条件。晋代陈寿撰写《三国志》，记叙魏、蜀、吴三国历史，属于纪传体史书，《魏书》三十卷，《蜀书》十五卷，《吴书》二十卷，有纪传而无志表；以曹魏为正统，称曹氏为帝而称吴、蜀为主或名。清代钱大昕称誉说：“陈寿作《三国志》，创前人未有之例，悬诸日月而不刊者也。”（《潜研堂文集》卷二十四《三国志辨疑序》）三国时期的政治、军事、经济、学术等领域的重要人物都在《三国志》有传记，国内少数民族及邻国古代历史资料也保存不少。陈寿对于史料取舍审慎谨严和精密简洁，刘勰《文心雕龙·史传》称言：“魏代三雄，记传互出，《阳秋》《魏略》之属，《江表》《吴录》之类，或激抗难征，或疏阔寡要。唯陈寿《三国志》，文质辨洽，荀、张比之迁、固，非妄誉也。”《晋书》也称陈寿有良史之才。南朝裴松之与裴骃、裴子野祖孙三代有史学三辈之称，应宋文帝诏为《三国志补注》，纠正其“失在于略，时有所脱漏”，“注记纷错，每多舛互。其寿所不载，事宜存录者，则罔不毕取以补其阙。或同说一事而辞有乖杂，或出事本异，疑不能判，并皆抄内以备异闻。若乃纰缪显然，言不附理，则随违矫正以惩其妄。其时事当否及寿之小失，颇以愚意有所论辩”。（《上三国志注表》）裴注搜罗广博，多方引证各家史料，所引史料计有一百五十余种，多于原书多倍，保存了很多价值很高的史料。裴注首创以史证史的史学方法，为史书注释开辟了新的广阔道路；而其收集的稗官野史，当中虽有不少讹谬乖违之处，却丰富了后世文学创作素材。南朝刘宋时期的范晔编撰成《后汉书》，是一部记载东汉历史的纪传体断代史书，与《史记》《汉书》《三国志》并称“前四史”。《后汉书》大部分沿袭《史记》《汉书》的现成体例，但是新增了《党锢传》《宦者传》《文苑传》《独行传》《方术传》《逸民传》《列女传》七个类传，其中《列女传》首次在纪传体史书里专为妇女作传，所传十七位杰出女性不全是贞女节妇，还包括才女蔡琰。刘知几评价说：“范晔博采众书，裁成汉典，观其所取，颇有奇工。”（《史通·补注篇》）范晔《后汉书》问世，诸家后汉史著除晋代袁宏《后汉纪》外逐渐散佚，可见其价值所在。魏晋南北朝时期所修断代正史，后来收入“二十四史”中的还有齐梁沈约的《宋书》、梁萧子显的《南齐书》和魏收的《魏书》等。魏收的《魏书》特立《释老志》叙述佛教和道教发展史；梁朝慧皎撰《高僧传》，将东汉至梁初的中外僧人二百五十七人，附见者二百余人；梁僧祐的《出三藏记集》等则建立起佛经目录学的基础体系。刘宋时期的刘义庆召集门客编纂成《世说新语》，颇助后世了解魏晋名士风度和玄学思潮发展情况。

魏晋南北朝时期的地方志撰著也有大发展，发挥着“补史之缺，参史之错，详史之略，续史之无”（章学诚《文史通义》）的功能效用，记载某一地域的自然、社会、政治、经济、文化等历史资料。《豫章古今记》《荆州记》《华阳国记》，皆初具地方志模型，而刘宋时期的《太平寰宇记》之后，地方志又有所新变。西晋挚虞的《畿服经》，按《隋书·经籍志序》说法应该是一部综合性志书：“晋世挚虞依《禹贡》《周官》，作《畿服经》，其州郡及县分野、封略、事业、国邑、山陵、水泉、乡、亭、城、道里、土、民物、风俗、先贤旧好，靡不悉具，凡百

七十卷，今亡。”地理、物产、风俗、人物等内容悉包于内，可惜亡佚，无法窥其具体内容。东晋常璩撰写的《华阳国志》原名《华阳国记》或简称《华阳记》，是我国现存最早和最完整的地方史志。常璩改变此前方志分开记述历史、地理、人物的写法，而将历史、地理、政治、人物、民族、经济、人文等综合在一部书中，在体裁上看是地理志、编年史和人物传相结合，这是方志史的效法正史写法的创举。全书内容分三部分：一至四卷以地理为主，兼顾历史，类似正史之地理志；五至九卷，以编年体的形式记叙公孙述、刘焉和刘璋父子、蜀汉和成汉割据政权以及西晋统一时期的历史，略似正史中的本纪，十至十二卷，记载自西汉迄东晋初年的“贤士贞女”，相当正史中的列传。从地域范围上看，此书记载包括几十种少数民族的西南边疆地区的方志。因此，《华阳国志》相当于一部地方通史。刘知几评说：“郡书者，矜其乡贤，美其邦族，施于本国，颇得流行，置于他方，罕闻爱异。其有如常璩之详审，刘昞之该博，而能传诸不朽，见美来裔者，盖无几焉。”（《史通·杂述》）因其资料之详广且稀罕，徐广《晋纪》、范晔《后汉书》、裴松之《三国志注》、郦道元《水经注》、贾思勰《齐民要术》均从中借鉴材料。北齐杨衒之的《洛阳伽蓝记》追记劫前城郊佛寺之盛，概括历史变迁写作的一部集历史、地理、佛教、文学于一身的历史和人物故事类笔记。《洛阳伽蓝记》全书内容按地理方位分为洛阳之城内、城东、城南、城西、城北，记述华寺七十多处；大致以北魏佛教盛衰发展史为经，以寺庙为纬，先介绍佛寺创建始末、地理方位和建筑风格，次写人物、史事、传闻等，生动细致地再现了北魏都城洛阳四十年间的政治大事、中外交通、人物传记、市井景象、民间习俗、传说轶闻、志怪故事等。《洛阳伽蓝记》对当时豪门贵族、僧侣地主的豪奢极欲、淫佚无度的生活状况，也适时予以讥评。该书文笔叙事繁而不乱，结构上采用佛教典籍“合本子注”的体式；语言风格骈中有散，秾丽兼备秀逸，具有很高的文学意味，与郦道元《水经注》共称“北朝文学双璧”。

班固《汉书·地理志》以郡国政区为纲，附记山川陂泽、水道源流和水利设施等，使所记山岭分布、水系脉络的叙述较为分散，自然地理概念仍显模糊。郦道元《水经注》专门详细介绍中国境内一千余条河流及其有关的郡县城市、历史名胜、物产风俗、人物掌故、神话传说、碑刻墨迹、渔歌民谣等，特别是全面而系统地介绍了水道所流经地区的自然地理和经济地理等诸方面内容。郦道元搜罗殆尽北魏以前的地方志，再加实地调查到的汉魏碑刻，使得《水经注》既有很高的史料价值，又有不凡的文学价值。《水经注》以“迳见”的实践精神订正材料以定取舍；又以“经之误正”原则指出经文水道的某些错误，弹正前人注经旧解之讹误，发展了疑古惑经而实事求是的社会风气。《水经注》写作顺序先北后南，先内地后边疆，先源头后支流，先叙述河道流经情况，再记述流域内的地质地形、气候物产和风俗名胜等，把丰富的地理知识付诸文学笔法，从而实现“因水以证地，即地以存古”的宗旨，使之在历史学、考古学、地名学、水利史学、民族学、宗教学等方面都有参考价值。其随处可见的小品段落，更是山水游记佳构，张岱说：“古人记山水，太上有郦道元，其次柳子厚，近时则袁中郎。”（《琅嬛文集》卷五《跋寓山注二则》）实际上，《水经注》实为柳宗元、袁宏道山水游记的先导，是后世游记作品的艺术滋养。地方史志在魏晋南北朝空前活跃，质量也胜前，数量甚巨，有的数百字短篇，有的数万言长篇，可谓成熟的表现：魏卢毓《冀州论》、何晏《冀州言论》、周斐《汝南先贤传》、阮籍《宜阳记》、蒋济《三州论》，蜀谯周《巴蜀异物志》，吴谢承《会稽先贤传》、顾微《吴县记》、韦昭《三吴郡国志》、徐整《豫章旧志》，晋陆机《洛阳记》、杜预《汝南记》、裴秀《雍州记》、潘岳《关中记》、张玄之《吴兴三墟名》、王范《交广二州记》，后燕张资《凉州记》，西凉段龟龙《西河记》，刘宋王僧虔《吴郡地理记》、刘义庆《江左名士传》、刘澄之《扬州记》、雷次宗《豫章记》，萧齐陆道瞻《吴地记》、张莹《汉南记》、黄闵《沅陵记》，萧梁陶季直《京邦记》、萧子开《建安记》、武安贫《武陵记》、陈姚察《建康记》、陈暄《国山记》，北魏刘芳《徐地录》、杨晔《徐州记》，北齐李公绪《赵记》、杨楞伽《邺都故事》，北周薛寘《西京记》等等，还有具体写作时间不详者数十种。刘纬毅的《汉唐方志辑佚》收录了魏晋南北朝作品近二百种，足可一窥此时地方史志发展的盛况[①]。

在儒学名教思想发展方面，汉魏之际，“郑学”笼盖天下，“郑玄括

①刘纬毅：《汉唐方志辑佚》，北京图书馆出版社，1997，第15页。

囊大典，网罗众家，删裁繁诬，刊改漏失，自是学者略知所归”（《后汉书·郑玄传论》）。郑氏笺注的《诗》《书》《礼》《易》《论语》《孝经》风行全国，掩盖其他各家学说。此时，经学大师王肃（195—256年）起而对抗郑学，其注《周易》《毛诗》《三礼》《左传》《论语》《尚书》继承贾逵和马融，以今文驳郑玄古文，以义理驳郑玄训诂，曾经一度在西晋被立于学官。但郑说仍在东晋南北朝重振，南方接续郑学传统形成礼学并呈现玄学名理化倾向，北方坚持郑学章句训诂传统。南北学术风格不同，“南人约简，得其英华；北学深芜，穷其枝叶”（《北史·儒林传序》）。北方开宗立派的大儒主要有徐遵明和刘献之。华阴人徐遵明少年时期曾诣山东求学，至山西师屯留王聪，受学《毛诗》《尚书》《礼记》；又拜范阳孙买德、平原唐迁，“读《孝经》、《论语》、《毛诗》、《尚书》、《三礼》，不出门院，凡经六年，时弹筝吹笛以自娱慰”（《魏书·徐遵明传》）；再赴阳平赵世业家读服虔所注春秋，数载后新撰《春秋义章》。后教授门徒，持经执疏以敷陈其学二十余年，海内莫不宗仰。徐遵明博通诸经，北朝诸经传授多因徐遵明之功。博陵人刘献之雅好《诗》《左传》，“每讲《左氏》，尽隐公八年便止”；当时中山人张吾贵门徒千数，号曰“儒宗”，但实际学术造诣平庸，而刘献之著录数百，“魏承丧乱之后，《五经》大义虽有师说，而海内诸生多有疑滞，咸决于献之”（《魏书·刘献之传》）。刘献之撰有《三礼大义》《三传略例》《注毛诗序义》，还注释过《涅槃经》部分内容。南方流行经注除郑玄《三礼》和《毛诗》，王弼《周易注》较为著名，且为儒学的玄学化奠定基调。

正始之后，玄学炳蔚，关于《论语》《孝经》《礼记》等儒家经典的研究普遍呈现玄学色彩。例如《论语》研究，郑冲、孙邕、曹羲、荀觊、何晏五人“集《论语》诸家之善者，记其姓名，因从其义，有不安者辄改易之，名曰《论语集解》。成，奏之魏朝，于今传焉”（《晋书·郑冲传》）。孙邕、郑冲、荀觊是传统儒家人物，何晏和曹羲是正始玄学家，在编纂过程中，《论语集解》兼容并包汉魏以来名教、名法、礼法等思想，也潜含着魏晋玄学思潮，打破师法或家法的学派壁垒，体现创新性特色。王弼是玄学奠基者，引三玄注经，在《论语释疑》引申发挥三玄的玄理，援引《周易》义理来阐发玄学人格的玄理，故儒家的圣人形象偏离《论语》文本而成为与天地合德、体道应机的玄学化圣人形象。到了郭象那里，改造老庄无为思想来解释《论语》，在“本末体用”的哲学问题上，融合儒家和道家的观点，主张“名教即自然”，即把儒家的“名教”与道家的“自然”深层融合起来。南朝皇侃的《论语义疏》融通两汉训解与魏晋义解，既有名物制度的考证疏解，又多方面阐发正始“贵无”思想和郭象独化论思想及“得意忘言”的方法论，同时渗入佛学义理。这种多元整合的解经法，可谓宋明理学的先声。由于晋室奉行以孝治国理念，南方玄学名士兼习《孝经》者甚众。萧齐的张融临死遗命“左手执《孝经》、《老子》，右手执《小品》、《法华经》”（《南齐书·张融传》），一方面说明《孝经》研究颇受社会重视，从中也可以看出南朝三教并重的思潮已深入人心。东晋以降，礼、玄双修为社会名士崇尚，而《中庸》从《礼记》中析出而别作传疏，如戴颙撰《礼记·中庸》、梁武帝萧衍撰《中庸讲疏》和《私记制旨中庸义》等，多有自己的理论发挥，反映了这一时期的学术风尚。总的来看，魏晋南北朝是继春秋战国诸子百家争鸣之后的又一个思想活跃和繁荣的时期，儒学、玄学、文学、史学、佛教、道教和艺术等，都获得很大发展，异彩纷呈，构成南北思想学术互相碰撞交流和融通综合的文化景观。

篇　一

政治体制特征及其对士人精神的潜在影响

一个国家的政治统治形态在不同历史时期和不同地域，其政府组织结构、管理体制及体系的运作形式都不尽相同，有它特定的时代特点。魏晋南北朝若从魏文帝黄初元年（220年）取代东汉起，至隋开皇九年（589年）止，约计三百七十年。其间真正统一期仅有晋武帝泰始六（270年）年到太康十年（289年）的二十年，大部分时期处分崩离析的境地。国家长期分裂板荡，边疆民族与中原人民悲欢交融，南北文化碰撞交流，"八王之战"、"永嘉之乱"、群雄逐鹿中原，从陇西到辽东，五胡十六国政权纷繁交替如走马观花般出现在此一时期。偏安江东的晋室守着半壁江山，虽取得"淝水之役"的胜利，但并不能根本扭转政权的颓势进程，元魏占据黄河流域，江北士族整体南迁，文化融合，政治体制较为紊乱，政权组织架构秩序不稳定。《颜氏家训·序致》曾诉此时思想之勃杂叠复："魏晋以来所著诸子，理重事复，犹屋下架屋，床上施床耳。"此时政权体系亦然。不过，拨开动乱的云雾还是可以找出魏晋南北朝政治体制的总体特点和发展变化，即君主专制政体从曲折走向深化。其基本表现，有人总结为两方面：一方面是随着中央皇权衰落，汉族官僚群体出现门阀化倾向，但新官僚旋又在实际政务中取代门阀化官僚成为皇权的有力支柱；另一方面是十六国北朝时期，由少数民族军事贵族专政向专制中央集权过渡，皇权之极度强化，促使少数民族的贵族群体走上官僚化道路[1]。在君主专制政体走向深化的过程中，此期各个大小政权总的来说是沿用秦汉以来的专制中央集权制度，只是由于社会动荡不安，地方豪强割据势力蜂起，至东晋士族豪门柄政，大大削弱了皇权；南朝时期随着士族阶层奢靡腐化而渐渐失去统治能力，庶族地主势力经由军功掌握军权，进而掌控政权，皇权得以上升，魏晋及南朝的朝代更替也是士族与庶族势力消长的过程；北方民族各个政权连年进行统一战争，渐次汉化，采用汉族政权制度，所以“皇权的上升及专制主义中央集权制度的强化又成为各少数民族政权汉化深入的标志”[2]。总的来说，魏晋南北朝政治制度沿袭秦汉旧制而有变化发展，是隋唐制度的前奏。

一、总体变化特征

《隋书·百官志》卷二十六：“汉高祖除暴宁乱，轻刑约法，而职官之制，因于嬴氏，其间同异，抑亦可知。光武中兴，聿遵前绪，唯废丞相与御史大夫，而以三司综理众务。洎于叔世，事归台阁，论道之官，备员而已。魏、晋继及，大抵略同，爰及宋、齐，亦无改作。梁武受终，多循齐旧，然而定诸卿之位，各配四时，置戎秩之官，百有余号。陈氏继梁，不失旧物。高齐创业，亦遵后魏，台省位号，与江左稍殊，所有节文，备详于志。有周创据关右，日不暇给，洎乎克清江、汉，爰议宪章。酌鄷镐之遗文，置六官以综务，详其典制，有可称焉。高祖践极，百度伊始，复废周官，还依汉、魏。”自曹魏立国至隋朝统一，政治制度之名称变动不多，实质内容改变不少，变化最大者是总理全国政务的机构增多。换言之，协助皇帝进行决策、处理政务的权力中枢机关在魏晋时期新成立。“自西汉中期以后，以丞相为首的旧中枢体制日趋崩溃，而由尚书、门下、中书等组成的新中枢应运而生。魏晋时期是新中枢发展的一个转折点，其主要标志是中书省的建立，从而进入了三省制的形成时期。”[3]新设中书省以分尚书之权，是曹魏加强中央集权的新措施，此为后来隋唐时期三省六部制的萌芽。魏文帝任刘放为中书监、

① 黄惠贤：《中国政治制度通史·魏晋南北朝卷》，人民出版社，1996，第17页。

② 何德章：《中国魏晋南北朝政治史》，人民出版社，1994，第5页。

③ 陈琳国：《魏晋南北朝政治制度研究》，台湾文津出版社，1994，第1页。

孙资为中书令，同堂机密；至明帝时，中书监、中书令成为事实上的宰相。晋、南北朝沿置。因地在枢近，常受君主信任，号为“凤凰池”。三国时，沿袭秦汉的尚书台已正式脱离少府，成为全国政务的总汇。由于它威权升高，致最高统治者疑忌，所以最高统治者又开始剥夺它的权力。曹操为魏王时，置秘书令，典尚书奏事；魏明帝时，中书监、令号为专任。于是在尚书台之外复有中书省，而原来作为皇帝侍从的侍中也逐渐成为参预机密的要职，尚书台不再有独占机枢的地位。晋时门下省抬头，至南北朝掌握政柄。晋武帝用任恺为侍中，委任他综管大小事务，当时连最有权势的开国元勋贾充也十分惧怕他。到了东晋以后，似乎已经形成了一种制度，即皇帝颁发诏书，一定要先通过门下省，从而形成了门下省的封驳权（即审核权）；北周实行六官制度而不置门下省，但其天官府御伯中大夫（后改名为纳言）其实相当于门下省侍中之职。另一变化较大者是，为了应对战乱情势，地方行政长官刺史或州牧兼任军职，曹魏继承东汉的州牧制度，将其固定化，正式成为州、郡、县三级制度。任重者为持节都督，轻者为持节，再次者为假节，不带将军号的为单车刺史。曹魏将州级军政大权集于一人的做法，对以后影响深远，助长了地方割据势力。又，东晋南朝为流寓百姓设立的地方行政区划。由于它是寄治在别的州郡境内而称作“侨”。其后经过土断，许多寄治州郡获得实土，只因外地迁来故，以流亡百姓中的大族担任刺史、太守、县令，仍然称为侨州、侨郡、侨县。由于侨州侨郡设置数量增多，州郡区域缩小，制度也较紊乱。

此期政治制度最大的变动就是总理政务的机关权利转移。从职官体系来看，中央政府主要设置上公、三公、八公、丞相、相国、尚书省、中书省、门下省、列卿、御史台等，权利分随时移易。上公指职位在三公之上者。《汉书·百官公卿表》：“太师、太傅、太保，是为三公”（德韶者居之）；“或说司马主天，司徒主人，司空主土，是为三公”（才高者居之）；或说“丞相主民、太尉主军、御史大夫主法”（德才兼备者居之）。秦与汉初并无公位，中央的最高官职是丞相、太尉、御史大夫。丞相辅助皇帝处理全国政务，包括管理文武百官，为最高行政长官；太尉是最高军政长官，负责管理全国军事事务，但他没有独立军权，凭皇帝施予符节才能调动军队；御史大夫，执掌全臣奏章，下达皇帝诏令，负责监察百官的，相当于副丞相。从汉武帝时起，因受经学影响，丞相、御史大夫和太尉也被称为三公。东汉末年董卓为相国，居三公之上。208年，曹操罢去三公而又置丞相、御史大夫，操自为丞相。两汉时实行了两百年之久的三公制至此遂告终止。秦与汉初另有九卿制，与三公并为三公九卿制，但名实并不尽然相符，九卿在更多的情况下是列卿或众卿之意。西汉中后期，大司马、大司空与大司徒鼎足而立，是为新三公。东汉虽仍建三公之制，但名称和职掌都发生变化。大司马改太尉，大司空改司空，大司徒改司徒，分别管军事、土木工程、民政等，权力大大减水。同时还规定，国家大事必须三公通而论之，共同负责，一人有罪，三人同当。与此同时，尚书台的权力渐渐加重。史称："矫枉过直，政不任下，虽置三公，事归台阁；自此以来，三公之职，备员而已。"（《后汉书》卷四十九《仲长统传》）台阁即尚书，意谓东汉以尚书直接辅佐皇帝以处理政务，三公之权渐轻。《晋书》卷二十四《职官志》："太宰、太傅、太保，周之三公官也。魏初唯置太傅，以钟繇为之，末年又置太保，以郑冲为之。晋初以景帝讳故，又采《周官》官名，置太宰以代太师之任，秩增三司，与太傅太保皆为上公，论道经邦，燮理阴阳，无其人则阙。以安平献王孚居之。自渡江以后，其名不替，而居之者甚寡。"三公主要谈经论道经邦，位隆而虚权。尽管从丞相制到三公九卿制，再到事归台阁，其间人事职官变化颇大，但中央决策权和行政权大体吻合。到了魏晋南北朝时期，尚书、中书和门下三省建立，决策机构和行政职能机构逐步分权，形成两套职官系列，各司其权职：中书省内握权柄，门下省参与决策，尚书省主持朝政。

二、决策机构和行政职能机构分权特征

中书省设立于魏文帝黄初元年，由魏国秘书转变而来。《晋书》卷二十四《职官志》云："魏武帝为魏王，置秘书令，典尚书奏事。文帝黄初初改为中书，置监、令，以秘书左丞刘放为中书监，右丞孙资为中书令；监、令盖自此始也。及晋因之，并置员一人。"曹丕把秘书监更名为"中书省"，设中书监、中书令，职责仍然是"典尚书奏事"，成员班子照旧不变。中书省是皇帝的机要秘书，掌管诏令文书之起草发布，职权渐重。赵宋时期赵彦卫《云麓漫钞》卷五云："魏晋以来，中书监

令掌赞诏命，记会时事，典作文书。”《古今图书集成·诠衡典》卷六六记载：“魏文帝时置中书监令，并掌机密，自是中书多为枢机之任；其后或置丞相、或相国、或司徒，而中书监令常掌机要，多为宰相之任，于是权在中书。”比如中书令李丰虽宿为大将军司马景王所亲待，“然私心在玄，遂结皇后父光禄大夫张缉，谋欲以玄辅政。丰既内握权柄，子尚公主，又与缉俱冯翊人，故缉信之”；“丰等各受殊宠，典综机密，缉承外戚椒房之尊，玄备世臣，并居列位”。要之，中书省一方面掌管尚书省进呈皇帝的文书，参与决策；一方面出纳诏命，传达皇帝旨意或出主意、提建议（即答诏、诏草、启事之类）供皇帝审阅批准，内握权柄、典综机密，可谓制断朝政，权力极大。然而，这种位重的威望有一个树立过程，中书监、中书令在魏晋起初并不被视作朝中大臣，因为此前权臣作乱的不良影响给人留下太深的印记，朝廷内外都警惕防范着。《三国志》卷十四《魏书·蒋济传》载蒋济上疏，讲述了大臣擅权之深刻影响：“大臣太重者国危，左右太亲者身蔽，古之至戒也。往者大臣秉事，外内扇动。陛下卓然自览万机，莫不祗肃。夫大臣非不忠也，然威权在下，则众心慢上，势之常也。陛下既已察之於大臣，原无忘於左右。左右忠正远虑，未必贤於大臣，至於便辟取合，或能工之。今外所言，辄云中书，虽使恭慎不敢外交，但有此名，犹惑世俗。况实握事要，日在目前，傥因疲倦之间有所割制，众臣见其能推移於事，即亦因时而向之。一有此端，因当内设自完，以此众语，私招所交，为之内援。若此，臧否毁誉，必有所兴，功负赏罚，必有所易；直道而上者或壅，曲附左右者反达。因微而入，缘形而出，意所狎信，不复猜觉。”虽则朝廷群臣不以之为大臣或者不愿视之为大臣，但由于中书监、中书令最有条件接近皇帝，执掌机要，是其他部门大臣远所不及的，其威望随着时日隆盛起来似乎水到渠成。两晋时期的中书监令充任者基本上是士家大族出身，像荀勖、王敦、和峤、王导、庾亮、王戎、裴楷、王衍、谢安、桓胤诸人都曾任中书令或中书监，他们既是高门士族，亦为权重一时在机要决策者。

尚书省前身为尚书台，汉初以前原是由皇帝身边任事的小臣充当，与尚冠、尚衣、尚食、尚浴、尚席合称六尚，主要职责是在殿中主管收发（或启发）文书并保管图籍，可谓皇帝的秘书机关。朝夕与皇帝的近距离接触，使之威权渐炽，同时引起君主的疑忌，故曹操称王之时设置秘书令，掌管尚书奏事；而魏明帝以中书监、中书令专任，遂使尚书台之外复有中书省，尚书省不再拥有独占机枢的地位。魏晋六朝时期，在中书省和门下省的掣肘下，尚书省逐渐弱化了决策权，而变成全国行政中枢，拥有政治、经济、军事、文化等各方面行政总职能，其主持朝政，是国家枢机，其重要性非同一般。马端临《文献通考》卷三十六《选举九》云："魏晋以来，州郡无上计之事，公府无辟召之举，士之入仕者，始则中正别其贤否，次则吏部司其升沉而已，所以尚书之权最重，而其于人恩怨亦深。"南朝宋孝武帝《重农举才诏》说："尚书百官之本，庶绩之枢机，丞郎列曹，局司有在，而顷事无巨细悉归令仆，非所以众材成构，群能济业者也，可更明体制，咸责厥成，纠核勤惰，严施赏罚。"尚书省分曹办事，曹以尚书为主管，每曹有郎若干人，有时设录尚书若干人，魏之尚书或称府，旧官与新官叠加致使组织机构庞大，如魏时设令、左右仆射、五曹尚书为八座，又有左右丞等；尚书郎有殿中、吏部、驾部、金部、虞曹、比部、南主客、祠部、度支、库部、农部、水部、仪曹、三公、仓部、民曹、二千石、中兵、外兵、都兵、别兵、考功、定课凡二十三郎，后增置都官、骑兵共二十五郎。魏改选部为吏部，权威尤重，九品官人法就是曹魏重臣陈群为吏部尚书时所创制的。尚书省是全国政务交汇处，起着上呈下达的中转作用，中央寺署和地方州郡的章表奏疏必须通过尚书省上呈，并提出初步处理建议；诏命政令必须通过尚书省下达，并布置具体实施方案。故西晋三公尚书刘颂称："今尚书制断，诸卿奉成，于古制为重，事所不须，然今未能省并。可出众事付外寺，使得专之，尚书为其都统，若丞相之为。惟立法创制，死生之断，除名流徙，退免大事，及连度支之事，台乃奏处。其余外官皆专断之，岁终台合课功校簿而已。此为九卿造创事始，断而行之，尚书书主，赏罚绳之，其势必愈考成司非而已。"（《晋书·刘颂传》）尚书不仅作为近臣在宫中与皇帝一起议政，而且代替三公监督朝廷百官执行各项决议，并处理日常政务，有时还可独立颁发文书。正因尚书省是行政中枢，一般只有资历特深并受皇帝宠信之大臣方能充任尚书令、仆射之职。

门下省与中书省一样也是决策中枢，是皇帝政策咨询机构，制衡着

尚书、中书两省。其省之名称始于西晋。《晋书·淮南王允传》："伦子子虔为侍中，在门下省。"其正副长官为侍中、给事黄门侍郎，原为秦丞相史，为皇帝亲近之臣，晋以来俱管门下众事，掌理机要，故南齐又呼侍中为门下，南北朝时期均无改称。在西晋初立时，任恺为侍中，封昌国县侯，"恺有经国之干，万机大小多管综之。性忠正，以社稷为己任，帝器而昵之，政事多谘焉。泰始初，郑冲、王祥、何曾、荀顗、裴秀等各以老疾归第。帝优宠大臣，不欲劳以筋力，数遣恺谕旨于诸公，谘以当世大政，参议得失"。贾充为获专宠，离间任恺，有人为贾充谋划："恺总门下枢要，得与上亲接，宜启令典选，便得渐疏，此一都令史事耳。且九流难精，间隙易乘。"（《晋书·任恺传》）从"器而昵之""谘以当世大政"及贾充的嫉恨，可知侍中之职的重要性。门下省侍中职位在刘宋时最炽，"宋文帝元嘉中，王华、王昙首、殷景仁等并为侍中，情任亲密，与帝接膝共语，貂拂帝手，拔貂置案上，语毕复手插之。孝武帝时，何偃南郊陪乘，銮辂过白门阙，偃将匐，帝乃接之曰：'朕乃陪卿。'齐世朝会，多以美姿容者兼官。永元三年，东昏南郊，不欲亲朝士，以主玺陪乘，前代未尝有也。侍中呼为门下"（《南齐书·百官志》卷十六）。宋文帝即位时，群臣的劝进表，是侍中臣琇、散骑常侍臣嶷之带头领衔，下列为中书监、尚书令等官，所以宋文帝对侍中沈演之说："侍中领衔俱为优重，此盖宰相便坐，卿其勉之。"宋时侍中威权尤甚于其他时代，由此可见。当然，侍中也有时未必被当成重臣，而有一种高级男宠之嫌，就像何偃凭借宠幸的特殊身份，借用皇权排斥异己图谋私利[①]。所以萧齐时代"多以美姿容者"兼任侍中官，而陆慧晓"以形短小，乃止"，江敩则被武帝嫌其"鼻中恶"而从侍中转任都官尚书。门下侍中可为加官，人员未确定数额，西晋门下省机构庞大，僚属日渐增多，且多为士族官僚子弟滥竽充数其间。加官侍中虽然并不参与门下省具体职事，但因其本职如三公、尚书令、仆射和中书监令高于侍中，其加侍中资格比一般侍中也更高。西晋曾加侍中的如贾充、司马攸、卫权、王浑、山涛、卢钦、羊玄之、张华、裴楷等，东晋加侍中的如王导、陶侃、郗鉴、桓温、谢安、司马昱、刘裕等，可以自由出入宫禁，加密与君主的联系；一旦君权式微时，加侍中的权臣想要

① 黄惠贤：《中国政治制度通史·魏晋南北朝卷》，人民出版社，1996，第110页。

奸营私是颇有机会的。

总的来说，尚书、门下、中书三省在魏晋以来组成了中央政府的核心机构。北方十六国政权基本上沿袭了这种政治制度。不过，由于这些北方少数民族政权汉化程度不一，加上民族之间的相互疑惧，三省制在前期骤起骤落，名实未必相符，呈现华夷杂糅特点；只是到了后期随着民族融合频繁，北魏、北齐经过几次官制改革后，形成了以门下省为核心的权力中枢，而中书省权力渐被削弱。北魏孝文帝自太和后期独断专行，躬亲事为，尚书公文御笔批阅，诏命亦亲力亲为或口授而成，中书监、令、侍郎难得起草诏命文书；宣武以后，中书省诏命之职事实际落入舍人省，中书监、令也随之成为虚衔；中书省与门下省本来都是决策机构，但宣武以来"中书事移门下"，要么门下省的给事黄门侍郎兼职中书舍人，要么以给事黄门侍郎参诏诰，要么中书侍郎在门下省主诏诰，总之诏诰由门下省发出，中书省实际再度弱化，中书长官监、令之职被闲置起来。相反，门下省掌控军国大政决策权，深得孝文帝及其后诸帝的依赖，如《魏书·元勰传》卷二十七云："复除侍中，长直禁内，参决军国大政、万机之事，无不预焉。""高祖不豫，勰内侍医药，外总军国之务，遐迩肃然，人无异议。"门下省权限扩张，侍中、黄门侍郎地位显赫，出入机要、运筹帷幄，甚至可以自主平决封驳尚书奏事，故"时政归门下，世谓侍中、黄门为小宰相"（《魏书》卷三十八）。如此一来，上通下达的言路极有可能被阻断，怀有篡位野心的重臣往往通过控制门下省架空皇帝而实施政变。北魏孝武帝时的重臣高欢宰制朝廷，就处心积虑在门下省安插心腹人员。后来高欢儿子高洋建立北齐，为了加强君权，对门下省的权力有所压制，应该是深有体会之举。

三、地方政治制度特征

地方政治制度方面，魏晋南北朝总体沿用汉制，基本分州、郡、县三级。但是，处于分裂时期的王朝，其疆域不稳定，具体的行政区划经常变动，魏晋以后州的组织和官名颇为紊乱，区域面积较前也收缩，数目却增多。主要表现有两方面：

一方面是三国时期设置了大量侨郡、侨县，致使地方行政单位激增。《宋书·志序》卷十一："地理参差，事难该辨，魏晋以来，迁徙百计，一郡分为四五，一县割成两三，或昨属荆、豫，今隶司、兗，朝为零、桂之士，夕为庐、九之民。去来纷扰，无暂止息，版籍为之浑淆，职方所不能记。自戎狄内侮，有晋东迁，中土遗氓，播徙江外，幽、并、冀、雍、兗、豫、青、徐之境，幽沦寇逆。自扶莫而裹足奉首，免身于荆、越者，百郡千城，流寓比室。人伫鸿雁之歌，士蓄怀本之念，莫不各树邦邑，思复旧井。既而民单户约，不可独建，故魏邦而有韩邑，齐县而有赵民。且省置交加，日回月徙，寄寓迁流，迄无定托，邦名邑号，难或详书。大宋受命，重启边隙，淮北五州，翦为寇境，其或奔亡播迁，复立郡县，斯则元嘉、泰始，同名异实。"《隋书·食货志》卷二十四载："晋自中原丧乱，元帝寓居江左，百姓之自拔南奔者并谓之侨人，皆取旧壤之名，侨立郡县，往往散居，无有土著。"当时天下分裂，各个政权均自视王朝正统，在其实际统治区域内保留失陷地区的名称，可借这个"侨立郡县"希望加强豪族势力之间的内部团结、延续门望；亦可借保留原籍地名而招来失陷地区的流民，安抚这些远来者，使朝廷内外勠力同心地衍生出对故土的眷恋和慰藉情结，表达光复失地的政治愿望。还有一种情况是一地为数个政权势力占领，遂贯以东西南北字样，一地在名称上剖分为二焉。可是，招徕的侨民愈多，州郡的数目愈多，户籍也随之愈乱，结果兵源减少，赋税损耗。故有土断法的出现，土断指撤销侨郡、侨县，代之以所居土地为断。《南史·王僧孺传》卷五十九说："先是，尚书令沈约以为晋咸和初，苏峻作乱，文籍无遗，后起咸和二年，以至于宋，所书并皆详实，并在下省左户曹前厢，谓之'晋籍'，有东西二库。此籍既并精详，实可宝惜，位宦高卑，皆可依案。宋元嘉二十七年，始以七条征发。既立此科，人奸互起，伪状巧籍，岁月滋广，以至于齐。患其不实，于是东堂校籍，置郎、令、史掌之。"咸和二年（327年），晋成帝开始整理户籍，是谓晋籍，又于次年（328年）、咸康七年（341年）推行土断；后来大司马桓温、太尉刘裕先后于364年和413年实施土断法；南北朝时期亦施行土断措施。其目的当然是为强化中央财政实力，即如《宋书·武帝纪中》所说："及至大司马桓温，以民无定本，伤治为深，庚戌土断，以一其业。于时财阜国丰，实由于此。"将流亡来的士民，就所居地作为土著，与原来土著同等待遇，这样减少侨郡县，有利于行政统一和节省财政开支。但是土断效果并不佳，旧的侨郡县取消，新的侨郡县不断增加，如此反复增减消长，都是适时而变。

另一方面的表现是魏晋以后的州郡拥有地方武装力量，或州兵，或郡兵，州长官刺史、郡长官太守多兼军职，为地方军政首脑。刺史、太守又往往以军将都督兼任，都督管辖一郡或数郡，一州或数州，都督所辖地区成为州之上的特殊行政区，此为地方政权的军事化。刺史的本义是负责监督类的官员，即巡行郡县，以“六条”问事。刺史制度是对以前监察制度的发展，是一种比较完善的地方监察制度，是维护皇权的有力手段，对于加强中央对地方的监督和控制，发挥了重要的作用。不过，刺史制度在形成和演变的过程中逐渐地方官化，而在魏晋时期开始领兵，甚至拥兵自雄，必然妨碍监察职务，议者多谓宜加禁止或弱化，如散骑黄门侍郎杜恕提议：“以为古之刺史奉宣六条，以清静为名，威风著称，今可勿令领兵，以专民事”；“帝王之道莫尚乎民安。安民之术，在于丰财。丰财者，务本而节用也。方今二贼未灭。戎车亟驾，此自熊虎之士展力之秋也。然缙绅之儒，横加荣慕，搤腕抗论，以孙、吴为首，州郡牧守，咸共忽恤民之术，脩将率之事。农桑之民，竞干戈之业，不可谓务本。帑藏岁虚而制度岁广，民力岁衰而赋役岁兴，不可谓节用。今大魏奄有十州之地，而承丧乱之弊，计其户口不如往昔一州之民，然而二方僭逆，北虏未宾，三边遘难，绕天略匝；所以统一州之民，经营九州之地，其为艰难，譬策羸马以取道里，岂可不加意爱惜其力哉？以武皇帝之节俭，府藏充实，犹不能十州拥兵；郡且二十也。今荆、扬、青、徐、幽、并、雍、凉缘边诸州皆有兵矣，其所恃内充府库外制四夷者，惟兖、豫、司、冀而已。臣前以州郡典兵，则专心军功，不勤民事，宜别置将守，以尽治理之务；而陛下复以冀州宠秩吕昭。冀州户口最多，田多垦辟，又有桑枣之饶，国家征求之府，诚不当复任以兵事也。若以北方当须镇守，自可专置大将以镇安之”。（《三国志·魏书·杜恕传》）杜恕对州郡长官领兵颇有疑虑，认为民事和军功很难两全，行政长官恪尽治理之务则可，兵事可另置将守。

假若都督职和刺史或州牧职兼于一身，更是助长地方势力的发展，

加剧外重内轻的局面。由都督管辖地方的军政大权，有其历史原因：汉末天下纷乱，中央皇权疲弊软弱，各地豪强大族起初可能出于建坞自保而组织武装；后来武装力量壮大，转变为地方军事势力而参与战争角逐，扩大势力范围。这些拥有家兵部曲的豪强，被任命为都督或有领兵职权的刺史郡守。比如曹操在统一北方的战争环境下，联络这样的豪强军事势力，战略上自己统一指挥，具体战役则以豪强为都督去进行。当中央皇权足够强大之时，则都督多为皇室宗亲派出，用以震慑地方豪强大族。比如魏文帝曹丕时代，皇亲曹仁、曹休、曹真、夏侯尚、夏侯楙等都担任过地方都督，统帅地方军政，对外防御或进攻外敌，对内拱卫中央政权。另有一种情况是，派出亲信军将为刺史郡守，对被占领区的百姓和大族豪强进行军事管制，守护既定战果。所以，地方政权军事化是战乱纷繁、地方割据和社会动荡的历史环境所造成的。正因如此，曹魏末年，兼领刺史的都督权重一方，对中央政权造成极大威胁。司马懿父子都督全国重要州郡，通过控制主要军队而能代魏立晋；西晋“八王之乱”基本上是由担任都督的皇室王侯为争夺帝位而挑起战端的。东晋仍然如此，所谓“王与马，共天下”固然说明王氏家庭对稳固晋室江山的重要作用，同时也意味着皇权力量较弱，门阀士族势力可以左右东晋政权。东晋士族门阀对政局影响力如此之大，与都督兼领地方州牧的制度不无关系。王敦都督江、扬、荆、湘、交、广六州，兼江州牧；王含都督沔南，领南蛮校尉、荆州刺史，都督扬州、江西诸军事；王廙、王舒先后领护南蛮校尉、荆州刺史；王彬、王邃先后出任江州；庾亮、庾冰、桓温、桓玄等皆曾同时都督多个州郡，盘踞重镇，专制朝政。鉴于此，南朝诸代君主戒惧门阀士族，警惕士家大族出任都督，瓜分大州多设州郡，限制宗室诸王出镇，重视寒门将帅，委任他们出任都督。但即使如此，都督重兵是造成南朝更迭的重要原因。

四、文官制度特征和生成原因

再看看魏晋南北朝时期的文官制度。这一时期的选官办法主要是用九品中正制来评断，以补济两汉遗留的征辟察举之缺陷。这种选官制度，实际是两汉察举制度的一种延续和发展，或者说是察举制的另一种表现形式。九品中正制最初叫“九品之制”，这种新的选官制度是由魏文帝曹丕时的吏部尚书陈群创议的。《太平御览》卷二六五引《傅子》语说："魏司空陈群，始立九品之制，郡置中正，评次人格之高下，各为辈目，州置都而总其议。"《三国志·魏书·陈群传》："及即王位，封群昌武亭侯，徙为尚书。制九品官人之法，群所建也。"后人据此把九品之制叫作"九品官人法"。西晋人除了沿用"九品""九品之制"的通常名称外，开始称"中正九品"或"中正九品之制"。刘毅《论九品有八损疏》："职名中正，实为奸府；事名九品，而有八损……中正九品，上圣古贤皆所不为，岂弊于此事而有不周哉，交以政化之宜无取于此也。"（《晋书·刘毅传》）卫瓘、王亮亦上疏云："魏氏承颠覆之运，起丧乱之后，人士流移，考详无地，故立九品之制，粗且为一时选用之本耳……臣等以为宜皆荡除末法，一拟古制……尽除中正九品之制，使举善进才，各由乡论……今除九品，则宜准古制，使朝臣共相举任，于出才之路既博，且可以厉时贤之公心，核在位之明暗，诚令典也。"刘毅等都从否定和排斥的角度指出这种选官方法是一种风气和时势的促成，将之称为"中正九品之制"。到了北宋时期，"九品中正"开始成为人们称谓魏晋南北朝选官制度的术语。苏轼《论游士失职之祸》说："三代以上出于学，战国至秦出于客，汉以后出于郡县吏，魏晋以来出于九品中正，隋唐至今出于科举。"[①]及至明清时期，"九品中正制"的名称普遍流传开来。顾炎武《日知录》卷一三"清议"条云："降及魏晋，而九品中正之设，虽多失实，遗意未亡，凡被纠弹付清议者，即废终身，同之禁锢。"赵翼《陔余丛考》卷一七"六朝重氏族"条记："盖自魏以来，九品中正之法行，选举多用世族，下品无高门，上品无寒士。当其入仕之始，高下已分。"宋元以后的史家用"九品中正制"来称谓魏晋南北朝之选官制度，应该说是较为准确的，"不仅有其历史依据，而且还能更加真实地揭示出这一制度的时代特色和本质特征，并且在文字表述上也更为准确，内涵更为明晰，堪称是对这一制度最为简洁和最为完整的表述"[②]。从名称上看，此一制度包括两方面内涵：选官的方式是九品，选官的实际主持者是中正。"九品"指在魏晋时把候选士人分成九等，即上上、上中、上下、中上、中中、中下、下上、下中、下

① 苏轼：《东坡志林》，青岛出版社，2002，第199页。
② 张旭华：《九品中正制略论稿》，中州古籍出版社，2004，第6页。

下；在北魏时，每品各分正、从，第四品起，正、从又分上、下阶，共三十等。这种独特的选官方式有别于两汉之乡举里选，也异于隋唐以后的科举取士。曹丕代汉自立之前，州郡各置中正，由声望高者出任，担负识别人才之责；魏齐王曹芳时，实际司马懿主政，于各州设大中正，用世族豪门担任，选取原则以家世为重，故自司马氏当政之后，实则中正乃当时门阀世族操控选举的利益代表，而九品中正制也成为世族豪门垄断政权的工具，恰如东晋末年刘毅指陈九品中正制弊端，叹古今之失，莫大于此："今之中正，不精才实，务依党利；不均称尺，务随爱憎。所欲与者，获虚以成誉；所欲下者，吹毛以求疵。高下逐强弱，是非由爱憎。随世兴衰，不顾才实，衰则削下，兴则扶上，一人之身，旬日异壮。或以货赂自通，或以计协登进，附托者必达，守道者困悴……是以上品无寒门，下品无势族。"（《晋书·刘毅传》）

这种维护世族特权的特定的官僚选拔制度自有其历史生成原因。一是对两汉遗留下的征辟和察举制的补正和革新。两汉至魏晋时期，入仕门径其实大体差不多，只是侧重点因时有异。马端临指出："按魏晋以来，虽立九品中正之法，然仕进之门则与两汉一而已。或公府辟如，或郡国荐举，或由曹掾积累而升，或由世胄承袭而用，大率不外此三四涂辙。"（《文献通考》卷二十八）荫袭、赀选、学校都能够获得入仕机会。所谓"征辟"，就是征召名望显赫的人士出来做官，皇帝征召称"征"，官府征召称"辟"；征辟是中国汉代以来擢用人才的一种制度，主要包括皇帝征聘和公府、州郡辟除两种方式，它作为一种自上而下选任官吏的制度，又称"辟除"。察举制经汉文帝、汉武帝的经营而成熟，选拔与考试相结合，为被举者提供了公平竞争的舞台。察举科目多，如果按照四科标准分类，以"德"为主的有孝廉、孝廉方正、察廉、至孝、敦厚、能言极谏、光禄四行等科；以"文法"为主的有明法科；以"才能"为主的有尤异、治剧、勇猛知兵法、明阴阳灾异、有道等科。但所有的科目，都以"德行"为先，在学问上则以"儒学"为主。这种考察的范围，差不多涵盖了国家所需的各种人才，选拔的范围也较广，为有才干的士人提供了较多晋身仕途的机会。但由于汉朝选才之权集中在皇帝以及中央和地方官员之手，人为因素对选才有着决定性的影响，也是征辟和察举制度的根本弊端。当时被举者占四分之三是现任官吏，造成平民儒士中之优秀人才被拒之门外。特别在东汉后期，任人唯亲、唯财、唯势，权门势家把持察举的结果，令流弊百出，察举制度的根本缺陷暴露无遗。征辟的标准均以学行品德为主，但汉末天下纷争而群雄交战，政治腐败，以宦官外戚为主的官僚集团利用辟召以徇私；又因被辟召者对辟主的感戴，形成两者之间的隶属关系，助长了官僚中私人权势的增长。中央王朝的诸公、位从公及开府仪同三司，地方的都督、开府将军、州郡长官，均可辟召长吏掾属。被辟而应召者是辟召者的故吏，两者结成主从依附关系。在长期分裂动荡的形势下，征辟制对统治集团内各政治派系和地方割据势力的形成，起到了推波助澜的作用。九品中正制可谓对征辟察举的补正革新。汉魏交替之际，大小中正须用本地有才德重望的人而不依靠于州郡。“九品之制，初因后汉建安中天下兵兴，衣冠士族多离本土，欲徵源流，虑难委悉，魏氏革命，州郡县俱置大小中正，各取本处人任诸府公卿及台省郎吏有德充才盛者为之，区别所管人物，定为九等。其有言行修著，则升进之，或以五升四，以六升五；傥或道义亏阙，则降下之，或自五退六，自六退七矣。是以吏部不能审定核天下人才士庶，故委中正铨第等级，凭之授受，谓免乖失及法弊也。”（《通典·选举典》第十四）依靠中正在平时铨定各人的言行，为的就是防备临时舞弊，在形式上比征辟察举更为精密。

二是汉末清议盛行，士林敦励名节而涵养成一种特别的士风。“桓灵”之际，一班名士群体和太学生不满宦官专权，耻与为伍，议论朝政和品评人物，“逮桓、灵之间，主荒政谬，国命委于阉寺，士子羞与为伍，故匹夫抗愤，处士横议，遂乃激扬名声，互相题拂，品核公卿，裁量执政”（《后汉书·党锢列传序》）。名士如李膺、陈蕃、王畅等为精神领袖，形成一种强大的在野的社会政治力量，互相标榜，批评乱政，更注重于评论实际的政治，臧否人物，对察举征辟中的漫无标准和名实脱节现象多有非议，如“举秀才，不知书；察孝廉，父别居。寒素清白浊如泥，高第良将怯如鸡”之类，其清议人物的品第法由民间转化为官方行为，就成了曹魏之九品中正制。《后汉书·党锢列传序》：“邪枉炽结，海内希风之流，遂共相标榜，指天下名士，为之称号。上曰三君，次曰八俊，次曰八顾，次曰八及，次曰八厨，犹古之八元、八凯也。窦武、刘淑、陈蕃为三君。君者，言一世之所宗也。李膺、荀翌、杜密、王畅、刘祐、魏朗、赵典、朱禹为八俊。俊者，言人之英也。郭林宗、宗慈、巴肃、夏馥、范滂、尹勋、蔡衍、羊陟为八顾。顾者，言能以德行引人者也。张俭、岑晊、刘表、陈翔、孔昱、苑康、檀敷、翟超为八及。及者，言其能导人追宗者也。度尚、张邈、王考、刘儒、胡母班、秦周、蕃向、王章为八厨。厨者，言能以财救人者也。”士林清议品第人物采用一些层级品目，将人物分等次归类，实为九品中正制度起着先导作用。士林清议在品题用语大多清简适当和要言不烦。汝南范滂评价郭林宗：“隐不违亲，贞不绝俗，天子不得臣，诸侯不得友，吾不知其它。”（《后汉书》卷六十八）汉中晋文经、梁国黄子艾二人恃其才智，故作高深，声名传于上京，“卧托养疾，无所通接，洛中士大夫好事者，承其声名，坐门问疾，犹不得见”；名士符融知晓他们的意图，对李膺说：“二子行业无闻，以豪桀自置，遂使公卿问疾，王臣坐门。融恐其小道破义，空誉违实，特宜察焉。”膺然之。许劭评徐州刺史陶谦：“外慕声名，内非真正；待吾虽厚，其势必薄。”（《后汉书》卷六十八）数语片言，深中肯綮，与魏晋中正品状人物类似。晋武帝快婿王济与和峤、裴楷齐名，《晋书·孙楚传》：“初，楚与同郡王济友善，济为本州大中正，访问铨邑人品状，至楚，济曰：‘此人非卿所能目，吾自为之。’乃状楚曰：‘天才英博，亮拔不群。’……楚少所推服，惟雅敬济。初，楚除妇服，作诗以示济，济曰：‘未知文生于情，情生于文，览之凄然，增伉俪之重。’”中正品状大体如此，可见魏晋兴起的九品中正制深受清议风气的促成，甚至可以说“汉末的党祸与清议为九品中正制成立的最大原因”[①]。

三是汉末政局混乱，州郡守相变换频繁，察举制遇到了现实操作的困难，而由中正考察本地同籍人物，至少比较熟悉。另外，曹魏一方面唯才是举，哪怕是“负污辱之名，见笑之行，或不仁不孝而有治国用兵之术”之人才，也要“其各举所知，勿有所遗”而加以网罗，使其在群雄争霸过程中渐居上风；可是，但曹操选官的真正准则非“唯才是举”，实乃“治平尚德行，有事赏功能”。曹操不但不曾笼统地否定世家大族

① 杨筠如：《九品中正与六朝门阀》，商务印书馆，1930，第10页。

素所强调的德行标准，而且很重视对名士的争取。在其帷幄中有许多世家名士。官渡战前，徐州混乱，他曾派出名士陈群、何夔等人出宰诸县，以图稳定局势。得邺城后，立即辟用袁绍原来辖区内的名士；破荆州，也尽力搜罗本地的和北方逃来的士人。及至后来，更是以慎德为念。应该说，唯才是举乃应对角逐争雄的战争策略，而“九品中正”则延续了察举之德行考量，乃稳固现实统治的政治策略。其实施意图，“是准备在可以预见的汉魏革命时，把东汉朝廷崩溃后的官吏吸收进魏朝而拟的便宜之计。要言之，就是将取代东汉的魏朝百官，根据职务的重要性相应地分为九品；官吏及候补官吏也由出生地的郡中正根据其品德才能区分出九品”[①]。所以，在诸侯争雄阶段，曹操根据现实需要度外用人，拔用那些不齿于名教但有治国用兵之术的人，各尽其才；一旦胜出，且局势较为稳定，则仍以名教模范为己服务。也就是说，必须保证新立的魏朝官吏尽最大可能显示忠诚，反魏或不合作者尽最大可能地予以清除。九品中正制就是一种官吏资格的初步审察鉴别；或者说，中正评议是候补官僚的资格评定。再者，因为曹操不拘一格唯才是举的选官办法打破了东汉以来由门阀世族主持乡闾评议和控制选举局面的形势，从而为建立新的选举制度创造了条件。州郡的大小中正官是由司徒举荐的现任中央官员兼任，与主持乡闾评议的门阀世族互相平衡，使得曹操虽与士大夫阶层间有冲突，但始终以合作为其主流而不至陷入破裂的窘境，从而形成了魏晋士族的一批核心力量。比如荀彧辅佐曹操，能够“从容与太祖论治道”，两人的合作相辅相成，荀彧作为士族的代表，协调了曹操与世家大族的关系。九品中正制设立之初，除了照顾世家大族的利益外（倡导者陈群即世族出身），也保留了唯才是举的精神，选举人才时品状并重，一定程度上起到了选贤任能以更好地维护其统治的作用。

九品中正制创立之初，中正定品必须征诸乡论，求诸乡评，此为“乡品”，中正评议人物的标准是家世、道德、才能三者并重。到了西晋时期，许多新的世家大族形成，与旧的世家大族一起，渐渐掌控九品中正制的实际操作。九品中正制已经从强化皇权的政治手

① 宫崎市定：《九品官人法研究》，中华书局，2008，第7页。

段，转化成为世家大族长期维护其政治特权的有效工具；为门阀制度的确立，提供了坚实的政治基础。换言之，固化的魏晋九品官人法并不是严格按照个人的才德给予乡品，再根据乡品任命为相应的官品，而是越来越呈现贵族化色彩，即家世的重要性日益突出，道德和才能的标准日益模糊。又因魏晋时期充当中正者一般是二品，二品又有参与中正推举之权，而获得二品者几乎全部是门阀世族，故门阀世族就完全把持了官吏选拔之权。于是在中正品第过程中，才德标准逐渐被忽视，家世则越来越重要，甚至成为唯一的标准。这样一来，九品中正制不仅成为维护和巩固门阀统治的重要工具，而且本身就是构成门阀制度的重要组成部分。到南朝时期，在中正的评议中，所重视的只是魏晋间远祖的名位，而辨别血统和姓族只需查谱牒，中正的品第反成无足轻重的例行公事。一种制度发展到后来却背离其初衷，也就意味着开始走向衰弊。“然诸贤之说，多欲废九品罢中正何也？盖乡举里选者，采毁誉于众多之论，而九品中正者，寄雌黄于一人之口。且两汉如公府辟掾属，州郡选曹僚，皆自荐举而自试用之，若非其人，则非特累衡鉴之明，抑且失侍毗之助，故终不敢十分徇其私心。至中正之法行，则评论者自是一人，擢用者自是一人，评论所不许，则司擢用者不敢违其言，擢用或非其人，则司评论者本不任其咎。体统脉络，各不相关，故徇私之弊，尢由惩革。又必限以九品，专以一人，其法太拘，具意太狭，具迹太露，故趋势者不暇举贤，如刘毅所谓上品无寒门，下品无世族是也。”（《文献通考》卷二十八）九品中正制最终沦为世家大族巩固其利益的工具，自然要退出历史舞台。在十六国和北朝时期，由于各政权具有少数民族统治的性质，九品中正制的作用不能与两晋南朝相提并论。北魏初、中期，未行九品中正制。孝文帝改制，班定族姓，始立九品中正制。但自河阴之变[1]后，此制亦流于形式。到了隋代，随着门阀制度的衰落，此制终被废除。

① 528年，北魏权臣尔朱荣策划并实施的一起针对皇族和百官公卿的屠杀事件，因事件发生在河阴县而得名。

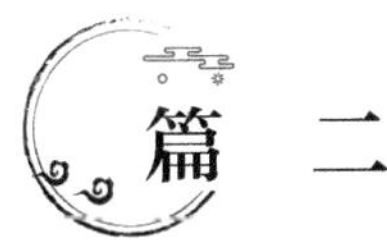

篇　二

魏晋南北朝宗族体制与家庭文化表征

汉末皇权控制力几乎殆尽，形成了建安三国时代的混乱，西晋代曹魏后获得几十年的统一，旋即“八王之乱”发生，胡族纷纷独立，中原又陷入乱局。社会、经济、文化在此过程中曲折前进，大致经历四个周期：汉末群雄割据混战—曹操统一北方—西晋太康年间（280—289年）；八王之乱—永嘉之乱—前秦统一北方；淝水之战—北魏统一北方—魏孝文帝改革；六镇起义、北魏分裂—北齐、北周对立—隋统一南北。尽管民生多艰、民情多哀，百姓却依然要生存，社会生活也仍在继续。在这么一个时期，社会各阶层为寻求自存之道不得不组成性质各异的共同体，政权、阶层、宗族、乡里、家庭等组织结构或风土习俗都发生了变化。这段时期主要阶层划分，参照朱大渭归纳，大致分为六大阶层：皇室和高门士族；寒门庶族，内含地方豪强、寺院地主、富商世贾；少数民族酋帅；编户个体家民、手工业者、金户、银户、盐户；屯田户、佃客、部曲、僧祇户、军户、吏家、百工户、杂户等；佛图户和奴婢仆役[①]。皇室和高门士族是控制朝政的统治者，决定王朝兴衰命运；庶族豪强、富商世贾主要是维护地方政权组织的主干力量，属于统治者的底部辅翼阶层；其余都是被统治阶层，是社会发展的主体力量。应该注意的是，虽然存在士庶阶层固化观念，但事实上各阶层之间的上下流动在

① 朱大渭：《魏晋南北朝社会生活史》，中国社会科学出版社，1998，第42页。

此一时期更为普遍、更为复杂，并无恒定不变的结构。

一、宗族体制的形成、类型、结构和功能

魏晋南北朝的宗族组织整体可分皇室宗族、士族宗族和寒门宗族三种类型。皇室宗族拥有各方面最大的特权，但受政局剧变和王朝频繁更换的影响，其特权经常受到限制以至分化下滑。寒门宗族结构较为松散，经济力量相对较弱，但在基层社会组织中掌握了一定的文化知识和土地财富，故又称豪族、豪门、寒族、寒宗等。士族宗族是统治阶层中的主体力量，拥有极强的政治、军事、经济实力和极高的社会影响，又称高姓、盛祖、强宗、名族、大族、冠冕之族，世代相沿则成世族；各级政权往往掌控在少数名门士族、宗族手中，皇权微弱时尤其如此，东晋以后的贵族阶层基本由士家大族构成。有无共同的经济职能是家庭和宗族的分界线，家庭发挥着经济职能，而宗族依赖父系血缘纽带发挥着凝聚协调、群居教育、自治防御功能以及辅助发挥国家职能。宗族的社会功能在魏晋南北朝时期很强大，无论大、小宗族，它对家庭及其成员的干预频繁，家庭成员也经常因服务宗族整体利益而改变个体志趣，如东晋谢安，为维持宗族威望不得不东山再起。宗族社会颇具时代特色，它的结构和功能的演变史，影响近四百年的魏晋南北朝史。汉末以来的宗族拥有土地权，生产活动则由公选出的“任田者”安排，关于农事活动的专书《四民月令》描述了宗族农业经济运作情况。宗族以家庭为基本单位，贫富亲疏不同的家庭单位支配自己的财富，宗主往往是最富有最有权势的室家。“八王之乱”后，华夏大伤，五胡乱华事起，宗族成员为求自保，筑坞堡防御外敌。一个宗族一个坞，坞内屯垦生产，且耕且守。永嘉之乱时，“属刘元海攻平阳，百姓奔走”，修武县侯李矩“素为乡人所爱，乃推为坞主，东屯荥阳，后移新郑”（《晋书·李矩传》）[①]。此时的宗族结构较汉魏时松散，家庭耕种渐渐代替屯聚。南北朝时期，南方大宗族不再以集体经济生产活动为纽带，慢慢地走向解体，宗族联系更依赖精神纽带，个体家庭成了社会基本单位。比如世家大族琅琊王氏，“甲族向来多不居宪台，王氏以分枝居乌衣者，位官微

① 房玄龄：《晋书》，中华书局，1974，第1706页。

减，僧虔为此官，乃曰：此是乌衣诸郎坐处，我亦可试为耳”（《南齐书·王僧虔传》）[①]。王氏分枝渐多，各有贫富升沉。陈郡谢氏情况也差不多，谢思为武昌太守，家素贫俭，而其子谢弘微过继给其弟谢混，所继丰泰，资财巨万，园宅也有十余所。宗族的功能几乎消失殆尽，个体家庭独立性越来越明显。其中原因多种多样，战乱离散，南北流动，经济形式改变，宗族成员的独立意识和地位成就差异等，都可能导致个体家庭作用的凸现。原先宗族同居共财的经济生活，在南北朝后期也离析了，宗族内部“危亡不相知，饥寒不相恤”的现象越来越寻常。

作为宗族之一的士族，其特征和发展趋势大体亦如此。但是，因其属于上层统治者而享有诸多特权，与一般宗族自是不同。魏晋士族的社会基础是汉末各个割据政权的大姓新老名士，政治保证是魏明帝推行的九品中正制。九品中正制综合家世和才德来定品级，但才德标准越来越无关紧要，高贵的家世决定士族子弟的政治前途。九品中正制如果按其原先设计的初衷运行下去，应以贤德和才能决定官员的品级，从而形成贤能型等级制社会，而非贵族门阀制社会。其中原因是，“中正制度的运用是基于现实的力量对比关系上，易言之，在于这个制度不得不如此运行的各种现实条件上，与制度本身的原理是性质不同的两个问题”[②]。于是，士族制度愈巩固，其门阀势力愈强，有时还能决定皇权去留。西晋代魏之功，以平阳贾充、河东裴秀、太原王沉等世家大族的支持最为重要。所谓“贾裴王，乱纪纲；裴王贾，济天下”（《晋书·贾充传》），实际反映出世家大族在参与政治方面的控制性作用。士族经济特权的攫取主要依靠皇权赐予土地和劳动力、恩赏和领取厚实俸禄，以及自己的政治军事暴力掠夺，从而形成自给自足的宗族经济集团。曹魏后期和西晋太康时期，士族获得占田荫客、荫户特权，荫客和荫亲都免除租赋和服役义务而变为依附士族的佃客，意味着士族制度正式形成。在这个经济集团里面，士族之下有门生故吏、宗族成员、家兵部曲、佃客荫户和奴婢妓妾等，由此形成宗族小社会。士族利用经济特权，谋取政治和文化特权，并且竭力与其他阶层划清界限以保持其特殊贵族地位的纯粹性。庶族要流升到士族行列需要费尽好几代人的巨大努力，庶族

① 萧子显：《南齐书》，中华书局，1972，第592页。

② 川胜义雄：《六朝贵族社会研究》，上海古籍出版社，2008，第73页。

出身的皇权甚至都要巴结拉拢士族阶层，比如刘裕受禅立宋以后不得谢混奉玺绂为憾，且刘裕本人也渐染士族习俗，以风雅为高，周旋于被门阀士族长期垄断的文化领域之中。西晋时诸王内斗厉害，皇权只好承认士族的政治地位，并让渡部分统治权力，故此时负责选官的大中正一职完全被世家大族把持，九品中正制变为世家大族控制朝政的工具，重要官职皆由大族强宗子弟充任并变相世袭。这就更把其余各阶层的上升通道给封堵了，像陶侃之类的庶族人才，即使功勋卓越官位也高，但始终被排斥在朝政核心之外，所谓“上品无寒门，下品无士族”的现象大概在那时形成。士族任官则为上品、清官，经济是可以荫客荫族和免除赋役，文化上经学名教或玄学技艺都历世传承。庶族任官多为地方政权官吏的掾属、佐吏，是中下品浊官，经济上没有特权，自身经营生产，兼营工商业，某些富豪直接管理生产而经济势力较活跃，苦心提升文化教养，改革念头和奋斗精神较强，努力打破士族在各方面的垄断局面。东晋时候，士族势力达到顶峰，“王与马，共天下”的说法是其写照。这时的九品中正制和门阀制度结合，形成东晋门阀政治，南北大族共掌朝政。士族重视婚姻、宦品、郡望，以保持其贵族地位，因而鄙薄武事，以文雅自傲，不愿屈志戎旅，也不愿任升迁机会小的官职。这就给庶族子弟留出席位和机会，通过军功跻身政坛以获取更大的政治空间是庶族子弟奋斗的通常途径。南北朝时期大批庶族寒士以此途径抵达执掌兵权的将帅位置，成为皇权所倚重的“御侮戡乱”之砥柱，最成功的莫如南朝各个开国帝王。

世家大族由于长期养尊处优而走向堕落，经纶世务能力日萎。颜之推批评当时士族子弟素质和能力，说：“江南朝士，因晋中兴南渡江，卒为羁旅，至今八九世，未有力田，悉资俸禄而食耳。假令有者，皆信僮仆为之，未尝目观起一拨土，耘一株苗；不知几月当下，几月当收，安识世间余务乎？故治官则不了，营家则不办，皆优闲之过也。”（《涉务篇》）[①]既耻涉农商又羞务工伎，只能公私宴集、谈古赋诗而已。“梁世士大夫，皆尚褒衣博带，大冠高履，出则车舆，入则扶持，郊郭之内，无乘马者。周弘正为宣城王所爱，给以果下马，常服御之，举朝以

① 王利器：《颜氏家训集解》，中华书局，1993，第324页。

为放达。至乃尚书郎乘马，则纠核之。及侯景之乱，肤脆骨柔，不堪步行，体羸气弱，不耐寒暑，坐死仓促者，往往而然。”（《涉务篇》）[①]从身体素质到经世能力，士族阶层整体腐化堕落至不堪境地。刘宋以来的开国帝王均庶族或末流士族出身，在门阀政治环境中都曾受到世家大族的掣肘和排抑，他们联合掌握实际政务的庶族阶层，共同削弱和打击士族势力，或者大量跻入和改造士族阶层。表面上看，刘宋时代的士、庶区别最严格，所谓“士庶之际，实自天隔”，其实出现这样的情况乃是士、族面临崩溃时的最后挣扎而已，“昨日卑微，今日仕伍”，庶族日益打破士族构造的阶层壁垒，成为政治、经济和文化的新兴主导力量。

在日常生活方面，士族追求“士当身名俱泰”的人生理念。西晋灭吴统一全国后，武帝司马炎开始沉溺淫乐奢靡生活，专事游宴，怠于政事，“掖庭殆将万人。而并宠者甚众，帝莫知所适，常乘羊车，恣其所之，至便宴寝。宫人乃取竹叶插户，以盐汁洒地，而引帝车”[②]帝王开头，士族竞豪奢之风甚烈，太尉何曾务在华侈，帷帐车服，穷极绮丽，厨膳滋味甚至超过皇室，“不食太官所设，帝辄命取其食；蒸饼上不拆作十字不食；食日万钱，犹曰无下箸处”（《晋书·何曾传》）[③]。翻检《晋书》《世说新语》等史书，士族阶层豪阔生活记载不绝如缕，诸如石崇宴客杀美人劝酒，武帝舅舅王济用人奶饲养供厨的乳猪，石崇和王恺斗富比阔，都是穷奢极欲的典型事迹。北朝也差不多，杨衒之《洛阳伽蓝记·城西》记“帝族王侯，外戚公主，擅山海之富，居川林之饶，争修园室”[④]。奢华往往伴随着淫靡，贵族官僚聚妾蓄妓达数十人甚至数百人者很普遍，不仅爱好女色声乐，痴迷于对弄婢妾的生活，咸宁、太康之后，“男宠大兴，甚于女色，士大夫莫不尚之，天下皆相放效，或有至夫妇离绝，怨旷妒忌者。故男女气乱，而妖形作也”[⑤]。淫靡之风客观上塑造了士族阶层的一种独特的精神气质，即后人所谓魏晋风度。服妖、服药、饮酒、裸袒、傅粉、施朱、熏衣、剃面著帢、麈尾、清

① 王利器：《颜氏家训集解》，中华书局，1993，第322页。

② 房玄龄：《晋书》，中华书局，1974，第962页。

③ 房玄龄：《晋书》，中华书局，1974，第998页。

④ 周祖谟：《洛阳伽蓝记校释》，中华书局，2010，第148页。

⑤ 沈约：《宋书》，中华书局，1974，第1006页。

谈、技艺、怪癖等，南北朝时候还普遍流行的男女修容，都是体现士族阶层精神风貌的道具或方式。晋惠、怀之世，京、洛有兼男女体，亦能两用人道，而性尤淫。案此乱气之所生也。

在各种特权保障下，士族宗族是大庄园的经济实体。他们圈占土地，封山占泽，构造大庄园。著名的金谷园是石崇奢靡生活的主要场所，因循山形水势，方圆几十里布满湖塘园馆和楼榭亭阁；石崇还用绢绸子针、铜铁器等派人去南海群岛换回珍珠、玛瑙、琥珀、犀角、象牙等贵重物品，把园内的屋宇装饰得金碧辉煌，豪华不亚于宫殿。潘岳的庄园则位于洛阳南郊的洛水之滨，《晋书·潘岳传》载其《闲居赋》："爰定我居，筑室穿池，长杨映沼，芳枳树篱，游鳞瀺灂，菡萏敷披，竹木蓊蔼，灵果参差。张公大谷之梨，溧侯乌椑之柿，周文弱枝之枣，房陵朱仲之李，靡不毕植。三桃表樱胡之别，二柰耀丹白之色，石榴蒲桃之珍，磊落蔓延于其侧。梅杏郁棣之属，繁荣藻丽之饰，华实照烂，言所不能极也。"[①]永嘉南渡之后，北方士族依靠原有的政治优势，带来大量佃客、部曲、奴仆进行占山固泽活动，根本忽视朝廷禁令，以致迫使朝廷改立新规，即依当朝官员品阶占领山泽，等于确认占山固泽活动的合法性。所以，士族在江南占山固泽的圈地运动颇为壮观，于是"名山大川，往往占固"，士族宗族的庄园制度在南方普遍发展。庄园的宗族成员在庄园主的管理下从事日常劳作，主要从事农业和日用品手工业生产。物品交换大多在庄园内完成，闭门成市，自给自足。谢灵运万言《山居赋》描述其祖父谢玄所开拓的"始宁墅"山居庄园，移步换景，寄物抒情，顺题发挥，包括山川形势、楼阁园林、庄稼竹木、菜蔬药材、飞禽走兽、仙佛人物，人文历史和地理方术兼备，把优游自在的庄园生活描绘得令人心驰神往。

北方士族到江南是带着大量佃客和部曲的。佃客与土地联系紧密，而部曲未必与土地有联系，他们主要职能是私属家兵，可以转化成私人军队供朝廷调用；主人也偶尔分配农业劳役。东南的孙吴实行世袭领兵制度，使将领与士兵建立世代的隶属关系。十六国时，成汉的李雄命令

① 房玄龄：《晋书》，中华书局，1974，第1505-1506页。

范长生的部曲不由国家调租，租税都直接交给范家。朝廷承认部曲可以私属大族，但也可以收归朝廷，故部曲人身依附关系还不确定。在南北朝前期，主人视部曲为贱口，但并未得到法律承认。随后，士族宗族对部曲的控制力越来越小，朝廷加强了对部曲的控制。换言之，部曲已不再是庄园主的家兵，作为军队主力越来越国家化，将帅招募来的部曲不得私用，否则就是犯法，也不得世袭领兵。“将军既下世，部曲亦罕存”（鲍照《东武吟》），说的就是这么回事。当然，庄园主或将帅也不用负担部曲的生活资料，比如萧梁时“大半之人并为部曲，不耕而食，不蚕而衣”，完全是朝廷负担。“家兵的国家化，是历史发展的必然趋势。这种趋势，在南朝比北朝来得要早，转折点便是南主宗族部曲组织，随着大家族制度的消亡，宗族所有制的解体而解散。客户不再充当部曲，是社会的又一个变动。它不仅意味着客户的义务和人身束缚减轻，而且意味着皇权的加强。”①皇权加强，士族势力减弱，门阀贵族制社会也走向解体。

二、以门户利益为先的宗族观念和发展策略

除西晋短期统一之外，中原地区基本处于战乱割裂状态。在此情况下，有些大宗族避乱流徙南方或边远地区，这就渐渐形成了以宗族为核心的流民集团。范阳人祖逖就曾率亲党数百家避地淮泗，充当“行主”的角色。永嘉之乱时，东莞人徐邈与乡人臧琨等率宗族子弟并闾里士庶千余家南渡至京口安定下来。两晋之际迁往南方的中原士族达百家之多。流民集团聚族迁移到新的地区，族居聚处，有的还变成流民武装集团。谢玄创立的北府军主要收编的是流民武装，那么流民在谢玄的领导下继续指挥流民群体。流民武装为有效地防范北方少数民族政权南进而构筑南方安全屏障，为东晋苟安江南创造了军事条件；但也成为推翻东晋政权的潜在力量，刘裕攻灭桓玄恢复晋室，最后代晋立宋，依靠的骨干力量是流民为主的北府兵。在乱世中，士族举宗流徙能够发挥集体的凝聚力，度过艰难困苦到达目的地，宗族的巨大作用在此时体现出来了。从汉末到魏晋六朝，是中国聚落史的大变化时期，其中“村”的出

① 万绳楠：《魏晋南北朝文化史》，黄山书社，1989，第102页。

现就是一个大变化。有的“村”系由三国屯田制形成的聚落组织发展，有的“村”则是由汉末动乱中的自卫性集团“坞”形成的，北方村落的来源多为坞。“坞”又称“坞壁”“坞堡”“坞壁”“堡壁”“垒壁”等，是战乱时期由族长控制的宗族组织和武装集团。两晋之际，“百姓流亡，所在屯聚”，淝水之战后，关中大乱，有“堡壁三千余所”（《晋书·苻坚载记下》）。坞堡内部组织严密，坞主由族众推选士族地主担任。高平郗鉴因分散家产、体恤宗族孤老而被推选为坞主，举千余家俱避难于鲁之峄山。宗族坞堡有一套完整的管理制度，如西晋颍川庾氏宗族的庾衮率其同族士庶建立禹山坞堡，与族众立誓且共同制定族令：“无恃险，无怙乱，无暴邻，无抽屋，无樵采人所植，无谋非德，无犯非义，戮力一心，同恤危难。”“于是峻险阨，杜蹊径，修壁坞，树藩障，考功庸，计丈尺，均劳逸，通有无，缮完器备，量力任能，物应其宜，使邑推其长，里推其贤，而身率之。分数既明，号令不二，上下有礼，少长有仪，将顺其美，匡救其恶。及贼至，衮乃勒部曲，整行伍，皆持满而勿发。贼挑战，晏然不动，且辞焉。贼服其慎而畏其整，是以皆退，如是者三。”[①]庾衮被推选为领袖，以身作则，管理族众把坞堡经营成防卫固守、经济自足的生活共同体，这种耕战结合的方式，使坞堡领袖拥有武装力量，既为本宗族守土安民，又可资依恃参与军事和政治投机。东晋王敦叛乱时，会稽余姚人虞潭“招合宗人及郡中大姓，共起义军，众以万数”，自保及驰援朝廷军队。这些宗族坞堡武装集团若自保则成一方霸主，如北魏冀州人张孟都、张洪建、马潘、崔丑、崔思哲、崔独怜、张叔绪、张天宜八家皆屯堡林野，号称“八王”而雄视朝廷；若政治投机则成朝廷重臣，郗鉴、苏峻都凭此光宗耀祖。

十六国时期，战乱纷纷，北方原有的地方行政系统遭到破坏，各地士族豪强纠合宗族乡里，结坞筑垒，一时间坞壁林立，在新的统治秩序尚未建立时，代行原有的地方行政系统的功能而成为最基层的社会组织。北魏王朝建立后，维持其统治秩序并征收赋税的办法，是依靠宗族坞堡组织，让其充当地方基层政权职责，既督责赋税又保护族众。坞堡选址很有讲究，总原则就是要利于耕作、自守，自然环境好。郦道元

① 房玄龄：《晋书》，中华书局，1974，第2283页。

《水经注》卷十五描述洛水流向及沿流坞堡建筑情况："洛水又东径檀山南，其山四绝孤峙，山上有坞聚，俗谓之檀山坞。""又东北过蠡城邑之南，城西有坞水，出北四里山上，原高二十五丈，故黾池县治，南对金门坞，水南五里，旧宜阳县治也。洛水右会金门溪水，水南出金门山，北径金门坞，西北流入于洛。""洛水又东合杜阳涧水，水出西北杜阳溪，东南径一合坞，东与槃谷水合，乱流东南入洛。洛水又东，渠谷水出宜阳县南女几山，东北流径云中坞，左上迢遰层峻，流烟半垂，缨带山阜，故坞受其名。""洛水又东，合水南出半石之山，北径合水坞，而东北流注于公路涧。""洛水又东径百谷坞北。戴延之《西征记》曰：坞在川南，因高为坞，高十余丈，刘武王西入长安，舟师所保也。""其水东北流入白桐涧，又北径袁公坞东，盖公路始固有此也，故有袁公之名矣。北流注于罗水。罗水又西北径袁公坞北，又西北径潘岳父子墓前。""伊水历崖口，山峡也。翼崖深高，壁立若阙，崖上有坞，伊水径其下，历峡北流，即古三涂山也。""西北流径杨亮垒南，西北合康水，水亦出狼皋山，东北流径范坞北与明水合，又西南流入于伊。"[①]这一种沿着洛水东流经线路，至少流经檀山坞、金门坞、云中坞、百谷坞、袁公坞、范坞等可知的坞堡，一般建在高山天险流水环绕的山水间，且有足够空间储备武器和粮食等，以便宗族因循天然屏障而安然生存下去，还可以利用山间土地在适当的时候耕作自给。但这种险隘若通道被断或水路被阻，其生存就困难重重了；再若遇上天灾粮食歉收之年，坞主就很可能要率族众从事抄掠勾当，呈现坞堡的武装集团性质了。另一方面，"像这种坞的生活，当然具有另辟一种新天地的倾向。在远离村落的深山里，过着与外界隔离的集团生活，所以从外面人的角度，往往会将其想象为一种理想乡"[②]。桃花源一直被人想象成理想家园，其实桃花源是有其原型的，比如陈寅恪认为《桃花源记》是陶渊明根据当时坞堡原型进行艺术加工而成的[③]。宗族坞堡的建立旨在聚居自守图存，除像庾衮、郗鉴等名门大族经营较久外，大多数宗族难以长期维系坞堡组织。故十六国百余年里，战争频繁，中原凋敝，户口离散，是常有之现象。随着统一趋势日渐明朗，坞堡也日渐解散消亡，仅留宗族乡里组织痕迹了。

① 陈桥驿：《水经注校证》，中华书局，2007，第365-376页。

② 谷川道雄：《中国中世社会与共同体》，中华书局，2004，第87页。

③ 陈寅恪：《桃花源记旁证》，《清华学报》1936年第11卷1期。

北魏时期的鲜卑贵族吸收汉族士人参与政权建设，加速自身的士族化，如孝文帝依照魏晋门阀制度“分定姓族”，规定士族阶层相应的经济政治特权，确定鲜卑大族穆、陆、贺、刘、楼、于、嵇、尉八姓地位最高，大致相当于汉族大姓之崔、卢、郑、王四姓。“鲜卑八姓”与“汉族四姓”之间建立政治联姻集团关系，从而确立了新的门阀秩序和体制。从积极作用来看，“分定姓族”等措施促进了民族文化交融；从消极方面来看，这种努力显然加剧了社会不平等，使鲜卑下层民众的上升通道被切断而引发内乱。太和改制后，民族交融进程加快，北朝宗族内部矛盾冲突也增多，导致士族大宗失去凝聚力，族众各侍不同的统治集团。北魏士族亦如南方士族实施严格的门阀等级界线，“士庶贵贱之隔”泾渭分明，这与北魏以草原民族文化本色及其政权体制中的宗法制色彩有很大关系。不过，其士庶界线主要在宗族内部严格区分，而在宗族之间则较为宽松，因为真正的世家大族数量并不多，而且有一些新兴权贵只是世仕后赵和前后燕者，系冒名伪传某个公认的士族大宗，如“马渚诸杨”号称是源自“弘农杨氏”，其实其郡望家世谱系根本无迹可寻，只是自称而已。更要注意的是，“在新的历史条件下所确立下来的北朝高门大族，已隐约具备了某些官僚化倾向”；“他们中‘家族’的色彩已逐渐衰弱，而‘官僚’的色彩逐渐浓厚”；“隋唐以降，中古官僚制帝国的重构，正是在这一基础上完成的”①。官僚制度的形成趋势，意味着士族凭血统、家世、郡望获取特权的机会越来越小了，士族社会体制走向解体。

士族阶层为保持其特权地位，形成一整套严密的观念结构。由于主持定品的大中正一职多是高门望族担任，九品中正制原先以家世结合才德的标准变成以家世为决定因素，士庶之间壁垒森严，几无互相流动。在这个背景下，世家大族重门第轻才德、重宗族轻个人、重孝悌尚复仇，颇有原始氏族社会遗风。每个社会成员由其家族门第决定身份贵贱和人生前途，故门阀等级婚姻高度凝固化，“士庶不婚”成为坚定信念。琅琊王氏、陈郡谢氏和袁氏家族在东晋南朝最为显赫高贵，基本门当户对，因而通婚最频繁。但内婚制使选择面无形中减缩，加上早婚早育，

---

① 曹文柱主编：《中国社会通史·秦汉魏晋南北朝卷》，山西教育出版社，1996，第129-130页。

导致高门异辈婚姻相当普遍，造成家庭伦理秩序的混乱，这为门阀士族埋下没落的种子。南朝时期，“士庶不婚”的观念稍有动摇，东海士族王源嫁女于富阳寒人满璋之子，又以所得五万聘礼的剩余部分为自己纳妾。这表明，士族卖婚纳资可补门第差别，门第观念随之消淡。北朝后期，士族之间已盛行买卖婚姻，如娄太后为博陵王纳妃曾吩咐下属“好作法用，勿使崔家笑人”。经过“侯景之乱”和“江陵之变”，士族遭受重创，寒族势力兴起，虽然门第观念还起一定的影响作用，但事实上士庶通婚者已越来越普遍，而且所谓门第的标准增加了财富、权势等新的内涵。在个体命运方面，士族成员的人生沉浮均与其所在的宗族休戚相关，个体价值归属于宗族整体利益。“个人与乡里与宗族不可分割，仕宦之始在乡里，进身之途在操行。”[①]东晋范汪少时孤贫，名士王澄见而奇之说：“兴范族者，必是子也。”（《晋书·范汪传》）这些兴宗者在掌握了若干特权后大都会庇荫全宗。当然，若宗族成员犯罪遭难，则株连宗族也不可避免，曹魏末年众多与司马氏政治集团作对失败者，皆宗族涂地或者受到歧视。再者，在政权禅代频繁的历史时期，“孝”的观念优越于“忠”的观念。“如果说西晋自武帝以来，士族名士是司马氏皇权（包括强王权力）的装饰品，那么东晋司马氏皇权则是门阀政治的装饰品；西晋尚属皇权政治，东晋则已演变为门阀政治。东晋皇权既然从属于门阀政治，皇帝也就只是士族利用的工具，而非士族效忠的对象，‘贞臣’自然少而又少了。”[②]也就是说，追求宗族和家庭利益最大化，自然而然成为人们参与政治角逐的最高理想和核心宗旨。因此，为保全宗族整体利益，有挺身而出撑起宗族命运大厦者，如谢安在叔伯兄弟连连受挫的情况下东山再起，以淝水之战重新确定谢氏家族在最高权力机构中的核心位置；也有牺牲个人来保存宗族命运者，如王景文服饮宋明帝所赐毒药以周全门户。宗族门户利益为先的观念深入士人阶层的内心世界。

宗族是由一个个具有血缘联系的小家庭构成的，魏晋南北朝时期的家庭结构多种多样。士族、官僚和地方豪族较多“百口”家庭。《北史·节义传》记载博陵安平人李几“七世共居同财。家有二十二房，一

① 唐长孺：《魏晋南北朝史论拾遗》，中华书局，1983，第235页。

② 田余庆：《东晋门阀政治》，北京大学出版社，2012，第24-25页。

百九十八口，长幼济济，风礼著闻。至于作役，卑幼竞集。乡里嗟美，标其门闾”[①]。《魏书·卢玄传》记载卢度世家庭情况：“及渊、昶等，并循父风，远亲疏属，叙为尊行长者，莫不毕拜致敬。闺门之礼，为世所推。谦退简约，不与世竞。父母亡后，同居共财，自祖至孙，家内百口。在洛时，有饥年，无以自赡，然尊卑怡穆，丰俭同之。亲从昆弟，常旦省诸父，出坐别室，暮乃入内。朝府之外，不妄交游。其相勖以礼，如此。”[②]这些百口之家大多为士族官宦家庭，但普通百姓家庭以小型居多，且以父母子女组成的个体小家庭是主要形式，尤其是庶族以下的家庭。西晋、北魏、北齐、北周历代王朝的占田制或均田制都是按照丁男、丁女或“一床”标准来授田。经济愈发达，聚族而居的大家庭分解成小家庭的可能性愈大。《宋书·周朗传》说：“今士大夫以下，父母在而兄弟异计，十家而七矣。庶人父子殊产，亦八家而五矣。凡甚者，乃危亡不相知，饥寒不相恤，又嫉谤谗害，其间不可称数。”[③]虽然宗族的温情似乎趋淡，可是小家庭的经济活力也是较明显的，大家庭崩溃而小家庭成为主流结构形式。从婚配结构来讲，一夫一妻多妾制家庭流行于统治阶层及部分豪族阶层，这需要优厚的经济基础方能支撑得起，非皇族、士族或富裕家庭所能承担。由于妻妾成群，嫡庶子女众多，统治阶层家庭内部关系复杂化，家庭成员之间的矛盾容易产生，导致政治局面混乱失控。烝报婚类家庭在此一时期广泛存在于社会发展程度较低的少数民族生活区，比如北齐遵鲜卑旧俗，烝报婚无所禁忌。高欢死后，其子高澄娶高欢妻蠕蠕公主，并产一女，又复娶高欢之郑妃；高氏兄弟报嫂之事更是普遍。那时也有一妻多夫家庭，主要由于战乱动荡的社会环境造成的丧偶、离异、丧子、无子女、孤儿等家庭。史书记载：“元规八岁而孤。兄弟三人，随母依舅氏住临海郡。”[④]在战乱年代，这类异态家庭大量存在，不足为奇。二妻或多妻重娶并嫡型家庭虽然违背传统婚姻礼制，但是在魏晋南北朝这么一个离多合少的时期竟然也有不少记载。如“魏征东长史吴纲亡入吴，妻子留在中国，于吴更娶。吴亡，纲

① 李延寿：《北史》，中华书局，1974，第2848页。

② 李延寿：《北史》，中华书局，1974，第1087页。

③ 沈约：《宋书》，中华书局，1974，第2079页。

④ 李延寿：《南史》，中华书局，1975，第1755页。

与后妻并子俱还，二妇并存。时人以为，依典礼不宜有二嫡妻"[①]。引发朝廷大臣发起一场"二嫡妻"的礼制大讨论。温峤前后娶过三妻，在他死后，朝廷曾问臣下三人可否同为嫡妻。贾充则因其妻李氏之父获罪被诛，祸连李氏被流徙，贾充只好又娶郭配之女；待李氏遇赦回家后，晋武帝特下诏令贾充并置左右夫人，贾充母亲也鼓动再迎李氏。在家庭观念上，此一时期都是父亲家长制。父亲家长掌握家庭所有财产，掌握管理和监督生产的权力，其本人也是主要的劳动力，家庭财富的主要创造者。士族家庭的家长虽然不亲自参加劳动，但仍行使管理和监督权力。父亲家长制延续了传统的家庭伦理体系，夫妇之道、孝道和悌道仍为基本内容。《颜氏家训·兄弟篇》说："有夫妇而后有父子，有父子而后有兄弟：一家之亲，此三而已矣。自兹以往，至于九族，皆本于三亲焉，故于人伦为重者也。"[②]此三道是三种基本家庭关系的规范准则。

魏晋相承，以孝道治天下，其中原因，鲁迅的《魏晋风度及文章与药及酒之关系》指出："因为天位从禅让，即巧取豪夺而来，若主张以忠治天下，他们的立脚点便不稳，办事便棘手，立论也难了，所以一定要以孝治天下。"[③]儒家原先设计孝悌伦理学说，根本目标是指向一种社会政治秩序；司马氏鉴于篡魏实际情况，从家庭伦理观念入捭，由家庭内部的父母、夫妇、子女、兄弟之间的自然亲亲之情的伦理功能推向社会政治，巧妙地化解执政法统的尴尬，并对家庭、社会和政权之间的潜在矛盾进行自圆其说，故而晋室竭力提倡这一家庭伦理。《世说新语·德行》记和峤、王戎两位名士同时遭遇大丧，和峤哭泣备礼，王戎鸡骨支床；晋武帝司马炎担忧和峤哀苦过礼，但刘仲雄表示不同看法："和峤虽备礼，神气不损；王戎虽不备礼，而哀毁骨立。臣以和峤生孝，王戎死孝。陛下不应忧峤，而应忧戎。"[④]生孝指恪守丧礼礼制，只能尽哀之形的做法；死孝指居丧尽哀之实，几近于死的孝行。正因如此区分，"越名任心"的阮籍也属死孝型，《世说新语·任诞》记司隶何曾向晋文王司马昭状告阮籍不守母丧礼制，说："明公方以孝治天下，而阮籍以

① 杜佑：《通典》，中华书局，1988，第1894–1895页。

② 王利器：《颜氏家训集解》，中华书局，1993，第页。

③ 鲁迅：《鲁迅全集（第三卷）》，人民文学出版社，1973，第501页。

④ 余嘉锡：《世说新语笺疏》，中华书局，2007，第24页。

重丧显于公坐，饮酒食肉，宜流之海外，以正风教。”司马昭说：“嗣宗毁顿如此，君不能共忧之，何谓？且有疾而饮酒食肉，固丧礼也！”[①]司马昭看到了阮籍居丧尽哀之实质，而忽略其形式。无论哪一种孝道，都彰显晋室对于儒家传统的家庭伦理观念的重视。

晋室回避朝政之忠而高度重视家庭伦理，涵养了人们头脑中坚实的家庭利益至上的观念，这种观念延及整个篡位禅代频繁的南北朝时期。无论士庶都不以投靠新政权为耻，反而出于保护家庭和宗族利益的目的，乐于投靠新政权。若偶有忠义节烈之士出现，必惊讶世人。梁武帝受齐禅，颜见远绝食发愤数日而卒，梁武帝听闻后觉得不可理喻：“我自应天从人，何预天下士大夫事？而颜见远乃至于此也。”[②]可见朝野对于家庭的重视远超汉前时代。清代赵翼《廿二王札记》指出六朝士族阶层的私心所在，说：“所谓高门大族者，不过雍容令仆，裙屐相高，求如王导、谢安，柱石国家者，不一二数也。次则如王弘、王昙首、褚渊、王俭等，与时推迁，为兴朝佐命，以自保其家世，虽朝市革易，而我之门第如故，以是为世家大族，迥异于庶姓而已。”[③]此一看法是很准确的，但是否迥异于庶姓呢？本为统治阶层的士族尚且如此，庶族阶层应当是更以家庭利益为重。

三、宗族门风建设和家庭教育思想

在这种风气下，魏晋南北朝人们对于家庭的经营苦心远甚于朝政大事，其中涵养和继承家风家学传统是重要的家庭生活内容，或者说，家庭教育和门风建设是家庭生活的重要组成部分。在社会动荡而生计维艰情况下，士族家庭毫无疑问是最重视家学不衰和礼法门风不隳的，因为他们最有经济条件和政治需要。不过，寒门庶族出人头地跻身上流社会的观念也很强烈，故但凡条件初具都会以士族阶层为榜样，支持子弟求师问学和标立风操。“由于特殊历史环境的影响，魏晋南北朝时期，家庭培养教育子弟的方式，无论在道德规范和处世之道的训诫方面，抑或

① 余嘉锡：《世说新语笺疏》，中华书局，2007，第854-855页。

② 姚思廉：《梁书》，中华书局，1973，第727页。

③ 王树民：《廿二王札记校证》，中华书局，1984，第254页。

在儒家经术或杂类技艺的传授方面，家庭教育都凸显出比两汉时代更高的地位。”[①]特殊的历史环境，造成特殊的教育环境，官学存废无常，学术和宗教都移至家庭和家族，地域色彩较浓厚。这就是陈寅恪所言：“公立学校之沦废，学术之中心移于家庭，太学博士之传授变为家人父子之世业，所谓南北朝之家学者也。”[②]此时家庭教育的内容很广泛，举凡经籍学术、谋生技艺、文化通识、治家经验、道德处世、养生医术等，都涵括其中，实际代行官学职能。长辈言传身教，后代勤勉修学，是家学门风传承的通常模式。传承延续家学门风往往有源自两汉的《家诫》《家训》《诫子书》之类的条令家规供子弟们具体学习和遵行。汉末以降，较著名的家诫书，有诸葛亮《诫子书》和《诫外生书》、羊祜《诫子书》、嵇康《家诫》、王肃《家诫》、王修《诫子书》、王褒《幼训》、王昶《家诫》、荀爽《女诫》、程晓《女典篇》、李充《起居诫》、陶渊明《诫子书》和《命子》、王僧虔《诫子书》、徐勉《诫子崧书》、颜延之《庭诰》、魏收《枕中篇》和《诫子侄》、张烈《家诫》、王祥《诫子孙遗令》、夏侯湛《昆弟诰》、甄琛《家诲》等，大概有数十种。这些教育后辈的文籍内容，从勉学立志、修身处世、持家理财、团结互助、避灾远祸、戒除恶习、养生修性等方面寄寓长辈的厚望与祝愿，总的期待就是保证家庭和睦兴旺，保持门第的社会影响力。众多家诫书里，北齐颜之推的《颜氏家训》无疑是最有代表性的。《颜氏家训》是一部综合性家庭教育著作，记述颜之推个人经历、思想和学识经验用以告诫子孙后代，分序致、教子、兄弟、后娶、治家、风操、慕贤、勉学、文章、名实、涉务、省事、止足、诫兵、养心、归心、书证、音辞、杂世和终制二十篇，内容相当广泛，生活技能、文化知识和艺术修养等范围都涉及，成为后世传统的家庭教育典范教材。宋代陈振孙《直斋书录题解》赞誉说“古今家训，以此为祖”是颇有道理的。清代王钺《读书蕞残》也声称：“篇篇药石，言言龟鉴。凡为人子弟者，可家置一册，奉为明训，不独颜氏。”[③]《颜氏家训》除勉学、修身、立志等教育内容，还有语词训诂、名物考据、声韵辨析，更有人情世态的描录、历

① 王利华：《中国家庭史·先秦至南北朝时期》，广东人民出版社，2007，第474页。

② 陈寅恪：《隋唐制度渊源略论稿》，中华书局，1963，第19页。

③ 王利器：《颜氏家训集解》，中华书局，1993，叙录第1页。

史风貌的记载、思想信仰的介绍，诸如“玄风之复扇、佛教之流行、鲜卑之传播、俗文字之盛兴”等述录，颇具历史文献价值；颜之推的文学思想和艺术理论也体现在作品各个部分，作品本身的文学性和审美性价值亦形成独特风格。其《序致》开篇即说：“夫圣贤之书，教人诚孝，慎言检迹，立身扬名，亦已备矣。魏晋已来，所著诸子，理重事复，递相模学，犹屋下架屋、床上施床耳。吾今所以复为此者，非敢轨物范世也，业已整齐门内，提撕子孙。”[①]体现了一位浸润儒家传统思想的家庭长者之风，兼纳佛教和道教思想，其宗旨和目标都很有现实意义和理想价值。

颜之推依据家传而提倡早教思想，认为儿童五岁左右即可开始诵习诗书典籍。当时社会一般家庭也认可和实践早教启蒙，早学聪慧且成功人物也不少，颜之推本人自然是。清代林之望《养蒙金鉴》据史录例举，颜之仪三岁读《孝经》（《北史》）；萧大圜“幼而聪敏，神情俊悟，年四岁能诵《三都赋》及《孝经》《论语》”（《周书》）；王僧孺“年五岁读《孝经》”（《梁书》）；谢瞻“年六岁能属文，为《紫石英赞》《果然诗》，当时才士莫不叹异”（《宋书》）；王贞“少聪敏，七岁好学，善《毛诗》《礼记》《左氏传》《周易》，诸史百家无不毕览”（《北史》）；盛彦“少有异才，年八岁，诣吴太尉戴昌，昌赠诗以观之，彦于坐答之，辞甚慷慨”（《晋书》）；陆云公“九岁读《汉书》略能记忆，从祖倕，沛国刘显质问十事，云公对无所失”（《梁书》）；邢邵“十岁便能属文，雅有才思，聪明强记，日诵万余言”（《北齐书》）。《养蒙金鉴》采摘古代名贤幼小刻苦研学终成名家的事迹，按历史序列汇而成集，是培养学童启蒙的一面宝镜，其中魏晋南北朝时期的人物甚多，这里只是随机略举而已。家教内容以儒家经典为主，扩而广之，文学、史学、佛学、玄学、书法、医学、术数、刑律、天文、武学、杂艺等，依据子弟天赋爱好和家学传统因材施教，循序渐进。

承担家庭教育职责者一般是宗族中学问较深的长辈，而母亲也经常充任斯职，因为上层社会家庭妇女本身接受过较好的家学教育，魏晋南

① 王利器：《颜氏家训集解》，中华书局，1993，第1页。

北朝妇女地位相对其他历史时期要高许多，也较自由开放。《世说新语》对“贤媛”的理解不限于“德、容、工、言”儒家“四教”，还包括才情和风致。故嵇康、阮籍与山涛夜谈时，山涛妻韩氏可以“夜穿墉以视之，达旦忘反”，且评论说：“君才致殊不如，正当以识度相友耳。”说明当时妇女与男人有共同的审美爱好；谢安妻刘夫人公然表达不欣赏孙绰兄弟的做法，不避嫌疑，也是妇女相当自由的社会风气的反映。至于干宝《晋纪总论》指责妇女，正可以作反面理解：“先时而婚，任情而动，故皆不耻淫泆之过，不拘妒忌之恶，父兄不之罪也，天下莫之非也。又况责之闻四教于古，修贞顺于今，以辅佐君子者哉！”[①]说明社会承认妇女的诸种自由和地位。妇女地位不独表现为审美自由或任情而动，更表现为才华教养之高。徐陵《玉台新咏》收有甄皇后、刘勋妻王氏、周夫人、鲍令辉、范靖妇、徐悱妻刘令娴、王叔英妻、贾充妻、范静妇等女诗人的作品，可见此时才女之多甚于其他历史时期。至于北朝妇女地位，“邺下风俗，专以妇持门户，争讼曲直，造情逢迎，车乘填街衢，绮罗盈府寺，代子求官，为夫诉屈，此乃恒代之遗风乎？南间贫素，皆事外饰，车乘衣服，必贵整齐，家人妻子，不免饥寒。河北人事，多由内政，绮罗金翠，不可废阙，羸马悴奴，仅充而已，倡和之礼，或尔汝之”[②]。北朝妇女，织任组训之事与黼黻锦绣罗绮之工，都胜于江南妇女，足见地位和才干之高。由此，母亲担当教子重任便成常有之事，即使不能亲自教授，也能起到劝诫督导或者言传身教作用。陶侃母亲湛氏对陶家的创业发展起了一个至关重要的作用，《晋书·列女传》记录：“侃少为寻阳县吏，尝监鱼梁，以坩鲊遗母。湛氏封鲊及书，责侃曰：‘尔为吏，以官物遗我，非唯不能益吾，乃以增吾忧矣。’鄱阳孝廉范逵寓宿于侃，时大雪，湛氏乃彻所卧新荐，自锉给其马，又密截发卖与邻人，供肴馔。逵闻之叹息曰：非此母不生此子！侃竟以功名显。”[③]陶侃原是庶族出身，在母亲的教育和影响下始得成就一番功名，创立陶氏家族的社会地位。其母亲那种苦心和细心，再加上远见卓识和道德风节，是当时庶族妇女中才德不凡的一位代表。士族家庭的妇女有才德者就更多了，像谢道韫即为其中一例。

① 萧统：《文选》，上海古籍出版社，1986，第2188页。

② 王利器：《颜氏家训集解》，中华书局，1993，第48-49页。

③ 房玄龄：《晋书》，中华书局，1974，第2512页。

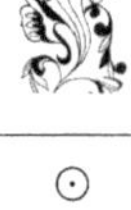

魏晋南北朝士族家庭的家学内容通常是儒家经典，但此时各种思想汇聚交流，老庄道学、玄学、佛学、道术、算术、刑律、史学、小学、天文、历法、卜筮、医术、绘画、书法、音乐、杂艺等学术思想或艺术技能成为研习内容，都是士族子弟涵养贵族气质的文化资源。社会上有些名士宿儒也会采取私学方式教育生徒，梁代太史叔明："善《庄》《老》，兼治《孝经》《礼记》，其三玄尤精解，当世冠绝，每讲说，听者常五百余人。历官国子助教。邵陵王纶好其学，及出为江州，携叔明之镇。王迁郢州，又随府，所至辄讲授，江外人士皆传其学焉。"[①]此时的私学，无论是讲授的知识范畴还是方式方法，都与凝滞的汉代私学不同了，实际上是把私学、家学和游学结合在一起，其灵活性和包容性都超过此前。大家庭中由几代人积淀而成的"世传家学"也远非儒家章句之学所能含括。之所以包罗万象，主要是因为此时作为标榜门户或干利禄求仕进的途径、手段和资本都多样化，不必万家纷挤儒学的独木桥。

当然，一般的世传家学都会主攻一种学问或技艺而兼研其他，尽量做到独擅与普及相结合。赵郡李子雄"家世并以学业自通"，独有他练习骑射，所以其兄子旦不满地说："弃文尚武，非士大夫素业。"子雄辩解道："自古诚臣贵仕，文武不备而能济功业者鲜矣。既文且武，兄何病焉。"[②]世传家学是士族子弟不可或缺的素养，是高贵优雅门风的底蕴，恰如陈寅恪指出："士族之特点既在其门风之优美，不同于凡庶，而优美之门风实基于二学业之因袭。"[③]维系优美门风经久不隳，世传家学起着重要作用，它是士族子弟通向社会统治阶层的人格素养来源，自然也是士族阶层得以存在的依据。《世说新语・赏誉》记载名士谢万语录："王修载乐托之性，出自门风。"[④]《梁书・王志传》说王志："家世居建康禁中里马蕃巷，父僧虔以来，门风多宽恕，志尤惇厚……兄弟子侄皆笃实谦和，时人号马蕃诸王皆为长者。"[⑤]《北史・崔光传》说崔

---

① 姚思廉：《梁书》，中华书局，1973，第679页。

② 李延寿：《北史》，中华书局，1974，第1237页。

③ 陈寅恪：《唐代政治史述论稿》，上海古籍出版社，1982，第72页。

④ 余嘉锡：《世说新语笺疏》，中华书局，2007，第573页。

⑤ 姚思廉：《梁书》，中华书局，1973，第320页。

劼："少清虚寡欲，好学有家风。"[①]《周书·李昶传》说："昶性峻急，不杂交游。幼年已解属文，有声洛下。时洛阳创置明堂，昶年十数岁，为《明堂赋》。虽优洽未足，而才制可观。见者咸曰：有家风矣。"[②]史籍当中关于士族门风或家风的叙述很多，就江东士族而言，门风纷呈炳蔚。如吴郡陆氏家族自东汉兴起历经魏晋南北朝，成为江东第一盛门；从陆续、陆康到陆逊、陆抗、陆凯到陆机、陆云，再到陆纳、陆徽等，陆氏家族积淀起忠义、博学善政文化风尚，兼及文学艺术和玄佛之学，仅《隋书·经籍志》就存录了陆凯、陆景、陆冲、陆机、陆云、陆沈、陆展、陆厥、陆云公、陆玠等陆氏子弟的文集，不愧为文学世家。吴郡顾氏也世有高位，《世说新语·赏誉》引述旧说："张文、朱武、陆忠、顾厚。"则可知顾氏家风主要表现出德义仁厚的儒学文化传统。孙吴时的顾雍在外为政谨言慎行、善养德望，在内"家门雍穆"，形成了礼法孝义传统；顾氏在学术上玄儒双修，重视实用，善于接受新鲜事物；在文学艺术方面，顾氏以绘画贡献最大，特别是顾恺之"才绝、画绝、痴绝"，历代画史奉顾恺之作品为神品，"自古论画者，以顾生之迹天然绝伦，评者不敢一二"（张彦远《历代名画记·叙师资传授南北时代》）[③]；《颜氏家训·杂艺篇》记述顾士端"父子并有琴书之艺，尤妙丹青，常被元帝所使，每怀羞恨"[④]，大概是觉得服务于帝王是件有辱家门之事，从中也可见顾氏家学的特殊地位。吴郡张氏的文采风流在江东士族中独树一帜，从汉末孙吴时期"才藻俊茂"的张温开始，其个人气质折射出家族风貌。张敦则"德量渊懿，清虚淡泊，又善文辞"，以儒学为底蕴，以玄远精神境界为气质，以文辞为文化载体，所以直至张翰、张勃两代，在事功方面皆无出色建树；但张氏家族尚文特色在刘宋时期得到光大机会，张永、张率颇受梁武帝、昭明太子赞誉；南齐时的张融更是"文辞诡激，独与众异"，不颓家声，且因此获得与顾、陆等量齐观的政治地位；张氏家风的玄理思致较为显著，并与程式化的玄风相抗，"融玄义无师法，而神解过人，白黑谈论，鲜能抗拒"（《南齐

① 李延寿：《北史》，中华书局，1974，第1623页。

② 令狐德棻：《周书》，中华书局，1971，第686页。

③ 张彦远：《历代名画记》，浙江人民美术出版社，2011，第22页。

④ 王利器：《颜氏家训集解》，中华书局，1993，第578页。

书·张融传》）[1]，颇有魏晋玄学精神风采，也使其文采更加飞扬。总之，张氏家族博通多能，以雅道相传，独擅江东士族群体之中。吴兴沈氏家族支系繁多，文武并举，德文并著，辉映先后。沈氏先祖沈戎是汉光武帝时期的循吏式人物，孙吴时期的沈友“弱冠博学，多所贯综，善属文辞。兼好武事，注《孙子兵法》”（《三国志·孙权传》裴松之注引《吴录》）[2]，后因清议峻厉而被孙权所诛。沈氏还世奉天师道，与其宗族尚武有一定的内在联系。东晋的沈充作为江东土豪支持王敦叛乱，以期使沈氏家族崛起，终因失败而几遭覆家之祸，幸其子沈劲在鲜卑慕容氏进攻中原时自募壮士千余人，坚守洛阳而被俘遇害，朝廷闻而嘉之，沈劲以非常之举摆脱了家族发展的困境，此后的沈氏子弟获得机会显名于南朝。沈氏尚武人物大多投靠刘裕，助其建宋有功而显扬政坛。但凭军功显贵的命运结局都不太妙，沈氏家族屡次遭遇覆灭之灾皆因尚武所致，故沈氏精英开始建设经术与才艺的文化传统，沈道虔、沈驎士、沈峻、沈洙、沈文阿、沈重等皆为崇文代表。沈氏经略学术和文艺，经过晋末以来几代人的实践积淀，在齐梁间达到新境界；沈约是最杰出者，对于永明文学及文学声律理论的贡献甚著，史学成就也非凡。

此外，会稽虞氏家族的经学成就和忠直家风在江东也卓有名气，梁陈以降，虞氏家学以文辞创作为正途，虞荔及其子虞世基、虞世南皆以文学艺术名世，延伸了虞氏家风的文化传统。会稽孔氏家风在政治场域秉正不挠谙练故实，学术上则以经术和孝义为基本，兼染玄趣和天师道信仰，以孔稚珪为代表，其世传家风成为南朝时期江东士族家庭信仰与学风的象征。从这几个家族的世传家风来看，门第教育以儒学为根基，毕竟儒学是用世之学，各个家族若要获得社会名望，必宗儒学以进入社会思想主流。如同王褒《幼训》所说：“吾始乎幼学，及于知命，既崇周、孔之教，兼循老、释之谈，江左以来，斯业不坠，汝能修之，吾之志也。”[3]以儒学礼法传家对于家族的社会名望有多大的作用和意义，由此可见一斑。除学术外，文学艺术、琴棋杂艺等高雅情趣也是每个大家族必修的文化内容，卫氏和王氏书法、顾氏绘画、谢氏诗赋和围棋、阮

① 萧子显：《南齐书》，中华书局，1972，第729页。

② 陈寿：《三国志》，中华书局，1959，第1117页。

③ 姚思廉：《梁书》，中华书局，1973，第584页。

氏和戴氏琴术等，高雅审美趣味是高贵门第的重要表征。因此，为了弘扬家世门风，魏晋南北朝谱学发达，诸如《百家谱》《百家集谱》《京兆韦氏谱》《谢氏谱》《冀州姓族谱》《扬州谱钞》等，世家大族的这些家谱或谱牒，是其家庭成员引以为豪互相标榜的资本证据。

四、家庭生活中的精神信仰系统

以儒学为根基，以礼法传家，是世家大族门风的共同点，“六朝人礼学极精”（沈尧落《飙楼文集·与张渊甫书》），这是门第社会的历史实况。然而，现实理性的奋斗并不能完全保证家族经久兴盛，人们需要宗教神秘力量的支撑，需要超越现实的精神寄寓。道教、佛教及各种方术由此渗透到魏晋南北朝的家庭生活之中。无论佛教还是道教，在其弘教过程中都着眼于人们的俗世精神需求，绝不反对儒家思想，而是积极寻求与儒学沟通之处，努力援引儒学思想来阐释宗教教旨，特别是走上层路线，配合儒术治国理念，以期得到统治阶层的认同和利用。

因此，佛教僧侣主动接触上层社会，争取士族阶层支持；上层社会也希冀通过佛教加强政权统治，坐致太平。梁武帝萧衍是佞佛帝王的典型。在他倡导下，南朝佛教相当于国教而臻于鼎盛。江南士族阶层佞佛者也众多，琅琊颜氏、陈郡谢氏、庐江何氏、汝南周氏、吴郡张氏等都崇奉佛法。北方世家大族如清河崔氏、范阳卢氏、荥阳郑氏、陇西李氏，河间邢氏、河乐柳氏等，均如同后赵石虎所言：“佛是戎神，正应所奉。”（《晋书·佛图澄传》）北方少数民族政权也大力弘扬佛教，佛图澄、释道安都曾受到最高统治者礼遇；北魏更是建立了一整套佛教组织系统，北齐、北周的帝王几乎都是佛教的忠实信徒。期间虽有北魏太武帝、北周武帝的灭佛事件，但未能阻止佛教的兴盛。佛教积极宣扬孝义伦理，解说出家修佛宗旨在于帮助父母、兄弟和亲人在内的众生消除业障，脱离苦海；也允许居士在家修行佛法而不必削发为僧尼，故能得到社会各阶层的普遍接受，使广大佛教信众的家庭生活里容纳了礼佛、诵经、斋戒、供奉、施舍、写经、造像、法会等宗教活动内容。佛教广泛传播，致使出家为僧尼者也越来越多，“时人多绝户为沙门”（《北史·李孝伯传附李玚传》），为了解决与儒家“承宗继嗣”观念的冲突，颜之推提倡兼顾二者，“汝曹若观俗计，树立门户，不弃妻子，未能出家；但当兼修戒行，留心诵读，以为来世津梁。人生难得，无虚过也”[①]，就是心归佛门，身兼俗世人伦。

中国本土的道教形成于东汉太平道和五斗米道，三国以后，原始道教分化为符水派道教与丹鼎派道教，前者主要在民间传播发展，后者主要在士族阶层流行弘扬。两晋时期，四川是民间道教活动中心，陈瑞、范长生等是领袖，具有广泛群众基础；天师道首领孙恩组织道众反乱朝廷，极大地动摇了东晋政权的稳定性。此后，道教被统治阶层打击和改造，丹鼎派道教应运而生，葛洪著《抱朴子》一书，提出神仙实有、长生能致、仙人可学的核心观点，道士修炼方式分为炼形与养神，构造了一个比较完整的理论体系，投合了统治阶层的趣味和利益。南北朝时期，寇谦之、陆修静、陶弘景清理道教，将之提升为一种具有完整神灵谱系、教义和仪轨的宗教，与现实政治或政权建立密切关系。“朝士受道者众，三吴及边海之际，信之愈甚。”（《隋书·经籍志》）南方出现大量道教世家，有的世代相传习道，还互相联姻，极大地扩展了道教影响力。据陈寅恪《天师道与滨海地区之关系》统计，琅琊王氏和孙氏、高平郗氏、吴郡杜氏、会稽孔氏、陈郡殷氏、丹阳葛氏、许氏、陶氏、东海鲍氏、吴兴沈氏等皆是道教世家，有的家族成员还削发为僧。[②]北魏太武帝拓跋焘尊寇谦之为师，受其法术，改年号为太平真君（440—450年），还确立了诸帝即位到道坛受符箓的常规制度。道教与政治结合，正如佛教与政治结合，自上而下，传播速度快、范围大。道教宣扬长生不老，发展出服食养生、采药炼丹之术，上层社会既向往神仙生活又贪图现实享乐，这双重愿望由此得以满足。

中国古人一向持有“万物有灵”的信仰倾向，因而有山神、水神、动植物神、人神、人鬼崇拜。在魏晋南北朝时期，昆仑山、恒山、会稽山、茅山等都被赋予山神性质；江神、河神、渭水神、蒋公湖神、河伯、雨濑、石井等大量水神也出现了；草妖、桃符、栌木、麒麟、雀、龙、白虎、白狼、九尾狐等动植物神在这个时期剧增。自然现象与社会

① 王利器：《颜氏家训集解》，中华书局，1993，第396页。

② 陈寅恪：《金明馆丛稿初编》，上海古籍出版社，2001，第1-46页。

现象联系起来，产生更强烈的神性气息和色彩，使传统巫术一直有较高的社会影响。从事巫术的男觋女巫极多信众，还经常参与政治生活和社会生活。巫术方式主要有祠祀和厌诅。祠祀给巫觋们创造敛财机会，败坏社会风气，故常被官方禁止。《南史》记述太原人王神念“性刚正，所更州郡必禁止淫祠。时青州东北有石鹿山临海，先有神庙祆巫，欺惑百姓，远近祈祷，糜费极多。及神念至，便令毁撤，风俗遂改”。[①]厌诅之术则以咒语达到某种目的，《宋书》称言庐江人王祎“每觇天察宿，怀协左道，咒诅祷请，谨事邪巫，常被发跣足，稽首北极，遂图画朕躬，勒以名字；或加之矢刃，或烹之鼎镬”[②]。巫风盛行，则鬼神信仰成灾，淫祀遂得泛滥，魏晋南北朝禁止淫祀的诏书不知凡几；但屡禁不止，甚至政府也搞起淫祀，如六朝政府给蒋神加官晋爵，奉其为保护神，而实际原委，干宝《搜神记》卷五已揭示，“蒋子文者，广陵人也。嗜酒好色，挑达无度。常自谓己骨清，死当为神”，“自是灾厉止息，百姓遂大事之”[③]，是经历一番人为的造神过程的。道士们经常利用方术来吸纳信众，佛教徒亦借助方术来招诱信徒，故佛教、道教均与巫觋秘术纠缠在一起共生互存。高级宗教信仰与低级神秘方术彼此共生互存的社会文化现象，正是在魏晋南北朝时期形成的[④]。民间祠祀之神有恶有善者，祠祀恶神是祈求它不再造恶人间，祠祀善神是祈求它带来幸福。无论哪种神，都是基于俗世功利目的。此外，人们解决现实人事问题经常求助天意来决断，这就是占星、望气、风角、谶纬、卜卦、相术、占梦、巫蛊、禳镇、禁忌等迷信形式，这些迷信形式对家庭生活的影响无处不在，下层民间和上层官方社会都存在，举凡日常生活的方方面面和诸种细节，都能见到它们的介入，并且由此产生实际影响作用。曹魏时期的管辂（209—256年）从小便喜欢仰观天象，成人后精通《周易》，擅长卜筮相术，还熟习鸟语至出神入化；《周易通灵诀》《周易通灵要诀》《破躁经》《占箕》，被后世奉为卜卦观相的祖师，正始名士大多与他有密切交往。裴徽召任管辂为文学从事，特别器重，后来府部迁至钜

① 李延寿：《南史》，中华书局，1975，第1535页。

② 沈约：《宋书》，中华书局，1974，第2040页。

③ 汪绍楹：《搜神记校注》，中华书局，1979，第57页。

④ 王利华：《中国家庭史·先秦至南北朝时期》，广东人民出版社，2007，第494页。

鹿，管辂升任治中别驾。何晏、邓飏也曾请管辂预测人事命运，问："连梦见青蝇数十头，来在鼻上，驱之不肯去，有何意故？"管辂讲了一番"物极必反，盛极必衰"的道理，并指明化解危机的办法，可惜何晏、邓飏不以为然。其舅责怪管辂说话太切至，管辂说："与死人语，何所畏邪？""舅大怒，谓辂狂悖。岁朝，西北大风，尘埃蔽天，十余日，闻晏、飏皆诛，然后舅氏乃服。"[①]魏郡太守钟毓曾与管辂共同讨论《周易》义理，请问政治走向。平原太守刘邠请教如何顺应天意以安抚辖区百姓。其弟管辰说："夫术数有百数十家，其书有数千卷，书不少也。然而世鲜名人，皆由无才，不由无书也。裴冀州、何、邓二尚书及乡里刘太常、颍川兄弟，以辂禀受天才，明阴阳之道，吉凶之情，一得其源，遂涉其流，亦不为难，常归服之。"（《三国志》裴松之注引《辂别传》）[②]卜筮、相术、占梦等迷信形式，是当时人们预测朝政兴亡、社会逆顺和人生穷通的工具、手段，作为一种精神文化现象，它的兴盛与魏晋南北朝时期的天意崇拜发展为社会性的崇拜意识紧密相关。这一时期的天意崇拜，"是人们从现实生存环境出发的一种理想追求"，"对外来佛教具有改造作用"，"作为一种社会崇拜意识，它反映了当时人们迫切需要取得现实利益的文化心态"[③]。后来南北僧人如佛图澄等都利用这些方术形式测言俗世吉凶贵贱，以便佛教曲线式融入社会现实生活之中。

① 陈寿：《三国志》，中华书局，1959，第820页。

② 陈寿：《三国志》，中华书局，1959，第827页。

③ 朱大渭：《魏晋南北朝社会生活史》，中国社会科学出版社，1998，第330页。

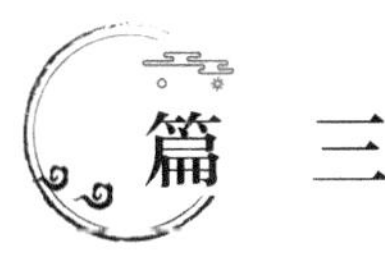

篇　三

魏晋士人精神的玄学气质

魏晋玄学在演变中融合道家、儒家、佛教思想，形成了自己独具特色的自然观、历史观、人性论、认识论和方法论。循着玄学演变辙迹，魏晋士人精神也呈现程式风貌，大致经历六个互动相成的阶段：清谈玄学化与士人阶层的政治分化及学术冲突，政治身份归属与玄学精神的殊途同归，名士风度从竹林到元康的解放和解构，永嘉玄学的学理建设与士人生存方式的合法性解释，玄道儒融通与士人精神的家族化呈现，佛玄合流与魏晋士人精神的余波荡漾。从玄学演变的阐释史多维视野，反省魏晋士人精神底蕴里的固存缺陷及其成因，开掘魏晋士人精神不同时段里的呈现样态，剖析其差异性、矛盾性、断裂性甚至悖论性，指向价值评判的立体化、整体化和动态化。如此，或许能够纠偏弹正当代人过度美誉魏晋名士风流的倾向，也或许能够更加理性地对待魏晋士人精神的深情色彩和审美属性。

魏晋玄学融合道家、儒家、佛教思想，形成了自己独具特色的自然观、历史观、人性论、认识论和方法论。它以《周易》《老子》《庄子》等“三玄”为理论依据和注释对象，或者以老解玄，或者以庄解玄，或者以儒解玄，或者以佛解玄，探讨一些共同的理论主题，如有无之辨、情礼之辨、群己之辨、名理之辨、言意之辨、本末之辨等等。通过群居切磋和互相攻难驳对，魏晋士人阶层表达了对社会人生的独特思考，涵养了颇具时代特色的理想人格和士人风度，铸造了一个时代的审美趣味和生活品位，高扬了人性自觉的独立价值和人文精神，也促成了魏晋文艺世界里充满玄思的艺术精神。可以说，“玄学作为魏晋时期划时代的哲学思潮，是在反思传统和观照现实中对人生命运的一种终极关怀。它以新颖的理论形式与思维方式影响了这个时代的各个社会层面，形成一种新文化范式。这种文化范式以更加重视和关心人的个体内心体验，更加关注和思考超现实的本体世界为特征，从而影响到哲学、文学、艺术理论和审美理想等诸多方面，直至澄清了文学艺术领域中许多内在的问题”[①]。这种玄学思潮是构成魏晋六朝时期的文化背景的重要因素，甚至其方法论和问题意识与后来的隋唐佛学和宋明理学的理论建构有着渊源关系。因此，中国哲学发展到魏晋时期可以说进入了一个新的阶段：在文学艺术方面，玄学思潮的渗透融通也是显而易见的，诸如文艺本体论、社会功能论、创作思维和审美意识等方面都有玄学的影子和肌质。

一、“三玄”学术时尚与玄学的发生表征

从字面上解，“玄”有玄妙、玄虚、玄远、玄深、玄默等含义，则玄学是一种形而上学，是对幽昧不可测之世界的探寻，是人对代表黑色、代表天的玄道的思索，是对现实人生境界的一种恬静追求。以玄学时代来指称一个特定的时代，说明魏晋六朝的精神风貌：思想神奇、清妙幽远，生活任性、洒脱高蹈，魏晋人的言行举止营造了玄意幽远的文化意境。魏晋玄学包括立言与行事两个方面，既指时人以立言玄妙，也指涉行事玄远旷达。所谓玄之又玄，意为远离具体事物，而致力于讨论“超言绝象”的本体论问题。从人物群体来看，玄学家大多是当时的名士，代表人物有何晏、王弼、阮籍、嵇康、向秀、郭象等。从发生情况来看，它是在两汉经学衰落，为弥补儒学之时弊而应运产生的，又是由汉代道家思想、黄老之学演变发展而来的，由汉末魏初的清谈直接演化而来的产物。自正始之音一起，玄风大畅，影响整个社会的思想风气。

玄学兴起最直接的表征是社会上突然流行起对三玄著作的学习热情

① 卞敏：《魏晋玄学》，南京大学出版社，2009，第13-14页。

和研究热点。南齐王僧虔《戒子书》说："汝开《老子》卷头五尺许，未知辅嗣何所道，平叔何所说，马、郑何所异，《指例》何所明，而便盛于麈尾，自呼谈士，此最险事。设令袁令命汝言《易》，谢中书挑汝言《庄》，张吴兴叩汝言《老》，端可复言未尝看邪？谈故如射，前人得破，后人应解，不解即输赌矣。且论注百氏、荆州《八帙》，又才性四本、声无哀乐，皆言家口实，如客至之有设也。"（《南齐书·王僧虔传》卷三十三）从这里可以看出，要成为一个合格的谈士，首先要广学博洽，精通《老》《庄》《易》才能出入士林获得谈席，否则没有参与的资格。《世说新语》记载名士殷仲堪"三日不读《道德经》，便觉舌本间强"，如此看重老子著作，不是孤例。《世说新语》又记载清谈名家王衍指教少年英俊的成长门径："诸葛厷年少不肯学问，始与王夷甫谈，便已超诣。王叹曰：'卿天才卓出，若复小加研寻，一无所愧。'厷后看《庄》《老》，更与王语，便足相抗衡。"为什么三玄著作在此时流行起来呢？考汉魏间学术思想之流变约略观之，汉武帝之前的学术气候尚存战国百家争鸣之遗韵，但自汉武帝采纳董仲舒意见而定儒家为一尊，奉《易经》《诗经》《尚书》《礼记》《春秋》为必读和必考经典，并掌握了儒家话语解释权，限定了士人实现阶层升进的必由之路。读书人升进的路径狭窄，特别是思想空间和文化环境逼仄，却欲争锋出头有所创新，就顺势滑入穿凿附会、哗众取宠的极端境地，五经原典被注释得支离破碎或繁琐冗杂；其后又"尚公羊春秋，推阴阳，言灾异，刘向继之，治谷梁之学，更陈五行阴阳休咎之应，自是儒家经典，遂与纬谶阴阳五行灾异之说相结合，在政治上发生极大之影响，终始五德及符命之说，开中世禅代之风"[①]；儒学发展至此，面临虚妄处境，无怪乎王充、桓谭等激进人士"疾虚妄"，把充斥于社会的虚伪浮诈之风归结到儒家思想身上。

儒学独尊后，庞大的读书人群体皓首穷经，越读越茫然黯淡，在严守家法师法的规定下放弃了创造的能动性，放弃了独立思考，此所谓"师之所传，弟之所受，一字毋敢出入，背师说即不用"（皮锡瑞《经学历史》）。经学的研究方法是对儒家经典进行文字的训诂解说或者对其意旨进行阐述发挥，两汉今文经学和古文经学两派长期进行争夺话语权

① 贺昌群：《魏晋清谈思想初论》，商务印书馆，2000，第3页。

的论战。经学两派古今之争反映了不同政治利益集团之间的诉求，推动了政治与神学结合的知识体系的建立，展开了义理和才气结合的学术竞技。就两种学风而言，其充满政治意识形态特色的解经体系，都对两汉的时政发生实际的影响力量，而其学术力量的起落则与官方的抑扬态度直接互动；就其历史贡献而言，古文经学派对于保存先秦典籍的文字训诂工作有重要贡献，而今文经学派如董仲舒的春秋繁露结合天道神学与阴阳五行说，及易学官学结合天文气象学知识，是不乏理论创造力的。然而，各自的弊端也很明显，“今文学以孔子为政治家，以六经为致治之说，所以偏重‘微言大义’，其特色为功利的，而其流弊为狂妄。古文学以孔子为史学家，以六经为孔子整理古代史料之书，所以偏重‘名物训诂’，其特色为考证的，而其流弊为烦琐”[①]。到了东汉末期，皇权微弱，统一的王朝也分崩离析，与之相应的官方意识形态“天人感应”神学大厦也坍塌。如何面对社会危机和信仰危机，尽快消除分裂割据现状，恢复正常的统治秩序，重构新的理论体系，是东汉末期各派势力共同面对的问题，更是士人群体思考的问题。“魏之初霸，术兼名法”（《文心雕龙·论说》），曹操这样的政治家依靠法术在诸侯争霸中胜出，但名法之术毕竟是适应动乱局势而取得最大成效，待北方统一魏朝稳定之时，则需要新理论资源来支撑。当然，曹操不事浮华而崇尚简易作风，与其后的清虚简易的玄学理论风格有相通之处。这为曹丕时代玄学产生设下伏笔。魏国初建，需要的是各派势力同心同德，共同维护一个相对安定的政权秩序，故曹丕采取黄老之术，以道家无为的政治思想打理朝政，同时“备儒者之风，服圣人之遗教”，实施休养生息政策，“广议轻刑，以惠百姓”。魏明帝曹叡对名法之治的遗留问题更是大胆调整修正，“优礼大臣，开容善直，虽犯颜极谏，无所摧戮，其君人之量如此之伟也”（《三国志·魏书·文帝纪》）；“选用忠良，宽刑罚，布恩惠，薄赋省役，以悦民心，其患更深于操时”（《三国志·吴书·张顾诸葛步传》）。这个时候，老子著述及其思想像汉初一样再次流行。《老子》给人清新通透的感受，令厌倦了儒学经典的士人群体耳目全新，一个“无”字令他们卸下精神世界不堪承受之重。

① 周予同：《周予同经学史论著选集》，上海人民出版社，1983，第9页。

当然，魏初玄学建构之始选择了《老子》，既有汉代黄老思想系统的历史延续原因，又有儒家名教不振代之以道家无为之治的时代现实原因。说到底，老子的人生哲学是思辨与实用兼容的处世哲学，是低调式的进取，是迂回式的前进，是示弱式的刚强，也就像朱熹所指出的，“老子犹要做事在”；“老子之术，谦冲俭啬，全不肯役精神”；“老子之术，须自家占得十分稳便，方肯做；才有一毫于己不便，便不肯做”（《朱子语类·老释庄列附》卷一百二十五）。这种将宇宙之道与人生之道结合起来的思想，落实到现实世界就成了一种实用的政治哲学，即所谓“君人南面之术”，在魏初正始年间风行应该是各方面合力的结果。像何晏、王弼、向秀、郭象等人，既是政治圈里的人物，又是清谈玄言界名士，他们对老子思想的推崇，正表达了对政治前景和现实人生进行平衡的一种努力。

据《隋书·经籍志》载，魏晋南北朝时期关于《老子》的注疏类论著有四十一种，作者身份五花八门，有硕学鸿儒，有九五之尊，有佛门僧人，有道教门徒，有政治高官；写作形式除“注”外，有解释、集解、义疏、义纲、音、论、序决、指趣、幽易、私记、玄谱、玄示等，异彩纷呈，显示出对老子思想方方面面的关注热情。就正始之音而言，何晏著有《老子道德论》二卷；王弼著有《老子道德经注》二卷、《老子指略例》二卷；夏侯玄著有《本玄论》；钟会著有《老子注》。此期人们发挥老子以无为本的思想，不啻一股新鲜风气，使沉陷在烦琐的五经之学里的读书人为之振奋，心境开阔起来，放下一辈子钻头觅缝、立奇造异而为稻粱谋的功课，转而把研读经典当成关乎自身性情的事情，甚至可以“好读书，不求甚解”，当成进入玄谈场所的训练手段。《晋书·王衍传》卷四十三说：“魏正始中，何晏、王弼等祖述老庄，立论以为天地万物皆以无为本。无者，开物成务，无往而不存者也。阴阳恃以化生，万物恃以成开，贤者恃以成德，不肖恃以免身，故无之为用，无爵而贵矣。”从现实政治状况看，老子之学的兴盛，与人们希求社会安宁、寻求清静宽松的生存环境紧密相关，其再次成为一种政治理论而得到运用；其老子淡泊名利、任其自然成为士人群体解释自己人生意义和价值的主要理论依据。在何晏、王弼稍后的阮籍、郭象、王导、谢安、张湛、葛洪等人政治学说和处世策略，都离不开老子之学的互动影响。

紧接着就是《庄子》登场，而庄子思想注重的是个体精神对于现实世界的真正超越，特别是在心灵上获得自由，是“物物而不物于物”，腾世独游，也就像朱熹所指，“庄周是个大秀才，他都理会得，只是不把做事”；“老子收敛，齐脚敛手；庄子却将许多道理掀翻说，不拘绳墨”（《朱子语类·老释庄列附》卷一百二十五）。庄子思想相比老子更具超越性和诗性智慧，更具一种宇宙情怀，对于忧郁不得志的士人群体颇具精神慰藉和家园象征意味。竹林时期的嵇康、阮籍等名士在理论和实践两方面弘扬了庄子思想，使庄学在沉寂数百年之后又一次走进人们的内心，对魏晋人物的精神面貌、生活形态和风俗民情，甚或言行、举止、嗜好、服饰、礼仪等细节，都影响甚巨，并且从此以后浸透到历代社会日常生活之中。闻一多先生情不自禁说：“一到魏晋间，庄子的声势忽然浩大起来，崔撰首先给他作注，跟着向秀、郭象、司马彪、李颐都注《庄子》。像魔术似的，庄子忽然占据了那全时代的身心，他们的生活，思想，文艺——整个文明的核心是庄子。他们说：‘三日不读老庄，则舌本间强。’尤其是《庄子》，竟是清谈家的灵感的源泉。从此以后，中国人的文化上永远留着庄子的烙印。他的书成了经典。他屡次荣膺帝王的尊封。至于历代文人学者对他的崇拜，更不用提。别的圣哲，我们也崇拜，但哪像对庄子那样倾倒、醉心、发狂？”[①]查《隋书·经籍志》目录，魏晋南北朝时期约计有十七种关于《庄子》的注疏本；而郎擎霄先生在《庄子学案》中作了一个较详细的名单列举：“如魏王弼、何晏、山涛、阮籍、嵇康、向秀、郭象、晋王济、王衍、卢谌、庾敳、庾亮、桓石秀、司马彪、崔撰、李颐、宋戴顒、李叔之，齐祖冲之、徐白珍、梁红紑、伏曼容、贺玚、严植之、刘昭、庾曼倩、陈周弘正、徐陵、张讥、陆瑜，北魏程骏、邱宴，北齐杜弼等其最著者也。”[②]庄子由两汉潜行到魏晋受捧，并以此契机，成就了竹林玄学。魏晋人们读老庄不是简单地理解老庄原意，更多的是阐释，表达自己的思想。他们表达思想的方式如注疏，本身也是一种表达自己思想的方式，注疏者的思想可能与老庄保持一致，也可能很不一致，毕竟注疏者有自己生存的独特的历史语境所在。

① 《闻一多全集》，湖北人民出版社，2004，第7页。

② 郎擎霄：《民国丛书选印·庄子学案》，商务印书馆，1934，初版。

二、清谈玄学化与士人阶层的政治分化及学术冲突

魏晋玄学由清谈之风演化而来，而清谈之风承袭东汉清议风气，是何晏、王弼这批名士对一些玄学问题析理问难、反复辩论而形成的文化现象。汉武帝时期儒术独尊，官方经学造就了士族研究队伍。但儒家的学说、原则、思想服务于官方政治统治，就成了一种统治策略的思想基础，此为儒术；但儒术毕竟不等于儒学，儒学保留了更多的批判性，主要是一种为己之学，通过道德教育、理想教育去引导人们自觉遵守道德规范、追求理想社会；当儒学变成儒术而被政治制度化以后，它就成了必须遵守的外在规范，无论自觉与否，其自我修养意义和作用大为弱化，发展到极端就难免表露出表演性和虚伪性。这样，儒学制度化方面的成功，恰恰造就了它在道德修养功能方面走向衰危的契机。

表现之一，就是士族阶层分化成清流和浊流两派：清流一般喻指德行高洁负有名望的士人，如“陈群动仗名义，有清流雅望”（《三国志·魏志·桓阶陈羣等传评》）；宦官和依附宦官集团的人物往往被视为浊流。东汉末年品评人物的“清议”之风盛行，反宦官的官僚和太学生郭泰、贾彪和大臣李膺、陈蕃等皆以气节之士自命为清流，对宦官专权乱政进行猛烈的舆论抨击，对皇权控制下的官僚政治活动中违背六经的现象加以挞伐，结果搅动了政局，自身被边缘化，还招来了党锢之祸。但党锢之祸的悲剧性也反过来成全了清流名士家族的精神威望，清流集团领袖荀淑、钟皓、陈寔的后代荀彧、荀攸、钟繇、陈群为曹魏政治集团贡献很大、地位显赫之辈，华歆、王朗、崔琰等北海清流后代都是曹魏的重要文官。“东汉末受党锢之禁的清流集团在东汉政府瓦解后恢复了活力，他们通过与曹操的合作，试图积极创建一种新的秩序”[①]，所谓新秩序也就是他们祖辈所追求的能够包容士人尊严和社会责任感的政治环境。“他们发扬其清言议政的传统，以道家哲学为出发点，摈弃汉儒的神学思想，对儒学重新阐述，并展开争鸣，掀起了清谈热潮，促进了社会各方面的发展变化。清谈的深远意义，不仅在于品评人物，更

① 川胜义雄：《六朝贵族制社会研究》，上海古籍出版社，2008，第6页。

在于先秦以降的人文精神的发扬，并促进了先秦儒道两家哲学思想的发展。”[①]魏晋清谈保留了清议之品评人物气质、品性、才干的遗风，且扩展至关于人物评价标准的论辩。

曹操为统一大计而对人才之名实相副的要求，使社会对人物的品评和察举也注重名实相副。此风延至曹丕时期，刘劭撰成《人物志》，总结一整套循名责实地评议和拔擢人才的经验方法，在名实相副原则要求下，研究出鉴识人才和任用人才的一般标准，又在关于人物才性关系讨论中，提供了颇具引导意义的辨名析理的思维方法论。这些总结性和引导性的论述，“围绕评价人物标准问题而展开的清谈论辩须掌握一定的技巧、方法和避免发生错误，其就此所作的阐述完全以对名理的独到的深入辨析为基础，这不仅为名理学的研究拓开了新的思路，也使得源于汉末清议的魏初清谈在发展中更加注重从对个别现象的讨论进入对一般理论的探索，从而对正始玄学的产生起到了承上启下的作用”[②]。如此，按照《人物志》的学理模式，魏晋哲学思想自然演进为形而上的抽象理论，也就是说，《人物志》是一个过渡环节，如汤用彤先生所言，《人物志》为正始前学风之代表作品，此后一方面由于学理内部的自然演进，一方面由于政治时势所促成，“遂陷于虚无玄远之途，而鄙薄人事”[③]。清议遂转而为清谈，名士谈论主题由具体事实变为抽象原理，由切近人事至玄远理则，沉浸于老、庄、易的玄学义理讨论之中。

魏晋士人陷于玄远之途而鄙薄实际人事，当然有其不得已的苦衷，最大的苦衷就是面对政治动态不能自信地把握。司马迁作《史记》时，将老子与韩非同传，说“申子卑卑，施于名实；韩子引绳墨，切事情，明是非，其极惨核少恩，皆原于道德之意”。苏轼言其“尝读而思之，事固有不相谋而相感者，庄、老之后，其祸为申、韩”（苏轼《韩非论》），正是看到两者的共同点，深知由权术而发家者，其政必兼营道法，只不过在不同形势下略有侧重。王昶《戒兄子书》言：“欲使汝曹

① 周满江、吴全兰：《玄思风流：清谈名流与魏晋兴亡》，济南出版社，2002，第52页。

② 邬锡鑫：《魏晋玄学与美学》，贵州教育出版社，2006，第6页。

③ 汤用彤：《魏晋玄学论稿》，世纪出版集团，2005，第11页。

立身行己，遵儒家之教，履道家之言，故以玄默冲，欲使汝曹顾名思义，不敢违越也。”此番戒语道出了其时政治阴刻猜忌状况，才智之士避祸全身之所，咸归于道家之渊静玄默，连皇室曹植也深有感触并履行之。

再者，曹魏皇室与司马家庭势力的明争暗斗云波谲诡，伴随着正玄改制的进程，清谈玄学化也随之完成。魏齐王曹芳受明帝遗诏由曹爽和司马懿共同辅佐。曹爽任用黜抑的何晏、夏侯玄等人，纠集不满司马氏集团的士族青年，结成正始名士利益共同体，改革明帝时期的被司马氏集团控制的九品中正制，调整台阁、官长、中正的职权，扩大吏部在选官任官的决定作用，发挥清议在举荐人才上的作用；同时，对司马懿等元老派推崇的儒学进行了贬抑，抵制司马懿取法三代的主张，跳出明帝期的“五行”“三统”说而“追踪上古”，从而引发学术文化形态的变革。

政治斗争往往伴随着意识形态的斗争。正始玄风的出现就是在政治斗争中应运而生的。代表人物何晏、王弼的思想核心是“贵无”，通过改造道家思想来解释儒家思想，扬弃了汉代的宇宙生成论而发展成宇宙本体论。比如成就最高的王弼，创造性地从方法论上阐发“执一统众”“崇本息末”“以无为本”“因物自然”“贵无全有”等思想，又从认识论上提出“寻言以观象”“寻象以观意”“得意在忘象”“得象在忘言”等思想观点，其实是不拘泥于经典的文辞和形象，要用道家理论注疏儒家思想，并在注疏过程中阐发玄学新义。因此，正始改制通过政治运作的方式促成了玄学的兴起，而玄学的兴起反过来为正始改制提供了理论支持，也为以曹爽为代表的曹魏利益集团营造了舆论气候。然而，此时真正控制朝政大局的是崇奉儒家名教礼制的司马懿政治集团。如果说正始初期以曹爽集团稍占上风，此时何晏、王弼为代表的玄学派与名教派没有公开的政治利益冲突；那么到了正始后期特别是高平陵事变（249年）后，曹爽事败，何晏、丁谧、邓扬等八家三族均遭屠戮，天下名士减半，玄学派名士被视作异己分子遭受司马氏集团镇压、打击和分化。竹林名士在政治身份上偏向曹魏集团，但与司马氏集团也有千丝万缕联系，所以他们的处境很尴尬，总是在面临政治抉择关头感到焦灼不安，他们的精神世界隐藏着太多复杂晦涩的心曲，思想和行动常常不一致甚至完全相悖。

三、政治身份归属与玄学精神的殊途同归

值得注意的是，并不是说偏向曹魏集团者就是玄学派，偏向司马氏集团的就是名教礼制派，实际上那只是政治利益集团的划分，玄风所至，乃时代思想发展使之然。司马氏集团成员中也有不少玄学名士。就像正始年间，何晏与司马师都在玄学问题上有过心心相印的时候。“初，夏侯玄、何晏等名盛于时，司马景王亦预焉。晏尝曰：‘唯深也，故能通天下之志，夏侯泰初是也；唯几也，故能成天下之务，司马子元是也；惟神也，不疾而速，不行而至，吾闻其语，未见其人。’盖欲以神况诸己也。”（《三国志·魏书》卷九注引《魏氏春秋》）魏晋诸名士虽在许多问题上的具体观点殊途异味，但在抽象思辨的玄学精神上同归一致。寄身司马氏集团的钟会亦然，曾著《老子注》，又总结傅嘏关于才性问题的探讨，“傅嘏常论才性同异，钟会集而论之”（《三国志》卷二十一），集而论之的成果很可能是《才性四本论》。“会论才性同异，传于世。四本者：言才性同，才性异，才性合，才性离。尚书傅嘏论同，中书令李丰论异，侍郎钟会论合，屯骑校尉王广论离。文多不载”（《世说新语·文学》注引《魏书》）。自魏明帝太和六年（232年）清谈开始直至253年以庄解玄阶段结束，钟会汇集并论述这一段时期的四种具有代表性的才性论思想。它运用了名理学的逻辑思辨方法和玄学本体论的哲学思维方式，对魏晋玄学之才性观、价值观和人格理论探究活动做了重要的总结。“性言其质，才名其用”（袁准《才性论》），名士们对才性名理思想的研究，从思考质用关系开始探索玄学“体用”“有无”“言意”“情礼”“群己”等诸多抽象思辨问题。

正始玄学以何晏、王弼为代表，而以傅嘏、荀粲、裴徽、刘邵等为先导。太和初年，“嘏善名理，而粲尚玄远，宗致虽同，仓卒时或有格而不相得意。裴徽通彼我之怀，为二宋骑驿，顷之，粲与嘏善”（《三国志·荀彧》注引何劭《荀粲传》）。傅嘏本身善言虚胜，长于名理逻辑论辩，体现先秦道家与名家思想的结合。而荀粲家族以儒学传家，援

道释儒形成玄远趣尚。裴徽则妙解道家玄远思想，突出傅嘏两人思想的共同部分以调解分歧。刘邵的《人物志》着眼于政治哲学，采用名家逻辑分类法，以儒家经世致用为宗旨，引入老庄的君子、小人、圣人思想，重点辨析人性与才能，为政府选拔人才和任用官吏服务，是著名的才性论作品。太和期间的玄学萌芽，归结起来就是产生了才性与玄理之辨的问题。到了正始时期，何晏和王弼将“才性与玄理”关系问题转换成“圣人是否有情”“言是否尽意”等形而上的问题。何、王的视线已由宇宙生成运行投向万物的本体，特意以“无”执驭万物，“无”既为世界本源而生成万物，亦是世界万物的本质，故被称为“贵无”派玄学。简要概括其思想是：“魏正始中，何晏、王弼等祖述老庄，立论以为天地万物皆以无为为本，无也者开物成务，无往而不存者也。阴阳恃以化生，万物恃以成形，贤者恃以成德，不肖者恃以免身，故无之为用，无爵而贵矣。”（《晋书·王衍传》）“以无为本”思想的出现，标志着魏晋玄学正式形成，中国哲学从汉代经学探讨天人、阴阳、五行等形态论思维层次，提升到黜天地而究本体的思维水平。

何晏在政治场域的形象是党同伐异，热衷功名，轻改法度，强吞政府财富，以失败告终；在人生场域的形象是好修饰美容，耽迷情色，服五石散引领服药风潮，浮华处世。王弼在世俗领域“为人浅而不识物情”，因其早逝而无甚人生事迹。然而，他们在思想领域却改变了一个时代，形塑了一个时代的士林风貌。现象与本质，特殊与普遍，实践与理论，种种矛盾关系集合在他们身上。何晏的著作有《论语集解》《周易解》和《道德论》，后二者已佚，只在张湛《列子注》残留若干片段。王弼的著作有《周易论例》《老子注》和《周易注》传世，另有《老子微旨略例》《论语释疑》部分内容保存下来。何晏充当玄学的组织者和领导者角色，突破汉儒师传家法的陈规，发现和推介思想奇才。《世说新语·文学》记载多条关于何晏叹服王弼、管辂之事，比如“何晏注《老子》未毕，见王弼自说注《老子》旨。何意多所短，不复得作声，但应诺诺。遂不复注，因作《道德论》”。学术场域中的胸怀大度与政治场域中的党同伐异，真是迥然有别。何晏指出“道”就是“自然”，“无”在所有事物中具体为“道”，故圣人“虽处有名之域而没其无名之象，由以在阳之远体，而忘其自有阴之远类也”（《列子·仲尼篇》注引何晏《无名论》）。何晏写过《圣人无喜怒哀乐论》，主张“圣人无情”之说：“若夫圣人，名无名，誉无誉，谓无名为道，无誉为大，则无名者可以言有名矣，无誉者可以言有誉矣。然与夫可誉可名者，岂同用哉？此比于无所有，故皆有所矣。而于有所有之中，当与无所有相从，而与夫有所有者不同。”（《列子·仲尼篇》注引何晏《无名论》）何晏从老子思想中延伸出“有无”之辨的问题，启示王弼进一步探讨体用、本末、言意等概念关系问题。

何晏的贡献主要在于提出问题，而王弼的贡献在于将理论深化且系统化。针对何晏的“圣人无情”说，王弼主张“圣人有情”说：“何晏以为圣人无喜怒哀乐，其论甚精，钟会等述之。弼与不同，以为圣人茂于人者神明也，同于人者五情也。神明茂，故能体冲和以通无；五情同，故不能无哀乐以应物。然则圣人之情，应物而无累于物者也。今以其无累，便谓不复应物，失之多矣。”（《三国志》裴松之注引何劭《王弼传》）圣人神明之处是有情而通无，即能够超越五情，应物而无累于物，进入一种体无的精神境界。后来的嵇康提出“情不系于所欲”“物情顺通”的观点，实际是将王弼的观点延伸到现实社会如何看待名教的问题上，所谓“越名教而任自然”，指的是像圣人一样不执着于名教却又不废名教。那么，圣人是如何做到应物而无累于物的呢？王弼认为情有普遍性，也有正邪之分，故“不性其情，焉能久行其正？此是情之正也。若心如流荡失真，此是情之邪也”（《论语释疑》）。概言之，即“性其情”，以人的自然本性来约束规范情的发展，才能应物而无累于物。在这里，性是本体，是无；情是功用，是有。圣人的神明在于能够做到“体用一如”，性与情统一，而凡人总在两端游移不定，结果陷于偏执。至于它的意义，余敦康觉得，“王弼的这个论点把圣人变成了真正的人，填平了圣人与常人之间的鸿沟，从而也为当时广大士族知识分子树立了一个理想的人格的形象。凡人皆有情，因而‘应物’是谁也不能免的，但是，‘无累于物’却是一个理想的境界，未必人人都能做到，这就要求人们尽量把自己由特殊性向普遍性提升，努力参究玄理，净化自己的情感”[①]。除竹林名士吸取王弼这个思想精义之外，元康名士、

① 余敦康：《魏晋玄学史》，北京大学出版社，2004，第79页。

永嘉名士及东晋名士都以各自的方式响应了这一思想。

四、从竹林到元康：名士风度的解放和解构

竹林时期的玄学主要体现在名士风度的实践活动中。嵇康、阮籍等人思想上转向老庄之学，倡导人的自然本性的重要性，实际是以一种超然物外的姿态，借放浪形骸来表示政治立场，同时表达追求精神自由的意愿。嵇康在《释私论》里设置一种君子人格："夫称君子者，心无措乎是非，而行不违乎道者也。何以言之？夫气静神虚者，心不存乎矜尚；体亮心达者，情不系于所欲。矜尚不存乎心，故能越名教而任自然；情不系于所欲，故能审贵贱而通物情。物情顺通，故大道无违；越名任心，故是非无措也。是故言君子，则以无措为主，以通物为美。言小人，则以匿情为非，以违道为阙。何者？匿情矜，小人之至恶；虚心无措，君子之笃行也。"这种"越名任心"的君子人格显然以庄子为师法对象；"越名教而任自然"使竹林名士心性情怀和人格境界都获得活泼的生机和圆融的灵气。阮籍则在《达庄论》里认为天地生于自然，万物生于天地，那么人处于什么位置呢？"人生天地之中，体自然之形。身者阴阳之精气，性者五行之正性也，情者游魂之变欲也，神者天地之所以驭者也。以生言之，则物无不寿；推之以死，则物无不夭。自小视之，则万物莫不小；由大观之，则万物莫不大。"赞扬庄子"自然一体"思想，其实隐含着对儒家"分外之教"的非议，也暗示自己在极不情愿的社会政治环境下采取顺其自然的态度。嵇康的越名任心的生活态度隐括了尚侠任气和刚强疾恶，最后留下广陵绝唱的传说，为士人阶层树立一个狂放旷达而自由不羁的人格典型。阮籍则以放诞纵情和佯狂肆酒方式与险恶环境周旋，既自保生命又跟现实政治拉开距离。然而，嵇康、阮籍等实际上并不反对真正的名教，他们反对的是早已异化的名教。至于山涛、向秀、王戎等迫于政治形势剧变，在司马氏集团的威逼利诱下走出竹林，投向名教乐地，且发展出新的理论依据以支撑他们的生存选择。

竹林七贤之向秀的思想经常处于时代前沿，这与他的生存策略有关。他曾与嵇康一起在树下锻铁，配合默契，相对欣然，还能以自赡给；经常去吕安家帮他侍弄菜园子，三人可谓情投意合。在学术上，他

曾与嵇康互相问难养生之道，注《周易》《庄子》。向秀早年淡于仕途，颇有隐居之志。只是见证嵇康被司马昭杀害，为避祸计而随波逐流，入洛任散骑侍郎、黄门侍郎等职，但持“在朝不任职，容迹而已”的为官态度。应该说，竹林之游才是他最喜欢的生活方式，这从他的《思旧赋》的自序可以看出：“余逝将西迈，经其旧庐。于时日薄虞渊，寒冰凄然。邻人有吹笛者，发音寥亮。追思曩昔游宴之好，感音而叹。”向秀的玄学思想力求融合儒家主张，认为两者并没本质的区别，所以他是玄学之“崇有”论者，主张“任自然而不加巧”，对世俗观念唱出反调：“世以任自然而不加巧者为不善于治也，揉曲为直，厉驽习骥，能为规矩以矫拂其性，使死而后已，乃谓之善治也，不亦过乎。”（《庄子集释》卷四中《外篇·马蹄》注八）向秀的《庄子注》“妙析奇致，大畅玄风”，尤其在解释《逍遥游》时有超越前人的感悟，从大鹏与鷃雀的反差中发现本质的平等，认为自由逍遥只需要性分自足，得其所待，凡人与至人均可“同于大通”，即抵达自由逍遥之境。《庄子注》实现了向秀贯通儒道的学术理想，获得广大士人阶层的认同。

这种基于万物“自生自化”本体论思想的逍遥新义，后来被郭象改造为“名教即自然”观点，更成为那些“身在庙堂心在山林”的士人阶层的处世哲学。“秀为此义，读之者无不超然，若已出尘埃而窥绝冥，始了视听之表，有神德玄哲，能遗天下外万物，虽复使动竞之人顾观所徇。皆怅然自有振拔之情矣。”（《世说新语·文学》注引《竹林七贤论》）在“天下多故，名士少有全者”的时代，魏晋士人的精神世界被焦虑、迷茫和失落占据，向秀、郭象《庄子注》出，使之精神大为解放，生存进退不再失据。

司马氏建晋后，太康时期的社会政治也相对稳定繁荣，士人阶层的政治归属已分明，玄学家们各谋出路，政治热情和现实关怀明显减弱，探究事理以匡扶道义的社会责任感也随之减弱。然而，西晋的奢华和表面的繁荣在惠帝元康年间（291—299年）被“八王之乱”破坏了。晋人孙惠叹息：“自永熙以来，十有一载，人不见德，惟戮是闻。公族构篡夺之祸，骨肉遭枭夷之刑，群王被囚槛之困，妃主有离绝之哀。历观前代，国家之祸，至亲之乱，未有今日之甚者也。”（《晋书》卷七十一）诸王

内乱，不仅黎庶遭殃，士人阶层也不堪其忧，只能各投其主，无所谓正义信仰，也无所谓道德节操。田余庆评价说："西晋统治者进行的八王之乱以及随后出现的永嘉之乱，既摧残了在北方的西晋政权，也毁灭了几乎全部西晋皇室和很大一部分追随他们的士族人物。"[①]毁灭既指众多士人在诸王内乱中肉体生命不保，也指士人的精神生命行无准的。故元康名士如山简、阮瞻、阮孚、阮修、阮简、王澄、谢鲲、胡毋辅等效仿竹林名士的纵情放诞，他们把庄子式的人生观与传统炼形保身的方术混杂一起，结果只得竹林之形而失竹林之神，流于肆情纵欲、放浪不羁的境地，从而解构了名士风度的正当性。"贵游子弟阮瞻、王澄、谢鲲、胡毋辅之徒皆祖述于籍，谓得大道之本。故去巾帻，露丑恶，同禽兽。甚者名之为通，次者名之为达"。（《世说新语·德行》注引王隐《晋书》）如果概括这批玄学名士的行为举止，则或可以"元康之放"来蔽之。

如果说"元康之放"主要表现在行为方面的玄学家气质，那么另有一批玄学名士如乐广、王衍、郭象等企图调和儒家和道家，将玄理与名理整合，在言语清谈方面张扬了玄学家的精神风貌。乐广曾嘲笑放诞派名士的行为："名教内自有乐地，何必乃尔！"（《晋书》卷四十三）乐广是清谈名家，可是不擅长写文章，在辞河南尹职时便与潘岳合作，自己讲述辞职原因，潘岳据其意形诸笔端。时人都说："若乐不假潘之文，潘不取乐之旨，则无以成斯美矣。"（《世说新语·文学》）这就是"潘文乐旨"的佳话。王衍同为清谈领袖和"中朝名士"，每次清谈会上都手捉玉柄麈尾，与手同色。义理有所不安，随即改更，世号"口中雌黄"（《晋书》卷四十三）王衍颇感自信，常自比子贡，"妙善玄学，唯谈《老》《庄》为事"；"后进之士，莫不景慕放效"；整个社会都弥漫着"矜高浮诞"的玄风。正所谓成也玄谈败也玄谈，后人常把西晋亡国归因于玄谈风气，"晋初，天下既一，士无所事，惟以谈论相高，故争尚玄虚，王弼、何晏倡于前，王衍、王澄和于后。希高名而无实用，以至误天下国家"（刘祁《归潜志》）。贺兰进明、苏辙、王夫之、蔡东藩等都表达过相似的看法。由此可见，无论是阮瞻等放诞派还是王衍等清谈派，其实都是在效仿玄学前辈的风采，前者效仿的是竹林嵇、阮，后者

① 田余庆：《东晋门阀政治》，北京大学出版社，2012，第16页。

效仿的是正始何、王，然在学理建设方面都很欠缺，无所进展，学理建设必待永嘉时期的郭象来完成。

五、永嘉玄学的学理建设与士人生存方式的合法性解释

在自然与名教关系问题上，王衍曾称圣教与老庄同，乐广也曾称名教中亦有自然乐处，但他们都未予以学理的论证，故而只是信口说说而已。况且，何晏、王弼“崇本息末”的政治思想与嵇康、阮籍“越名教而任自然”的人生观有着必然联系；而它的极端末流便是导向纵欲颓放行为的合理化；玄学的政治功能也由治弊求偏转为世族高官的身份符号或者肆欲纵情的遮羞物。

朝廷中精通玄学名理的裴頠以“内圣外王”之道弥合自然与名教的裂缝。裴頠本人也是“言谈之林薮”，但他“深患时俗放荡，不尊儒术，何晏、阮籍素有高名于世，口谈浮虚，不遵礼法，尸禄耽宠，仕不事事；至王衍之徒，声誉太盛，位高势重，不以物务自婴，遂相放效，风教陵迟，乃著崇有之论以释其蔽”（《晋书·裴頠传》）。在《崇有论》里，裴頠提出自己的世界观，“夫总混群本，宗极之道也；方以族异，庶类之品也；形象著分，有生之体也；化感错综，理迹之原也”。意指宗极之道不是何、王所言之“无”，而是有形有象且错综复杂的事物，它是客观规律的总根源。他否认“无”生“有”，提出万有之始生者乃“自生”论，认为“有”才是绝对的，且是运动变化的，万物以“有”为本体：“夫至无者无以能生，故始生者自生也。自生而必体有，则有遗而生亏矣。生以有为已分，则虚无是有之所谓遗者也。故养既化之有，非无用之所能全也；理既有之众，非无为之所能循也。”裴頠的“有”一方面指本体论之“有”，包括自然界和人类社会界中的一切事物，每个具体事物都是“万有”的一部分，“所禀有偏”，而“偏无自足，故凭乎外资”，事物之间互相联系，互相依凭。

另一方面，裴頠的“有”还指方法论上的“有”，即宗极之道，君子必须积极有为，“崇济先典，扶明大业，有益于时”；“居以仁顺，守以恭俭，率以忠信，行以敬让，志无盈求，事无过用，乃可济乎”；“由

此而观，济有者皆有也，虚无奚益于已有之群生哉"。他由此批评"贵无"论以虚无为本，导致现实世界的一切伦理纲常和社会秩序都被毁弃了，"于是文者衍其辞，讷者赞其旨，染其众也。是以立言藉于虚无，谓之玄妙；处官不亲所司，谓之雅远；奉身散其廉操，谓之旷达。故砥砺之风，弥以陵迟。放者因斯，或悖吉凶之礼，而忽容止之表，渎弃长幼之序，混漫贵贱之级。其甚者至于裸裎，言笑忘宜，以不惜为弘，士行又亏矣"。可见裴頠是出于维护儒家名教礼制目的来批评贵无派名士的"任自然"之举。但他对何晏、王弼之"无"的概念理解偏执，以为"无"就是"空无"，就是"不存在"。事实上，何晏、王弼之"无"和"有"不仅指存在和不存在的关系，更是现象和本质的关系，也没有否定"有"，只是从体用角度主张"崇本息末"。

向秀认为："得全于天者，自然无心，委顺至理也。圣人藏于天，故物莫之能伤也。"[①]郭象在注解《庄子·齐物论》时进一步提出"玄冥之境"概念："是以涉有物之域，虽复罔两，未有不独化于玄冥之境者也。""玄冥之境"是"物各自造""自化"的场域，是通过自为而相因的关系达到的一种精神境界。"至于玄冥之境，又安得而不任之哉！既任之，则死生变化，惟命之从也"；"知天人之所为者，皆自然也；则内放其身而外冥于物，与众玄同，任之而无不至者也"。(《大宗师注》)这就颇有"无心而任自然"的意味了，总的原则便是"游外以冥内，无心以顺有"，把自然和名教合一，等同起来，故玄冥之境不是彼岸世界，而是指现实世界的一种精神状态。汤一介据此评价说："如果人能把自己看成是绝对的独立存在，就可以在任何时候、任何地方随遇而安，有了这种认识和生活态度就是'独化于玄冥之境'；如果用此种认识和此种态度进行统治，那就是行了'内圣外王之道'；如果以此治天下，而使所有的人都能依其本性随遇而安，那么此社会就是最理想的社会，即行了'内圣外王之道'的社会。"[②]魏晋玄学至此可谓完成了它的历史使命，也即从学理建设方面解释了士人阶层生存方式的合法性和合理性。郭象哲学的现实意义正在此处彰显。

① 杨伯峻：《列子集释·黄帝篇》，中华书局，2012，第49页。

② 汤一介：《郭象与魏晋玄学》，北京大学出版社，2000，第147页。

郭象把庄子的思想拉回现实世界，“名教即自然”，人生必须游外冥内才能顺应剧变的社会现实。郭象的代表作是《庄子注》和《论语体略》，分别以儒解道和以道解儒。其儒道双向互解旨在以道家的自然哲学与儒家的伦理名教相融合，实现玄学由政治哲学向人生哲学的转化。郭象的思想观点，调和何、王“贵无”论和裴頠“崇有”论思想，在本体论上认为万物“自生独化”；在人生论上提出“足性逍遥”说，又以“名教即自然”说贯通其思想观点。他是崇有论者，修正何晏、王弼“以无为本”的本体论和生成论，但是借用了贵无论的“有”“无”概念，否认现象万有之上存在一个本体性的“无”，“无”也不能生“有”，因为“无”就是空洞无物，从而主张“独化于玄冥”之境；万物是自生自化，互不相依，“物各自造而无所待焉，此天地之正也。故彼我相因，形景俱生，虽复玄合，而非待也”（《齐物论注》）。万有事物互相联系着，相因去不相待，相因是现象，无待是本质。那么，具体到个体的人生观则是“足性逍遥”：“夫小大虽殊，而放于自得之场，则物任其性，事称其能，各当其分，逍遥一也，岂容胜负于其间哉?”“苟足于其性，则虽大鹏无以自贵于小鸟，小鸟无羡于天池，而荣愿有余矣。故小大虽殊，逍遥一也。”（《逍遥游注》）郭象在这里以大鹏和小鸟为喻来强调万物各按其性而行事，满足于自身状况和既定的秩序，不羡慕本性之外的东西，便能自得其乐而自在自如。这种观点若推及人生态度，则是“足于天然而安其性命”（《齐物论注》），彼我玄同，物我为一。“足性逍遥”之说对于士人群体的人生取舍是具有理论支撑的作用。“郭象足性逍遥追求心灵自由，其真实用意莫过于要求人们在观念上忘却社会中的贵贱高下贫富，面对艰难时世、生命困境泰然自若且心安意足。”[①]这种顺性安命的态度若真成为士人阶层的人生理念，那么统治阶层也是很愿意接受的，这对于维持其统治秩序的稳定是很有现实意义的。

“夫圣人虽在庙堂之上，然其心无异于山林之中，世岂识之哉？徒见其戴黄屋，佩玉玺，便谓足以缨绂其心矣；见其历山川，同民事，便谓足以憔悴其神矣；岂知至者之不亏哉。”（《逍遥游注》）玄学家对待自然与名教关系的态度，往往是其政治前途和人生命运的理论寓示，郭

① 孙以楷：《道家与中国哲学·魏晋南北朝卷》，人民出版社，2004，第12页。

象能够在“八王之乱”和“永嘉之乱”的时局中“任职当权，熏灼内外”并泰然一生，俯仰万机而淡然自若，不能不说是他秉持其学说的结果。

六、玄道儒融通与士人精神的家族化呈现

永嘉之乱后，士族南迁，玄学南播。在政治上，“王与马，共天下”，东晋门阀制度兴盛，琅琊王氏、陈国谢氏、太原温氏、汝南周氏、颍川庾氏、谯国桓氏、高平郗氏、陈郡殷氏、河东卫氏、琅琊诸葛氏、泰山羊氏、彭城刘氏、太原孙氏等世家大族崛起并与皇权共执朝政。这些侨姓士族的冠冕在政事和玄谈之间游刃有余，比如王导既是创立和稳定东晋朝廷的重臣，又是善谈玄理的士林领袖。过江诸人新亭对泣时，王导是安抚民心、克复神州的精神支柱，温峤把他比作管夷吾就是赞誉他的政治和精神领袖的鼓舞作用。同时，王导面对东晋政局复杂情况，采取镇之以静的政策。

在此政治背景下，王导过江左后，“止道声无哀乐、养生、言尽意，三理而已，然宛转关生，无所不入”（《世说新语·文学》），晚年更是“略不复省事，正封箓诺之”，只是签字盖印而已。周顗雍容文雅有竹林风采，却说效仿的是王导而非嵇、阮，可见王导清谈的威望很高。总的来说，由于东晋清谈名士大多是新朝重臣，为维护朝政或家族利益，不得不参与朝政活动以保证纲常名教的正常运行；同时借助清谈玄理，鼓励人民安于现状而回归本性之乐，完全体现了郭象“名教即自然”的价值取向。换言之，他们在延续向秀、郭象、裴頠等名流实施儒玄合流的主张。王导、谢安等都是集实干家和玄谈家于一身，其人格形象是名教与自然的凝聚体。所以，东晋初期的玄学进入儒玄合流时期，主要表现方式是政治事功与精神气度的双向追求。在实践上，儒玄互补型的名士除王导、谢安外，桓温也是个代表，庾翼评价说：“桓温有英雄之才，愿陛下勿以常人遇之，常婿畜之，宜委以方召之任，必有弘济艰难之勋。”（《晋书·庾翼传》）确实，桓温出镇荆州、平灭成汉、兵临长安、收复洛阳，对东晋政权稳固是建立很大功勋的。同时，他也经常参与清谈活动，与清谈名流刘惔、王濛、王述、谢尚、王导、殷浩等都有

密切交往。孙绰评说："刘惔清蔚简令，王濛温润恬和，桓温高爽迈出。"（《晋书·王濛传》）桓温旁听王导和殷浩共谈析理，心迷神驰，次日感慨说："昨夜听殷、王清言，甚佳，仁祖亦不寂寞，我亦时复造心；顾看两王掾，辄翣如生母狗馨。"（《世说新语·文学》）后来名望渐隆，常以殷浩为超越对象。总之，桓温等人的文武识度就是东晋玄学名士的榜样，他们那种不废事功，不浮华虚放的进取精神，给玄学注入新气息和新活力。

在理论著述方面，张湛《列子注》，韩康伯《辩谦》和《周易注解》，袁宏《竹林名士传》和《三国名臣传》等较有影响。张湛《列子注》吸收玄学诸家思想，大有综合兼容并超越的雄心。"大体言之，张湛在本体论、名教学说方面主要吸收了玄学正统派的思想，其中尤以正始玄学的代表王弼、西晋玄学的集大成者郭象为最；张湛在人生论方面主要吸取了玄学异端竹林玄学的合理成分；至于张湛哲学所依附的《列子》，张湛对其吸收已不限于内容，甚至包括哲学结构和哲学建构的方法。"[①]当然不仅吸收这些思想成分，道教和佛教思想也在《列子注》里时时泛现。张湛在《列子序》说："其书大略群有以至虚为宗，万品以终灭为验；神惠以凝寂常全，想念以著物自丧；生觉与化梦等情，巨细不限一域；穷达无假智力，治身贵于肆任；顺性则所之皆适，水火可蹈；忘怀则无幽不照。此其旨也。然所明往往与佛经相参，大归同于老庄。"这是张湛对《列子》原旨的解释，其实是自己融合儒释道思想的愿望的反映。张湛接受郭象"性分自足"的观点，主张"应理处顺"："禀生之质谓之性，得性之极谓之和；故应理处顺，则所适常通；任情背道，则遇物斯滞。"（《黄帝注》）因为"生各有性，性各有所宜者"（《天瑞注》），所以人处社会环境皆须遵循本性才能畅通无阻，"万品万形，万性万情，各安所适，任而不执，则钧于全足，不愿相易也"（《汤问注》），其实是号召人们乐天知命。

那么如何乐天知命呢？张湛是反对修养的，个人"任而不养"则性命自全，治世者"纵而不治"，则天下自安。张湛引用《论语》《中庸》

① 孙以楷主编：《道家与中国哲学·魏晋南北朝卷》，人民出版社，2004，第167页。

等儒家经典资料来阐释其玄学思想；也借用了“众生”“无常”“报应”等佛教基本概念，还认同“神不灭论”；他言养生，言吐纳，言服药等，既与嵇康养生思想有联系，也与道教炼养之术颇多相合。韩康伯是殷浩的外甥，殷浩称赞：“康伯少自标置，居然是出群器。及其发言遣辞，往往有情致。”（《世说新语·赏誉》）他有著名的《系辞》《说卦》《序卦》《杂卦》等注，综合发展了王弼的“得意忘象”“举本统末”“执一御众”“无知守真”等思想；又在人生处世哲学上提出“顺应天下之理”的主张，强调安分守己：“理必由乎其宗，事各本乎其根，归根则宁，天下之理得也。若役其思虑以求动用，忘其安身以殉功美，则伪弥多而理愈失，名弥美而累愈彰矣。”（《周易注解·系辞下注》）如是，在纷纭变局中才不会迷失自我。郭象讲“独化于玄冥之境”，而韩康伯讲“独化于大虚”，“原夫两仪之运，万物之动，岂有使之然哉？莫不独化于大虚，欻尔而自造矣。造之非我，理自玄应；化之无主，数自冥运，故不知所以然而况之神。是以明两仪以太极为始，言变化而称极乎神也。夫唯知天之所为者，穷理体化，坐忘遗照。至虚而善应，则以道为称；不思而玄览，则以神为名。盖资道而同乎道，由神而冥于神者也”（《周易注解·系辞上注》）。大虚和玄冥，都是一样的意思，在大虚之境里独化、自造，也就是要在现实世界准确地自我定位。韩康伯一生清静平和，留心文艺和思辨，故其殷浩说“康伯能自标置，居然是出群之器”（《晋书》卷七十五），看来是很有眼光的。

玄风随着东晋偏安而南移，佛玄合流与魏晋士人精神的余波荡漾。正当东晋朝野把西晋灭亡归咎于玄学清谈之际，佛教文化随着五胡铁骑一起东传并兴盛起来。佛学与玄学都以人生解脱为根本宗旨，两者具有思想的交集，佛学渐渐融进士人阶层的精神生活。佛教为了尽早在中土站稳脚跟，主动依附玄学，从社会交往和理论传播两个方面渗透中国传统文化。它首先选择融通士人阶层的路线，效法名士风度，参与玄学清谈活动，佛教僧人说逍遥，深入士人阶层的精神生活领域。“四海习凿齿，弥天释道安”，讲的就是名士名僧之间的机智应对的故事。道安传播佛教有两个办法：一是“教化之体，宜令广布”，遍及南北各地，广纳僧众；二是深明“不依国主，则佛事难立”，寻求掌握文化话语权的士人阶层的支持和加入。

竺法深视朱门如篷户，常与简文帝、王导、庾亮诸公交往对谈，不知不觉影响江左名士的精神生活。支道林是般若学大师，而般若学谈空论无，析理深微，其“缘起性空”观念，给玄学名士当中注入新鲜空气。支道林对郭象“适性逍遥”的质疑及提出“新逍遥”义，使玄学名士无不叹服。《高僧传》卷四《支道林本传》记载：“遁尝在白马寺与刘系之等谈《庄子·逍遥篇》，云：‘各适性以为逍遥。’遁曰：‘不然，夫桀跖以残害为性，若适性为得者，彼亦逍遥矣。’于是退而注《逍遥篇》，群儒旧学，莫不叹服。”支道林提出“至足无待”和“物物而不物于物”的“新逍遥”义。在他看来，鹏与鷃只知“物物”而未做到“不物于物”，为物所得，不能自得。更重要的是，其“至足逍遥”论成功否定郭象的“适性逍遥”论，把郭象逍遥境界中的等级差别拆除了，一律衡之以圣人标准，重新唤醒士人阶层隐藏于心中的圣人情结，为扭转日渐衰颓的士林风气起到了鼓舞作用。支道林的说法，弥合了向秀、郭象以来东晋玄学名士“适性逍遥”的道德缺陷；其新义其实糅合了佛、道的义理，比如其“即色义”：色不自色，虽色而空，色复异空。

这就涉及佛教徒融入玄学的另一个途径，即运用本土的“格义”法，以玄学术语解释大乘《般若经》。《般若经》义理在中国传播过程中，形成了六家七宗：本无宗，代表为道安；本无异宗，代表为竺法深、竺法汰；即色宗，代表为支道林；识含宗，代表为于法开；幻化宗，代表为道壹；心无宗，代表为支愍度、竺法蕴、道恒；缘会宗，代表为于道邃。本无异宗是从本无宗分化而出，故合之称“六家”。此为“六家七宗”名目。支道林的即色宗主张“色不自有”，讲的是由无而有，有复归无，万物的存在都是暂时的，最终都要消灭，有“物不恒空”的意味，已经接近大乘中观学派“非有非无”的思想。这与郭象主张万物自化、独化并且生生不断的观点是不同的。后来，僧肇提出“物不迁论”与“不真空论”：“欲言其有，有非真生；欲言其无，事象即形。象形不即无，非真非实有”；“夫至虚无生者，盖是般若玄鉴之妙趣，有物之宗极也”。僧肇的“不真空论”泯灭了本体和现象的差别，消除了魏晋玄学的物我差异和对立，主客两忘，真俗无别，物我俱一，从而对士人阶层进行山水游赏的审美活动造成了影响，自然美的发现，山水诗画的兴起。庐山慧远则提出“法性论”，包容两端又超越两端，

“至极以不变为性，得性以体极为宗”，远离不可验证的长生不死之说，而设定一个理想人格去追求精神的永恒。这种佛教的人生道路非常适合士人阶层去追求。追求精神不朽，正是士人阶层永远的理想。总之，东晋中后期玄佛合流，最终消融在佛学思想里去了，此后是儒教、佛教、道教在南北朝分分合合的历史。

学界一直致力于在魏晋清玄的观念世界中探究士人精神的哲学史价值和文艺史功能，结合玄学的内涵、特征、方法、场域、关系、价值、影响等，展示逻辑结构的情理统一性和社会现实性，以及内在矛盾的深刻性和复杂性；以士人阶层的人格精神为核心论题，对其总体特征展开多层维度研究，又经由个案分析来考校其演变史，更好呈现精神气质的丰富性和鲜活性、历史性和现实性。魏晋士人阶层奉献了很多值得借鉴的精神品质，也暴露了很多应该批判反省的精神元素。从玄学演变视角进入具体的历史语境，融合阐释史的多维视野，反省魏晋士人精神底蕴里的固存缺陷及其成因；同时开掘魏晋士人精神不同时段里的呈现样态，更细致入微地剖析差异性、矛盾性、断裂性甚至悖论性，指向价值评判的立体化、整体化和动态化。如此，或许能够纠偏弹正当代人过度美誉魏晋名士风流的倾向，也或许能够更加理性地对待魏晋士人精神的深情色彩和审美属性，在中华民族精神史中坐标更为客观理性地将其定位。

篇　四

佛教义理观念与士人精神的因缘会合

汉魏之际，社会面临着空前的政治危机和社会危机，战争频繁，经济困顿，民生凋敝。在这样的社会，人们的思想信仰混乱不堪，儒家经学走入陈腐拘泥境地；政治腐败，吏治无能，选拔官员的察举和征辟制度更是名实脱节，道德与名位之间颇具讽刺性错位；自然与名教的冲突在士人阶层造成思想的巨大困惑。人们生活在最痛苦的时代，很需要宗教进行肉体和灵魂的抚慰，于是遁世超俗之风渐炽，加入佛教的僧众也渐多。佛教传播进入“译经”的输入时期，不再单纯地依托道教方术来流行了。此期佛经译传主要分为两个系统：以安世高为代表的安息系统，传播的是小乘禅学，主张以渐次修禅而入佛境；以支娄迦谶为代表的月支系统，传播的是大乘般若学，主张以般若慧解和净土思想顿悟而入佛境。

一、从王弼到郭象再到僧肇：佛玄在士人阶层的融通演化和逻辑体系

从传播效果看，小乘禅学初期影响比大乘般若学要普遍得多，但在后期则以大乘般若学为主流。安世高译有《安般守意经》《阴持入经》《阿毗昙五法四谛》《修行道地经》等几十种佛经，这些佛经偏重“禅数”法，其中“禅法”讲究“安般守意”，即调谐呼吸，控制意念，专

心守一，与道教之吐纳、食气等长生术颇有亲近处，故深受民间信仰者青睐。支娄迦谶译有《般若道行经》《般若三昧经》《首楞严经》等，原本都由竺朔佛传来，支谶为之口译；般若学的“缘起性空”理论，与道家的“无名为天地始”思想多有比附，且由于思想界厌倦灾异图谶学说和烦琐迂腐经学，故士人阶层容易接受这种思辨性极强的大乘般若学，使之在西晋时期迅速地传播开来。

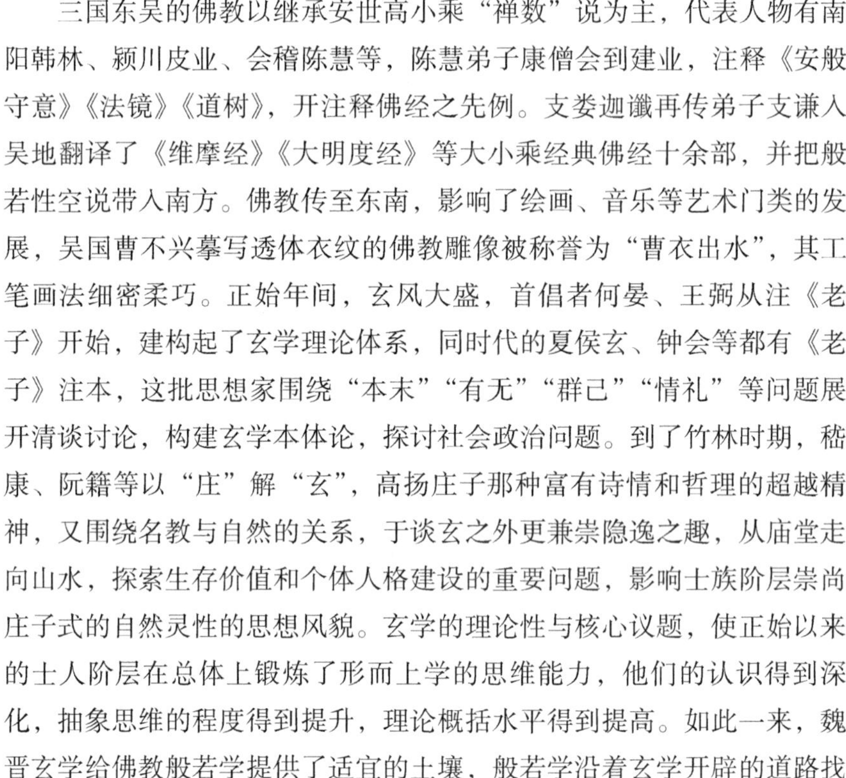

三国东吴的佛教以继承安世高小乘“禅数”说为主，代表人物有南阳韩林、颍川皮业、会稽陈慧等，陈慧弟子康僧会到建业，注释《安般守意》《法镜》《道树》，开注释佛经之先例。支娄迦谶再传弟子支谦入吴地翻译了《维摩经》《大明度经》等大小乘经典佛经十余部，并把般若性空说带入南方。佛教传至东南，影响了绘画、音乐等艺术门类的发展，吴国曹不兴摹写透体衣纹的佛教雕像被称誉为“曹衣出水”，其工笔画法细密柔巧。正始年间，玄风大盛，首倡者何晏、王弼从注《老子》开始，建构起了玄学理论体系，同时代的夏侯玄、钟会等都有《老子》注本，这批思想家围绕“本末”“有无”“群己”“情礼”等问题展开清谈讨论，构建玄学本体论，探讨社会政治问题。到了竹林时期，嵇康、阮籍等以“庄”解“玄”，高扬庄子那种富有诗情和哲理的超越精神，又围绕名教与自然的关系，于谈玄之外更兼崇隐逸之趣，从庙堂走向山水，探索生存价值和个体人格建设的重要问题，影响士族阶层崇尚庄子式的自然灵性的思想风貌。玄学的理论性与核心议题，使正始以来的士人阶层在总体上锻炼了形而上学的思维能力，他们的认识得到深化，抽象思维的程度得到提升，理论概括水平得到提高。如此一来，魏晋玄学给佛教般若学提供了适宜的土壤，般若学沿着玄学开辟的道路找到发展的机缘，特别是在士族阶层引起共鸣。

西晋后期，裴頠以名教为本而提倡崇有论，以纠贵无论之偏弊，郭象则力主融合自然与名教的关系，提出“玄冥”“独化”的自然论，以构造“适性逍遥”的理想人格。郭象之后，玄学已发展到最成熟阶段，东晋的张湛综合崇有、贵无学说，提出“群有以至虚为宗，万品以终灭为验”的思想，“所明往往与佛经相参，大归同于老庄”，用“元气”和“理”来解释“无”和“有”，与般若学“非有非真有，非无非真无”中道观颇有连通处。这明显也体现了晋室南迁后士族阶层肆情任性、泯灭自然和名教界限的苟安现状的心理。东晋门阀士族的政治体制也找到了理论支持，富贵和逍遥、庙堂和山林并无二致。而佛教学者也积极进行自我改造，为了赢得士族阶层的认可，改变印度佛教固有的悲观厌世、否定人的情感世界的人生观，代之以对待生命的坦然达观，这为士族阶层出处进退、人格模式提供了可信的依据；再者为了抹平士族阶层对佛教经义的隔阂，借用中国本土的"格义"法来解释佛理，使浸染玄风的士人阶层很顺利普遍地理解并接受。佛教信奉者宣称佛与周、孔的宗旨是一致的："周孔即佛，佛即周孔，盖外内名之耳，盖外内名之耳。故在皇为皇，在王为王。佛者梵语，晋训觉也，觉之为义，悟物之谓，犹孟轲以圣人为先觉，其旨一也。应世轨物盖亦随时，周孔救极弊，佛教明其本耳。共为首尾其致不殊，即如外圣有深浅之迹。尧舜世夷，故二后高让；汤武时难，故两军挥戈。渊默之与赫斯其迹则胡越，然其所以迹者，何常有际哉。故逆寻者每见其二，顺通者无往不一。"（《喻道论》）[①]这无意中接通汉末《牟子理惑论》的说法。

虽然佛教是出世的哲学，却并不真正出世，而以出世的姿态关注着世间万象和社会人生，佛教也要为治道王化事业尽力，故与儒家的"所以迹"者并无分隙。般若学与玄学理论沟通以《庄子》为媒介，道安、道生、僧肇、慧远、竺法汰、昙一等都十分注重庄子学说。这促成大量僧人与士人结交，如支孝龙与玄学名士阮瞻、庾敳为友被世人冠之以"八达"；孙绰写成《道贤论》列举七位高僧以比拟竹林七贤；支道林爱马爱重其神骏之性，从艺术欣赏的角度对待马的方式，不啻名士风度。如是，佛学中国化的进程在东晋时期基本完成。何尚之在其《宋文帝集朝宰论佛教》语云："渡江已来，则王导、周顗，宰辅之冠盖；王蒙、谢尚，人伦之羽仪；郗超、王坦、王恭、王谧，或号绝伦，或称独步，韶气贞情，又为物表。郭文举、谢敷、戴逵等，皆置心天人之际，抗身烟霞之间。亡高祖兄弟以清识轨世，王元琳昆季以才华冠朝，其余范汪、孙绰、张玄、殷觊，略数十人，靡非时俊，又炳论所列诸沙门等，帛、昙、邃者其下辈也。所与比对，则庾元规，自邃以上，护、兰诸

① 僧祐编：《弘明集》，中华书局，2010，第80页。

公，皆将亚迹黄中，或不测人也。近世道俗较谈便尔，若当备举夷夏，爰逮汉魏，奇才异德，胡可胜言？宁当空夭性灵，坐弃天属，沦惑于幻妄之说，自隐于无征之化哉？”[1]东晋佛学在士族阶层中的流行盛况、高士名流对佛学义理的心仪热衷由此可见，佛玄合流故能造就东晋名士的神采风度。

与东晋相伴相随的北方五胡十六国先后建政，兴亡不定，生灵涂炭，黎庶苦寻庇护，故寺院遍布州郡各地。五胡统领亦因佛教地缘而对其有亲缘感。石勒、石虎信任佛图澄，苻健信任释道安，姚兴信任鸠摩罗什，影响甚众。何尚之在《宋文帝集朝宰论佛教》说自五胡乱华以来，冤横死亡者不可胜数，“其中设获苏息，必释教是赖”；并例举佛图澄入邺而石虎杀戮减半，渑池宝塔放光而苻健的暴虐减弱，说明恶人可因佛改善，如“蒙逊反噬无亲，虐如豺虎，末节感悟，遂成善人”。佛图澄的弟子道安被前秦苻坚奉为国师，在长安主持大规模译经活动，大乘佛教经典即在此时大量译出；道安还综理众经目录，制定僧规戒律，统一僧尼以释为姓，培养了慧远、僧叡等优秀弟子；更确立传教纲领为“不依国主，法事难立”，有效地促成了僧人与名士交游谈玄；最终创立了“本无宗”这个僧众最广的佛学流派。

南方则以竺道潜（王敦之弟）和支遁（道林）为重要代表。晋元帝、明帝都崇信佛教，宫中常有高僧进出；哀帝曾请竺道潜、支遁进宫讲解《大品般若》《道行般若》，支遁还据此著成《道行旨归》《即色游玄论》等。支遁之后，南方佛学由道安弟子慧远在庐山开创“净土宗”。慧远在庐山的东林寺云集当时世族和玄学名士，陶渊明、谢灵运等皆与之深交；慧远曾与北方鸠摩罗什书信来往，探讨大乘佛学问题。鸠摩罗什本为西域龟兹国贵族，系大乘佛学龙树空宗嫡传弟子，被后秦姚兴奉为国师，率弟子于弘始三年（401年）入长安译成《大品般若经》《法华经》《维摩经》《阿弥陀经》《金刚经》等佛经，译成《中论》《百论》《十二门论》《大智度论》《成实论》等佛论，实开经论并译之先河，系统介绍龙树中观学派的思想。鸠摩罗什弟子三千，其中道生、僧肇、僧

① 僧祐编：《弘明集》，中华书局，2010，第297页。

叡、道融号称“什门四圣”。僧肇擅长般若学，有“法中龙象”，精于大乘经典，兼通三藏，才思幽玄；少年研读庄老犹觉未尽善，后披寻玩味《维摩经》而沟通玄佛；著作多种，以《肇论》最著名，分《物不迁论》《不真空论》《般若无知论》《涅槃无名论》四篇文章组成。《不真空论》从立处皆真谈本体，《物不迁论》依即动即静谈体用一如，《般若无知论》谈体用的关系，各篇文章义理互联，将鸠摩罗什所传龙树学“缘起性空”的般若思想发挥得淋漓尽致。僧肇的“不真空义”是接着王弼、郭象而批判性地发展了玄学，其思想虽从印度佛教般若学来，却是中国哲学的重要组成部分，从王弼到郭象再到僧肇，构成中国传统哲学的一个发展圆圈[①]。僧肇建构般若学思想体系的同时也驳斥了玄学之贵无、崇有及独化各个派别，将佛学从玄学中剥离出来，也意味着终结了玄学，中国佛学理论自成体系并按自身逻辑独立发展也从此开始。

二、重塑士人精神：本无宗、心无宗、即色宗与贵无、崇有、独化的义理互映

鸠摩罗什到中原传播佛教，原本派系意识淡薄的中土佛学始分界线；释迦族甘露饭王的后裔佛驮跋陀罗输入大乘佛学世亲系有宗，大乘佛学内部始有分歧；鸠摩罗什弟子们也独立创宗树派，其中竺道潜生于大乘中别立涅槃学派。僧叡于《毗摩罗诘提义经义疏序》细归为六家：“自慧风东扇，法言流录以来，虽日讲肄，格义遇而乖北，六家偏而不即。”[②]只提六家数目却未明指具体的宗派名目及其代表人物。刘宋昙济著有《六家七宗论》，惜已失传，只在中唐元康《肇论疏》有“宋庄严寺释昙济作《六家七宗论》，论有六家，分成七宗”的记载。“七宗”为：本无宗，代表为道安；本无异宗，代表为竺法深、竺法汰；即色宗，代表为支道林；识含宗，代表为于法开；幻化宗，代表为道壹；心无宗，代表为支愍度、竺法蕴、道恒；缘会宗，代表为道邃。本无异宗是从本无宗分化而出，故合之称“六家”。此为“六家七宗”名目。论影响，僧肇在《不真空论》中批判了般若学派之本无宗、心无宗、即色宗，可见此三家影响较大，故遭集中批判，当有缘由。任继愈认为，本

① 汤一介：《郭象与魏晋玄学》，北京大学出版社，2009，第113页。

② 僧祐编：《出三藏记集》，中华书局，1995，第412页。

无、心无、即色三宗的基本思想大略对应玄学之贵无、崇有、独化三派[①]。这是由于“三论”（《中论》《百论》《二十门论》）尚未译出，般若经的各种译本未尽达义，涉足般若学诸人仍沿用汉魏以来的“格义”“合本”方法，较难确切把握般若性空思想体系；又由于此期般若学僧人大多与中土玄学名士交往甚密，彼此也都兼通内外之学，尤其精通老庄，而“格义”主要借助老庄之书，故双方互相渗透融通。

本无宗代表为道安（312—385年），其俗姓卫，早失覆荫为外兄孔氏所养，十二岁即出家；至后赵邺城拜佛图澄为师，佛图澄见而嗟叹不已，终日与之谈论佛理。佛图澄讲经后，道安每每覆述，自设疑难锋起，又挫锐解纷行有余力，时人赞呼“漆道人，惊四邻”。中年避乱南投襄阳，遇知名文士习凿齿探望自报家门：“四海习凿齿。”道安应答：“弥天释道安。”名士名僧的机智应对，风神毕现，时人以为名答。在襄阳宣讲佛法并著《般若道行》《密迹》《安般》诸经，析疑甄解，文理会通；又总集汉魏以来佛经名目，撰成《经录》，众经从此有根有据。苻坚攻破襄阳时，自称“以十万之师取襄阳，唯得一人半”，意谓“安公一人，习凿齿半人”。其在僧俗两界的名气及后来在思想史上的地位真正够得上“弥天”二字。道安走南闯北，虽是佛门中人，却对世俗人情洞若观火，更明白“不依国主，则佛事难立”的道理，更知道佛教立足中国最关键因素是获得士族阶层的认同，故在派遣同门竺法汰去扬州弘法时叮嘱说：“彼多君子，好尚风流。”佛教中深湛精致的义理由此渐渐渗透到士族阶层中。道安及其徒众创立了当时反响最大、规模最巨、贡献最伟的本无宗佛学流派。

本无宗把般若的“空”理解为本体、无，否认现象的真实性，只承认本体空寂，隋唐时嘉祥大师在《中观论疏》揭明其核心宗旨：“释道安明本无义，谓无在万化之前，空为名形之始。夫人之所滞，滞在未有，若宅心本无，则异想便息……安公明本无者，一切诸法，本性空寂，故云本无。”（《大正藏》第四十二册）唐元康《肇论疏》云：“道安法师《本无论》云，明本无者，称如来兴世，以本无弘教……庐山远

① 任继愈：《中国佛教史（第二卷）》，中国社会科学出版社，1985，第220页。

法师《本无义》云，因缘之所有者，本无之所无，本无之所无者，谓之本无。本无与法性，同实而异名也。”（《大中藏》第四十五卷）以道安为代表的本无宗全盘接受了魏晋玄学的中心议题，以“无”或“空”为万化世界为之本，且先于万化世界，是现象界的本源；“本无”的真谛是：一切事物或现象之本性皆为空寂、法身、道，若透过现象直探根本，则现象就消失了。慧远继承师说，以“本无”为法性，以“般若性空”为实体。按此解释，“无”即为万物之本，万有亦从无“中”化出，这与王弼之“本无”说基本一致，王弼云：“物之所以生，功之所以成，必生乎无形，由乎无名；无形无名者，万物之宗也。”（《老子指略》）二者皆从具体的现象考察开始，直探“无”为宇宙本体的结论。不同点在于，王弼以《老》《易》为依据和媒介，发挥其“以无为本”的思想，道安等以“般若性空”为依据，发挥其“以无为本”的思想。“道安一派‘以无为本’的观点，被后来般若学派奉为正宗，在六家七宗中影响最大，原因在于它上承魏晋玄学的正统，在佛教理论界建立了与当时中国玄学相应的本体论。这种本体论可以和‘实相’、‘法性’相呼应、衔接。”[①]但道安本无宗的漏洞也在此，既然与玄学“贵无”论思想一致，则其独立特征未能彰显出来，故后来的僧肇指出本无宗的理论缺陷：“本无者，情尚于无多，触言以宾无，故非有，有即无；非无，无却无。寻夫立文之本旨者，直以非有非真有，非无非真无耳。何必非有无此有，非无无彼无？此直好无之谈，岂谓顺通事实，即物之情哉？”（《不真空论》）指出其错误在于，把“无”当成最高的实体，事实上造成了“无”和“有”的对立，把本是“空无”的世界分割成“有”和“无”两个世界，大乘空宗的本旨是空有无碍，宰割以求通又怎能顺通事实呢？

心无宗的创立者是支愍度、竺法蕴和道恒，《世说新语·假谲》记载一段其创立之初被讥讽攻讦的事例：“愍度道人始欲过江，与一伧道人为侣。谋曰：用旧义往江东，恐不办得食。便共立心无义。既而此道人不渡。愍度果讲义积年。后有伧人来，先道人寄语云：为我致意愍度，无义那可立？治此计权救饥尔，无为遂负如来也。”关于旧义新义

① 任继愈：《魏晋南北朝佛教经学》，国家图书馆出版社，2013，第25页。

之说，刘孝标在此条注释支愍度之“无义”云：“旧义者曰，种智有是，而能圆照。然则万累斯尽，谓之空无，常无不变，谓之妙有。而无义者曰，种智之体，豁如太虚，虚而能知，无而能应，居宗至极，其唯无乎。”陈寅恪《支愍度学说考》解释说：“旧义者犹略能依据西来原意，以解释般若‘色空’之旨。新义者则采用《周易》《老》《庄》之义，以助成其说而已。”[①]时人讥讽心无宗的理由是支愍度为了生存需要改创新义，即借助江东学术界的理论话语来弘法。那么，心无宗主要借用哪些理论话语呢？日本安澄《中论疏记》载僧温《心无二谛论》云：“夫有，有形者也。无，无像者也。然则有像不可谓无，无形不可谓有。是故有为实有，色为真色。经所谓色为空者，但内止其心，不滞外色。此色不存余者之内，非无而何？岂谓廓然无形，而为无色乎？”[②]吉藏《中观论疏》云：“心无者，无心于万物，万物未尝无。此释意云：经中说诸法空者，欲令心体虚妄不执，故言无耳，不空外物，即万物之境不空。”[③]唐无康《肇论疏》亦云心无宗：“谓经中言空者，但于物上不起执心，故言其空，然物是有，不曾无也。”（《大正藏》第四十五卷）若这些记载都是准确地理解了心无宗之义，则支愍度的心无宗虽借助玄学的“无”的概念，却坚持万物不空，也即不空外色；说“无心于万物”者，乃是从心体论而言，不是从本体论去说。再对照裴頠《崇有论》观点：“夫至无者，无以能生。故始生者，自生也。自生而必体有，则有遗而生亏矣。生以为己分，则虚无是有之所遗者也。故养既化之有，非无用之所能全也。理既有之众，非无为之所能循也。”（《晋书·裴頠传》）两相对照，则可知支愍度心无宗的学说新义，就是对玄学崇有论的融通和发挥。如此一来，心无宗的教旨与佛教空义形成较大偏离。

即色宗的代表支遁，字道林，世称支公，亦曰林公，家族世代崇信佛教，兼通老庄学说，在《即色游玄论》中提出“即色本空”的思想，创立了般若学之即色宗。孙绰的《道贤论》把支道林比作向秀，说“支

① 陈寅恪：《金明馆丛稿初编》，三联书店，2001，第161页。

② 高楠顺次郎等编：《大正藏》，第六十五卷，河北佛教协会重印版，2005，第94页。

③ 高楠顺次郎等编：《大正藏》，第四十二卷，河北佛教协会重印版，2005，第29页。

遁向秀，雅尚庄老，二子异时，风好玄同”（《高僧传·支遁传》）。支道林与名士谢安、王羲之、王治、殷浩、许询、孙绰、王蒙、郗超、王坦之等三十余名士交游甚密，经常往来谈论玄理，可见他是位很出色的社会活动家，在《世说新语》里有近五十次“登场亮相”。其即色宗与玄学多有相通处，特别是他有意地顺着向秀、郭象独化论的思路，从现象界去论证“般若性空”的真义。他在《大小品对比要钞序》中说：“理冥则言废，忘觉则智全。若存无以求寂，希智以忘心，智不足以尽无，寂不足以冥神。何也？故有存于所存，有无于所无，存乎存者，非其存也；希乎无者，非其无也。何者？徒知无之为无，莫知所以无。知存之为存，莫知所以存。希无以忘无故非无之所无，寄存以忘存故非存之所存。莫若无其所以无，忘其所以存。忘其所以存则无存于所存；遗其所以无则忘无于所无。忘无故妙存，妙存故尽无，尽无则忘玄，忘玄故无心。然后二迹无寄，无有尽冥。”（《全晋文》卷一百五十七）支道林仍然用玄学本体论的理论术语来阐释佛教“般若性空”的义理，“所寄”“所以寄”“所以存”“所迹”“所以迹”等概念，颇含玄学思辨色彩。在他看来，理解现象界要经过“忘无”“妙存”“尽无”“忘玄”“无迹”等阶段，最后达到“无有尽冥”，即无即有，有即无，界限泯然。这与郭象的“名教即自然”的独化论有一定的相似处，郭象《庄子注·齐物论注》：“是以涉有物之域，虽复罔两，未有不独化于玄冥之境者也。”在玄冥之境里也是有无两忘，界限泯然。

然而，支道林毕竟是要阐释般若性空义理，而郭象是要调和玄学之“贵无”派和“崇有”派的裂缝，故两者的不同处也是明显的，比如对“逍遥”义的解释。郭象说：“夫大小虽殊，而放自得之场，则物任其性，事称其能，各当其分，逍遥一也，岂容胜负于其间哉。”“夫翼大则难举，故抟扶摇而后能上，九万里乃足以自胜耳。既有斯翼，岂得决然而起数仞而下哉？此皆不得不然，非乐然也。”（《庄子注·逍遥游注》简称“郭注”）郭象认为，只有当万物自足其性的时候，才会达到完全平等的“大均”，获得绝对的自由；事物形态虽各异，但只要各自顺应本性，行为符合各自的性分，就都能达到逍遥境界，满足性分即自由。故“郭注”一出，仿佛一锤定音，清谈之士奉为定论，因循其说。然而，在白马寺清谈《庄子·逍遥篇》时，名士们赞同郭象“适性逍遥”

之说，支道林以为不然；他以反问方式讽刺人云亦云的名士们：“不然。夫桀跖以残害为性，若适性为得者，彼亦逍遥矣。”（《高僧传·支遁传》）从“群儒旧学莫不叹伏”的群体反应来看，其解释语出惊人，与“郭注”的差异是很明显的。又《世说新语·文学》也记载支道林在白马寺参与清谈：“《庄·逍遥篇》，旧是难处。诸名贤所可钻味，而不能拔理于郭、向之外。支道林在白马寺中，将冯太常共语，因及《逍遥》，支卓然标新理于二家之表，立异义于众贤之外，皆是诸名贤寻味之所不得。后遂用支理。”刘孝标注引支氏《逍遥论》曰：“夫逍遥者，明至人之心也。庄生建言大道，而寄指鹏鷃。鹏以营生之路旷，故失色于体外；鷃以任近而笑远，有矜伐于心内。至人乘天正而高兴，游无穷于放浪，物物而不物于物，则遥然不我得，玄感不为，不疾而速，则逍然靡不适，此所以为逍遥也。若夫有欲当其所足，足于所足，快然有似天真，犹饥者一饱，渴者一盈，岂忘烝尝于糗粮，绝觞爵于醪醴哉！苟非至足，岂所以逍遥乎？”向秀、郭象并不看重大鹏和鷃鸟的区别，以为只要“适性”即是逍遥，合乎其本性即是自由，这样的解释很容易演变成安于现状、随波逐流甚至肆情纵欲的生活态度，当然也便于为豪门士族的既有利益作辩护。支道林的解释击中独化论的理论漏洞，认为大鹏竭力远行和扶摇冲天，也得依恃羊角风才能实现，有了前提条件的限制，那就算不得是逍遥了；鷃鸟不仅不思进取、自甘堕落，而且嘲笑大鹏浪费精力，那更算不得是逍遥。真正的逍遥境界只有“至人”才能达到，故“逍遥者，明至人之心也”。此外，支道林主张“色不自有”，认为万物的存在都是暂时的，终究要消灭。《世说新语·文学》记载：“支道林造即色论，论成，示王中郎。中郎都无言。支曰：‘默而识之乎？’王曰：‘既无文殊，谁能见赏？’”刘孝标注引支氏《妙观章》云：“夫色之性也，不自有色。色不自有，虽色而空。故曰色即为空，色复异空。”即色宗认为，事物并非自己形成，而是由因缘和合而成，所以无自性，本质是“空”。支道林是就物上说空，“空”与“有”仍然是一而二、二而一的关系，万物确实真实存在，此为“有”，但万物的存在缺乏自主性，难以恒存，终要消灭，此为“无”或“空”。道安的本无宗，不知道“所无”与“所以无”、“所存”与“所以存”之间相互依存的关系，偏于事物本质的“无”而忽视从具体事物去认识“无”；僧肇的不真空论，认为一切事物都属虚幻不真、无自性，因而性空、自性空、毕

竟空即色宗没有否定万物的真实存在。从道安到支道林再到僧肇，般若学“缘起性空”理论就基本完成了。支道林讲《逍遥游》“才藻新奇，花烂映发”，连王羲之听得都披襟解带留连不能已，说明佛教在东晋时期得以与《老》《庄》互证，不再是方术道士之附庸；名僧与名士得以同游，彼此调和彼此推演，既重新塑造了士人阶层的精神世界，也使佛学渐渐地反客为主而取代了玄学，成为晋宋以后主流的思想形态。

三、释慧远弘扬佛法与士人阶层的佛、玄、儒“三教会通”

当然，弘扬佛法实现“三教会通”的最后完成者是庐山释慧远。慧远（334—416年）俗姓贾，世为冠族，少年即博综六经，尤善老庄。五胡乱华初起曾欲赴江南与儒者范宣一同隐遁，转赴恒山拜释道安为师，听其讲《般若经》。当时，由于“内通佛理，外善群书”，道安特别允许慧远讲佛经时援引儒道两家之书。前秦苻坚攻襄阳之际，慧远受道安师嘱：“使道流东国，其在远乎？”遂率百余人南下，辗转至庐山建造龙泉寺，后又在江州刺史桓伊资助下建造东林寺，庐山遂成中国佛教净土宗发源地之一。受慧远德行修为感召，名僧雅士齐聚庐山，“彭城刘遗民，雁门周续之，豫章雷次宗，新蔡毕颖之，南阳宗炳、张莱民、张季硕等，并弃世遗荣，依远游止”；慧远乃于精舍无量寿像前，建斋立誓，共期西方极乐世界。慧远不忘道安的期待，竭力用佛理包容儒道两家，“总摄纲维，以大法为己任”。在《与隐士刘遗民等书》里，他说：“每寻畴昔，游心世典，以为当年之华苑也。及见老、庄，便悟名教，是应变之虚谈耳。以今而观，则知沈冥之趣，岂得不以佛理为先？苟会之有宗，则百家同致。君诸人并为如来贤弟子也，策名神府，为日已久，徒积怀远之兴，而乏因籍之资，以此永年，岂所以励其宿心哉？意谓六斋日宜简绝常务，专心空门，然后津寄之情笃，来生之计深矣。若染翰缀文，可托兴于此，虽言生于不足，然非言无以畅一诣之感，因蹑之喻，亦何必远寄古人！（《全晋文》卷一百六十一）说的是，儒家之名教固然不错且是社会需要，却毕竟是就会世事俗务的一套经常落不到实处的理论，比不了老庄思想能够触摸道理之深幽处；老庄虽高深超妙，却在沈冥之趣、幽玄冥合方面不如佛教义理；如果能够融通三教，则百家同致，万流归宗。这封书信表明他的“内外之道，可合而明”的信心。

慧远颇能接受玄学之“无”和“有”概念及其内涵，对何晏“凡有皆始于无”的宇宙生成论、王弼“道者无之称”的宇宙本体论、“无”是人生的终极境界，他都表示过赞同意见，如“生涂兆于无始之境，变化构于倚伏之场，咸生于未有而有，灭于既有而无”。不过，般若所谓“空”，包括了“无”“有”，更超越了“无”“有”。因此，慧远以“法性”替代“本无”，提出“法性无性”论。“先是中土未有泥洹常住之说，但言寿命长远而已。远乃叹曰：佛是至极，则无变；无变之理，岂有穷耶？因著《法性论》曰：至极以不变为性，得性以体极为宗。罗什见论而叹曰：边国人未有经，便暗与理合，岂不妙哉！”（《高僧传·释慧远传》）“有有则非有，无无则非无，何以知其然？无性之性，谓之法性；法性无性，因缘以之生。生缘无自相，虽有而常无；常无非绝有，犹火传而不息。”（《大智度钞序》引自《出三藏记集》卷十）“法性”的最高境界是“不变”，此亦为宇宙本原，人生最高境界；宇宙以法性为本体，人生以法性为旨归。万物因缘会合而生成，是常变的客体；万物常变，故心智不可执关照于现时的存在；万物与法性的关系如同薪与火的关系。所谓法性，是包容“有无”而又超越“有无”、永恒不变的常住一切中的至极本原。“心不待虑，智无所缘，不灭相而寂，不修定而岁，不神遇而期通焉，识空空之为玄，斯其至也，斯其极也！”（《大智度钞序》引自《出三藏记集》卷十）空空玄境其实是精神上的永恒境界，法性论抛弃那种得不到应验实证的身体长生不死之说，引导人去追求精神上的永恒，使佛教规定的人生道路不会陷于虚无境地。

慧远是沙门不敬王者，在桓玄谋划篡晋之时，撰成文章《沙门不敬王者论》五篇并序，以及多封致桓玄的书信，反对桓玄提出沙门应致敬帝王的要求。慧远把在家与出家分开，俗世与出世分开。“在家奉法，则是顺化之民，情未变俗，迹同方内，故有天属之爱，奉主之礼，礼敬有本，遂因之而成教。”（《沙门不敬王者论·在家》）在家处俗的佛教徒确应遵守奉上之礼、尊亲之敬、忠孝之义，这是对桓玄部分观点的肯定。但是，“出家则是方外之宾，迹绝于物。其为教也，达患累缘于有身，不存身以息患；知生生由于禀化，不顺化以求宗。求宗不由于顺化，则不重运通之资；息患不由于存身，而不贵厚生之益，此理之与形乖，道之与俗反者也”（《沙门不敬王者论·出家》）。出家僧徒和在家僧徒毕竟不同，佛教以“身”为“苦”之本根和来源，存身不能解除苦患，僧徒并不认为得到了生命便感恩戴德。而且，“天地虽以生生为大，而未能令生者不死；王侯虽以存存为功，而未能令存者无患”（《沙门不敬王者论·求宗不顺化》）。既然这样，义存于此已经很明白，“斯沙门之所以抗礼万乘，高尚其事，不爵王侯而沾其惠者也”。慧远并不是要拒绝儒家名教礼制，更不是要驳斥其为荒谬，而是要让佛教独立，与儒教地位平等，且殊途同归，都有利于皇权国家的事业。

为此，慧远把儒家礼教观念引进佛教，《释袒服论》云：“或问曰，沙门袒服，出自佛教，是礼与？答曰：然。”（《弘明集》卷五）他的根据是天竺炎热，袒服乃国法礼制，便于修行生活。“因此而求圣人之意，则内外之道，可合而明矣。常以为道法之与名教，如来之与尧孔，发致虽殊，潜相影响，出处诚异，终期则同。详而辩之，指归可见，理或有先合而后乖，有先乖而后合。先合而后乖者，诸佛如来，则其人也；先乖而后合者，历代君王，未体极之主，斯其流也。”（《沙门不敬王者论·体极不兼应》）推行儒教的帝王卿相和君子都是“诸佛的化身”，是用不同的形象来显示佛体的，佛、儒之成教方式虽异，但最终“必归途有会”、“归致不殊”。慧远怀此决心，也是鉴于一些上层僧侣外言弘道内图私利，奔竞于朱门而乐此不疲，导致佛教界风气不正，“佛教陵迟，秽杂日久，每一寻思，愤慨盈怀”（《与桓玄书论料简沙门》）；慧远凭其崇高声誉和超迈的政治周旋能力，使桓玄听从意见，尊重佛教徒意愿，从而在危乱时局里保护了佛教的生存发展。更重要的是，经过不懈努力，“从慧远开始，结束了从东汉以来佛教教义与老庄相结合的历史，转向了主要同儒教紧密结合。儒教的许多基本思想，逐渐组织到佛教教义之中，这是慧远在中国佛教史上享有很高声誉的重要原因”[①]。慧远培养了大量优秀弟子，慧观、僧济、法安、昙邕、道祖等都成为南朝时期的义学高僧，为佛教发展作出了很大贡献。

① 任继愈：《魏晋南北朝佛教经学》，国家图书馆出版社，2013，第62-63页。

《沙门不敬王者论》的第五篇是《形尽神不灭》，集中表达了慧远在形神关系问题上的观点。形神之辨始自桓谭、王充提出“形尽神灭”的观点，此后历经数百年深化争论。桓谭曾使用“烛无，火亦不能独行于虚空”这个关于形神关系的著名比喻，慧远顺其思路进行论证，却得出相反的结论：“夫情数相感，其化无端，因缘密构，潜相传写，自非达观，孰识其变？自非达观，孰识其会？请为论者验之以实。火之传于薪，犹神之传于形。火之传异薪，犹神之传异形。前薪非后薪，则知指穷之术妙；前形非后形，则悟情数之感深。惑者见形朽于一生，便以谓神情俱丧，犹睹火穷于一木，谓终期都尽耳。”在他看来，“薪”不同而“火”可传承，“形”各异而“神”永存。圣尧生了愚呆的丹朱，盲人瞽瞍却生了舜帝，这是为什么呢？那是因为形归形，神归神，形和神的传授经常是不一致的，此乃前世因缘注定，“固知冥缘之构，著于在昔，明暗之分，定于形初，虽灵均善运，犹不能变性之自然，况降兹已还乎？验之以理，则微言而有征；效之以事，可无惑于大道”。慧远将印度佛教因果轮回链条之“无明”“爱”两个阶段与中国本土概念“情”“识”相结合，“神”虽常受“情”“识”的桎梏，但本身是不变的，这就是“形尽神不灭”。

在佛教与儒教融合的过程中，冲突也在所难免，其中“形神之辨”问题就一直有争议，刘梁时代的范缜与佛教徒之间关于神灭还是神不灭的争论就是一个著名的例子。范缜早年跟随名儒刘献学习，卓越不群而勤学；刘献家门车马贵游不绝，范缜不亢不卑；后“博通经术，尤精三礼”。南齐永明年间（483—493年），范缜与竟陵王萧子良就佛教因果问题争论起来，萧子良笃信释教，而范缜盛称无佛。据《梁书·范缜传》记载，萧子良曾问：“君不信因果，世间何得有富贵，何得有贫贱？”范缜回答说：“人之生譬如一树花，同发一枝，俱开一蒂，随风而堕，自有拂帘幌坠于茵席之上，自有关篱墙落于溷粪之侧。坠茵席者，殿下是也；落粪溷者，下官是也。贵贱虽复殊途，因果竟在何处？”认为人生的富贵贫贱只是偶然的际遇，萧子良难以反驳，甚觉奇怪。范缜事后特撰《神灭论》设问自答，系统论述其神灭论思想，主要观点有“形神相即”“形存则神存，形谢则神灭”“形者神之质，神者形之用”“人之质有知”“智虑皆是神之分”“鬼神乃圣人之教然也”。最后明确批评佛教

之害，“浮屠害政，桑门蠹俗”。此论一出，朝野喧哗，萧子良集众僧攻难之而不能折屈。崇信佛教的士人也攻击范缜，王琰曾讥讽说：“呜呼范子！曾不知其先祖神灵所在。”范缜回击说：“呜乎王子！知其先祖神灵所在，而不能杀身以从之。”萧子良又想用中书郎官位来拉拢他。范缜大笑说：“使范缜卖论取官，已至令仆矣，何但中书郎邪！”（司马光《资治通鉴》卷一百三十六）梁武帝萧衍佞佛，下诏宣布佛教为“正道”，而《神灭论》却广为流传，萧衍后来发布《敕答臣下神灭论》的敕旨，重新挑起论战。大僧正法云将萧衍敕旨大量传抄给王公朝贵，并写了《与王公朝贵书》，响应者有临川王萧宏等六十四人。萧琛、曹思文、沈约三人著文反驳《神灭论》。曹思文以儒家的郊祀配天制度证明神之不灭，从而给范缜加上“欺天罔帝”“伤化败俗”的罪名。范缜并不畏惧，写成《答曹舍人》据理反驳，曹思文不得不承认自己“情识愚浅，无以折其锋锐”。

在南朝，佛教得到皇帝和王公权贵的强力支持，但在思想界还有相当的辩论自由，反佛教的声音也同时存在。除范缜外，东海郯人何承天著《报应文》《达性论》批驳佛教的轮回说，按照人的自然本性阐述了有生必有死的问题，慧远高足宗炳撰文与何承天互相来回辩难；释慧琳著《黑白论》从佛学内部对空观学说和因果论反戈一击，佛学理论家颜延之作《庭诰文》《释达性论》等文章捍卫佛教。双方由因果轮回之有无，转到神灭与否的议题。平原人刘孝标一生不得志，特著《辨命论》申斥郁闷，批驳佛教报应说，指责报应说乃是为士族阶层利益辩护的“虚言”。吴郡吴人张融则一身奉二教，“左手执《孝经》《老子》，右手执《小品》《法华经》”（《南齐书·张融传》卷四十一），著《门律》通源二道，表现出调和儒、佛、道三种思想的倾向。总的来说，除了著名的“三武一宗灭佛”之北魏太武帝灭佛、北周武帝灭佛这两次劫难之外，佛教在魏晋南北朝时期获得了极大发展，其影响远超其他宗教。南北朝时期的佛教有了一些新的发展变化，如研究某类佛教经典的理论学派增多，演变而成具有创始人、信徒、传授体系、独立教义教规的佛学宗派。这些学派或宗派的活动进一步推动了中国佛教的发展。大致归纳，较有影响的学派有“三论宗”“毗昙宗”“成实宗”“涅槃师”“地论宗”“摄论宗”“天台宗”等，而以“天台宗”为最具代表性，这为唐代以后的佛教宗派并峙局面做好了思想理论的前期准备。

四、余波鼓荡：士人阶层的思想信仰与审美文化的佛玄合流

这时期的佛学大师辈出，蔚为壮观。鸠摩罗什、法汰的弟子竺道生，与慧远平辈，曾到关中、建业、庐山等地弘教，于大乘佛教中提倡涅槃学，与小乘禅学、大乘般若学共构佛学三大传承系统，世称“涅槃圣”。道生以涅槃四德“我”“常”“乐”“净”中的“我”为“佛性我”，它的最高境界是超出生死幻灭的“常”，永远超脱烦恼就是“乐”，这样的精神状态宁静安谧，就是“净”。道生主张佛性本有，为众生所本具，不从外来，不是后起；简言之，凡是有情识的生命体，都具有佛性。《涅槃经集解》载其说：“夫体法者，冥合自然，一切诸佛，莫不皆然。所以法为佛性也。”“向明十二因缘观智，该取因时，名为佛性。”“成佛得大涅槃，是佛性也。今亦分为二，成佛从理，而至是果也。既成得大涅槃，义在于后，是谓果之果也。”他把成佛的原因当成佛性，而成佛的原因是从“无明”“受”“想”“行”“识”“老死”等十二因缘之“理”形成的。道生的佛性本有之说，使众生皆可成佛之说具有立论基础，也使“一阐提人皆得成佛”的高论水到渠成地提出来。“一阐提人”原指断绝一切善根、无法成佛者，《大般涅槃经·梵行品》云：“一阐提者，不信因果，无有惭愧；不信业报，不见现在及未来世；不亲善友，不随诸佛所说教诫。如是之人，名一阐提。”《入楞伽经》曰：“一阐提有二种：一者焚烧一切善根；二者怜悯一切众生，作尽一切众生界愿。大慧！云何焚烧一切善根？谓谤菩萨藏，作如是言：彼非随顺修多罗毗尼解脱说。舍诸善根，是故不得涅槃。大慧！怜悯众生作尽众生界愿者，是为菩萨。菩萨方便作愿：若诸众生不入涅槃者，我亦不入涅槃。”417年，潜江显与佛陀跋陀罗译出《大般泥洹经》；512年，北凉昙无谶译出《大般涅槃经》。这两经称“一切众生皆有佛性在于身中，无量烦恼悉除灭已，佛便明显，除一阐提”。把“一阐提人”排除出去了，因为其佛性被遮蔽掉了。道生则立足于“众生皆有佛性”基础上，把“一阐提人”纳入众生行列：“禀气二仪者，皆是涅槃正因。阐提是含生，何无佛性？”“一阐提者，不具信根，虽断善，犹有佛性。”（《名僧传钞·

说处》第十）禀阴阳二气者皆为有情识的生命体，一阐提人的生命体只是暂时被遮蔽了，并非永恒地沉沦，一阐提人既为众生一员，也不能例外地具有涅槃的“正因”，也能够消除迷惑而成佛。虽然道生因此遭受佛教界诸多非议，但其“众生皆可成佛”思想适应了乱世政局中的下层百姓对佛门的向往，特别是“一阐提人皆得成佛”的声称，与孟子性善说及其“人皆可以为尧舜”的观念互相契合，在这样的思想背景下，吸引各个阶层人们纷纷遁入佛门，这对于佛教声势和影响的扩远是很有效果的。

小乘佛教学派是主张累世修行、不断积淀功德而后期待成佛，此为渐次修禅而入佛境，其修行阶次或果位有“四果”，不同阶次的证悟与修行有不同的结果。东晋之后这种禅修法到了大乘佛教手里变成渐悟法，进入圣位之前有“十住”“十行”“十地”“十回向”等阶次，阶次愈高则境界愈高。道安、支道林受玄学“得意忘言”思辨方法的影响，“法师研十地，则知顿悟于七住”（《世说新语·文学》注引《支法师传》）。七地之后所悟之理才是涅槃、真如，是“小顿悟”，则七地之前的悟理过程就是“渐悟”。而道生的顿悟成佛被称作“大顿悟”。其基本内容是：“竺道生在顿悟云：夫称顿者，明理不可分，悟语照极。以不二之悟，符不分之理，理智口释，谓之顿悟。”（慧达《肇论疏》）顿悟是全部领悟诸法实相，觉悟与得理是互相融通契合的，不要强行分出觉悟的阶次，只能是一次性完成。同时，觉悟与佛理的冥合无间，必须有修证功夫一起配合，有极致的渐修才能产生顿悟的极慧，顿悟之后就是进入成佛境界。“至象无形，至音无声，希微绝朕思之境，岂有形言者哉。所以殊经异唱者，理岂然乎！实由苍生机感不一，启悟万端。是以大圣，示以分流之疏，显以参差之数。”（道生《法华经疏》卷上）至极之境既然超越“形言”，那么再划分出阶次来就有违大圣立教本意了；渐修是圣人依据众生的不同机感即根基而提出的，目的也是启发众生领悟真如理体。所以，在达到顿悟之前，要研修四种法轮（教法），即小乘《阿合》等善净法轮，《般若》等大乘方便法轮，《法华经》等真实法轮，《大涅槃经》无除法轮。也就是说，道生认为，渐修不是渐悟，顿悟不弃渐修。“顿悟说的提出，可以说更加强化了人们的心体直觉意识，为人们的自由思想、自由活动提供了更为可靠的理论保证。这一思想之所以受到谢灵运等门阀士人的热情赞扬，个中缘由不言自明。谢灵运说‘至夫一悟，万滞同尽’，我们由此不难体验到他的惊喜。在这种‘万滞同尽’的背景下，名教制度的等级观念，臣下对于专制皇权的责任、义务，究竟还有多大的约束力，也就可想而知了。”[①]这是就南朝审美风尚的形成与道生顿悟说的影响来言其贡献，当然放在中国思想史的长河中，“如果说僧肇是我国对印度佛学之第一个够水平的诠释者，则道生可说是第一位自成佛学思想体系的中国人。由于他的卓越创见，使中国佛教哲学的发展方向（真常论）于焉确立。印度传来的大小乘经论，也在道生之时，才开始成为中国的佛教哲学”[②]。这就无怪乎道生的佛学思想不仅得到士人阶层的青睐，也得到生活无尊严、急于解脱苦难的下层民众的真心信奉。

佛教迅猛发展的原因，除了与经年战乱黎庶寻求解脱的强烈愿望、士人阶层的大力支持有关外，还与统治阶层自觉地把佛教当成维护自身统治的工具有直接关系；同时，佛教本身也有意识地与儒家名教合作，给世俗政权以佛教神权的论证。简言之，佛教的发展与皇权政治关联紧密。北魏道武帝（386—409年）拓跋珪与晋室通聘后即信奉佛教，本人好黄老，览佛经，礼遇沙门，并利用佛教以收揽人心；继而任赵郡沙门法果为沙门统，令绾摄僧徒，并于都城平城建立塔寺，供施优厚有加。法果则称誉道武帝“即是当今如来，沙门宜应尽敬”，并说“能弘道者人主也，我非拜天子，乃是礼佛耳”。如果说身处南朝的慧远选择与王权抗衡来保持佛教的独立性，那么身处北朝的法果就是选择直接依附国主使佛教融入世俗政权。此后的北朝东魏、西魏、北齐、北周诸代皇权除少数几次短暂的黜贬佛教外，基本上都是非常重视佛教的，杨衒之《洛阳伽蓝记》对佛教发展盛况描述备至。北朝佛教总的来说在于侧重实践，特别是禅观，而非空谈理论，与南朝佛教注重义理阐释有显著不同。宋文帝（424—453年）曾设筵招待道生等僧众，共同探讨佛教的社会功能，侍中何尚之等告知佛教有助于政教，遂致意佛经，常与高僧慧严、慧观等论究佛理，令道猷、法瑗等讲解道生的“顿悟成佛”之义理。孝武帝也崇信佛教，还常去新安寺听法瑶等讲经，慧琳则被称为黑

① 韩国良：《魏晋玄佛及其对魏晋审美风尚的影响》，中华书局，2009，第289页。

② 王寿南主编：《中国历代思想家·魏晋南北朝》，九州出版社，2011，第352页。

衣宰相。萧齐帝室更是亲自从事佛教教理讲论，竟陵王萧子良亲著宣扬佛教的文章，如《净住子净行法门》《维摩义略》等，并撰制经呗新声。梁武帝（502—549年）继位第三年曾率僧俗二万人，在重云殿重阁亲自制文发愿，舍道归佛；并撰著《大涅槃》《大品》《净名》《大集》诸经的疏记及问答等数百卷，在重云殿、同泰寺讲说《涅槃》《般若》等佛经。总之，皇权需要借助佛教实施意识形态控制，而佛教需要依恃皇权争夺思想传播话语权，两者形成了共谋关系。

佛教对中国士人阶层的文化影响首先体现在思想信仰方面。作为成熟完整、深邃丰富的外来宗教意识形态，佛教为中土思想界注入了新鲜的血液，使儒、释、道三足鼎立的中国文化格局得以形成。魏晋南北朝时期的佛教，表现在民间是各种各样的佛像崇拜，产生各种形式的守戒持斋、造塔立像、念佛写经的民间宗教活动；佛像崇拜又构成了最具影响力的“净土”信仰的思想基础；禅法、禅学亦因社会动乱而以聚众形式吸收大量流民，发展出最普遍的禅僧活动方式头陀行、阿蓝若法和聚众禅，提倡苦行化缘与避世隐居、住于空闲。因此，“佛教在抚慰现实世界无尽的苦难，支撑普通民众的精神需求方面，提供了比儒家和道教更多的思想资源和更有效的实践方式。对于一般的佛教信众来说，他们并不关心玄学化、深奥的佛教义理的讨论，而他们对于佛祖的虔诚决不亚于佞佛的帝王将相和文人学士”①。普通民众参与佛教活动，主要目的是寻求精神支柱，求得功德福佑，希冀来世幸福。表现在士人阶层，则是由东晋盛行道教信仰转向南朝之后的佛教信仰，据汤用彤统计，宋齐之时宗教信仰由道转佛的士族很多，如吴郡张氏：晋侍中尚书张敞，其子张裕、张祎、张邵；张裕有五子演、镜、永、辩、岱；张演子绪，张永子稷；张祎子畅，张畅子淹、融；等等，都奉佛（张融《门律》说“吾门世恭佛”）。如吴郡陆氏：宋陆澄、陆慧晓，慧晓之子倕；梁陆杲，其子罩。均奉佛。如琅琊王氏：宋司徒王弘，王导曾孙；弘之子王微、僧达，弘之从弟华，华之从父弟琨，弘之曾孙融；王劭（王导子）曾孙景文，子奂，奂子肃；王弘之弟昙首，子僧绰、僧虔；僧虔之子慈、志、揖、彬、寂，均奉佛（王筠曾对梁武帝说“弟子世奉佛法言，

① 章启群：《经世与玄思：秦汉魏晋南北朝的精神文明》，北京大学出版社，2009，第113页。

家传道训”）。如陈郡谢氏：晋谢鲲及从子安、万、石三公并其孙玄，玄之孙灵运，灵运之孙超宗、曾孙茂卿；万之曾孙弘微，弘微子庄，庄子瀹，瀹子览，览弟举，均奉佛[①]。家族的宗教信仰如此，文学集团亦复如此，如永明间“竟陵八友”文学集团其实同时也是佛教同人集团，这个集团由于皇权的参与，其体现的士人与佛教关系后来演变为一种国家意志和行为。士人阶层的信仰方式主要是大乘佛教的在家修行，即做居士而非出家为僧，大乘提倡的修行方式简便易行，很好地适应了士人群体世俗生活和宗教精神的双重需求。故北朝多高僧，南朝多居士，原委在于选择不同的修行方式。思想信仰上遵奉佛教，必在各类具体的知识领域产生相应影响，中外文化的碰撞和融汇在所难免，中国文化诸如医学、天文、建筑、文艺、风俗等方面，都增添了许多新的形式和内涵；不仅表现出佛教审美观念在文艺领域中的渗透，也体现了多元融合的文化特征。

① 汤用彤：《汉魏两晋南北朝佛教史》，河北教育出版社，1996，第317-324页。

篇 五

道教圣境与士人精神的双重性

魏晋时期，道教组织受到统治政权的控制性发展。魏文帝曹丕于黄初二年（221年）下诏尊奉孔子为“命世之大圣，亿载之师表”，实施崇儒政策；次年下敕告豫州刺史称，孔子地位应当高于老聃，必须提防民间奉老子为神，“妄为祷祝，违反常禁”；黄初五年（224年），禁止不合儒家祀典的民间祭祀，“自今其敢设非祀之祭，巫祝之官，皆以执左道论，著于令典”（《三国志·魏志·文帝纪》）。道教自然亦归于被禁之左道邪教。魏明帝更是崇儒贵学，禁止民间宗教活动。司马晋室依循曹魏旧例，“其案旧礼，具为之制，使功著于人者必有其报，而祆淫之鬼不乱其间”（《晋书·礼制》）；“遣兼侍中侯史光等持节四方，巡省风俗，除禳祀之不在祀典者”（《晋书·武帝纪》）。鉴于汉末黄巾反乱运动的史实，道教作为一种民间宗教组织，魏晋统治者深刻地认识到它发展壮大后的影响力，故都要严禁其坐大。

然而，宗教信仰的渗透力绝非一纸禁令可以阻遏，道教的传播方式也越来越多样化，特别是选择主动迎合统治阶层的政权巩固需要，甘愿被利用和扶植，奔竞权贵豪门，甚至直接参与统治阶层内部的政治权力斗争，各派政治集团也往往借助道教势力互相攻伐。两者在利益上取得共谋，一些君主也采取明抑暗扬的态度，一些豪门士族甚至本身就是道教信徒。魏明帝一方面申告“诏诸郡国，山川之不在祀典勿祀”，一方面把自称天神下凡、以符水治病蠲邪的“寿春农民妻”迎入后宫而宠信多年（《三国志·魏志·明帝纪》），显然是利用道教来满足自己的欲望。司马炎篡位称帝前与一位装扮颇同太平道者有关联，“晋太子炎绍封袭位，总摄百揆，备物典册，一皆如前。是月，襄武县言有大人见，长三丈余，迹长三尺二寸，白发，著黄单衣、黄巾，柱杖，呼民王始语云今当太平”。晋王室争权过程中同样浮现道教徒的身影。“八王之乱”中的赵王司马伦，“实庸琐，见欺孙秀，潜构异图，煽成奸慝。乃使元良遘怨酷，上宰陷诛夷，乾耀以之暂倾，皇纲于焉中圮。遂裂冠毁冕，幸百六之会；绾玺扬纛，窥九五之尊”（《晋书·司马伦传》）；而孙秀是琅琊人，世奉五斗米道，本人亦为道徒。孙秀利用道教帮助司马伦篡夺帝位，谋害愍怀太子司马遹，废贾后掌权柄，排除异己；司马伦早入西宫，孙秀令人诈称是受命于宣帝司马懿显灵降语；还一手策划禅位戏剧，矫作禅让之诏，“尚书令满奋，仆射崔随为副，奉皇帝玺绶以禅位于伦。伦伪让不受。于是宗室诸王、群公卿士咸假称符瑞天文以劝进，伦乃许之”。“三王”起兵讨伐司马伦之际，为掩饰不免败局的恐慌心理，“使杨珍昼夜诣宣帝别庙祈请，辄言宣帝谢陛下，某日当破贼。拜道士胡沃为太平将军，以招福祐。秀家日为淫祀，作厌胜之文，使巫祝选择战日。又令近亲于嵩山著羽衣，诈称仙人王乔，作神仙书，述伦祚长久以惑众”（《晋书·赵王伦传》）。其他晋王也都在纷争中以道教为舆论工具，如成都王司马颖获胜后挟持惠帝迁离邺城返归洛阳，而其母程太妃恋邺不去，正是一位自称圣人的黄姓道士解决这个问题：“及使呼入，道士求两杯酒，饮讫，抛杯而去，于是志计始决”（《晋书·成都王颖传》）。凡此种种，不必具列。第二种情况是统治阶层信奉道教，或是道教徒。晋哀帝司马丕“雅好黄老断谷，饵长生药，服食过多，遂中毒”。简文帝司马昱“履尚清虚，志道无倦”。另从帝王年号也可略知道教在上层社会的影响：三国吴帝孙权有黄龙年号（229—231 年）；三国魏明帝曹叡有青龙年号（233—237 年）；西晋武帝司马炎有咸宁年号（275 年）；孝武帝司马曜有太元年号（376—396 年）；后凉国吕隆有神鼎年号（401—403 年）；南燕国慕容超有太上年号（440—410 年）；北魏太武帝拓跋焘有太平真君年号（440—451 年）；北魏孝明帝元诩有神龟年号（518—520 年）；梁武帝萧衍有太清年号（547—549 年）；北周武帝宇文邕有建德年号（572—578 年）；北周宣帝宇文赟有大成年号

(579年)；北周静帝宇文阐有大象年号（579—580年）。帝王凡遇政治大事都要更改年号，喻示新时期皇基永固和社稷平安，而取自道教文化中的这些年号，正是帝王重视道教的佐证。

一、士族阶层结缘道教并提升其文化素养

士族阶层与道教结缘甚深者亦复不少。陈寅恪《天师道与滨海地域之关系》经过考证后归纳天师世家：钱塘杜氏（以杜子恭、杜京产为代表）；琅琊孙氏（以孙泰、孙恩为代表）；琅琊王氏（以王羲之、王凝之为代表）；琅琊徐氏（以徐道覆为代表）；吴兴沈氏（以沈警为代表）；高平郗氏（以郗愔、郗昙为代表）；陈郡殷氏（以殷仲堪为代表）；东海鲍氏（以鲍靓为代表）；范阳卢氏（以卢循为代表）；会稽孔氏（以孔道隆、孔道徽、孔灵产、孔稚珪为代表）；义兴周氏（以周勰为代表）；丹阳葛氏（以葛洪为代表）、丹阳陶氏（以陶弘景为代表）；丹阳许氏（以许肇为代表）等。士族阶层加入道教队伍，无疑会提升道教组织的整体文化水平，从而在思想和组织等各方面引起道教面貌的更新，道教徒的理论素养更是大大提高，相应地使道教理论体系更加完备、细致和精深。就拿书法艺术素养来说，晋至南北朝之天师道是家世相传之宗教，其书法往往为家世相传之艺术，陈寅恪举北魏之崔卢、东晋之王郗为最显著的例子，奉道世家与善书世家兼而为一也许有偶然的机缘，然艺术之发展多受宗教之影响，而宗教之传播亦多倚艺术为资用[①]。王氏家族如王羲之、王献之等的书法艺术成就和高度自不待言，且说崔氏家族之崔玄伯父子，“玄伯自非朝廷文诰，四方书檄，初不染翰，故世无遗文。尤善草隶行押之书，为世摹楷。玄伯祖悦与范阳卢谌，并以博艺著名。谌法钟繇，悦法卫瓘而俱习索靖之草，皆尽其妙。谌传子偃，偃传子邈；悦传子潜，潜传玄伯。世不替业。故魏初重崔卢之书。又玄伯之行押，特尽精巧，而不见遗迹。子浩，袭爵，别有《传》。次子简，字冲亮，一名览。好学，少以善书知名”。（《魏书·崔玄伯传》卷二十四）：“浩既工书，人多托写急就章。从少至老，初不惮劳，所书盖以百数，必称‘冯代强’，以示不敢犯国，其谨也如此。浩书体势及其先人，而

① 陈寅恪：《金明馆丛稿初编》，三联书店2001，第39页。

妙巧不如也。世宝其迹，多裁割缀连以为模楷。”（《魏书·崔浩传》）。崔浩母亲是卢谌的外孙女，两个家族的书法风格相似。“魏初工书者，崔卢二门”，意谓北朝承赵、燕之后，书体多出于崔悦、卢谌二家，这两家皆传钟繇、卫瓘、索靖遗法。由此可见，陈寅恪所言天师道世家多兼书法世家的说法是有史实可证的。

陈郡殷氏家族也是天师道名门世族，史传殷仲堪父亲积年多病，“仲堪衣不解带，躬学医术，究其精妙，执药挥泪，遂眇一目”，行医是天师道传教方式之一，殷仲堪精研医术不足为奇。“仲堪少奉天师道，又精心事神，不吝财贿，而怠行仁义，啬于周急，及玄来攻，犹勤请祷。然善取人情，病者自为诊脉分药，而用计倚伏烦密，少于鉴略，以至于败。”（《晋书·卷八十四·列传》）殷仲堪的经世才能虽然不是特别突出，甚或为人诟病不已，却是东晋末年清谈名家，“仲堪能清言，善属文，每云三日不读《道德论》，便觉舌本间强。其谈理与韩康伯齐名，士咸爱慕之”。（《晋书·卷八十四·列传》）以《道德论》为清谈的理论资源，这里固然有魏晋玄学整体风气使然，但与其道教世族身份也是有关的。反过来，天师道由于豪门世族参入，文化品阶也由此提升。殷仲堪的清谈高才显然受家风影响，伯父殷浩、叔祖父殷融俱好《老》《易》，“融与浩口谈则辞屈，著篇则融胜，浩由是为风流谈论者所宗”，追尚清谈的家风昭昭然。殷浩更是识度清远，弱冠即有善谈玄言的美名，曾为一段时期的清谈领袖，这可以从名士谢尚对他的钦佩之情看出来：“谢镇西少时，闻殷浩能清言，故往造之。殷未过有所通，为谢标榜诸义，作数百语；既有佳致，兼辞条丰蔚，甚足以动心骇听。谢注神倾意，不觉流汗交面。殷徐语左右：‘取手巾与谢郎拭面。’”（《世说新语·文学》）殷浩精通天师教世传的医术，《古今图书集成·医部综录·医术名流列传》之《医学入门》评价殷浩“妙解经脉，着方书”；史传也说他善医术，明脉诊。《世说新语·术解》记载一则关于他行医事例：“殷中军妙解经脉，中年都废。有常所给事，忽叩头流血。浩问其故。云：‘有死事，终不可说。’诘问良久，乃云：‘小人母年垂百岁，抱疾未久，若蒙官一脉，便有活理。讫就屠戮无恨。’浩感其至性，遂令舁来，为诊脉处方。始服一剂汤，便愈。”医术之高简直可以与神医华佗媲美，而华佗也是天师道门徒。士人阶层结缘道教，有

助于对早期道教经典作出较为系统的总结，也推进了新的经典著作的产生。

士族阶层结缘道教，极大地提升了道教世界的文化素养，而道教世界的文化素养之提升，反而动之，展示了道教与艺术的双向互动的推进关系。比如南朝道教代表陶弘景善琴棋工草隶，其书法艺术造诣很高，在书法发展史上的贡献也是较大的。陶翊《华阳先生本起录》记载他搜集和保护古代书法真迹："先生以甲子、乙丑、丙寅（484—486年）三年之中，就与世馆主东阳孙游岳咨禀道家符图经法。虽相承皆是真本，而经历摹写，意所未惬者。于是，更博访远近以正之。戊辰年（488年）始往茅山，便得杨、许手书真迹，欣然感激。至庚午年（490年）又启假东行浙越，处处寻求灵异……并得真人遗迹十余卷。"（张君房《云笈七签》卷一〇七）陶弘景也是个出色的书法鉴赏家，其《真诰叙录》比较杨羲、许谧、许翙与二王书法说："三君手迹，杨君书最工，不今不古，能大能细。大较虽祖郊郗法，笔力规矩，并于二王，而名不显者，当以地微，兼为二王所抑故也。掾（许翙）书乃是学杨，而字体劲利，偏善于写经，画符与杨相似，郁勃锋势，迨非人功所逮。长史（许谧）章草乃能，而正书古拙，符又不巧，故不写经也。"（《真诰》卷十九《翼真检》）其书法品鉴涉及传承和创新、接受和影响等问题，从钟绍京、米芾、赵孟頫、董其昌等均受杨羲书法审美风格影响的事实来看，陶弘景对书法人物的艺术地位的评估是相当准确的。陶弘景曾有机会观摩梁武帝收藏的法书和文物，并有书信来往互相探讨书法问题，张彦远《法书要录》将之辑为《陶弘景与梁武帝论书启》九篇，这些书信比较完备地体现了他的鉴赏水平和书法美学思想。以陶弘景为标杆，展示了魏晋南北朝时期的道教文化与书法美学的紧密关系。

二、文学载体中的道教圣境想象

道教神仙思想一直是观照中国文学发展的维度之一，无论是对虚幻仙境的向往和描述，还是对仙风道骨的歆慕和想象，都能得到文学创作的深情反映。翻检魏晋南北朝文学作品，道教构想的仙境频繁出现，如曹植的《仙人篇》使用了众多描写或指代天宫的词语："仙人揽六著，对博太山隅。湘娥拊琴瑟，秦女吹笙竽。玉樽盈桂酒，河伯献神鱼。四海一何局，九州安所知？韩终与王乔，要我于天衢。万里不足步，轻举凌太虚。飞腾逾景云，高风吹我躯。回驾观紫微，与帝合灵符。阊阖正嵯峨，双阙万丈余。玉树扶道生，白虎夹门枢。驱风游四海，东过王母庐。俯观五岳间，人生如寄居。潜光养羽翼，进趋且徐徐。不见轩辕氏，乘龙出鼎湖？徘徊九天上，与尔长相须。”阊阖、天衢、太虚、景云、紫微、王母庐、九天等词语描绘了一个无垠高远的富含动感的神仙生活世界。其他诗篇如《游仙诗》《远游篇》《驱车篇》《五游咏》《升天行》《苦思行》《吁嗟篇》《桂之树行》等，也有大量指代天宫仙境之词，玄天渚、紫虚、神岳、太清、虚廓、太微堂、文昌殿、云间等等，将曹植的忧患情绪转化成明净高洁的心胸，象征一个理想世界。

道教神仙生活之所往往在高山深林，昆仑、蓬莱是道教的圣山和圣岛，在文学作品里都是美轮美奂让人流连忘返。蓬莱圣岛是构成道教神话仙境系统的重要来源，与瀛洲、方丈三岛并称三座神山被司马迁写入《史记》。旧题东方朔《神异经》、王嘉《拾遗录》、张华《博物志》、旧题刘向《列仙传》、葛洪《神仙传》等志怪叙事作品，都以最华美的笔触突显了昆仑山的神圣奇幻特征。他如曹丕《列异传》、干宝《搜神记》、陶渊明《搜神后记》、荀氏《灵鬼志》、陆氏《异林》、祖冲之《述异记》、祖台之《志怪》、任昉《述异记》、刘敬叔《异苑》、东阳无疑《齐谐记》、吴均《续齐谐记》等，共同描写了一个文学视角下的道教神仙世界。

神仙观念的深入传播，士族文人热衷修道、寻仙、问药者越来越多，仙境也在人间俗世产生了。葛洪《抱朴子》指出以抱朴纯莹的心境到清净的自然环境即可寻得仙境：“山林之中非有道，而为道者必入山林，诚欲远彼腥膻，而此即清静也。”求道问仙于清静之山林即可，云雾缭绕的清幽山林最令玄思冥想者向往。通往仙山常常由一个小洞口进去，进入之后别有天地，这就是晋宋间道教所谓的洞天福地，以名山为主景，兼有泉瀑，山中有洞室通达上天并贯通诸山。东晋《道迹经》云：“五岳及名山皆有洞室。”陶弘景《寻山志》：“倦世情之易挠，乃杖策而寻山。既沿幽以达峻，实穷阻而备艰。眇游心其未已，方际乎云根。欣夫得意者忘形，遗形者神存。于是散发解带，盘旋其上，心容旷朗，气宇涤畅”，又在《真诰》卷十一构造“洞天”之地：“小阿口直下三四里，便径至阴宫东玄掖门，入此穴口二百步。便朗然如昼日。”其实这种洞天思想是晋宋以来一种常见的理想生活类型，洞府仙乡故事也成为一种常见的故事类型，最经典的就是陶渊明《桃花源记》虚构出一个世外桃源，世外桃源又进而构成了文学里的乌托邦世界，是文人们抚平创伤的神往不已的精神家园。道教与南北朝文学更是有千丝万缕的联系，南北朝文学里写游仙、女神、山林隐栖、仙乡洞府、高士仙鬼等，基本上都与道教有关，体裁不仅仅是志怪小说，志怪小说只不过是更突出而已。

道教与文学的融通互渗的关系在整个魏晋南北朝一直维系着。从道教文本的文学性来考察，道教前史中的原始符箓派典籍有一定的文学价值，如《太平经》采用语录体文章形式，以对话形式，在问答中说明道教义理；而其类比的思维方法取自易学之观物取象、因象明理的卦象比拟手法；更值得注意的是，其雏形体的七言歌谣颇应重视，“至少在描述七言诗的发展历史时，它们具有一定的资料价值”[①]。魏晋南北朝的道教炼丹诗、咒语诗、游仙诗、步虚词、神仙传记等，都具有相当的艺术特色和价值。比如两晋时期的《黄庭经》，虽然艺术性并不强，但是具“意象创造具有明显的虚幻性倾向”，“以天、地、人诸物象作为作品意象的来源”，却又在此基础上“将诸物象神化，从而形成了一个系统的神灵意象群”[②]。咒语本是祝告之辞，以呼号的形式向神诉说情感，并赋予劝善戒恶的社会功能：在思想内容方面体现道教对现实世界的批判态度，在艺术成就方面塑造了大量富有道德色彩的形象类型，其意境经营、接受者心理把握均有可取处。这些都是文学经验的积累，构成魏晋南北朝文学景观的一部分。

三、炼形和养神：士族文人的神仙信仰

整个魏晋南北朝，士族文人对于道教圣境进行了多样化描绘，体现

① 伍伟民：《太平经与七言诗的雏形》，载《上海道教》1989年第3-4期合刊。

② 詹石窗：《道教文学史》，上海文艺出版社，1992，第48页。

了现实生活和精神超越之间的双重关注。如何处理现实俗务与保持身心自由，在两者之间取得一个动态平衡，是他们不得不思考的原则问题和策略选择。大体来说，炼形和养神，是士族文人阶层形塑自我精神气质和人格形象的两种基本途径，主要经历三个阶段。

第一阶段：以玄学为底色的道教圣境。此阶段嵇康、阮籍可以说是代表。根据其诗文线索，可知他们经历了由入世后隐逸终归于游仙的人生路径。他们原本是胸怀大志，以天下为己任。阮籍在政治上本有济世之志，曾登广武城，观楚汉古战场，慨叹“时无英雄，使竖子成名！”正是这份情怀，使他“昔年十四五，志好尚书诗；被褐怀珠玉，颜闵相与期”，显示出对儒家思想的崇奉，醉心儒家经典，旨在建立一番事功。嵇康生于世代儒业之家，也是胸怀青云之志，崇拜孔子、赞颂孔子“勤诲善诱，聚徒三千，口倦谈议，身疲磬折，形若救孺子，视若营四海”（《答难养生论》）；其《家诫》更是一篇弘扬名教礼制的文章；《与山巨源绝交书》虽称“又每非汤、武而薄周、孔，在人间不止，此事会显，世教所不容，此甚不可一也”，但其实处处体现的是儒家的淑世情怀。只是到了成年时才好老庄之业，追求恬静无为的境界。总的来说，嵇、阮二人有经纬之略，更有高远之态，对政治现实的云波诡谲和社会人生的阴晴圆缺极为关注，但随着政治形势恶化，其思想情绪也发生波动，这波动指的就是开始构设道家的理想人格，后又追慕道教神仙风度。

从人物交游观察，嵇康交往的所谓道教神仙至少有两位：邯郸王烈与汲郡山孙登，交往情形在葛洪《神仙传》、刘义庆《世说新语·栖逸》等都详述备至。嵇康认为神仙是存在的，但非人人可成，“夫神仙虽不目见，然记籍所载，前史所传，其必有矣；似特受异气，禀之自然，非积学所能致也”；他在例举种种无用的“以小道自溺”的炼形行为之后，阐述养生思想：“善养生者则不然矣，清虚静泰，少私寡欲，知名位之伤德，故忽而不营，非欲而强禁也；识厚味之害性，故弃而弗顾，非贪而后抑也；外物以累心，不存神气，以醇白独著，旷然无忧患，寂然无思虑，又守之以一，养之以和，和理日济，同乎大顺。然后蒸以灵芝，润以醴泉，晞以朝阳，绥以五弦，无为自得，体妙心玄，忘欢而后乐

足，遗生而后身存，若此以往，庶可与羡门比寿，王乔争年，何为其无有哉！"[①]嵇康认为善养生者就是养神，即在精神气质上效仿神仙，清虚静泰，少私寡欲，远离俗世名教的纠缠纷扰，保持神仙一般的超然心境。这与其诗"目送归鸿，手挥五弦；俯仰自得，游心太玄"所表达的意思完全是一致的，所谓神仙境界，也即无忧无虑，情绪中和，顺应天道人性。

嵇康对道教养神成仙思想的认同，当然吸收了玄学贵无论之理想人格的内涵，故神仙和黄老经常是融合为一的，其《游仙诗》营造的自然无为境界包含着厌恶俗世而远遁归隐的黄老旨趣，也包含着通过养神而尚友高人贤士于千载的期待心情，就像《高人贤士传赞》所叙写出来的"率然玄远"的高情远趣。阮籍也是向往神仙世界的，且养神求仙的缘由类似，"咄嗟荣辱事，去来味道真；道真信可娱，清洁存精神"（《咏怀诗》第七十四）；"列仙停修龄，养志在冲虚；飘飖云日间，邈与世路殊"（《咏怀诗》第七十八）。阮籍认为通过炼形求仙是非常渺茫的，只能从精神自由这个角度来理解神仙的价值或意义。"道真"，是个玄学概念，等同于嵇康《杂诗》"仁义浇淳朴，前识丧道华；留弱丧自然，天真难可和"之"道华"，意谓隐逸生活的冲静自然状态。但是，嵇康、阮籍与曹魏皇室以及司马氏政治集团之间的错综关系，使二人在那个时候都不能如其所愿做真正的隐士。韩愈《送王秀才序》说："及读阮籍陶潜诗，乃知彼虽偃蹇不欲与世接，然犹未能平其心，或为事物是非相感发，于是有托而逃焉者也。"[②]嵇康、阮籍为了摆脱志求归隐与现实焦灼的矛盾，都在精神上构建一个自由的神仙世界，而他们追慕神仙世界只能是通过养神的方式。当然，养神并不排斥炼形，关键是炼形必须服务于养神这个大宗旨，"君子知形恃神以立，神须形以存，悟出理之易失，知一过之害生。故修性以保神，安心以全身，爱憎不栖于情，忧喜不留于意，泊然无感而体气和平，又呼吸吐纳，服食养身，使形神相亲，表里俱济也"。（《养生论》）形神相亲，表里俱济，而以精神的涵养为更高要求，才是真正的养神求仙。在史传笔记里，嵇康和阮籍都曾与道教仙人交游经历，嵇康去山中采药遇孙登，阮籍获得了苏门真人长

① 戴明扬：《嵇康集校注》卷三，人民文学出版社，1962，第508页。
② 马其昶：《韩昌黎文集校注》，上海古籍出版社，1998，第258页。

啸的技艺，其实都暗示着政治失意的士人进入心灵自由境界的一种途径。无疑，嵇阮二人的神仙观念强调的是精神超越，其向往的道教神仙形象其实是他们设定的理想人格的另一种呈现。“从社会属性上看，这种神仙观念集中代表了士族阶层的价值观念和利益取向，尤其体现了士族道教强调精神求仙这一与世俗民间道教迥然有别的神仙观念。”[①]这一改造，比较典型地突出了魏晋时代“人的自觉”这个精神主题。

第二阶段：《抱朴子》对炼形养生方法的理性探索。此阶段的士族道教代表是葛洪，侧重于炼形。他在《抱朴子·论仙篇》里构造出“三仙”说法：“按《仙经》云：上士举形升虚，谓之天仙；中士游于名山，谓之地仙；下士先死后蜕，谓之尸解仙。”其中的“天仙”和“尸解仙”大致相当于古代羌人的“飞升”和“登遐”两种成仙途径，成仙者均为非现实中人，这两种成仙途径对士族阶层来说显得不可操作。而地仙不同，葛洪把现实人物如孔安国、左慈、郭璞等都列入其神仙谱系。士族阶层的真实需要是仕隐兼修，即石崇所谓“士当身名俱泰”，“身”就是世俗欲望的满足，“名”就是修道成仙的实现。“地仙”的设置，正好适应了士族阶层的双重需求。具体如何炼形呢？《抱朴子·微旨》说：“或曰：‘愿闻真人守身炼形之术？’抱朴子曰：‘深哉问也！夫始青之下月与日，两半同升合成一，出彼玉池入金室，大如弹丸黄如橘，中有嘉味甘如蜜，子能得之谨勿失。既往不追身将灭，纯白之气至微密，升于幽关三曲折，中丹煌煌独无匹，立之命门形不卒，渊乎妙矣难致诘。此师之口诀，知之者不畏万鬼五兵也。’”在他看来，形体是人的精神寄寓之所，身体若过于疲累，则精气易泄，生命随之枯竭；要使生命的年寿延长，须遵守一些方法，如导引、行气、还精补脑、房中宝精、服食丹药、饮食起居适度、神思守一等，这些都是具体的炼形养生术。炼形养生不必“委弃妻子，独处山泽，邈然断绝人理，块然与木石为邻”，这为世俗享乐制定了合乎人性的道德依据；炼形养生也不必“役役于登天”，因为天上尊官大神有很多很多，新仙者位卑却奉事非一，实在是劳苦乏神，这等于怂恿士族阶层保持世俗特权。而且，他所说的神思守一、恬素淡泊指的是精神修养和生活规律，是为炼形的组成步骤，异于

① 宁稼雨：《魏晋士人人格精神》，南开大学出版社，2003，第431页。

正始竹林的精神超越。“地仙”的设置，使不食人间烟火的神仙置换成现实世界中的人格模范。这种炼形成仙的途径因其可操作性强，受到士人阶层的普遍欢迎，士人阶层亦依“地仙”模式打造自我的神仙形象。《世说新语》记载孟昶在微雪天透过篱笆窥见王恭乘坐高舆、身披鹤氅裘路过，感叹：“此真神仙中人!”又记载中书郎太原王濛在积雪天步入尚书府，琅琊王洽遥望感叹：“此不复似世中人!”王羲之赞叹杜弘治说：“面如凝脂，眼若点漆，此神仙中人!”《颜氏家训·勉学》讲梁朝全盛之时的贵游子弟之容止：“无不熏衣剃面，傅粉施朱，驾长檐车，跟高齿屐，坐棋子方褥，凭斑丝隐囊，列器玩于左右，从容出入，望若神仙。”以“神仙”字样来赞叹某人的超凡风度，在两晋以来的名士交往中经常出现，其中原委在于士族阶层是“地仙”思想的拥趸。

对于理想人格的设计，是汉末以来士人群体的愿望。《抱朴子》设计了多样化的人格模型，“孝人”“道人”“忠人”“仁人”“智人”“雅人”“真人”“贤人”“君子”“达人”“圣人”“至人”等。在书里，君子人格以德行和文学为立身之本，努力建成道德之功，“君子欲正其末，必端其本；欲辍其流，则遏其源。故道德之功建，而奓靡之门闭矣”（《守嵴篇》）。这里显示出儒家传统的道德修养要求，抓本治末，在道德实践中匡君正俗，履行自己的社会责任。在葛洪看来，理想人格必须“制其情”，不要任情肆意，否则要损年命：“见达人而不能奉之者，非知其实深而不能请之也，诚以为无异也。夫能和要道者，无欲于物也，不徇世誉也，亦何肯自摽于流俗哉?”（《祛惑篇》）达人人格对他物并无欲望，也不沽名钓誉，不随波逐流。“制其情”的办法是“以道制情”和“以计遣欲”。他深知“若纵情恣欲望，不能节宣则伐年命”（《微旨篇》）；“触情纵欲，谓之非人”（《崇教篇》）。“道”是情感发展的规范和限度，给情感欲望一个合理的限度是一个有效的选择。他对元康名士的纵情任诞行为提出了严厉的批评：“世人闻戴叔鸾、阮嗣宗傲俗自放，见谓大度，而不量其材力非傲生之匹，而慕学之：或乱项科头，或裸袒蹲夷，或濯脚于稠众，或溲便于人前，或停客而独食，或行酒而止所亲。”（《刺骄篇》）这里例举了种种风颓教沮的行为；所谓崇教，就是推崇儒家名教礼制，纠正不当行为，调节性情。“顺通寒舍而一情，任性命而不滞者，达人也。”（《行品》）能够“以道制情”者即是达人。除了君子人格、达人人格，还有“与天地合其德”之圣人人格、“心遗乎毁誉”的至人人格。四种人格有循次进阶，但都具有儒家理想人格特征。其中的至人人格也是融化儒家人格的道教理想人格：“瞻径路之远而耻由之，知大道之否而不改之，齐通塞于一途，付荣辱于自然者，岂怀悒闷于知希，兴永叹于川逝乎?”（《穷达篇》）“至人消未起之患，治未病之疾，医之于无事之前，不追之于既逝之后。民难养而易危也，气难清而易浊也。故审威德所以保社稷，割嗜欲所以固血气。然后真一存焉，三七守焉，百害却焉，年命延矣。”（《地真篇》）存真一或守三七者，皆是神仙养生的办法，但没有一般宗教里的神秘色彩，与早期道教的神化人格不同，葛洪的理想人格回到了现实社会。这就是说，长生能致，仙人也可学。葛洪主张神仙是实际存在的，因为“万物云云，何所不有；况列仙之人，盈乎竹素矣”，世界无所不有，史籍也有记载，没有见过不等于神仙不存在。为此，他专门写了《神仙传》十卷，认为这个世界不仅存在神仙，而且一个人通过修炼可以成仙：“仙之可学致，如黍稷之可播种得，甚炳然耳。”（《勤求篇》）至于具体的修炼途径或条件，据丁宏武归纳：一是志诚信仙，禀值仙气；二是恬静无欲，守一知足；三是追随明师，勤求苦练；四是广知众术，养生却害；五是宝精行气，炼丹成仙；六是积善立功，忠孝为本（《葛洪论稿》）。葛洪的神仙观念体现救世安民思想，故而注重在生活实践上兼修医术，强调身体修养和丹药炼制；又在具体的丹药炼制过程中注重实验记录，在医药学和古化学方面保留了珍贵验方和实验记录，其《金匮药方》《肘后备急方》都流传至今。因此，葛洪的神仙道教思想关注人的个体生命，对养生方法的积极探索更趋理性，又宣扬个体生命的存在必须履行一定的社会责任和义务，这与民间道教的神仙崇拜相比更有学术的价值和意义。葛洪把道教依托于道家，道教也尊奉老子并讽诵《道德经》；“他的原意一方面想提高本身的地位和声望，藉以博得上阶层社会和知识分子的信仰；一方面想使道教长生的理想，和道家出世的人生观，能互相发越，而合乎乱世的个人理想。然而这种依托附会的结果，不但使后人容易混道教道家于一谈，而且有使道家和道教的发展，倾向于彼此结合的趋势”[①]。不管如何，这种调和儒玄道、兼融百家、

① 王寿南主编：《中国历代思想家·魏晋南北朝》，九州出版社，2011，第205页。

抱朴守拙的动机和实践，都证明了士族阶层参与道教信仰活动所产生的历史结果，是道教发展史上的一种新面貌。

第三阶段：宗教文化合流——道教圣境中的形神兼修。此阶段是炼形与养神融通，北朝寇谦之、南朝陆修静和陶弘景都持此主张，这与佛道儒走向融合的历史趋势有关。佛道儒由互相对诤走向融合，反映了南北宗教文化的合流，宗教文化合流又影响审美文化的合流。道教的神仙形象与佛教的神仙形象，此时包含佛道两教的理想人格典范。比如在南朝，士族文人自觉地调和对佛道两教的接受态度，如刘义庆的《幽明录》，既写人仙相恋的“刘晨阮肇”的故事，又描写罗刹食人、为佛法所降的奇闻怪象；刘敬叔《异苑》既有王子晋成仙、徐公遇仙的道教传说，也分布了慧远咒龙、慧炽见形的佛教奇闻。这样，士族阶层追求的人生境界就不独是道教式的圣境。陈寅恪认为南朝士人普遍持调停佛道二家的态度，如南齐之孔稚珪。孔稚珪《荐杜京产表》说：“窃见吴郡杜京产，洁静为心，谦虚成性，通和发于天挺，敏达表于自然。学遍玄、儒，博通史、子，流连文艺，沈吟道奥。泰始之朝，挂冠辞世，遁舍家业，隐于太平。葺宇穷岩，采芝幽涧，耦耕自足，薪歌有余。确尔不群，淡然寡欲，麻衣藿食，二十余载。虽古之志士，何以加之。谓宜释巾幽谷，结组登朝，则岩谷含欢，薜萝起抃矣。”笔下的杜京产，是形神兼美的道教人格楷模，充分体现出兼综多教思想的人生旨趣。南北朝众多士族文人都持此态度，谢灵运、颜延之、范晔、沈约、江淹、周颙、任昉、谢朓、徐摛、萧子显、庾肩吾、徐陵等，都形神双修，炼形、养神、导引结合起来，在宗教信仰的选择上都采取融通的态度，力求从各教中吸纳有助于设置和培育其理想人格的因素。

陶弘景归隐之前曾注释儒家经典《孝经》《论语》《尚书》等；平时也很“敬重佛法”、“恒读佛经”，更在茅山立佛道二堂，隔日朝拜。他曾梦见佛授其菩萨提论，“多为胜力菩萨，并于邻县阿育王塔受佛戒”（《梁书·陶弘景传》）。如此礼待佛教，或许考虑的是道教的长久生存大计，梁武帝是佞佛的名帝，南朝诸帝也基本上都对佛教崇敬有加，要想在佛教大盛的时期弘传道教，不得不合修儒释道。所以他说：“万象森罗，不离两仪所育；百法纷凑，无越三教之境。”（《华阳陶隐居集下·茅山长沙馆碑》）在三教合流思想的贯彻下，陶弘景发展了道教的修炼理论，认为佛道均涉及形和神的修炼问题："凡质象所结，不过形神。形神合时，则是人是物；形神离时，则是灵是鬼。是非离非合，佛法所摄。亦离亦合，仙道所依。"（《答朝士访佛仙两法体相书》）佛道两家都要修炼形神，只是形和神的结合方式有所差异而已。故其养生学思想是主张形神兼修、养神与炼形并重。这个主张在他讲述上清派经法时就开始了，其《养性延命录》还指出服食药物也有助于导引、养神和炼形："若能游心虚静，息虑无为，服元气于子后，时导引于闲室，摄养无亏，兼摄良药，则百年耆寿是常分也。"他指出，如若不控制伤神的七情六欲，则炼形也是不可能成功的，"如恣意以耽声色，役智而图富贵，得丧恒切于怀，躁挠未能自遣，不拘礼度，饮食无节，如斯之流，宁免夭伤之患也"。不过，陶弘景并不想混同二教，他的思想主流在于道教思想，佛教主张"形尽神不灭"而否定了"形"的终极存在的可能性；他却主张"河山可尽，此形无灭"，通过陶冶形器达到生命的"表里坚固"，最终修炼成仙。道教修炼以成仙为最终目标，总的方法便是"以药石炼其形，以精灵莹其神，以和气濯其质，以善德解其缠"，遵循此一共通之法，则修炼成仙不再缥缈难及。

神仙界也是有等级的谱系存在，陶弘景参照佛教"六道轮回"思想和现实社会的等级制度，建立起一个道教的神仙谱系。"夫仰镜玄精，睹景耀之巨细。俯盼平区，见岩海之崇深。搜访人纲，究朝班之品序，研综天经，测真灵之阶业。但名爵隐显，学号进退，四宫之内，疑似相参。今正当比类经正，譬校仪服，埒其高卑，区其宫域"，认为"同号真人，真品乃有数。俱自仙人，仙亦有等级千亿"（《真灵位业图》序）。仙界等级取法于魏晋以来的选官九品中正制。在他看来，神、人、鬼的或幽或显的世界都有品阶秩序，且现实世界和幽冥的神鬼两极世界会循环往复，"形非神常宅，神非形常载，徘徊生死轮，但苦心犹豫"（《正统道藏》第三十四册《真诰》卷三）。从他的神仙谱系的构造原理来看，梁陈之后发生在佛道之间的思想斗争已趋降温，一种调和论渐渐占据主流影响地位，陶弘景"万象森罗，不离两仪之育，百法纷凑，无越三教之境"的融通思想，与笃信佛教的萧子良"真俗之教，其致一也"是互相响应的，与居士沈约"内圣外圣，义均理一"也是前后照

应的。

道教文化因素对魏晋南北朝士族文人的精神气质和人格理想的锻造是不能忽视的，或者说，士族文人的生活内容包括养神和炼形的养生活动。“先秦时期神仙观念在其形成的过程中，实际受到两种几乎是截然相反的精神意念的左右：一是从精神超越的角度理解和建构神仙的价值内涵，二是以肉体修炼的成功来确认神仙的存在和可行。前者在老庄等人的‘圣人’、‘神人’、‘真人’等概念中得到了体现和说明，后者则由汉代的《太平经》《老子想尔注》等早期的道教经典作出了较为系统的总结。”[①]养生思想对于世族名士的精神生活起着重要的规定作用，选择炼形还是养神，或者两全，将反映出不同时期的世族名士的人生理想和态度。粗略地加以描述，或许可以这样说：正始竹林时期的名士侧重从理想人格的角度来养神，两晋时期的名士侧重从满足肉体长生的角度来炼形，而南北朝时期的名士倾向于融通养神与炼形，体现综合的神仙信仰旨趣。

① 宁稼雨：《魏晋士人人格精神》，南开大学出版社，2003，第425页。

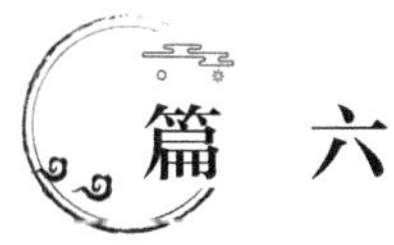

篇　六

重世务与贵清虚：魏晋士人阶层的政治哲学

汉魏之际，士族阶层的经济实力空前上涨，在皇权力量面前不再摇尾乞怜；同时掌握了文化话语权，精神优越感凌烁前代和逼视现实皇权力量。《世说新语·任诞篇》记载王孝伯言："名士不必须奇才，但使常得无事，痛饮酒，熟读《离骚》，便可称名士。"这是同时代人们对士人风范的描摹。据说闻一多先生在西南联大讲课时也常以此言为开场白，并在实践上为历史留下了自己的名士风范。近年世人迷恋民国范儿，又喜好古今比照，从民国范儿追踪到魏晋时代的名士风流。鲁迅先生的演讲《魏晋风度及文章与药及酒之关系》，影响卓著自不待言，其实也旁证了古今两个时代的名士在生活方式和精神气质上的遥相响应。当然，魏晋南北朝近四百年的时间跨度，其间士人的精神气质自当随着时运推移而有所变化，且经常呈现出矛盾且丰富多彩的面貌。在政治哲学方面，重世务与贵清虚交织互渗，士人阶层依违两可之间，有时甚至乖谬背离。

一、宗族利益的政治保障和文化炫耀

所谓世务者，此处主要指谋身治世之事，突出表现在政治场域里的奔竞角逐。所谓清虚者，主要指避尘世功名俗务而怀抱清高淡泊甚或虚无的人生价值取向。魏晋南北朝士家大族势力的崛起和膨胀，离不开士人阶层对世务的高度看重。这种看重，既有个体生命价值实现的考量，也包含争取家族利益最大化和恒久性的习惯。而贵清虚往往意味着一种姿态，表面上是疏离政治世务而实则为一种低调的文化炫耀。故重世务与贵清虚并非泾渭分明，或者说，并非互相对立攻难的生活方式，而是一种生活方式的两个方面。“士族从角逐政坛的时候开始，无论是处于觊觎政权的企望争夺时期，还是在占据权力核心的门阀政治时期，均对政治呈现两种截然相反然而却又融为一体的态度，一方面是拼命地接近政治权力核心，另一方面却又极力作出淡漠和疏离政治的架势。”[①]接近政治权力核心即为重世务的突出体现，疏离政治的清虚架势式则通过玄谈举止和文化活动构造起来。

汉魏之际，士族阶层的经济实力空前上涨，使之在皇权力量面前不再摇尾乞怜。魏晋以来，皇权力量与士族力量互为依靠，九品中正制渐渐演变成士族门阀统治的工具，尤以高门士族垄断部分官职而享有超级政治特权，从而享有经济特权。皇权出于依赖和拉拢目的，从曹魏政权开始，给士族阶层免除赋役，支持和保护士族土地庄园，甚至荫庇其亲属、屯田客、隐户、衣食客及典计，放纵士家大族私养流民和占山圈泽诸行为。《三国志·魏书·王修传》注引《晋书》提到王修之孙王褒的千余门生被安丘令征发服役，结果安丘令不识时务而“一县以为耻”，这其实说明在魏晋时期一个经济事实：学可以庇身，德可以荫门生，换句话说，荫客制度至少在经济层面得到皇权默认，士族经济特权的形成乃历史发展趋势。士族阶层依恃特权获得大量剩余物资，并相互之间进行商品流动交易，于其间时有发生损公肥私的经济活动，所谓“公侯之尊莫不殖园圃之田，而收市井之利，渐冉相放，莫以为耻，乘以古道，诚可愧也；今西园卖葵菜、篮子、鸡、面之属，亏败国体，贬损令问”（《晋书·江统传》），证明当时士族阶层在经济特权膨胀而背离儒家仪轨的事实。从宗族结构组织来看，魏晋南北朝时期主要有三种宗族结构类型，即皇族、士族和寒族。据朱大渭《魏晋南北朝社会生活史》归纳，士族称号繁多，常称有冠族、冠冕之族、世族、势族、名族、右族、华族、大姓、大族、著姓、旧姓、高姓、盛门、盛族、强宗等，未

① 宁稼雨：《魏晋士人人格精神》，南开大学出版社，2003，第119页。

享特权的寒族通称有豪族、豪门、寒门、寒族、寒宗、庶族、鄙族、陋族等[①]。三类宗族中，皇族固然具有最高特权，但其内部倾轧残杀损耗威势，又王朝更迭频繁使其影响有限。寒族经济力量较为弱小，文化素养较粗糙，宗族结构组织也不太严密，故在南朝之前的影响力不能望士族之项背。曹魏本寒族出身，建立政权后摇身变为皇族，有意限制士族势力参政渠道，但终究没能阻挡以司马氏为代表的士族政治力量的称霸企图。249年的高平陵政变，充分代表了士族阶层“重世务”的强烈要求，其间偶然的疏离只是一种故作姿态。

士家大族因其具有经济、政治和文化的优越性，构成了士人阶层的主要来源，士人阶层由此成为整体人格精神的独立实体存在，在文化建构中具有超越性和审美性，表现了士人阶层的个体精神独立意识和群体文化自觉意识。他们可以肆意逞怀，展露一己之喜怒哀乐，可以俯仰自得而游心于太玄，探索那些形而上的思想问题，以体现他们的文化优越感，一定程度上体现了贵清虚的生活方式。另一方面，士人身份依委于其宗族利益之时，却几乎都是打上了“重宗族轻个人”的烙印。无论河内司马氏，还是王、谢、庾、桓、郗、袁、顾、陆、朱、张等士家大族的子弟，都是为了个人和家族的命运而汲汲于政治事功，宗族的现实命运迫使他们不得不“重世务”。下面以正始玄学代表何晏为例来说明。

二、名理玄谈中的风神及其政治指涉

开启魏晋玄学思潮的何晏，好与人谈论“天人之际”，与王弼、夏侯玄等竞事清谈，倡“本无论”玄学主张，使汉魏学术由“综合名实”过渡到“玄远之学”，为玄学“本体论”的构建奠定了坚实基础；在大将军曹爽掌权辅政之前，何晏一直未受曹氏主政者的重用，他醉心于学术，在思想上显示出重“自然”而轻“名教”的倾向，“巧累于理”，其贵清虚的效果是“当时权势，天下谈士多宗尚之”；恰如司马光评论“何晏性自喜，粉白不去手，行步顾影。尤好老、庄之书，与夏侯玄、荀粲及山阳王弼之徒，竞为清谈，祖尚虚无，谓《六经》为圣人糟粕。

① 朱大渭：《魏晋南北朝社会生活史》，中国社会科学出版社，1998，第42页。

由是天下士大夫争慕效之，遂成风流，不可复制焉”，（《资治通鉴》卷七十五《魏纪七·邵陵厉公》中）这是从学术积极方面言之。然而从政治消极方面言之却被针砭“清谈误国”，如晋武帝继位之初，傅玄在《举清远疏》中称：“近者魏武好法术，而天下贵刑名；魏文慕通达，而天下贱守节。其后纲维不摄，而虚无放诞之论，盈于朝野，使天下无复清议，而亡秦之病，复发于外矣。”西晋末时，清谈宗主的王衍在被石勒“排墙填杀”时称言：“吾曹虽不如古人，向若不祖尚浮虚，戮力以匡天下，犹可不至今日。”更是似乎验证了“清谈误国”的谶语。表面看来，以何晏为初祖的清谈之士乃“言远而情近，好辩而无诚，所谓利口覆邦国之人”，只贵尚清虚而不重世务才导致邦国覆亡；但实际上这里纠缠着清谈之士和礼法之士两种政治势力之间明争暗斗。也就是说，清谈之士贵清虚或者礼法之士重世务的说法，都是仅就侧重点而言，其实整个士人阶层都不可能偏于一端。

何晏亦如此，早年与毕轨、邓飏、李胜、丁谧等都有才名，但汲汲于富贵，趋炎附势，魏明帝曹叡继位后，厌恶他们虚浮不实，都多加抑制而不录用，何晏只是担任一些无关紧要的冗官。何晏当然不甘沉沦下僚，他是很有一番政治抱负的，联络一帮与他有一样遭遇的青年士子，以“材辩显于贵戚之间，邓飏好变通，合徒党，鬻声名于闾阎，而夏侯玄以贵臣子，少有重名，为之宗主”（《三国志·魏书》卷二十一《傅嘏传》注引《傅子》），连司马懿那位向来以务实闻名的儿子司马师也被吸引而至，并形成一种时髦风气，在京师弥漫开来，尤其是其“人材清议”舆论，甚至影响了政府的选官活动。这在朝廷当权派看来，就是一种危害社会稳定的非法结社活动。魏明帝迅速作出反应，于太和六年（232年）下诏，以“浮华交会”等罪名将夏侯玄、何晏、邓飏等十五人“皆免官废锢”（《三国志·魏书》卷二十《诸葛诞传》注引《世语》）。免官废锢的原因并非“浮华交会”，且“所谓浮华，非指生活上之浮华奢靡，而是从政治着眼，以才能互相标榜，结为朋党，标举名号如‘四窗’、‘八达之类以自夸’”[①]，影响政治局势才是真正原因。从中可见，何晏等人“贵清虚”活动，真正指向的还是“重世务”，其学

① 周一良：《魏晋南北朝史札记》，中华书局，1985，第35页。

术旨趣仍然是与世俗权势的追逐不相违背的。及至曹爽辅政，“至正始初，曲合于曹爽，亦以才能，故爽用为散骑侍郎，迁侍中尚书。晏前以尚主，得赐爵为列侯……晏为尚书，主选举，其宿与之有旧者，多被拔擢”（《三国志·魏书·诸夏侯曹传》裴松之注引《魏略》）。何晏等依仗曹爽势力用事，迎合者升官晋职，违抗者罢黜斥退，朝廷内外都看风向行事，不敢违抗他们的意旨。何晏又割洛阳和野王典农的数百顷桑田和汤沐地作为自己的产业，并窃取官物，向其他州郡要求索取，官员都不敢抗逆。何晏早年急欲结交的傅嘏指责他“外静而内躁，铦巧好利，不念务本”，对其弟胡羲说：“吾恐必先惑子兄弟，仁人将远而朝政废矣！”何晏等遂与胡嘏不平，因微事免去胡嘏官位。后又协助曹爽逼退司马懿而独掌乾纲，并进言于帝：“自今御幸式乾殿及游豫后园，宜皆从大臣，询谋政事，讲论经义，为万世法。”这些都是实实在在的经纶世务之举。不仅如此，高平陵之变发生后，曹爽最终败于司马懿为首的礼法派。何晏为求自保，主动向司马懿靠拢，“宣王使晏与治爽等狱。晏穷治党与，冀以获宥”。政治上的投机心态昭昭然，可是终因政治上是曹氏亲缘而未能摆脱与曹党同仁相同的命运结局（《三国志·魏书·诸夏侯曹传》裴松之注引《魏氏春秋》）。此又可见，“贵清虚”的学术精神与“重世务”的政治品格在何晏身上并无有机统一性。当时谤书所云“台中有三狗，二狗崖柴不可当，一狗凭默作疽囊”，很能说明两者的分裂性和矛盾性。钟嵘《诗品》称“平叔鸿鹄之篇，风规见矣”；刘勰《文心雕龙·明诗》篇称“及正始明道，诗杂仙心；何晏之徒，率多浮浅”，评价虽对驳，却都是有道理的。在玄学理论方面，何晏的“贵无”思想学说使老庄之学由发生论转成本体论，以无为本，为理想君王的人格境界寻找哲学根据，这与他投靠曹党的政治选择可以说是顺理成章；但他以朋友故旧为代价，企图挽回政治生命的做法，就与玄学所标榜的人格气节和独立精神悖谬乖离了。

何晏的学术人格与政治人格的两重性，比较典型地代表了魏晋以降士人阶层“重世务”与“贵清虚”既交织互渗又背离的特征。两重性的形成，当与历史人物的身世处境息息相关。何晏系东汉大将军何进之孙，其父早逝，曹操纳其母尹氏为妾而收养了他并宠爱着他；后又娶曹操女金乡公主，但不受曹丕、曹叡待见。其说“王弼等祖述老庄，立论以为天地万物皆以无为本"，"开物成务，无往不存"，还认为圣人无喜怒哀乐，圣人无累于物，也不复应物，因此主"圣人无情"说，即认为圣人可完全不受外物影响，而是以"无为"为体。他在学术方面确实才华卓越而用功甚勤，但也因此颇负才学而英华外露、夸夸其谈，崇己抑人，且与其仗势专权的实际行为多相乖违，当时名士傅嘏说他是"言远而情近，好辩而无诚，所谓利口覆邦国之人"，是颇为准确的。《三国志·曹爽传》注引《魏氏春秋》记载："夏侯玄、何晏等名盛于时，司马景王亦预焉。晏尝曰：'唯深也，故能通天下之志，夏侯初泰是也；唯几也，故能成天下之务，司马子元是也；唯神也，不疾而速，不行而至，吾闻其语，未见其人。'盖欲以神况诸己也。"其自负才情如是者，终究使其在政治世务方面酿成被诛家族的悲剧。

何晏之所以主张"圣人无情"说，不仅仅是出于理论兴趣，更为深层的是树立起自己的人生理想，表达自己心目中模范君主的标准，潜藏着自己对现实命运的不满情绪。在他看来，"圣人无情"指的是圣人情感发于内心，感情真挚，却又不像普通人样沉溺于某种情感，并非真的毫无情感，即"凡人任情，喜怒违理。颜回任道，怒不过分。迁者，移也。怒当其理，不移易也。不贰过者，有不善，未尝复行"。讲究的是一种情感的超越性，其实与王弼明确的"圣人有情"主张是暗合的，"神明茂，故能体冲和以通无；五情同，故不能无哀乐以应物；然则圣人之情，应物而无累于物者也"①。承认圣人有情感欲望有利于彰显圣人的德性智慧，圣人高于常人的德性智慧正在于能够领悟正确的行为、生活方式而与"无"合体，不为外在事物所牵累。这当然也是为自己的行为进行理论辩护。所以，在日常世务方面，何晏热衷财富、权力等奢欲，并党同伐异，背信弃义，他不觉得有不妥，反而觉得自己是在效仿圣人参与政治实践，且自视甚高，"以神况诸己"，认有自己的政治方略最为合理。归根结底，何晏提示圣人的职责和德性、描述圣人形象，是在为个人确定道德理想，寻找政治实践的理论力量。这一方面固然能够以此来展现玄学推崇顺应天性的自愿性原则，另一方面却也可能导致利己主义的结果，更有可能造成理论与行动之间的异趋性。因此，《三国

① 《三国志》，中华书局，2006，第474页。

志·魏书·明帝纪》载，太和六年（232年）“三月癸酉行东巡……九月行幸摩陂，治许昌宫，起景福殿、承光殿，缪袭作《许昌宫赋》，何晏、韦诞、夏侯惠等均作《景福殿赋》”。而考察其《景德殿赋》不难发觉，文章借鉴汉大赋写法，旨在颂扬曹魏政权和阿谀魏明帝。所谓“大哉惟魏，世有哲圣。武创元基，文集大命。皆体天作制，顺时立政。至于帝皇，遂重熙而累盛。远则袭阴阳之自然，近则本人物之至情”云云，都是美化魏明帝，视其为玄远之学中的集名教与自然合一的理想君主；文章既提出“故将立德，必先近仁”儒家名教思想，也表达“家怀克让之风，人咏康哉之诗，莫不优游以自得，故淡泊而无所思”的道法自然的思想。他主观上极力把自然与名教统一起来，而在客观实践上经常背谬乖离。何晏在高平陵政变后写的两首诗流露出深沉复杂、忧恐疑惧的矛盾情绪：“鸿鹄比翼游，群飞戏太清。常恐夭网罗，忧祸一旦并，岂若集五湖，顺流唼浮萍。逍遥放志意，何为怵惕惊?”“转蓬去其根，流飘从风移。芒芒四海涂，悠悠焉可弥？愿为浮萍草，托身寄清池。且以乐今日，其后非所知。”一种进退失据和忧生畏祸的心理状态昭然若揭，此诗也可以说是对其人生命运处境的文学性和玄理性的双重概括。

三、政治场域：人生图谱的悲剧意蕴

至于西晋覆亡被归罪到玄学家们头上，其中有“清谈误国”说法的历史生成过程，充满了不少的误读。史载“王衍，字夷甫，神情明秀，风姿详雅。总角尝造山涛，涛嗟叹良久，既去，目而送之曰：‘何物老妪，生宁馨儿！然误天下苍生者，未必非此人也。’”（《晋书·卷四十三·列传》）但是这种归罪实际是一种简单化的历史误认，既有当事人的误认，也有评史者的误认。王衍的临终追悔向来是东晋人批判清谈的一个重要思想资源，桓温北伐时慨然而称：“遂使神州陆沉，百年丘墟，王夷甫诸人不得不任其责!”名士袁宏反驳：“运自有兴废，岂必诸人之过?”桓温讥讽道：“颇闻刘景升有千斤大牛，啖刍豆十倍于常牛，负重致远，曾不若一羸牸，魏武入荆州，以享军士。”（《晋书·桓温传》）其实，清谈与政治才能、政权命运并无必然联系，这本是不难理解的；而且，桓温本人亦为清谈名士，并以没有跻身一流清谈家层次而耿耿于怀。王导与殷浩共谈析理时，桓温、王濛、王述、谢尚都在座；王导与殷共相往反，遂达三更，其余诸贤都插不上话。最后王导叹道："向来语，乃竟未知理源所归。至于辞喻不相负，正始之音，正当尔耳！"次日桓温对人评说："昨夜听殷、王清言，甚佳。仁祖亦不寂寞，我亦时复造心；顾看两王椽，辄翣如生母狗馨。"（《世说新语·文学》）桓温参与清谈界是很自觉很投入的，只不过玄学造诣未臻高境，在军旅生涯中讥讽清谈名士，当有特殊语境而发。有意思的是，与王衍同为清谈领袖的乐广却显示出很高的政治才华。卫瓘赞誉乐广的名士风流："自昔诸贤既没，常恐微言将绝，而今乃复闻斯言于君矣。此人之水镜，见之莹然，若披云雾而睹青天也。"（《晋书·卷四十三·列传》）郗鉴则称誉其政治才能："彦辅道韵平淡，体识冲粹，处倾危之朝，不可得而亲疏。及愍怀太子之废，可谓柔而有正。"（《晋书·卷六十七·列传》）乐广是魏晋名士中既贵清虚又重世务者，且两者比较完美地汇集一身。乐广虽为名士，却有统一自然与名教的思想，故对名士们放诞行为并不认可，"是时王澄、胡毋辅之等，皆亦任放为达，或至裸体者。广闻而笑曰：'名教内自有乐地，何必乃尔！'"（《晋书·卷四十三·列传》）再如创建江左东晋政权的士人主体大多为元康时期的清谈名士，王导、王敦均好清谈，却开创了"王与马共天下"的政治局面，清谈与政治能力未必有直接的逻辑关系，清谈与误国之间更无因果关系。章太炎说"五朝所以不竞，由任世贵，又以言貌举人，不在玄学"（《太炎文录》卷一《五朝学》），的确是公正之论。近人容肇祖引述钱大昕《何晏论》和朱彝尊《王弼论》为何王澄清不白之冤，谓《论语集解》《周易注》《老子注》为"浮辞游说"，是实在不然的，"研究老庄诸子，不能为王、何罪，反足以见其研究学问不存先见的精神"；同时对钱大昕、朱彝尊为了洗清何、王之冤而移罪于嵇康、阮籍的做法表示反对意见，认为"嵇康、阮籍辈亦固不能任咎"，原因是"一则晋乱由于君位不得其人及任世贵，与清谈一辈无关"，"二则嵇、阮等，眼见司马氏之篡魏，耻为臣仆而又不可避免，故高居拱默以遗事为高，即不为晋用。三则当日礼法太拘。贾充、何曾一辈以佞谀取高位，而日谈礼法，嵇、阮的鄙弃礼法实有激而然，看嵇康《与山巨源绝交书》可见"[1]。钱大昕、朱彝尊虽然在替何晏、王弼翻案方面贡献很大，但是为整个魏晋玄谈名士辩护

① 容肇祖：《魏晋的自然主义》，东方出版社，1996，第8-9页。

则是容肇祖更深远的企图。然而，清谈是否导致误国，这个问题在此可以悬置起来不讨论，我们需要注意的是，不管清谈和政治之间关系是否匹配，都不能忽视一个事实，即魏晋士人既在学术思想方面构造了一个才性与玄理兼备的清虚世界，也在事功世务方面构造了一个或成功或失败的人生历程。

王衍出身于高门琅邪王氏家族，早年无意仕宦。泰始八年（272年），司马炎下诏命百官举荐镇定边疆之才，王衍好论纵横之术，故尚书卢钦举为辽东太守，但王衍未就任，只是沉浸在自己的学术世界里，“于是口不论世事，唯雅咏玄虚而已”。后来其父去世，“送故甚厚，为亲识之所借贷，因以舍之。数年之间，家资罄尽，出就洛城西田园而居焉”。应该说，这时期的王衍是超越世俗而追求精神自由的，尽力规避世俗生活对精神生活的侵扰。其步入仕途当有出于家庭利益考虑，后为太子舍人，还尚书郎，又出补元城令，终日清谈，而县务亦理；接着入为中庶子、黄门侍郎。至此兼营清虚和世务，且处理得很顺畅，可见还是有一定的政治才能的。随着清谈玄理才能的影响力扩散，自我认知也开始膨胀。史载王衍“既有盛才美貌，明悟若神，常自比子贡。兼声名藉甚，倾动当世。妙善玄言，唯谈《老》《庄》为事……朝野翕然，谓之‘一世龙门’矣。累居显职，后进之士，莫不景慕效。选举登朝，皆以为称首。矜高浮诞，遂成风俗焉”。就像一种行为艺术，王衍的名士风流获得朝野羡慕，所谓“矜高浮诞”的社会风尚尤演尤烈，贵清虚、尚无为的自然之道蔚成风俗。平心而论，王衍并非毫无政治和军事才干，比如永嘉二年（308年）五月，刘渊部将王弥进攻洛阳，王衍以司徒身份都督军事、持节、假黄钺，率军抵抗王弥军队，最终击退敌军并缴获大量辎重。但官位愈隆而仍不重世务，这就导致了后面的政治命运悲剧，其一世清誉被毁亦在情理之中。“衍虽居宰辅之重，不以经国为念，而思自全之计。说东海王越曰：‘中国已乱，当赖方伯，宜得文武兼资以任之。’乃以弟澄为荆州，族弟敦为青州。因谓澄、敦曰：‘荆州有江、汉之固，青州有负海之险，卿二人在外，而吾留此，足以为三窟矣。’识者鄙之。”（《晋书·卷四十三·列传》）遭到“识者鄙视”，是由于狡兔三窟的家族自保却不以经国为念的行为，如晋惠帝初年，贾后废愍怀太子，王衍之女为太子妃，他“惧祸，自表离婚”；再如被石勒所俘之后，他竟然“欲求自免，因劝勒称尊号”。这些出于自保的政治表演，看上去确实难避其误国之咎嫌。然而，王衍被推上政治舞台似有不得已之处，并非他自己主动积极钻营的结果，实在是末世朝政没有什么力挽狂澜的人才出来拯救乾坤；其狡兔三窟之外，尚有自知之明与勇毅之处，如永嘉三年（309年），朝廷封其为太尉兼尚书令，又为武陵侯，王衍多次辞让封爵，拒不受任，但“时洛阳危逼，多欲迁都以避其难，而衍独卖车牛以安众心”。永嘉五年（311年）三月，司马越去世，众人共同推举王衍为元帅，但王衍认为这时战争频繁，贼寇锋起，惧不敢当，就推辞说：“吾少无宦情，随牒推移，遂至于此。今日之事，安可以非才处之。”（《晋书·卷四十三·列传》）晋武帝之后，杨骏、贾南风、司马伦、司马冏、司马颙、司马越等人先后当权秉政，王衍等清谈名士只不过是装点摆设而已，并无实际掌控朝政命运之权势，西晋覆亡，政权移鼎，中原沦陷，乃历史必然趋势，偏要将误国责任替罪于“非其才而处之”的王衍身上，历史人物的悲剧意蕴不可谓不夹杂着某些荒诞因素。但是，撇开历史人物的是非成败和褒贬评议，我们还是可以了解到，政治因素总是不可避免地盘桓在魏晋士人阶层的生活当中，无论他们是有意地疏离还是无心地参与，事实上都卷进其中，有一种无可奈何的感觉。也可以说，正因为如此，士人阶层的精神世界才更加充满着矛盾性和丰富性，其理论和实践、才性和玄理、德行和福配之间的关系才具更为复杂的历史解释。

四、矛盾的丰富性：圆融的历史诠释

士族阶层基于自身门第经济实力，除保持着对文化话语权的热情追逐，对政治权力的欲望也保持着或强或弱的关系，随缘变迁。河内温司马氏替魏立晋，至太康年间，政权已经基本稳固，皇权与士族阶层的关系也已趋缓和而稳定，却不料乱自内而发，即著名的“八王之乱”。西晋的藩王政治制度本来是司马氏补救曹魏政权在中央事变时没有藩王援助的前车之鉴，分封了二十七个同姓藩王，既可进入权力中枢参与最高决策，又可通过持节，都督诸军事等方式，掌控边镇要地及统兵征伐，以维护司马氏的王朝统治政权，却酿成了诸王拥兵自雄乃至演变成问鼎中央政权的结果。藩王骨肉相残的斗争，使士族阶层壮大了政治影响力，并成为西晋军政危乱中最大赢家，为东晋门阀政治的确立和“王与马共天下”局面奠定坚实基础。“无论是出于何种原因和动机，那些在《世说新语》中挥麈谈玄、悠然恬淡的士族巨头，实际上也是当时政治舞台上叱咤风云的头面人物。这就是说，从曹魏时期开始，到东晋王朝止，士族文人在政治上既是最为热衷的追星族，又是政治权力的最大受益者。这就是我们从有关魏晋士族政治活动的正史记载中所得出的印象。”[①]“王与马共天下”的门阀政治格局一旦形成，意味着士族阶层与皇权势力基本平衡，琅玡王氏、郗氏、庚氏、桓氏、谢氏和太原王氏，先后主政，与司马氏共天下，最后司马王朝被刘裕北府兵覆灭。其间士族地位有升沉浮动，每个士族大宗都在经济、政治、文化、军事等领域扩建和增强实力，又自觉地维系一种动态的势力平衡。当然，“从宏观考察东晋南朝近三百年总的政治体制，主流是皇权政治而非门阀政治。门阀政治只是皇权政治在东晋百年间的变态，是政治体制演变的回流。门阀政治的存在是暂时性的过渡性的，它是从皇权政治而来，又依一定的条件向皇权政治转化，向皇权政治回归”[②]。

陈郡谢氏家族的崛起和衰落伴随着东晋后期历史。谢氏家族人物由晋至宋，屡受旧族大宗歧视，在跻身朝政顶层的过程中是付出了家族很多人物的心血的。大概从谢鲲一代开始，谢氏家族渐渐崛起。谢鲲多才多艺，由儒入玄，追随元康名士，“时王敦、谢鲲、庾敳、阮修皆为衍所亲善，号为四友，而亦与澄狎，又有光逸、胡毋辅之等亦豫焉。酣宴纵诞，穷欢极娱”（《晋书》卷四十三），南下后则与当世名士毕卓、王尼、阮放、羊曼、桓彝、阮孚、胡毋辅之等人饮酒放诞，呼为“江左八达”，终于获得了进入名士行列的必要条件。谢鲲改儒学玄后虽贵清虚，表面放荡不羁忘情物外，其实始终怀抱入世之心，还与其弟谢裒分工扩展家族影响力，他专职作名士，笃定主意不参与世务，以提升家族文化软实力为主要宗旨。但由儒入玄专职做名士无疑影响经营事功，明帝问他比起庾亮孰高孰低，他回答：“端委庙堂，使百僚准则，鲲不如亮。一丘一壑，自谓过之。”（《世说新语·品藻》）谢鲲很清楚，要将庙堂和丘壑融为一体是难以实现的。谢鲲葬于石子冈，说明其时不具备择地

① 宁稼雨：《魏晋士人人格精神》，南开大学出版社，2003，第127页。

② 田余庆：《东晋门阀政治》，北京大学出版社，1989，第345页。

为茔的条件，谢氏家族还没有成为顶级士族。其家族势力在后代谢尚兄弟时进一步升腾，主要是在桓温与朝廷对抗的过程培植了自己的力量。谢尚"善音乐，博综众艺"，出镇边境，颇有政绩；在配合桓温、殷浩的北伐中，获得了传国玉玺。他在镇守寿春时，又采拾中原乐人以备制太乐，史称"江表有钟石之乐，自尚始也"。谢尚出镇历阳，并任豫州刺史十二年，使陈郡谢氏得以列为方镇，成为屏藩东晋朝廷的一支非常重要的力量。可见，谢尚将"贵清虚"和"重世务"处理得比其父更加妥帖，其家族地位名望飙升。不过，谢尚之后，族兄弟谢奕、谢万都以清虚放诞为重，经纬世务的实际能力较为欠缺。谢万更是不得士情，"既受任北征，矜豪傲物，尝以啸咏自高，未尝抚众。兄安深忧之，自队主将帅已下，安无不慰勉，谓万曰：'汝为元帅，诸将宜数接对，以悦其心，岂有傲诞若斯而能济事也！'万乃召集诸将，都无所说，直以如意指四坐云：'诸将皆劲卒。'诸将益恨之。既而先遣征虏将军刘建修治马头城池，自率众入涡颍，以援洛阳。北中郎将郗昙以疾病退还彭城，万以为贼盛致退，便引军还，众遂溃散，狼狈单归，废为庶人。"（《晋书·卷七十九·列传》）失去豫州的依凭，谢氏家族位望严重受损，谢尚从弟谢安不得不东山再起，巩固谢氏家族的势位。

唐长孺先生《士族的形成和升降》论及士族盛门有两个条件，即"计门资"和"论势位"。谢尚、谢奕、谢万等族兄弟支撑门户时，谢氏家族势位无虞，谢安可以高卧东山，高标姿态以蓄门望，其实是静观时局伺机而动。他少年有重名，初辟司徒府，除佐著作郎，并以疾辞。"寓居会稽，与王羲之及高阳许询、桑门支遁游处，出则渔弋山水，入则言咏属文，无处世意。扬州刺史庾冰以安有重名，必欲致之，累下郡县敦逼，不得已赴召，月余告归。复除尚书郎、琅邪王友，并不起。吏部尚书范汪举安为吏部郎，安以书距绝之。有司奏安被召，历年不至，禁锢终身，遂栖迟东土。"（《晋书·卷七十九·列传》）如此高枕无忧地放情丘壑，是因为当时有家族人物在势位方面支撑着，谢安也许真有铁定只务清虚事业而不图世务，其镇安朝野的名士雅量集中体现了魏晋士族文人审美人生态度，想必也不完全是装出来的。但后为简文帝的司马昱根据谢安"每游赏必以妓女从"的行为，料定他决非永远对政治世务漠然处之："安石既与人同乐，必不得不与人同忧，召之必至。"安妻

（名士刘惔妹）“既见家门富贵，而安独静退，乃谓曰：‘丈夫不如此也？’安掩鼻曰：‘恐不免耳。’”（《晋书·卷七十九·列传》）这一诡秘的掩鼻动作，透露出胸藏仕进之志的真实内涵，只不过在等待最佳时机而已。司马昱的“同乐”“同忧”论，指出了谢安的人生安排是与家族甚至朝廷命运丝缕相连这样一个实质。谢安迫不得已最终出山任桓温司马时，“将发新亭，朝士咸出瞻送。高灵时为中丞，亦往相祖。先时多少饮酒，因倚如醉，戏曰：‘卿屡违朝旨，高卧东山，诸人每相与言：安石不肯出，将如苍生何！今亦苍生将如卿何？’谢笑而不答。”（《世说新语·排调》）又是一个诡秘的“笑而不答”，其心机虽深藏不露，人们还是能够从含蓄蕴藉中看出真实意图来的。又“时人有饷桓公药草，中有‘远志’。公取以问谢：‘此药又名小草，何一物而有二称？’谢未即答。时郝隆在坐，应声答曰：‘此甚易解：处则为远志，出则为小草。’谢甚有愧色。桓公目谢而笑曰：‘郝参军此过乃不恶，亦极有会’。”小草、远志之讽喻、谢安的愧色及桓温的评点，都说明谢安老谋深算的处世之道，既“贵清虚”亦“重世务”，力求将隐逸和事功双管齐下而涵盖殆尽。时人即已深明这种情况，淝水之战中关于谢安神情举止的史载文字尤其生动形象而洞烛幽微：“坚后率众，号百万，次于淮肥，京师震恐。加安征讨大都督。玄入问计，安夷然无惧色，答曰：‘已别有旨。’既而寂然。玄不敢复言，乃令张玄重请。安遂命驾出山墅，亲朋毕集，方与玄围棋赌别墅。安常棋劣于玄，是日惧，便为敌手而又不胜。安顾谓其甥羊昙曰：‘以墅乞汝。’安遂游涉，至夜乃还，指授将帅，各当其任。玄等既破坚，有驿书至，安方对客围棋，看书既竟，便摄放床上，了无喜色，棋如故。客问之，徐答云：‘小儿辈遂已破贼。’既罢，还内，过户限，心喜甚，不觉屐齿之折，其矫情镇物如此。”（《晋书·卷七十九·列传第四十九》）从容运筹帷幄的形象与“折屐齿”的细节由来，如此巧妙神奇地集于一身，历史鲜活感由此产生。谢安之矫情镇物寄寓着魏晋名士身上的家族重托和朝野瞻望，这些重托和瞻望使他们以“无用为心”，将谈玄论道的“隐”与经纶世务的“仕”巧妙地统合起来，实现双重人生态度的自如转换。桓玄曾问谢道韫：“太傅东山二十余年，遂复不终，其理云何？”谢答曰：“亡叔太傅先正以无用为心，显隐为优劣，始末正当动静之异耳。”“隐”和“仕”并无优劣之分，也不无本质矛盾，不过是同一事物的此一时彼一时的动静变化而已。这样看来，“贵清虚”和“重世务”这样一种本来乖谬背离的价值取向和双重人格境界，在以谢安为代表的魏晋名士身上对立统一起来，理论和实践之间的裂缝得到弥合，他们的精神实质得到了较为圆融的诠释。

篇　七

游移于情礼困境：魏晋士人阶层的人生哲学

魏晋南北朝学术思想的理论主题之一是探讨和处理名教与自然的关系，概括地讲就是围绕情礼之辨的这个中心问题展开。此期士人群体通过辨名析理，运用于人生行动指南，呈现出异彩缤纷的生命气质和心灵境界。对魏晋南北朝士人群体在言论、实践和信仰的不一致及复杂性，陈寅恪在《天师道与滨海地域之关系》文中感叹道："其行事遵周孔之名教（如严避家讳等），言论演老庄之自然。玄儒文史之学著于外表，传于后世者，亦未尝不使人想慕其高风盛况。然一详考其内容，则多数之世家其安身立命之秘，遗家训子之传，实为惑世诬民之鬼道，良可慨矣。"[①]他指出一个问题，即魏晋士人的言行与实际信仰之间存在很大的反差，反差之大有时显得不可调和。这从魏晋名士对清虚和世务依违两可的人生态度亦可看出。那么造成这种断裂的思想原因是什么呢？这种断裂有没有一种必然的合理性？

儒家哲学与道家哲学是中国古代士人阶层处理人生问题的两大不同的文明智慧，体现着不同的思维方式。正如卞敏所言：道家哲学寻求在并存状态中人与万物同为物的条件下的位置问题，从空间广延中首先看到事物之间千差万别的对立，看到任何具有规定性的具体存在都是有限

① 陈寅恪：《金明馆丛稿初编》，三联书店，2001，第44页。

的，有需要超越的局限性，由此寻找统一性的最高本质，寻根究底只能是抽象的“无”，“无”作为人生存与发展的最高根据，即为“自然而然”的自然人生观；儒家哲学不但承认世界的统一性原理在空间上的广延性意义，更加重视时间序列上的历史性发展意义，关注昨天、今天、明天之我的关系，在生生不已的历史发展序列中，人是最具体环节也是最高环节，人之所以为人之道，在于社会伦理关系。由于两者皆突出了人的主体属性，儒道两家具有共通性和一致性，都视自然为人伦基础，人伦是自然的最高发展，在对待“天人关系”方面都反对割裂，主张协调，天与人、天道与人道、天性与人性是相类相通的，而天道、天性即自然。魏晋玄学兼综儒道，在文化外观和思想内涵方面都走向融合，使儒道互补的文化态势基础确定，魏晋士人阶层的文化心理结构和人格基础也基本定型，这一定型深深地影响了此后的中国古代士人的安身立命之道的人格精神肌理和面貌。

一、问题线索：名教和自然的所指及辙迹

魏晋时期儒道兼综，从何晏、王弼“贵无”本体论到嵇康、阮籍“元气”自然论，到裴頠的崇有论，再到向秀、郭象整合“有”“无”之辨，士人阶层深入细致地探讨了政治问题、人生问题和精神境界问题，具体体现在名教与自然关系的对待方式。所谓名教者，“依魏晋人解释，以名为教，即以官长君臣之义为教，亦即入世求仕者所宜奉行者也。其主张与崇尚自然即避世不仕者适相违反，此两者之不同，明白已甚”（陈寅恪《金明馆丛稿补编》）。名教从政治观点的角度看，代表着整套官方顺利实施其统治的政治制度、价值体系和意识形态，对人的行为具有实际的约束力，发挥既成社会阶层秩序的功能，维系政治人伦和教化民心的作用。西汉大儒董仲舒倡导“审察名号，教化万民”，汉武帝把符合君主统治利益的政治观念、道德规范等“立为名分，定为名目，号为名节，制为功名”，用它对臣民进行教化，称“以名为教”。内容主要就是三纲五常，故也有“纲常名教”之旨意。两汉立名教之初，意在肯定自然与名教的关系，并希冀自然与名教能够保持一致性。故名教在长期历史发展过程中演变而成一整套政治制度、宗法制度、伦理道德及其思想观念，是维系“正名分”“定尊卑”之君主等级制度的道德与礼制

体系的总称。简约地讲，名教类同于礼教，即儒教，泛指整个社会人伦秩序。汉代名教兴起，通过“以名为教”的教化方式，培养“中人”（即普通人）好名的欲望，藉由“清议”或舆论的力量，使人们摒弃邪恶，不至于触犯法律而受刑法，从而维系君主统治秩序。但是，随着两汉“大一统”政治功能的弱化，名教日益异化及堕落，名教与自然的背离愈加突出，理想与现实、自由与道德、个体与社会的冲突问题越来越鲜明。礼教抛弃乐教的辅助，成为一种抽象的说教和形式主义的规范，这种教育已无法进入人的心灵。这种演变趋势，越到后来越严重，严重地束缚人性的健康发展。相当一部分士人把名教当成追名逐利之工具，也有一部分转向心灵旷达的任自然之途。

明代公安“三袁”之袁中道说：“名者，所以教中人也。何也？人者，情欲之聚也，任其情欲，则悖礼蔑义，靡所不为。圣人知夫不待教而善者，上智也。待刑而惩者，下愚也。其在中人之性，情欲之念虽重，而好名之念尤重，故借名以教之，以为如此，则犯清议，如彼，则得美名。使之有所惧焉而不敢焉，有所慕焉而不得不为。……好名者，人性也，圣人知好名之心，足以夺人所甚欲，而能勉其所大不欲。而以名诱，此名教之所设也。”（《珂雪斋集》卷二十《名教鬼神》）袁中道的名教观念人性底处之情欲的合理性和合法性，但情欲有所限制和规导，限制和规导依靠道德判断原则即“礼义”，而“礼义”的标准由君主统治制度体系中精英阶层士人们共同规定和维持。名教之所设，在于“夺人所甚欲”“勉其所大不欲”，自然与名教或情与礼之间实现动态平衡。所谓“自然”，就是“自然而然”、“自己而然”、“天然如此”的意思。老子《道德经》云：“域中有四大，而人居其一焉。人法地，地法天，天法道，道法自然。”又云：“功成事遂，百姓皆谓我自然。”“自然”所描述的就是“道”的不加任何强制、不依靠任何外在原因、自己发生、自己存在、自己演化、自己消灭的一种性质和状态。《淮南子·本训传》：“物有以自然，而后人事有治也。”推及人伦社会秩序，然后有至人之治：“心与神处，形与性调，静而体德，动而理通，随自然之性而缘不得已之化，洞然无为而天下自和，淡然无欲而民自朴，无机祥而民不夭，不忿争而养足，兼包海内，泽及后世。”王弼《老子指略》：“四象不形，则大象无以畅；五音不声，则大音无以至。四象形而物无所主焉，则大象畅矣；五音声而心无所适焉，则大音至矣。”自然就是无所预设、全不作意，顺利化生出一个绚烂世界，人们也只有在因任无为、纵心恣意的前提下，才能产生朝气蓬勃、美轮美奂的精神世界。自然是天地万物自足无为的本性，显示人的纯真本性；而名教是用来维系宗法等级制度的道德规范和人伦原则。如此一来，“自然与名教之辨至少关涉两个问题：其一，名教是否符合自然之理想原则而有其价值；其二，在名教中能否安置人的生命而使人的心灵获得自由”[①]。以这两个问题为线索，在自然与名教或者情与礼的纠葛挣扎中，魏晋南北朝士人的精神面貌有一个基本变化轨迹：正始时期以何晏、王弼为代表的“性其情”；竹林时期以嵇康、阮籍为代表的“任其情”；西晋时期以向秀、郭象为代表的“适其情”；东晋时期以谢灵运、陶渊明为代表的“畅其情”；南北朝时期以寇谦之、陶弘景为代表的“修其情”。士人精神侧重面由政治气质转向人生态度再进入精神境界，大致由现实性的呈现演变为超越性的追求。

二、人生选择：从才性之辨转向情性之辨

汉末董卓废帝擅权以来，群雄并起，割据集团林立，互相吞并征伐，大一统政权分崩离析，士人阶层的忠叛观念紊乱，无所适从，而深受儒家正统思想熏染的士人群体面对政统与礼教分离的社会现实尤觉苦闷彷徨，他们努力挽回儒家正统，甚至以个体生命尊严来维护伦理价值规范，但都付诸东流。“在天崩地摧的动荡时代，整个社会都面临着一个重新选择人生价值观念的问题。随着儒家伦理人格心理的分化，人格的重建定位已经开始，随之而来的是高扬个体、尊才重情的时代的到来。东汉刘劭《人物志》所代表的正是这样一个时代的先声。”[②]《人物志》以人为本体，以人的情性为基础，构成了一个人才论的理论体系，是成书于魏明帝时期的一部辨析和评论人物的专著。刘劭自序其撰著宗旨：“夫圣贤之所美，莫美乎聪明，聪明之所贵，莫贵乎知人，知人诚智，则众材得其序而庶绩之业兴矣。”可知，《人物志》的初衷是为选拔政治人才而作，是汉末以来的才性问题由经验层面进阶到理论层面，并

① 卞敏：《魏晋玄学》，南京大学出版社，2009，第104页。

② 刘月：《魏晋士人人格美学研究》，复旦大学出版社，2013，第26页。

推动魏晋理想人格模式的建构进程。在它之前，才性论已有发端，从《吕氏春秋》以至《淮南子》、董仲舒都遵循一条共同脉络，即顺天地阴阳气化的角度来讨论人性，认为阴阳两气凝聚形成人的性情，人的性情其实是阴阳两气凝聚状态，天人之间由此形成同理、同道、同构的相应关系，故应重视礼乐政教以调节教化生命性情，班固《汉书·古今人表》曰“因兹以列九等之序，究极经传，继世相次，总备古今之略要”，将之运用于现实政治社会的人物品鉴活动中。王充等人消解其中的天人感应的神学思想架构，对传统的儒学和汉代经学进行论难，甚至怀疑古经，公然挑战神圣的经典，敢冒天下之大不韪，体现了士人主扬主体性的批判精神，与魏晋士人的“任自然”“适性逍遥”的实践原则可谓前后响应；其《累害篇》中又提出：凡入仕宦有稽留不进，行节有毁伤不全，罪过有累积不除，声名有暗昧不明，才非下，行非悖，又知（智）非昏，策非昧也，连遭外祸，累害之也。此“累害”说，是对政治官员的德才素质的具体规定，较早地批判了汉代“察举”“征辟”之选官制度被世家高族垄断而名不副实的现状，曹丕撰著《士操》实施九品中正制或有不少的暗合。自三国魏晋以来，才性品鉴与选拔人才极受社会朝野关注。《人物志》“敢依圣训，志序人物，庶以补缀遗忘；惟博识君子，裁览其义焉”，提出品评人物的“九征”标准，形成一种人格审美论，涉及人格的外显特征、内在情性、言谈举止和境遇表现，突出了“人物之本，出乎情性”的人格本体，导向后来士人“任自然”之思想观念。稍后的钟会总结这时期关于才性的争论，在《四本论》里归结为才性同、异、合、离等四种。关于“才性四本”问题的史料很少，《世书新语》的相关记载一方面反映当时士族阶层无所适从的政治心理，一方面又显示出不同政治背景的士人之间的思想和现实的矛盾。“钟会撰《四本论》始毕，甚欲使嵇公一见，置怀中，既定，畏难，怀不敢出，于户外遥掷，便回急走。《四本》者，言才性同，才性异，才性合，才性离也。尚书傅嘏论同，中书令李丰论异，侍郎钟会论合，屯骑校尉王广论离。”（《世说新语·文学》）这里所描述的钟会惧怕嵇康的情节，似乎这些人不仅仅是思想观点的对诤攻难，可能隐微透露出人物之间更为复杂的深层矛盾。陈寅恪分析说：“王、李乃司马氏之政敌。其持论与曹孟德求才三令之主旨符合，宜其忠于曹氏，而死于司马氏之手也。”[①]那么，李丰之才性异与王广之才性离的观点，是曹操“惟才是举”政策的思想理论化；而钟会之才性合与傅嘏之才性同是司马氏名教操行论的思想理论化。嵇康无疑属于曹魏政治集团，与附身于司马政治集团的钟会、傅嘏自是道路相背。正始间，何晏、邓飏、夏侯玄欲交好傅嘏，可是傅嘏不予理会，对中间人荀粲说：“夏侯太初志大心劳，能合虚誉，诚所谓利口覆国之人。何晏、邓飏有为而躁，博而寡要，外好利而内无关龠，贵同恶异，多言而妒前。多言多衅，妒前无亲。以吾观之，此三贤者皆败德之人耳！远之犹恐罹祸，况可亲之邪？”（《世说新语·识鉴》）傅嘏的嘲讽是很尖刻无情的，用自己的道德操行攻击对方，具有实际的政治寓意。

最后的胜利方是名教德行派，当然这并不意味着以司马政权集团为中心的所谓名教德行派果真在才性方面实现了统一，将名教德行和自然性情统一了起来。同样，主张才性异离的失败一方也并不意味着完全漠视名教德行的重要作用。实际上，才性之辨本身蕴藏着魏晋时期的人格理论，才和性是人格的两种要素，而构成要素的内在成分及其关系是复杂多样的。才不仅仅指外在的政治才能，性不仅仅指内在的道德素养；才也可指向内在的自然禀性，性也可指向外在的事功才能。所以，“质性的阴阳、刚柔、动静，性情的喜怒哀乐，智性的思悟识学，才能的庸俊华实，态度的简、淡、任、通等等”，这些要素的不同组合，“构成了绚烂多姿的个体人格风貌和风度，具有了欣赏、品誉的资料和价值，从而显现出魏晋人对个体人格价值的肯定”（《魏书·钟会传》注引《王弼传》）[②]。而且，才性之辨的问题随着玄学本体化的进程渐渐转变成情性之辨的问题。如果说才性之辨涉及人格要素中的情感与理智两方面，那么情性之辨则主要涉及情感要素。王弼是主张“圣人有情”论的，“圣人茂于人者神明也，同于人者五情也，神明茂故能体冲和以通无，五情同故不能无哀乐以应物，然则圣人之情，应物而无累于物者也”；“夫明足以寻极幽微，而不能去自然之性”[③]。圣人与普通人都有五情，不同者在于圣人的情感能与本体之“无”的境界合一，所谓神明

① 《陈寅恪史学论文集》，上海古籍出版社，1992，第149页。

② 姚维：《才性之辨——人格主题与魏晋玄学》，人民出版社，2007，第92页。

③ 陈寿：《三国志传》，中华书局，1959，第795页。

能通“无”而情感能“无累”是也。“应物而无累于物”强调的不是要求人在道德实践上完全“不复应物”，强行消除人的情感欲望，相反是强调人要在道德实践上顺自然之性，达到以情通性的理想人格境界，归结起来就是“性其情”：“不性其情，焉能久行其正，此是情之正也。若心好流荡失真，此是情之邪也。若以情近性，故云性其情。”[①]“性其情”，即以“自然”来规定“情”这种人之成人的基本属性，而“自然”是“乃能与天地合德”的本体境界，其实与“道”“无”属于同一序列的概念；理想人格达到这个境界则能素朴寡欲而天人合一，所以说性其情则能久行其正。“情之正”的说法表现出儒家伦理道德的意味，也就是具有“名教”的意味，要使“情”遵行“名教”的基本道德维度和价值取向。“履正而应，处尊体巽，王至斯道以有其家者也。居于尊位，而明于家道，则下莫不化，父父、子子、兄兄、弟弟、夫夫、妇妇，六亲和睦，交相爱乐，而家道正。正家而天下定矣。”（《周易·家人注》）这样，“自然”与“名教”的关系就是，“自然”是本体，“名教”是情之正者，由本体而来；“情”以“自然为本”而具有“自然”的属性，人又应以“名教”标准来规范“情”，使“情近性”，此乃“性其情”。由此也可见，司马氏政治集团与名教德行派并不完全一致，王弼提出“名教本于自然”和“性其情”的主张，却也是现实历史环境中的一种政治伦理思想和制度设计，其强调“名教”与“自然”的一致性，旨在为名教的合理性寻找本体论根据，为挽救名教衰微谋求出路，也在客观上适应了魏明帝以来的重振儒学的需要。重振儒学，也就是重振名教，故其中的政治寓意不言而喻。到了竹林时期的嵇康、阮籍，由于残酷的现实政治斗争，名教和自然之间的裂痕越来越大，又由于竹林名士在事实上处于政治弱势方，故“名教本于自然”演进为“越名教而任自然”。这是一条符合历史逻辑的演变轨迹。

三、嵇志清峻：超越政治场域的批判精神

高平陵政变之后，曹爽被诛，政归司马集团，曹魏皇权危乎怠哉。名教与自然、情与礼之间的争论不仅代表着政治集团的矛盾关系，更简

① 楼宇烈：《王弼集校释·论语释疑》，中华书局，1980，第613页。

化为两大政治集团斗争的理论武器，并演化为鲜明的思想派别。陈寅恪评判说：“在当时主张自然与名教互异之士大夫中，其崇尚名教一派之首领如王祥、何曾、荀顗等三大孝，即佐司马氏欺人孤儿寡妇，而致位魏末晋初之三公者也。其怀着魏室，不趋赴典午者，皆标榜老庄之学，以自然为家。”[①]相比正始何、王重老学，竹林时期尤重庄学，也更突出了个体人格的绝对自由，甚至“在游离了道德上的善恶观念之后，于自然生命空明、澄澈的一面，确实有所悟入，从而以自身清逸之气的风流挥洒，展现为高贵俊逸的名士风度，蔚然而成一种典雅的生活情调”[②]。在嵇康、阮籍看来，“情”与“自然”在本质上是一致的，情即自然。这当然是出于批判彼时名教的虚伪性和礼的专制性而倡议的。嵇康《释私论》说：“夫气静神虚者，心不存乎矜尚；体亮心达者，情不系于所欲。矜尚不存乎心，故能越名教而任自然；情不系于所欲，故能审贵贱而通物情。”其《难自然好学论》则说：“六经以抵引为主，人性以纵欲为欢。抵引则违其愿，从欲则得自然。然则自然之得，非养真要术；廉让生于争夺，非自然之所出也。”嵇康所说的“欲”是指人性正常范围的欲望，“情”则是欲望的正常实现，而名教制度不符合人之情，甚至压抑了人之情，社会现实中种种人性之恶皆由名教引起，正如阮籍所揭示的名教之害，“竞逐趋利，舛倚横弛，父子不合，君臣乖离。故复言以求信者，梁下之诚也；克己以为人者，郭外之人也；窃其雉经者，亡家之子也；刳腹割肌者，乱国之臣也；濯菁华、被沆瀣者，昏世之士也；履霜露、蒙尘埃者，贪冒之民也；洁己以尤世、修身以明洿者，诽谤之属也；繁称是非、背质追文者，迷罔之伦也。诚非媚悦以容求乎，故被珠玉以赴水火者，桀纣之终也；含菽采薇，交饿而死，颜、夷之穷也，是以名利之途开，则忠信之诚薄；是非之辞著，则醇厚之情烁也”（《达庄论》）。由虚伪名教带来的人性扭曲不可胜纪，凡斯种种，均必须予以批判。《太师箴》通过赞美传说中的古代社会，对在名教旗号掩饰下的“竭智谋国”行为作了抨击。嵇康认为，“宗长归仁，自然之情”，君主的存在也是“自然之情”的产物，是为了帮助人类更好的生存而应运产生的，即所谓“君道自然，必托贤明，茫茫在昔，罔或不宁”。很明显，他对君主的资质表达了自己的看法，君主最根本的资质

① 陈寅恪：《陶渊明之思想与清谈之关系》，燕京大学哈佛燕京社，1945，第6页。
② 高峰等著：《玄学十日谈》，上海辞书出版社，2009，第75页。

就是要遵行“自然之情”；若无“自然之情”，则君主在实施其政时，“利巧愈竞，繁礼屡陈，刑教争施，夭性丧真”，用人为的规定作为价值判断标准，取代根据“自然之情”原始经验形成的价值判断标准，这是很危险的，只会导致“宰割天下以奉其私”的社会乱象。从中可以看出嵇康对只剩形式外壳的名教的批判精神，体现强烈的现实情怀。嵇康对名教的批判，未必是有意针对司马氏政治集团，而是针对更深广的对象，即对君主制度和权力本质的普遍思考。这一超越政治集团斗争的批判事实，“没有降低嵇康在思想史上的重要地位。因为思想的批判并不直接等同于现实的叛逆。思想的本质力量体现在它所具有的理性批判的能力上，而不是简单地对现实政治的否定”[①]。嵇康著作中对人的欲望的分析、对“声无哀乐”的阐发、对事物之理的重视、对自己思想的践行等，都足以确定他在中国思想上的重要地位。

嵇康乃曹魏宗室女婿，曾娶曹操曾孙女，官曹魏中散大夫，世称嵇中散，故在政治集团归属方面无疑偏向曹魏皇权集团。嵇康留给后世的历史形象仿佛是无惧权贵的斗士，尤以广陵散一曲余响，千百年来被人们传诵不已。嵇康本人无意仕途，只想归隐山林；或者说，他无意于凡俗角逐政治权力场的游戏而具备更深广的精神超越性，只想追求精神的绝对自由。可是处于政治圈中的一代名士也是身不由己的，尽管他并不对任何一派政治集团构成威胁。“目送归鸿，手挥五弦；俯仰自得，游心太玄；嘉彼钓叟，得鱼忘筌；郢人逝矣，谁可尽言。”（《四言赠兄秀才入军诗·第十四》）那种忧思不得孤寂无依的叹息声，在优游自得的身影背后回荡。史传嵇康“有奇才，远迈不群。身长七尺八寸，美词气，有风仪，而土木形骸，不自藻饰，人以为龙章凤姿，天质自然。恬静寡欲，含垢匿瑕，宽简有大量。学不师受，博览无不该通，长好《老》《庄》”（《晋书·卷四十九·列传》）。其宽简大量，师心傲物，有与生俱来的思想家气质，也有崇尚老庄讲求养生服食之道的熏习影响；其“越名教而任自然”的主张，不独是对现实世界的一种批评，而且是一种远离政治的生活方式的思想依据。故大将军司马昭欲礼聘他为幕府属官，他跑到河东郡躲避征辟；司隶校尉钟会盛礼前去拜访，遭到

① 童强：《一个文本的文体史与思想史解读——嵇康〈太师箴〉》研究》，载《文学评论丛刊（第10卷）》2008年第1期。

他的冷遇；同为竹林七贤的山涛曾推荐他做官，他作《与山巨源绝交书》，列出自己有“七不堪”“二不可”，坚决拒绝为官。嵇康注重养生之道并身体力行，性情温和，《世说新语·德行》记载其友人评价说：“与嵇康居二十年，未尝见其喜愠之色。”刘孝标注引《康别传》称：“康性含垢藏瑕，爱恶不争于怀，喜怒不寄于颜。”他平生愿望只是守着陋屋教养子孙，偶尔与亲旧叙阔而陈述生活琐事，再加浊酒一杯，弹琴一曲，认为游山泽观鱼鸟是乐事，一旦涉及官吏政事则大败生活兴味，“尝与向秀共锻于大树之下，以自赡给”，颇为自得于平淡闲逸却又富含自由情趣的生活状况。事实上，嵇康并不是反对真正的名教，对出于“自然之情”的正常的名教礼义他都要维护，比如努力效仿阮籍“口不论人过”，谨言慎行，告诫后代处事谦退，不拘泥于一般的是非争论，“小是不足是，小非不足非”；“若会酒坐，见人争语，其形势似欲转盛，便当无何舍去之”（《家诫》）。然而，一种行为，往往会产生多种解读，特别是处于政治权力斗争波浪中的标新立异之举。向秀曾叙述其与嵇康的友谊：“余与嵇康、吕安，居止接近。其人并有不羁之才。然嵇志远而疏，吕心旷而放。”（向秀《思旧赋序》）“志远而疏”、“心旷而放”，既可以解读为遗世独立风范，也可解读为对凡俗礼法之士不屑一顾，傲世不羁，不与权势合作。比如钟会陷害嵇康、吕安时，“言于文帝司马昭曰：‘嵇康，卧龙也，不可起。公无忧天下，顾以康为虑耳。’因谮‘康欲助毌丘俭，赖山涛不听。昔齐戮华士，鲁诛少正卯，诚以害时乱教，故圣贤去之。康、安等言论放荡，非毁典谟，帝王者所不宜容。宜因衅除之，以淳风俗’。帝既昵听信会，遂并害之”（《晋书·卷四十九·列传》）。康罹难之后，“海内之士，莫不痛之。帝寻悟而恨焉”。司马昭之悔恨当与钟会之反有关，两件事凑一块儿，使司马氏明白，对政权的真正威胁不是来自像嵇康之类的师心任气、空有风度的名士，晋代社会风气由此发生转变。晋武帝司马炎时期的社会政治环境表现出相当的宽宏大度：“苟言有偏善，情在忠益，虽文辞有谬误，言语有失得，皆当旷然恕之。”政策调整，思想放松，很快迎来文化上的繁荣景象，“太康中，三张、二陆、两潘、一左，勃尔复兴，踵武前王，风流未沫，亦文章之中兴也”（钟嵘《诗品》）。这种文化繁荣虽不被后人看好，但毕竟繁荣一时。

刘勰《文心雕龙·明诗》评说嵇康诗作是"惟嵇志清峻";《世说新语·品藻》有人品评"何平叔巧累于理,嵇叔夜俊伤其道",刘孝标注解"理本直率,巧则乖其致,道唯虚谈,俊则违其宗";《晋书》则以神话幻笔记述孙登的告诫:"至汲郡山中见孙登,康遂从之游。登沉默自守,无所言说。康临去,登曰:'君性烈而才隽,其能免乎!'康又遇王烈,共入山,烈尝得石髓如饴,即自服半,余半与康,皆凝而为石。又于石室中见一卷素书,遽呼康往取,辄不复见。烈乃叹曰:'叔夜志趣非常而辄不遇,命也!'其神心所感,每遇幽逸如此。"(《晋书·卷四十九·列传》)这里暗示,就嵇康而言,师心自得,逞才傲物,正是其才性生命的自然流露,用气为性,毕竟不像参禅悟道那样圆通无碍,尚未完全做到他自己所标榜的"越名教而任自然";其"非汤武而薄周孔"显然也暗含了一种政治姿态。"郗嘉宾问谢太傅曰:'林公谈何如嵇公?'谢云:'嵇公勤著脚,裁可得去耳。'"(《世说新语·品藻》)由是观之,嵇康的精神超越性还夹杂着某些非纯粹的现实因素,无怪乎东晋人士对嵇康风度仍持微词,认为其高情远致的精神领域还不足以达到绝对超迈的境界。

四、阮旨遥深:在情礼困境中的独立精神

阮籍是正始之音的代表,更是竹林名士的代表。刘勰《文心雕龙·明诗》评其诗为"阮旨遥深",说明隐晦是其诗歌的最大特点,而这个特点显然与其崇奉老庄之学、采取谨慎避祸的政治态度紧密相关。"阮籍的思想在抽象思辨方面稍逊色于何晏、王弼,也比不上嵇康的敏锐和犀利。但是阮籍把庄子所说的尽自己的力量在观念和实践层面上加以阐扬,他把以前玄学的主题诸如圣人的人格如何,通过庄子学说转移到个人人格上,增加其丰富的涵义和内容,使玄学打上深刻的、那个时代的烙印——玄远、飘逸、放达、超脱的背后蕴含的是痛苦、悲凉、感伤和期待。"[①]史传阮籍"容貌瑰杰,志气宏放,傲然独得,任性不羁,而喜怒不形于色。或闭户视书,累月不出;或登临山水,经日忘归。博览群籍,尤好《庄》《老》。嗜酒能啸,善弹琴。当其得意,忽忘形骸"。这

① 辛旗:《中国思想通史·魏晋南北朝隋唐卷》,武汉大学出版社,2011,第47页。

与嵇康极为相似，竹林七贤中也以他们二人最为心心相印。但嵇康温和放达性格中包含着俊烈的性格特点，其师心自用，公然蔑视权贵，于清逸中追求绝对的价值依托；而阮籍则在行动上表现得更为含蕴深沉，显示出趋利避害的本能应对。“籍本有济世志，属魏晋之际，天下多故，名士少有全者，籍由是不与政事，遂酣饮以为常。文帝初欲为武帝求婚于籍，籍醉六十日，不得言而止。钟会数以时事问之，欲因其可否而致之罪，皆以酣醉获免。”（《晋书·卷四十九·列传》）其全身远祸之举固然减损了嵇康式的俊烈，却更具有效仿性，为士林所追慕。

阮籍的自然观力图调和儒道两家，其《达庄论》说：“天地合其德，日月顺其光，自然一体，则万物经其事。”《通老论》则说：“道者，法自然而为化，侯王能守之，万物将自化，《易》谓之太极，《春秋》谓之元，《老子》谓之道。”儒道两家之“自然”的相通点在于“情即自然”，“人生天地中，体自然之形。身者，阴阳之精气也。性者，五行之正性也。情者，游魂之变欲也。神者，天地之所以驭者也”（《达庄论》）。阮籍同嵇康一样批判名教的虚伪和堕落，特别是《大人先生传》，笔意淋漓：“世人所谓君子，惟法是修，惟礼是克。手执圭璧，足履绳墨。行欲为目前检，言欲为无穷则。少称乡党，长闻邻国。上欲图三公，下不失九州牧。独不见群虱之处裈中，逃乎深缝，匿乎坏絮，自以为吉宅也。行不敢离缝际，动不敢出裈裆，自以为得绳墨也。然炎丘火流，焦邑灭都，群虱处于裈中而不能出也。君子之处域内，何异夫虱之处裈中乎！”文章以大人先生自况，以域中君子礼法之士喻裤中群虱，对腐化不堪的名教末流进行了嘲讽，指出名教乱象产生之缘由：“今汝造音以乱声，作色以诡形，外易其貌，内隐其情。怀欲以求多，诈伪以要名；君立而虐兴，臣设而贼生。坐制礼法，束缚下民。欺愚诳拙，藏智自神。强者睽视而凌暴，弱者憔悴而事人。假廉而成贪，内险而外仁，罪至不悔过，幸遇则自矜。驰此以奏除，故循滞而不振。”“今汝尊贤以相高，竞能以相尚，争势以相君，宠贵以相加，趋天下以趣之，此所以上下相残也。竭天地万物之至，以奉声色无穷之欲，此非所以养百姓也。于是惧民之知其然，故重赏以喜之，严刑以威之。财匮而赏不供，刑尽而罚不行，乃始有亡国、戮君、溃败之祸。此非汝君子之为乎？汝君子之礼法，诚天下残贼、乱危、死亡之术耳！而乃目以为美行不易之道，

不亦过乎。”与其隐晦深奥的诗歌相比，这篇文章算是直陈意见针砭时弊，激烈的讽刺和批判，其现实指向显而易见，似乎与阮籍平素性格不太一样，但《晋书》仍称“此亦阮籍之胸怀本趣也”。正如嵇康在温和中包含俊烈，阮籍也在隐晦中包含激愤，他可以在文字里自娱自乐，也可以在文字里直抒胸臆，将孤独、晦涩、骄傲、愤懑、痛快和忧伤尽显于瑰丽奇谲的文字里。他比嵇康幸运，“先生从此去矣，天下莫知其所终极。盖陵天地而与浮明遨游无始终，自然之至真也”。阮籍尽管鄙弃名教末流，却并不一概排斥儒家仁爱精神，对礼乐制度也是持肯定态度的，如他在《乐论》一文中就充分肯定孔子制礼作乐对于“移风易俗”的要性，认为“礼定其象，乐平其心，礼治其外，乐化其内，礼乐正而天下平”；“言天下治平，万物得所，音声不哗，漠然未兆，故众官皆和也。故孔子在齐闻韶，三月不知肉好。言至乐使人无欲，心平气定，不以肉为滋味也。以此观之，知圣人之乐和而已矣”。阮籍走的是调和儒家仁爱精神与道家自然无为、万物一体理论的路子，以“自然”为根本，仁爱即“自然”之体现；他抨击礼法名教末流，实是要进行深邃而激烈的拨乱反正。在调和“名教”与“自然”的关系方面，何晏和王弼承认现存名教的合理性，认为社会乱象丛生不是名教本身出了问题，而是人们在践行名教时发生偏差和扭曲，名教发挥调节社会秩序的功能被弱化甚至遮蔽了，解决方法是去蔽返本。嵇康和阮籍则对现存名教制度持予以否定，认为一切违背“自然之情”的名教都是虚伪的，不值得肯定，只有“万物反其所而得其情”方能重建名教存在的合理性。故嵇康和阮籍的理论旨趣，在于以理想境界反抗现实状况，重寻一个理想境界的名教社会。由此，士人阶层在对待情感问题方面已由何、王的“性其情”过渡到了嵇、阮的“任其情”，并将进入一个社会普遍重情的时代。

竹林名士以任情畅志为精神风度的基本内容，在探讨玄学理论之余则表现为饮酒纵放、蔑视礼俗的生活态度。他们以庄子的自然主义为本位来反名教，以“越名任心”、是非无措的态度遗世独立。“他们消极地反抗政治黑暗，以人性为尺度，欲望为准绳，衡量自然、礼法对人性孰更有益处，站在自然主义立场上对礼法名教挑战。他们对儒家的抨击与其说是理论上的，毋宁说更带有政治和情感的色彩。”[①]他们通过反其道而行之的方式表明自己的价值观和人生观。阮籍更是使气任性，表现出一种离经叛道的人格典型。比如《晋书·阮籍传》：“籍又能为青白眼。见礼俗之士，以白眼对之。常言‘礼岂为我设耶？’时有丧母，嵇喜来吊，阮作白眼，喜不怿而去；喜弟康闻之，乃备酒挟琴造焉，阮大悦，遂见青眼。”对礼法之士的白眼相待与对同道中人的青眼相待，是那么地直接无违和憎爱鲜明。正值母丧期间，无视名教的丧礼制度，若无其事地下棋决赌，若无其事地饮酒吃肉，若无其事地漠视名士裴楷前来吊丧，但这些违背名教礼制的言行举动其实蕴含着更为浓烈的孝子悲情：“既而饮酒二斗，举声一号，吐血数升。及将葬，食一蒸肫，饮二斗酒，然后吟诀。直言穷矣，举声一号，因又吐血数升。毁瘠骨立，殆至灭性。”（《晋书·阮籍传》）亲情孝道的灵魂完全灌注在本真的生命最深处。还有阮籍喝酒弹琴复长啸，得意时忽忘形骸，甚至即刻睡去，可谓“我醉欲眠君且去，明朝有意抱琴来”，如同他的《咏怀诗》“厥旨渊放，归趣难求”（钟嵘《诗品》），寄寓着饱含悲哀情调的生命意识，“忧时悯乱，兴寄无端，而骏放之致，沉挚之词，诚足以睥睨八荒，牢笼万有”（沈德潜《古诗源》卷六）；其诗如其人，“陶性灵，发幽思”，焕出“自然英旨”的真美人格魅力。恰如嵇康的超然风度无法复制模仿，阮籍的任诞放达也无法真正复制模仿，事例如“邻家少妇有美色，当垆沽酒。籍尝诣饮，醉，便卧其侧。籍既不自嫌，其夫察之，亦不疑也”。又如：“兵家女有才色，未嫁而死。籍不识其父兄，径往哭之，尽哀而还。”对阮籍而言，可以被史书评价为“其外坦荡而内淳至，皆此类也”；对模仿者来说，可能就要被视为酒色之情不可掩饰。又如阮籍“时率意独驾，不由径路，车迹所穷，辄恸哭而反”的行为，可以被视作苦闷内心的婉曲表达，“阮籍猖狂，岂效穷途之哭”；对效仿者来说，那就很可能是荒唐无聊的玩世之举。为什么呢？“就阮籍而言，这种浪漫性格自有其生命、情感之真挚和无奈；而到了当时名士那里，那种由‘逸气’直接发端于行为的放诞不羁，本身就不具有下面的价值指向，而只不过从负面表示一种逆反态度而已。这种倾向一旦流于形式，鱼目可以混珠，对社会风气的遗害非同小可。”[②]《世说新语·德行》记载元

① 辛旗：《中国思想通史·魏晋南北朝隋唐卷》，武汉大学出版社，2011，第49页。

② 高峰等著：《玄学十日谈》，上海辞书出版社，2009，第91页。

康时期的阮籍效仿者的行径："王平子、胡毋彦国诸人，皆以任放为达，或有裸体者。乐广笑曰：名教中自有乐地，何为乃尔也！"刘孝标注引《晋书》："魏末，阮籍嗜酒荒放，露头散发，裸袒箕踞，其后贵游子弟阮瞻、王澄、谢鲲、胡毋辅之徒，皆祖述于籍，谓得大道之本。故去巾帻，脱衣服，露丑恶，同禽兽。甚者名之为通，次者名之为达。"身为中朝名士的清谈领袖乐广讥笑是富有深刻意味的，阮瞻、王澄、谢鲲、胡毋辅等人并没有把握嵇康、阮籍的自然观的实质，只徒得其形式，而且元康名士混合了礼法派和自然派名士的后代，汇聚了一群在骄奢淫逸风气中成长起来的贵族子弟，他们本身也大多高据官位，效仿竹林风度多半出于"优游寄遇，不屑政事"，矫情效尤则导致无病呻吟，成为放达派；其中亦有一些名士努力弥合自然与名教的裂缝，从裴頠的崇有论到郭象的独化论，都旨在以"适性逍遥"的人生态度来实现名教中的自然乐地。

五、适性逍遥：失去超越性的独化论思想

史传说裴頠"深患时俗放荡，不尊儒术，何晏、阮籍素有高名于世，口谈浮虚，不遵礼法，尸禄耽宠，仕不事事；至王衍之徒，声誉太盛，位高势重，不以物务自婴，遂相放效，风教陵迟，乃著崇有之论以释其蔽"（《晋书·裴頠传》），其崇有思想的提出是为了纠正贵无派末流极端之弊，他本人其实也精通玄理，常与王衍、乐广等清谈高手激辩，获得"言谈之林薮"的雅号；故究其理论与实践，裴頠是玄学界尊崇名教的名士，他"竭力申明，务实依儒学，修身依老庄，用心良苦，犹如魏末才性名理派的钟会费力地扮演儒、玄、法各家的角色以求一展施政才华"[①]。在《崇有论》一文里，裴頠辨名析理，阐述宗极之道乃万物群有的根本，"有"即理的体现，万物群有是相互资生而存在的；他明确界定"理""有""资""宜""情"的依存关系，认为"识智既授，虽出处异业，默语殊涂，所以宝生存宜，其情一也"。他针对贵无派"空谈"之风，阐发无为而治并不是圣人治理天下的根本所在，积极有为，"训物垂范"，"斯则圣人为政之由也"。他看到竹林名士"越名教

① 辛旗：《中国思想通史·魏晋南北朝隋唐卷》，武汉大学出版社，2011，第56页。

而任自然”已导向情欲放纵无控的境地，“贵无”思想已导向“贱有”的境地，“贱有”的严重后果就是礼制的彻底崩溃和社会的极度混乱。“若乃淫搞陵肆，则危害萌矣。故欲衍则速患，情佚则怨博，擅恣则兴攻，专利则延寇，可谓以厚生而失生者也。悠悠之徒，骇乎若兹之衅，而寻艰争所缘。察夫偏质有弊，而睹简损之善，遂阐贵无之议，而建贱有之论。贱有则必外形，外形则必遗制，遗制则必忽防，忽防则必忘礼。礼制弗存，则无以为政矣。”在裴頠看来，贵无即贱有，贱有则必然一个人在行为规范上蔑视与放弃名教礼制的仪轨，名教礼制被放弃则必然有损现有政治和政权的稳固性。这里显见裴頠对名教礼制的自觉维护。但是，裴頠并没有否定“情”，而是认为人的情感应该在名教规范里得到满足，“择乎厥宜，所谓情也”，“人之既生，以保生为全，全之所阶，以顺感为务”，一方面要顺从人的自然情感，一方面要通过损欲来严控情感泛滥。这与贵无派乐广之“名教中自有乐地”的看法可谓一致。不过，裴頠在崇有的强调中走向另一个极端，他对贵无论思想的理解有偏差，认为名教之所以陷入困境乃玄虚贵无思想的漫延所致；他从万物依存关系来理解儒家名教礼法制度下的内圣外王之道，这就使他忽视了贵无的自然派对腐朽虚伪的名教礼制的批判意义，似乎颠倒了因果逻辑关系。裴頠的崇有思想并没有引起社会足够的重视，这与其理论停留在现象的表层而缺乏深层次的哲学探讨有关。裴頠积极参与社会政治事务，践履其崇有的理论主张，可惜并无助于扭转时风，自身也被赵王司马伦所害，崇有派因核心人物被杀而风流云散，同时贵无派的王戎、王衍等也被免职落难。元康之后旋即出现“八王之乱”，郭象的独化论思想应运而生。

何晏、王弼以自然为本建立起贵无论的思想理论体系，裴頠以名教为本提出崇有论的思想理论构想，两派各执一端，争论的问题其实都是有无之辨、自然与名教之辨，只是给社会开药方的角度不同。在对待人的情感问题上，何晏、王弼主张“无累于物、性其情”；嵇康、阮籍主张“情即自然、任其情”；裴頠主张“顺感损欲、宜情为政”；同为竹林名士的向秀则偏崇有论而主张“称情则自然、适其情”，在于折中有无两派的观点。向秀性格不同于阮籍、嵇康之超迈刚烈，不同于阮咸的放浪纵情，也不同于山涛、王戎的流俗圆滑，他有些随遇而安，曾入仕司

马政权，但“在朝不职，容迹而已”。向秀的《庄子注》在当时影响卓著，独秀于数十家注《庄子》而“莫能究其旨要”的学者群。《世说新语·文学》记载：“向秀于旧注外为《解义》妙析奇致，大畅玄风；唯《秋水》《至乐》未竟而秀卒。秀子幼，《义》遂零落，然犹有别本。郭象者，为人薄行，有俊才；见秀《义》不传于世，遂窃为己注；乃自注《秋水》《至乐》二篇又易《马蹄》一篇，其余众篇，或点定文句而已。后秀《义》别本出，故今有向郭二《庄》其义一也。”余嘉锡笺疏：“向秀《庄子注》今已不传，无以考见向、郭异同。《四库总目》一百四十六《庄子提要》尝就《列子》张湛注、陆氏《释文》所引秀义，以校郭注，有向有郭无者，有绝不相同者，有互相出入者，有郭与向全同者，有郭增减字句大同小异者。知郭点定文句，殆非无证。”关于向、郭《庄子注》的著作权问题，《晋书·郭象传》也有相似的记述，其中的是是非非大概很难明辨，盖因二人的观点极为相似，可以统称向郭合著。在《难养生论》里，他说：“有生则有情，称情则自然。得若绝而外之，则与无生同，何贵于有生哉?”生命和情感是相生相伴的，若把情感拒隔门外，则此等生命又有何珍贵之处？好荣恶辱，好逸恶劳，都由自然本性所生，天地最大的美德是赋予生命，圣人最大的珍宝是名位。没有比富贵更崇高的了，然则富贵，就是天地之情。“然则富贵，天地之情也。贵则人顺已行义于下；富则所欲得以财聚人，此皆先王所重，开之自然，不得相外也。又曰：富与贵，是人之所欲也，但当求之以道，不苟非义。在上不骄无患，持满以损敛不溢，若此何为其伤德邪？或睹富贵之过，因惧而背之，是犹见食之有噎，因终身不飧耳。”因噎废食当然是不可取的，向秀把人的生命活动、自然本能比作“求食”“思宝”，把“富贵”“荣华”称作自然需求，对嵇康《养生论》那种“修性以保神，安心以全身”“清虚静泰、少思寡欲”的自然观不太认同，而代之以“率性而自然”。率性而自然并不意味着认同元康名士的任诞狂放，“夫人含五行而生，口思五味，目思五色，感而思室，饥而求食，自然之理也。但当节之以礼耳”。节之以礼，说明向秀没有拒斥礼俗。在他看来，“生之为乐，以恩爱相接。天理人伦，燕婉娱志，荣华悦志；服食飧滋味，以室五情；纳御声色，以达性气。此天理自然，人之所宜。”天理人伦应该符契自然，换言之，向秀的主张已接近“名教即自然”的观点。

向秀的整个情感理论兼综儒道，称“情则自然”是顺着道家路径对道家自然观吸收和发展；“以礼节之”是体现儒家思想倾向。东晋谢灵运《辨宗论》评说“昔向子期以儒道为一”（《广弘明集》卷十八），这是中肯之见。贯通儒道是向秀的学术理想，《庄子》注阐发的“自生自化”玄理新义亦以此为宗旨。向秀在注释“逍遥”，认为要在世俗社会中抵达理想的逍遥境界，关键在于各任其性，各当其份；这样，“夫大鹏之是九万，尺鷃之起榆枋，小大虽差，各任其性。苟当其分，逍遥一也”（《世说新语·文学》）。大鹏飞翔于九万里高空是逍遥，抱榆枋即止的尺鷃也达到逍遥至境，凡人资于“有待”而逍遥，圣人“无待”亦非绝对遁世，只是能够“与物冥化”而适应任何物质环境。宇宙万物并无高下之分，只要各适其性，均能获得逍遥。自由逍遥只需性分自足、得其所待，凡人与圣人都可以“同于大通”。这种逍遥义的哲学基础是万物“自生自化”的道体思想，其对世俗名教的认同经过郭象的发展，便成为“身在庙堂心在山林”的士大夫处世人格理想。“康既被诛，秀应本郡计入洛。文帝问曰：‘闻有箕山之志，何以在此？’秀曰：‘以为巢许狷介之士，未达尧心，岂足多慕。’帝甚悦。秀乃自此役。”（《晋书·向秀传》）挚友嵇康和吕安被杀，向秀深受打击，可是随后被强召入仕，更难堪的是司马昭还恬不知耻地嘲问，向秀对此一剜心之问，效仿阮籍的《劝进表》，把司马昭比作尧舜，暗含讽刺。向秀的“名教即自然”是其立身处世方面的玄理展现，也涉及到社会政治实际环境，“各任其性”实际包含着沉郁的远离政治以全身养生的丰富内涵。他的思想在郭象的加工下，成为独化论的重要组成部分。

如果说向秀的独化论还有将名教和自然视作两物的痕迹，那么郭象已把名教和自然视作一物，是一物两面。郭象认为物各有性，所谓“性各有分”，“人之生也，可不服牛乘马乎？服牛乘马，可不穿落之乎？牛马不辞穿落者，天命之固当也。苟当乎天命，则虽寄之人事，而本在乎天也”；“天下莫不相与为彼我，而彼我皆欲自为，斯东西之相反也。然彼我相与为唇齿，唇齿未尝相为，而唇亡则齿寒。故彼之自为，济我之功弘矣，斯相反而不可以相无者也”（《庄子注·秋水注》）。言谓一切贵贱高低等级都是“天理自然”，“天性所受”，各安其天性则名教秩序安定，没必要“拱默乎山林之中”。郭象以为，所谓内圣和外王本为

一回事，庙堂无异于山林，系缚就是解脱，名教无疑也就是自然。因此，向秀、郭象援引道家思想对儒学进行哲学解释，具有玄学思辨特点；又“以儒家重世用、讲实际的精神改造老庄道学的玄虚性，使形上、形下相交通，既高蹈于‘逍遥’之境，又脚踏于‘名教’之域，其精神上的进退自如，正是中国传统的文人学子所企望的人生归途。这说明魏晋玄学关于名教与自然关系问题的讨论，至此可以告一段落了，这一场颇为漫长的‘对话’终告结束”①。魏晋士人也在这个时期为自己的行为找到了新的理论依据，“达生之情者不务生之所无以为，达命之情不务命之所无奈何也，全其自然而已”（《庄子注·养生主注》）；“物安其分，逍遥者用其本步而游乎自得之场矣。……使群才各自得，万物各自为，则天下莫不逍遥矣”（《庄子注·秋水注》），这种“适性逍遥”哲学思想落实到人生场面，则在客观上助长了任情放纵之风的蔓延，也诱导士人阶层投入名教礼制怀抱而附庸于政治势力，失去了士人精神力量的批判性，失去了士人精神世界的超越性。元康时期的贵游子弟矫情效尤，在名教和自然之间游移不定，结果既非名教中人，也非自然中人，只是根本无所准依的恣欲混世派。直至东晋谢灵运和陶渊明的出现，士人阶层的精神世界才重新灌注了生气；他们“畅其情”的人生价值取向，彰显了精神世界的审美属性。

① 高峰、雷海燕：《玄学十日谈》，上海辞书出版社，2009，第236页。

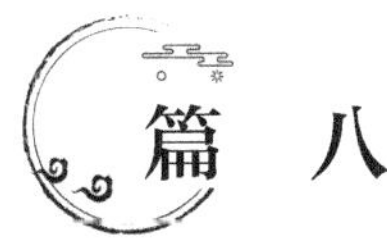

篇　八

理想人格：魏晋士人精神的道德询唤

魏晋时期的士人阶层较为普遍而深入地探讨了道德的本源和实践路径，探讨了道德水准与经济层次的关系、道德的最高准则及其评价尺度和规范体系，尤其在道德教养、人生意义、人生价值和生活态度等重大问题上付诸实践，形成了细致深邃的道德哲学理论，如同现代的伦理学，以人为中心议题，形成关于人生的哲学。在探讨形而上的道德哲学之际，魏晋士人阶层的精神世界呈现一种形而上的超越性，主体的人格气度也焕发出异彩缤纷的审美特征。当然，“在儒家的文化语境中，无论是政治问题还是审美问题，往往都被还原为伦理道德问题”[①]。儒学虽然自建安以来不再享有独尊地位，受到佛学、老庄道学的分鼎挑战，却仍然位居主流意识形态位置，玄学即为儒学的一个变种，成为此一时期的标志性学术思想，且玄学思想本身把伦理道德视作中心问题。此时士人阶层把道德问题和审美问题糅合在一起，构想出特定时代的理想人格。经由理想人格，建立起自身与真实生存境遇之间的想象性关系。若借用法国思想家阿尔都塞的说法，“意识形态一直就把个体询唤为主体”，“个体是一直就被意识形态询唤为主体的”[②]；则魏晋士人阶层热衷于道德哲学体系的建构活动，结果使得个体精神受到朝廷意识形态宣

① 李春青主编：《先秦文艺思想史》，北京师范大学出版社，2012，第8页。

② 阿尔都塞：《意识形态和意识形态国家机器》，载吴小丽、林少雄主编：《影视理论文献导读》，上海大学出版社，2005，第342页。

传实践的“询唤”；士人阶层自觉地去解释和创造“道德”的价值和意义，理想人格的设置，便是士人精神响应统治阶层意识形态国家机器询唤的产物。

一、《人物志》设置人格序列：政治人格渡向自然人格

设计和追求一种理想人格是中国古代士人阶层进行自我期许和设计的毕生事业。理想人格是士人阶层心目中道德完美典型和人格形象，是特定社会时期的道德理想的最高体现。其中，圣人就是一种道德修养臻至完美的人格境界，魏晋士人群体都构建了自己的圣人观念，并以圣人形象为标准而不断自我要求、自我敦促、自我完善，通往圣域。汉末魏初的政治人事理论主要是形名学，循名责实，按照官吏的名位来要求其履行相应职责；又检形定名，考察人的品行、才能以委任其特定的名位。刘劭曾出任考核地方官吏的“计吏”，参与编纂《新律》，受诏制定《都官考课》；受才性论者如傅嘏的质疑和批评后，其政治思想突破了形名学的藩篱，撰《人物志》开始探讨德性对整个人类生活的影响。“夫圣贤之所美，莫美乎聪明。聪明之所贵，莫贵乎知人。知人诚智，则众材得其序，而庶绩之业兴矣。”（《原序》）[①]刘劭认为，理想的君主是选官选材是否成功的基础。刘劭把德性规定为选官者和被选官者的必备素质和主导原则。他以偏材、兼材、兼德为分判，提供了一条关于人物评价的人格序列。低层级的是小人人格，“小人不知自益之为损，故一伐而并失”，又“矜功伐能，好以陵人”（《释争》）[②]，总是希望别人顺从自己，“欲人之顺已”，却不能忍受怨恨，故“内恕不足，外望不已”，显然是自我中心论的偏材者。上一层级是君子人格，在实践上推崇不争，对待他人能够“犯而不校”，深知“物势之反，乃君子所谓道”，故知屈之可以为伸，含辱而不辞，在卑让可以胜敌，更能够从严自律，“举不敢越仪准，志不敢凌轨等，内勤己以自济，外谦让以敬惧”（《释争》）[③]，如此则“君子诚能睹争途之名险，独乘高于玄路，则

① 刘劭：《人物志》，中华书局，2009，第2页。

② 刘劭：《人物志》，中华书局，2009，第150页。

③ 刘劭：《人物志》，中华书局，2009，第150页。

光晖焕而日新，德声伦于古人矣”（《释争》）[①]。此为兼材者。更高一层级是圣人人格，“五常既备，包以淡味，五质内充，五精外章，是以目彩五晖之光也，故曰：物生有形，形有神精，能知精神，则穷理尽性。”（《九征》）[②]此为具备中庸之质的兼德圣人，“著爻象则立君子小人之辞；叙《诗》志，则别风俗雅正之业；制礼乐则考六艺祗庸之德；躬南面则援俊逸辅相之材，皆所以达众善以成天功也。天功既成，则并受名誉”（《原序》）。[③]刘劭根据先天禀赋不同而将人格分成高、中、低三种，“三度不同，其德异称”，一方面，理想人格是完美的，五德完备；另一方面，现实个体人格价值也是应该肯定的。所以，刘劭划分人物类型的理论，其实也响应了魏晋人性觉醒、发挥个体才能、追求意志自由的时代心声。圣人这种理想人格代表了刘劭眼里的最高价值追求，其人格要素达到了最优整合。

刘劭在描述理想人格的境界时表现出援道入儒的倾向，将儒家的中庸、中和与道家的平淡、聪明结合起来：“凡人之质量，中和最贵矣。中和之质必平淡无味，故能调成五材，变化应节。是故观人察质，必先察其平淡，而后求其聪明。”（《人物志·九征》）[④]涵养成中庸与平淡境界之理想人格，能够与自然之道冥合，因为天道、人道相通，情理、事理、义理、道理亦无不相通。由于糅合了儒、道两家理论资源，道德以爱敬为本：“盖人道之极，莫过爱敬。是故《孝经》以爱为至德，以敬为要道。《易》以感为德，以谦为道。《老子》以无为德，以虚为道。《礼》以敬为本。《乐》以爱为主。然则人情之质，有爱敬之诚，则与道德同体，动获人心，而道无不通也。”（《人物志·八观》）[⑤]理想人格之圣人境界不易抵达，必须通过道德修养向它迈进，“及其进德之日不止，揆中庸以戒其材之拘抗”（《人物志·体别》）[⑥]，进德不止，学以入道，以老子的静观玄览和儒家的推让恭顺，达到功业和精神上的最高

① 刘劭：《人物志》，中华书局，2009，第161页。
② 刘劭：《人物志》，中华书局，2009，第18页。
③ 刘劭：《人物志》，中华书局，2009，第2页。
④ 刘劭：《人物志》，中华书局，2009，第11页。
⑤ 刘劭：《人物志》，中华书局，2009，第110-111页。
⑥ 刘劭：《人物志》，中华书局，2009，第26页。

境界。由此观之，“刘劭由儒家之中庸的最高道德境界，最终进入到道家的虚无的道的本体境界，从而开启了玄学之先河”[①]。也就是说，刘劭的《人物志》提示了道德的来源、实质、类型、功能及修养途径，树立了儒道观念互相结合的理想人格，虽然在很大程度上被限定在政治场域，却也意味着已经开始由政治场域转向关注、张扬个体人格价值的人生场域，是后来人们探索和树立自然人格典型的先导，是贵无论的道德哲学获得超越性的理论先声，而正是这种超越性使道德哲学获得审美基质，审美基质又使理想人格包蕴了美感形象。

进而言之，刘劭援道入儒的初期工作，“将对道德伦理的追求化为人格美的内有本质，将人格修养过程中的意志磨炼化为个体情感的审美愉悦，将种种外在的强制规范与内在情感的满足紧密结合起来，将那种人们自然心理中所拒斥的道德约束化为一种自觉自愿的社会心理倾向，使人在实现人格追求的过程中自觉地完成审美的理想”[②]。这是对原始儒家旨意的恢复，是针对新的时代问题提出的疗治方案，因为孔子把道德修养与审美修养始终融为一体，“兴于诗，立于礼，成于乐”，“尽善尽美”，“暮春者，春服既成，冠者五六人，童子六七人，浴乎沂，风乎舞雩，咏而归”，理想的人格和社会境界与审美追求一直是相伴相随的，只是儒术独尊后，经学一统天下，并与政权联袂，至汉末儒学僵化而士人的思想日益封闭陈腐，对原始儒家这种理想人格的追求也消解日尽，加上政局危乱世态炎凉，士人群体无所皈依，对异化了的名教礼制感到厌烦，都萌生从道德束缚中解放出来的需求。这种需求首先体现在高扬个体和尊才重情，突出彰显原始儒家伦理美学的一端，即审美的人生向度；其理想人格也与传统的圣哲形象有异，更多的是呈现自然人格的美学意蕴而非伦理的仪轨典范。

二、正始玄学的本体论建构：伦理人格和自然人格相倚互通

正始时期，何晏、王弼、夏侯玄、司马昭、荀粲等皆祖述老庄，立

① 姚维：《才性之辨——人格主题与魏晋玄学》，人民出版社，2007，第64页。

② 刘月：《魏晋士人人格美学研究》，复旦大学出版社，2013，第18页。

论以“天地万物以无为本”，以“无”为根本来构建伦理道德体系，都表达了自己对理想人格的观点。何晏主要在《论语集解》设想了一种君子人格，特征是“身无鄙行”，与“论笃者”“色庄者”并称为“善人”。何晏认为，“君子责己，小人责人”，君子总是自我反省且泰然大方，“君子自纵泰，似骄而不骄；小人拘忌而实自骄矜”（《子路集解》）[①]；他在描述君子人格时喜欢用小人人格来比照，“君子心和，然其所见各异，故曰不同；小人所嗜好者则同，然各争利，故曰不和”（《子路集解》）[②]。何晏强调君子人格的差异性和个体性，显示着“和而不同”的特色，并且即使身处浊世亦不改其气节：“大寒之岁，众木皆死，然后知松柏之少凋伤。平岁，则众木亦有不死者，故须岁寒而后别之。喻凡人处治世，亦能自修整，与君子同，在浊世，然后知君子之正，不苟容也。”（《子罕集解》）[③]。君子和凡人相比，在治世和平时代没有多大差别，差别是在浊世动荡时代，君子不苟且偷生，始终保持修整的节操。除了君子人格，何晏还提及圣人人格，但总体来说，他认为抵达圣人人格境界困难重重，“深远不可易知测，圣人之言也”（《季氏集解》）[④]；“以圣道难成，故云‘吾老，不能用’”（《微子集解》）[⑤]。圣道难成，因为“圣人与天地合其德”，“惟天知己”，普通人无法认知圣人，也就无法践履圣人之道，当然也无法涵养成圣人人格。何晏区分了三类人的三种人性：圣人无情，贤人有情任道，凡人任情。君子人格相当于贤人人格，是可以通过道德修养达成的。何晏其实是把理想人格落实到凡俗世间，为自然人格的培育设定了现实走向。就何晏本人而言，他热衷财富和权力，热衷奢靡生活，也在政治斗争中党同伐异，这与其道德哲学与道德实践看起来似乎有断层和矛盾，“何晏已经明确地将道、无、自然等形而上的观念确立为自己审视现实问题的基本原则，然而他同时又沿袭了天道优先于人性、人性的三重区分、忽略情感等传统观点，因而无法由人性自身来为道德原则提供普遍有效的论证”[⑥]。

① 程树德：《论语集释》，中华书局，1990，第939页。
② 程树德：《论语集释》，中华书局，1990，第936页。
③ 程树德：《论语集释》，中华书局，1990，第923页。
④ 程树德：《论语集释》，中华书局，1990，第1157页。
⑤ 程树德：《论语集释》，中华书局，1990，第1257页。
⑥ 尚建飞：《魏晋玄学道德哲学研究》，人民出版社，2013，第60页。

不过，强调“圣道难成”恰恰是何晏为自己的政治生活行为辩护，他自诩的只是君子人格。虽然在别人眼里未必达到君子境界，但是他自我确信是涵养成了君子人格；而且，在“如何实现人的本性”这个问题上，何晏的阐述是明确的：像贤人或君子一样任道任情，既遵循天道又尊重人性来对待社会人生问题。“远则袭阴阳之自然，近则本人物之至情；上则崇稽古之弘道，下则阐长世之善经。”（《景福殿赋》）[①]“规矩既应乎天地，举措又顺乎四时。是以六合元亨，九有雍熙。家怀克让之风，人咏康哉之诗。莫不优游以自得，故淡泊而无所思。”（《景福殿赋》）[②]只要人性遵循自然，社会秩序遵循天道，人们一方面能够拥有君子之德，一方面可以安享俗世之福，人们的生存状态优游自得恬淡无邪。可以看出，如同刘劭《人物志》初步兼综儒道思想，何晏进一步整合儒道的思路也是很明显的。

王弼则更加深刻地描述了“以无为本”的理想人格。在他看来，“无”特指无形无名的自然和道，自然即本性或天性，“道”即存在法则，而道法自然。王弼说：“夫大爱无私，惠将安在？至美无偏，名将何生？故则天成化，道同自然，不私其子而君其臣。”天道是一体的，道又与自然是同一的，则无、道、自然互相贯通无违。基于此，他讨论了圣人人格和大人人格，并指出其人格特征：“圣人达自然之性，畅万物之情，故因而不为，顺而不施。除其所以迷，去其所以惑，故心不乱而物性自得之也。”（《老子注·二十九章注》）[③]“大人在上，居无为之事，行不言之教，万物作焉而不为始，故下知有之而已。”（《老子注·十七章注》）[④]“行健不以武，而以文明用之；相应不以邪，而以中正应之。君子之正也……君子以文明为德。”（《周易注·同人卦注》）[⑤]这里的大人、圣人和君子其实是同类型的理想人格，且不像何晏眼里的圣人高不可攀，倒像是何晏眼里的君子，具有世俗情怀。比如“圣人通远虑微，应变神化，浊乱不能污其洁，凶恶不能害其性，所以

① 萧统：《文选》，上海古籍出版社，1986，第522-523页。
② 萧统：《文选》，上海古籍出版社，1986，第536-537页。
③ 楼宇烈：《王弼集校释》，中华书局，1980，第77页。
④ 楼宇烈：《王弼集校释》，中华书局，1980，第40页。
⑤ 楼宇烈：《王弼集校释》，中华书局，1980，第284页。

避难不藏身，绝物不以形也”（《论语释疑·阳货》）[①]。“圣人务使民皆归厚，不以探幽为明；务使奸伪不兴，不以先觉为贤。”（《论语释疑·泰伯》）[②]圣人既能坚守高洁气节，且能承担社会责任，这是有世俗关怀的表现。又如“居尊位，能休否道也。施否于小人，否之休也。惟大人而后能然，故曰大人吉也”（《周易注·否卦注》）[③]。“大人，体中正者也。通以正，聚乃得全也。”（《周易注·萃卦注》）[④]“全以巽为德，是以小亨也。上下皆巽，不违其令，命乃行也。故申命行事之时，上下不可以不巽也。”（《周易注·巽卦注》）[⑤]大人能够居安思危、把握生存环境，能够中正体得，能够因循世道，都是凡人可以效仿的。至于君子人格，王弼描述极为详尽：“君子以文明为德”；“君子以大壮而顺礼也”；“不在于位，最处上极，高尚其志，为天下所观者也。处天下所观之，可不慎乎？故君子德见，乃得无咎”（《周易注·观卦注》）[⑥]。“君子以言必有物，而口无择言；行必有恒，而身无择行。”（《周易注·家人卦注》）[⑦]“相临之道，莫若说顺也。不恃威制，得物之诚，故物无违。是以君子教思无穷，容保民无疆也。”（《周易注·临卦注》）[⑧]君子既能修身自养，更能担起教化保护民众的社会责任。在士人阶层对现实社会普遍感到失望和失落的时候，王弼的理想人格无疑发出了一丝亮光，提供了一个可以效仿的人格理想模型。

总体来说，何晏、王弼构筑了正始时期的伦理道德思想，主要着眼于“性”与“天道”的根本问题，树立了本体意义上的理想人格的典范。“这个根本问题下落于个体的人格生命，便是构成人的本质的内在性情如何达到和谐统一的问题；上溯于天道，则是一个关于宇宙终极本体的有无、本末的问题；而如果落实到人类生活于其间的现实社会，就是一个社会本体的问题，即现实的人类社会到底以什么作为其最高和根

① 楼宇烈：《王弼集校释》，中华书局，1980，第632页。
② 楼宇烈：《王弼集校释》，中华书局，1980，第626页。
③ 楼宇烈：《王弼集校释》，中华书局，1980，第282页。
④ 楼宇烈：《王弼集校释》，中华书局，1980，第444页。
⑤ 楼宇烈：《王弼集校释》，中华书局，1980，第501页。
⑥ 楼宇烈：《王弼集校释》，中华书局，1980，第317页。
⑦ 楼宇烈：《王弼集校释》，中华书局，1980，第401页。
⑧ 楼宇烈：《王弼集校释》，中华书局，1980，第311页。

本的原则才能实现社会全体成员之间的和谐的问题，亦即寻求人的现实生活的‘乐土’、‘乐园’或协调理想与现实的关系问题。”[①]这个时期的理想人格既有传统儒家名教的社会伦理型的人格痕迹，也有以“无”为天地万物共同本体的道家自然人格要素。换言之，伦理人格和自然人格、圣人人格和真人人格找到了相倚互通的根据。

三、“越名任心”的精神重荷：理想人格的崇高德性

到了竹林时期，曹魏集团与司马集团的政治矛盾斗争惨烈，过去的统合努力宣告失效，名教与自然的相通相依关系破裂，名教或自然都可能只是一个称呼或名义，实质的内容可能正是它的反面，也就是说，士人的人格越来越歧途分化，如同鲁迅在《魏晋风度及文章与药及酒之关系》所说：“魏晋时代，崇尚礼教的看来似乎很不错，而实在是毁坏礼教，不信礼教的。表面上毁坏礼教者，实则倒是承认礼教，太相信礼教。因为魏晋时代所谓崇尚礼教，是用以自利，那崇奉也不过偶然崇奉，如曹操杀孔融，司马懿杀嵇康，都是因为他们和不孝有关，但实在曹操司马懿何尝是著名的孝子，不过将这个名义，加罪于反对自己的人罢了。于是老实人如此利用，亵渎了礼教，不平之极，无计可施，激而变成不谈礼教，不信礼教，甚至于反对礼教，但其实不过是态度，至于他们的本心，恐怕倒是相信礼教，当作宝贝，比曹操司马懿们要迂执得多。”[②]阮籍和嵇康就是这种典型，他们打着“越名教任自然”的幌子进行人格实践，其实并没有割舍传统的儒家人格理想，他们把庄子式的人生理想运用于现实人间。他们的“任自然”也并非庄子逍遥自在的生存方式，实则有很多难以安宁的心迹的剖白，只因不愿看着名教被虚伪浊世毁坏；他们的“越名教”，实则是不愿违背自己的是非分明的天性而随波逐流。这些衷心隐曲体现在他们平淡而刚烈、从容而狂放的两重性格里面，也体现在他们设定的理想人格身上。

先说阮籍的性情论思想。“阴阳性生，性故有刚柔；刚柔情生，情故有爱恶。爱恶生得失，得失生悔吝，悔吝著而吉凶见。八卦居方以正

① 高华平：《魏晋玄学人格美研究》，巴蜀书社，2000，第84页。

② 鲁迅：《汉文学史纲要》，上海古籍出版社，2005，第68页。

性，蓍龟圆通以索情。情性交而利害出，故立仁义以定性，取蓍龟以制情。”（《通易论》）[①]这里的“定性”和“制情”要通过“立仁义”和“取蓍龟”，说明阮籍保留了对儒家名教传统的一片深情，因为两种做法都是为保证性情符合规律运作而形成的对策，经由制定仁义德目来制约“情”，使之返本性于正道。当然，“定性”和“制情”只是制约情感的过度放纵，而绝非残害性情本身：“夫守什伍之数，审左右之名，一曲之说也；循自然，小天地者，寥廓之谈也。凡耳目之耆，名分之施，处官不易司，举奉其身，非以绝手足，裂肢体也。然后世之好异者，不顾其本，各言我而已，何待旌彼。残生害性，还为仇敌，断割肢体，不以为痛；目视色而不顾耳之所闻，耳所听而不待心之所思，心奔欲而不适性之所安。”（《达庄论》）[②]对于过度的欲望和放纵的情感，阮籍是主张加以适当地制御的，这显示出王弼“性其情”的理论影响。基于此，在阮籍的理想人格谱系里，有大人先生、君子、圣人、至人四种类型，其中大人先生类型最为著名。在他看来，“圣人以道德为心，不以富贵为志。以无为为用，不以人物为事。尊显不加重，贫贱不自轻。失不自以为辱，得不自以为荣。木根挺而枝远，叶繁茂而华零。无穷之死，犹一朝之生。身之多少，又何足营”（《大人先生传》）[③]。圣人看透了人世，以自然无为之方对待人世的尊显贫贱生死得失，内心保持平静。阮籍学习圣人，把圣人的“玄真”作为保身修性的途径，他清醒地认识到“失真”行为给社会人生带来的危害：“是以作智巧者害于物，明著是非者危其身，修饰以显洁者惑于生，畏死而荣生者失其真。故自然之理不得作，天地不泰而日月争随，朝夕失期而昼夜无分。”（《达庄论》）[④]“真”显示的是自然之理，反真和守真既是圣人的特征，也是阮籍精神向往。大人人格则从宇宙变化运行规律体现出“与道俱成”“与道周始”的特征，“夫大人者，乃与造物同体，天地并生，逍遥浮世，与道俱成，变化散聚，不常其形。天地制域于内，而浮明开达于外。天地之永，固非世俗之所及也”。[⑤]“今吾乃飘摇于天地之外，与造化为友，朝飧汤

① 陈伯君：《阮籍集校注》，中华书局，1987，第130页。
② 陈伯君：《阮籍集校注》，中华书局，1987，第142页。
③ 陈伯君：《阮籍集校注》，中华书局，1987，第176页。
④ 陈伯君：《阮籍集校注》，中华书局，1987，第145页。
⑤ 陈伯君：《阮籍集校注》，中华书局，1987，第165页。

谷，夕饮西海，将变化迁易，与道周始。此之于万物，岂不厚哉！故不通于自然者，不足以言道；暗于昭昭者不足与达明。”（《大人先生传》）[①]大人与世不同，甚至与圣人不同，变化神微，应变顺和，以天地为家，超越一般的时空，超越一般的是是非非，超越俗世对他的一切评论，只是沿着自然无为的轨道而“默探道德”，绝不轻易改变自己的行为，努力保持人格形象的统贯一致。大人人格只在理想世界里“魁然独存”，与造化推移，缺乏现实生存的可能性，故成为阮籍“超越现实自我的具象，激活着超越的正是探求悖于世俗的‘道’和‘道德’的积极主动性”[②]。《大人先生传》另构至人人格，其特征为“不处而居，不修而治”，遵循日月阴阳的变化规律，自然无为地实施具体行为，能够“志得欲从，物莫之穷”，物质和精神都能得到满足，如此“又何不能自达而畏夫世笑哉”！“自达”，则能“不避物而处”，不像隐士一般“贵志而贱身”。阮籍是不赞同远离世俗社会的，在他看来，隐士们“抗志显高，遂终于斯，禽生而兽死，埋形而遗骨”，只不过是一种轻视自己的生命价值的逃避遁世的隐逸生活方式。由此亦可见，阮籍敢于直面“豺虎贪虐”“以害为利”的社会现实，他的猖狂，他的高蹈，他的隐秘痛苦，都是积极参与社会人生的表现，他不随波逐浪，也不避世逃匿，而是坚持自己的独立风度，顺应自己的自然本性，与世俗社会周旋。“夫然成吾体也，是以不避物而居处，所睹则宁；不以物为累，所悠则成。彷徉足以舒其意，浮腾足以逞其情。故至人无宅，天地为客；至人无主，天地为所；至人无事，天地为故。无是非之别，无善恶之异，故天下被其泽，而万物所以炽也。”（《大人先生传》）[③]至人对世态人情不加拒斥，而能友睦他人、成就他人，其践行的实际上是社会责任。阮籍独具特色的啸声里之所以包含着心灵的隐忧、苦闷和悲怆，就在于他难以卸掉或者不愿意卸掉的社会责任使之然。“可以说，至人的‘至’的理由就在‘不避物而处’和‘不以物为累’，这赋予至人人格最高和全部的价值，赋予了至人境界可达性的现实意义。换言之，尽社会责任和至人境界的现实可能性是至人人格的根本。”[④]这种至人人格在“默探道

① 陈伯君：《阮籍集校注》，中华书局，1987，第170-171页。

② 许建良：《魏晋玄学伦理思想研究》，人民出版社，2003，第205页。

③ 陈伯君：《阮籍集校注》，中华书局，1987，第173页。

④ 许建良：《魏晋玄学伦理思想研究》，人民出版社，2003，第207页。

德”“不与世同”的精神超越性方面，虽然比不上圣人和君子人格，却在担负社会责任和关怀现实人生方面更为可爱可亲。阮籍努力在现实与理想之间找到一个平衡的支点或统一的纽带，所以他的精神世界也常常在现实与理想之间来回游移，产生诸多心灵的痛楚和挣扎。

《晋书》等史传对嵇康的描写颇带几分传奇虚幻色彩，仿佛史笔所写的是一位神仙，大概与嵇康身兼道教中人有关。即便东晋以后的文学作品里，也是视嵇康为神仙式人物，如《文选》卷二一颜延之《五君咏・嵇中散》：“中散不偶世，本自餐霞人。形解验默仙，吐论知凝神。立俗迕流议，寻山洽隐沦。鸾翮有时铩，龙性谁能驯?”[①]不过，嵇康尽管修性养生，却并不蹈神仙宗教之迷狂，他也像阮籍一样，游移在自然与名教的两端，其人格精神兼容儒道的文化因素，其关于道德实践问题体现在养生、音乐、诗文里。在其《家诫》里，嵇康描述了“越名任心”的君子人格，“匹帛之馈，车服之赠，当深绝之。何者，常人皆薄义而重利，今以自竭者，必有为而作，鬻货徼欢，施而求报，其俗人之所甘愿，而君子之所大恶也”。[②]嵇康以是非善恶来规定公私概念，重义轻利、不求回报是君子所推重的善行，与常人的薄义重利是不同的。君子若认定一件善事则会言行一致、始终不渝地干下去：“若志之所之，则口与心誓，守死无二，耻躬不逮，期于必济。若心疲体懈，或牵于外物，或累于内欲，不堪近患，不忍小情，则议于去就，议于去就则二心交争，二心交争则向所见役之情胜矣。或有中道而废，或有不成一篑而败之，以之守则不固，以之攻则怯弱，与之誓则多违，与之谋则善泄，临乐则肆情，处逸则极意，故虽繁华熠耀，无结秀之勋，终年之勤，无一旦之功，斯君子所以叹息也。”[③]嵇康强调言行一致，强调处理好“牵于外物”和“累于内欲”二心交争的矛盾，使心的内外都获得平衡状态，大概是意有所指，即指向当时名教形式和内容的剥离，讽刺俗士表面明哲全身而实际谄媚轻薄、表面坚贞素朴忠孝节义实际唯利是图。嵇康的君子人格应该说是明显有儒家的德性内涵，“言无苟讳，而行无苟隐。不以爱之而苟善，不以恶之而苟非。心无所矜，而情无所系，体清

① 戴明扬：《嵇康集校注》，人民文学出版社，1962，第1008-1009页。

② 戴明扬：《嵇康集校注》，人民文学出版社，1962，第323页。

③ 戴明扬：《嵇康集校注》，人民文学出版社，1962，第325-316页。

神正，而是非允当。忠感明天子，而笃信乎万民。寄胸怀于八荒，垂坦荡以永日。斯非贤人君子高行之美异者乎”（《释私论》）[①]。联系友人所言“居二十年，未尝见其喜愠之色”的说法，君子人格的这些特征也正是嵇康自身人格追求的写照，他努力践行这种君子人格，判断是非善恶不以一己之标准来衡量，对君主百姓也讲忠信观念。他一再强调“忠感”和“明信”，是有感于仅仅依据外在形式来判断某人的行为和品质很难在实践中获得有效性，“故变通之机或有矜以至让，贪以致廉，愚以成智，忍以济仁；然矜吝之时，不可谓无廉；情忍之形，不可谓无仁；此似非而非是也。或谗言似信，不可谓无诚；激盗似忠，不可谓无私；此类是而非是也”（《释私论》）[②]。人们在践行名教中讲的仁义道德规范的情况是复杂多样的，包括那些恪守礼法规范、积极参与政务的士人，未必是真正想获得德性和自我完善，在大多数情况下是为其家族利益最大化而做出形式化的道德行为，故必须以变通眼光去明辨实察。“物情顺通，故大道无违；越名任心，故是非无措也。是故言君子，则以无措为主，以通物为美。言小人，则以匿情为非，以违道为阙。何者？匿情矜吝，小人之至恶；虚心无措，君子之笃行也。”“君子之行贤也，不察于有度而后行也。仁心无邪，不议于善而后正也。显情无措，不论于是而后为也。是故傲然忘贤，而贤与度会，忽然任心，而心与善遇；傥然无措，而事与是俱也。”（《释私论》）[③]嵇康用小人与君子进行对比，在对比中突显“匿情”之弊，“匿情”显然是表里不一、言行殊异、形质有别。君子的“不察”“不议”“不论”，其实就是“行不违乎道”“心无措乎是非”，也即不以世俗的功利矜伐之心去对待自然万物和社会人生。嵇康笔下还有一种更完美无缺而难以企及的至人人格，这种至人人格也像君子人格一样“不存有措”，顺性而行，他是不得已而临天下，但“以万物为心，在宥群生，由身以道，与天下同于自得。穆然以无事为业，坦尔以天下为公”（《答难养生论》）[④]。这样一种君臣无间、民众丰足的理想状态，也正是儒道两家的共同理想，当然也是嵇康期待“至人无为，归之自然”的现实效应。可见，嵇康的精神世界里

① 戴明扬：《嵇康集校注》，人民文学出版社，1962，第242页。

② 戴明扬：《嵇康集校注》，人民文学出版社，1962，第238页。

③ 戴明扬：《嵇康集校注》，人民文学出版社，1962，第235页。

④ 戴明扬：《嵇康集校注》，人民文学出版社，1962，第171页。

始终存着一份淑世忧民的热忱，尽管以超然闲逸的姿态面对社会人生，却仍然保持人格独立和坦诚，养生节欲，谨遵圣人君子的教化自我完善；像阮籍一样，“其实并不否认人伦规范、社会国家对于人生在世的价值意义，而且努力探寻一条既能消解功利化取向对人的诱导，又能够在世俗生活中成就优秀品质或德性的可行方案”[①]。总而言之，在价值虚无主义弥漫的正始时期、竹林时期，阮籍和嵇康构想了一系列具有崇高德性的理想人格类型，他们对本于自然任心的道德哲学的理解和阐述，客观上激发了士人重建名教价值体系的热情，更是深化和丰富了魏晋士人阶层的个体精神世界，使之焕发出人格美的感召力。

阮籍和嵇康构想的理想人格注重个体意愿的价值取向，现实感、历史感和哲学意识都很强烈，他们自己的道德践行和人格修养确乎让世人景仰不已，但由于其精神世界的批判意识和人生态度的超然脱俗，他们对于人生过程中的名教事功基本上是主动放弃，鄙弃仕途而醉心山林；他们虽然也曾勇于迎向“天下多故，名士少有全者”的现实社会，构建自己的济世理论，却多从精神自由角度去体味人生的幸福感。这种介入现实社会的方式“使他们养成超越有限事物而直取其本质意蕴的思维方式，从而将人生过程的名教礼仪理解为‘形’和‘象’，而将人生自由境界理解为‘神’和‘意’，因而水到渠成地产生‘得意忘象’、‘得意忘形’的人生态度”[②]。这就导致追随者们效仿其自然人格之时，由于缺少有效规范系统的引导，又未能领悟嵇康、阮籍的真实意图和价值理想，最终蜕变成放诞纵情人格形象，元康时期的名士放诞风尚就是一个实证：当时一些名士如阮瞻、王澄、谢鲲等人，继承嵇、阮思想中颓废的一面，嗜酒裸袒露丑恶，“或乱项科头，或裸袒蹲夷，或濯脚于稠众，或溲便于人前，或停客而独食，或行酒而止所亲”（《抱朴子·刺骄》）[③]，这样的行为皆有违自然人格本旨，只是追求表面形迹上的放达，却扭曲了自然人格的正面感召力，沦落到与其曾批判的虚伪名教人格相同性质的境地。

① 尚建飞：《魏晋玄学道德哲学研究》，人民出版社，2013，第112页。

② 宁稼雨：《魏晋士人人格精神》，南开大学出版社，2003，第508页。

③ 杨明照：《抱朴子外篇校笺（下）》，中华书局，1997，第29页。

四、道家化的儒家理想人格：独化论的道德相对主义

裴頠以正统儒者代表自居，对自然放达派的放诞纵欲深恶痛绝，大力肯定名教礼法对于社会人生的积极价值和正面导向，鼓吹现实等级制度的合理性，揭示贵无派自然人格的缺陷，借以批评斥责其对风俗政教的冲击性影响。郭象更以独化论的道德相对主义试图稀释自然与名教的紧张关系，以适性逍遥、自足其性的无为策略来对待国家和社会事务。郭象认为，"事得以成，物得以和，谓之德也"（《庄子注・德充符注》）[1]。"无不能生物，而云物得以生，乃所以明物生之自得，任其自得，斯可谓德也。"（《庄子注・天地注》）[2]德者，得也，郭象对传统以"得"释"德"方法改进为"自得"释"德"，则"知君臣上下，手足外内，乃天理自然，岂真人所为哉"。所以，郭象从崇有论的角度接受和改造了正始竹林名士的自然人格形象，构造了大人、真人、至人、圣人等四种理想人格。所谓大人者，"无意而任天行也……应理而动，而理自无害……从众之所为也。自然正直，外物不接于心……任物而物性自通，则功名归物矣，故不闻"（《庄子注・秋水注》）[3]。郭象对既定统治制度是顺从的，也听凭外物按自身本性运作，两者其实是一体的。"宽以容物，物必归焉。克核太精，则鄙吝心生而不自觉也。故大人荡然放物于自得之场，不苦人之难，不竭人之欢，故四海之交可全矣"（《庄子注・人间世注》）[4]，不为难别人，不竭尽他人的欢乐，给他以自得的最大机会，如此则众人信从。可知他的大人人格是"宽以容物"的。所谓真人者，"遗知而知，不为而为，自然而生，坐忘而得，故知称绝而为名也……不恃其成而处物先，纵心直前而群士自合，非谋谟以致之者也。直自全当而无过耳，非以得失经心者也……故夫生者，岂生之而生哉，成者，岂成者而成哉！故任之而无不至者，真人也，岂有概意于所遇哉！"（《庄子注・大宗师注》）[5]。真人人格明显具有道

① 郭庆藩：《庄子集释》，中华书局，1961，第215页。

② 郭庆藩：《庄子集释》，中华书局，1961，第425页。

③ 郭庆藩：《庄子集释》，中华书局，1961，第584-576页。

④ 郭庆藩：《庄子集释》，中华书局，1961，第162页。

⑤ 郭庆藩：《庄子集释》，中华书局，1961，第224-227页。

家风神，真人的行为始终在性分以内运作，对知识的获取是在无意中完成，以无功利之心去完成功利之行为，不以得失扰乱内心，一切讲究自然淡泊，不居功自傲，不低眉顺眼，尊重他人，也认可他人的价值观，大有一种宠辱不惊的姿态。所谓至人者，主要在对待“性命”“天道”“时运”等方面体现出随顺常足的态度，“是以至人无心而应物，惟变所适”（《庄子注·外物注》）[①]；“无己，故顺物，顺物而至矣”（《庄子注·逍遥游注》）[②]，至人不去激烈批判周遭事物，而是通过顺应事物发展的自然本性和规律来达成自己的最高价值目标。至人并非独善其身，而是有着与儒家士人同样的社会担当：“况之至人，则玄同天下，故天下乐推而不厌，相与社而稷之，斯无受人益之所以为难也”（《庄子注·山木注》）[③]；“至人以民静为安……百姓既危，至人亦无以为安也”（《庄子注·列御寇注》）[④]。至人的社会关怀与自我价值是同一体的，意味着郭象“名教即自然”的主张。所谓圣人者，其形不异凡人，与凡人一样遵循生理规律而生活；与凡人不同点在于受自然之正气而精神始终常全；圣人没有高高在上或远离人间，“圣人未尝独异于世，必与时消息，故在皇为皇，在王为王，岂有背俗而用我哉”（《庄子注·天地注》）[⑤]。郭象还认为，圣人游外与冥内兼通，即无论出世还是入世都能够随心所欲，游刃有余：“圣人虽在庙堂之上，然其心无异于山林之中，世岂识之哉！徒见其戴黄屋，佩玉玺，便谓足以缨绂其心矣；见其历山川，同民事，便谓足以憔悴其神矣；岂知至至者之不亏哉！”（《庄子注·逍遥游注》）[⑥]济世和归隐之界限在郭象的圣人人格中已消除掉了，这是对中国隐居文化的一种新鲜理解。在郭象看来，只要心中有田园山林，则举目无处不是田园山林；心若无田园山林，即使身处深山也安稳不住，真隐者是无为而无不为的，虽为亦忘记能为与所为；所谓朝野、市井、田园之分，本来就是多余的。东晋王康琚《反招隐诗》“小隐隐陵薮，大隐隐朝市；伯夷窜首阳，老聃伏柱史”的说法以

① 郭庆藩：《庄子集释》，中华书局，1961，第921页。
② 郭庆藩：《庄子集释》，中华书局，1961，第21页。
③ 郭庆藩：《庄子集释》，中华书局，1961，第693页。
④ 郭庆藩：《庄子集释》，中华书局，1961，第1050–1051页。
⑤ 郭庆藩：《庄子集释》，中华书局，1961，第448页。
⑥ 郭庆藩：《庄子集释》，中华书局，1961，第28页。

及魏晋隐逸风尚颇合郭象之意。这种玄冥独化论，其实也是在为士人阶层建立一个弥合各种行为的理论依据。

从表面上看，郭象的圣人人格兼综儒道出世和入世的品质，依据内心对现实的超越，来确证和深化自己在现实中的境遇感；但究其实，这种圣人人格仍然与儒家的“内圣外王”有很大差异，郭象圣人人格所设计的价值目标实际指向现实事务，圣人人格可以说是道家化的儒家人格。郭象设计的大人和真人这两类人格更多的是体现着对外在世界固有价值、尊严、观念等的肯定，至人和圣人这两类人格则更多的是体现着社会责任感和介入世俗生活的理念依据。裴頠、郭象的崇有思想本来是针对贵无派的弊端而发声的，但心愿与效果未必一致，且往往事与愿违，甚至批判的工具最终结果却是为批判的对象服务。比如裴頠激烈批判贵无自然派败坏道德风教之罪：“唱而有和，多往弗反，遂薄综世之务，贱功烈之用；高浮游之业，卑经实之贤。人情所殉，笃夫名利，于是文者衍其辞，讷者赞其旨，染其众也。是以立言藉于虚无，谓之玄妙；处官不亲所司，谓之雅远；奉身散其廉操，谓之旷达；故砥砺之风弥以陵迟。放者因斯，或悖吉凶之礼，而忽容止之表；渎弃长幼之序，混漫贵贱之级。其甚者至于裸裎，言笑忘宜，以不惜为弘士，行又亏矣。”（《崇有论》）[①]直指其虚无浮游、失职渎序、寡廉鲜耻，荒毁综世之政务，糟蹋功烈的典范作用，既败坏士林风节，带坏社会风气，更把名教礼制的道德等级秩序和日常伦理准则一并摧毁了。裴頠无疑是站在士家大族的立场阐发宏论，但是裴頠完全否定和抛弃“以无为本”这个时代共同话题，这对广大士族群体来说是难以接受的，这也难怪东晋的孙盛要讥评道：“昔裴逸民作《崇有》《贵无》二论，时谈者或以为不达虚胜之道者，或以为矫时流遁者，余以为‘尚无’既失之矣，‘崇有’亦未为得也。”（《老聃非大贤论》）[②]因为“虚胜”虽以谈某些抽象义理原则为高明，但仍旧未远离政治人伦的原理，只是经由抽象原理而进入宇宙本体的形而上学的领域，这与“名理”具有相同的理论旨趣。郭象当然也是站在士族立场上阐发自己的主张，却保留了“本无”的形式，也发挥了“自然”的形式，巧妙地把“越名教任自然”改造为“名

① 严可均辑：《全晋文》，商务印书馆，1999，第329页。

② 严可均辑：《全晋文》，商务印书馆，1999，第653页。

教即自然”，实质上转向了崇有论，借以维护名教观念和现实制度的合理性，时人以为郭象乃“王弼之亚”是颇有道理的。尽管郭象高出一筹，用等级观念限制了自然观念，使自然观念不向肆意妄为发展。然而，“本无”“玄远”既为时代共同话题，“名教即自然”反过来说就是“自然即名教”，则侧重点就变成“自然”，可以为一切“自然”行为辩护了。批判的理论最终演变成为其批判对象的理论依据了。

“西晋士人就是凭借着这样一种对‘自然’人格的追求，将‘自然’与‘名教’完全融二为一，取消了它们之间的所有分别；并进而通过个体内心的修养，达到仕隐如一，出处同归，解决了横在个体人格面前的个体与群体、理想与现实的矛盾，最终达到了一种完全是自己创造出来的安然自得的自由心灵境界。”①晋朝士族的经济、政治地位都很高，名门望族还追求并掌控文化特权，而文化特权有助于自由解释名门望族子弟的各种言行举止，包括任意释放他们的自然本性以及在世俗生活中的极端表现，均可以“自然即名教”为理论掩护。从传统儒家名教角度来看，这固然有负面的价值影响；但从审美文化角度来看，“自然即名教”鼓励士人群体自由实践着他们的美学人格。或者说，士人群体的种种行为都可以从美学角度进行合乎情理的解释，因为“自然”的内涵承担了一切的现实存在，士人所有的存在方式都找到了理论依据。竹林名士阮咸之子阮瞻的“将无同”三个字高度概括了这个时代的思想状况。“阮瞻天性清虚寡欲，自得于怀。读书不甚研求，而默识其要，遇理而辩，辞不足而旨有余。善弹琴，人闻其能，多往求听，不问贵贱长幼，皆为弹之。神气冲和，而不知向人所在。内兄潘岳每令鼓琴，终日达夜，无忤色。由是识者叹其恬澹，不可荣辱矣。举止灼然。见司徒王戎，戎问曰：‘圣人贵名教，老庄明自然，其旨同异？’瞻曰：‘将无同。’戎咨嗟良久，即命辟之。时人谓之‘三语掾’。太尉王衍亦雅重之。瞻尝群行，冒热渴甚，逆旅有井，众人竞趋之，瞻独逡巡在后，须饮者毕乃进，其夷退无竞如此。”②在阮瞻的精神世界里，贵贱长幼都无分别，只要率性而为即是自得于怀，口谈玄虚不婴世务与纵情释欲、胡作非为可以并存，名教与自然的冲突至少在理论上不再对立。这种理论的影响力直到

① 刘月：《魏晋士人人格美学研究》，复旦大学出版社，2013，第52页。

② 房玄龄编：《晋书》，中华书局，1974，第1363页。

东晋仍然盛行，邓粲《晋纪》记载：“王导与周顗及朝士诣尚书纪瞻观伎。瞻有爱妾，能为新声。顗于众中欲通其妾，露其丑秽，颜无怍色。”（《世说新语·任诞》）[1]查史传可知，周顗曾任荆州刺史，官至尚书左仆射，敢进忠言而被朝廷重用，天性宽厚仁爱遂被敬重。司徒掾贲嵩曾见而赞叹：“汝颍固多奇士！自顷雅道陵迟，今复见周伯仁，将振起旧风，清我邦族矣。”王敦叛乱之际，有人劝其避敦，周顗辞气慷慨回绝：“吾备位大臣，朝廷丧败，宁可复草间求活，外投胡越邪！”被捕时大骂不已，被戟刺伤胸口，血流至踵，颜色不变，容止自若，连观者皆为流涕（《晋书·周顗传》）[2]。如此风德雅重之士尚且如此放诞无忌，令人不可思议；王导亦为一时名相，发起或参与这类乐舞狎会活动，盖因自然与名教泯然一体之时风体现。由历时的线性描述和分析可知，魏晋士人阶层针对其具体的生存语境，主观上为安时处世计，设置心目中的理想人格，以应对价值失范的时代变局；客观上却是接受了“自然与名教如何权衡”这个社会主题的道德询唤，寻找一种进退自如的理论依据。究其实际，理想人格是魏晋士人阶层处理自我与境遇关系时虚构的想象性产物。

① 余嘉锡：《世说新语笺疏》，中华书局，2007，第872页。

② 房玄龄编：《晋书》，中华书局，1974，第1852页。

篇 九

魏晋士人精神的审美询唤

西晋末年，向秀、郭象《庄子注》盛行于世，其“名教即自然”“适性逍遥”的说法，将魏晋玄学之“贵无”“崇有”两派融通起来，甚得士人阶层由衷接受；士人群体由此获得一种理论支持，不必在儒家名教和自然天性之间游移不定、纠结不堪了。这样一种泯灭自然和名教界限的社会风潮，激起士人阶层追求独特人格的审美风范。

一、“身名俱泰”：士人群体的价值确证

富可敌国的石崇的豪言壮语恰可表达士人阶层共同的人生态度：“尝与王敦入太学，见颜回、原宪之象，顾而叹曰：‘若与之同升孔堂，去人何必有间。’敦曰：‘不知余人云何，子贡去卿差近。’崇正色曰：‘士当身名俱泰，何至瓮牖哉！’其立意类此。”①士人对身名俱泰的企求，意谓物质和精神都要富足，自然欲望和名教声望都要获取最大成就感。石崇可以说是一生都在践行他这个生活理念。他天资颖悟才能超群，二十多岁担任修武县令，颇有才名；入洛阳任散骑侍郎，又迁任城阳太守；太康元年（280年），石崇因参与伐吴有功，被封为安阳乡侯；他在郡任职时虽有职务，仍好学不倦，后又被拜为黄门郎；屡次升迁任

① 房玄龄：《晋书》，中华书局，1974，第1007页。

散骑常侍、侍中；再拜太仆，出为征虏将军，假节、监徐州诸军事，镇下邳。他在仕途方面算得上是颇为顺达得意，当然这顺达也与他擅长投机有关，史传其谄媚之情状："拜卫尉，与潘岳谄事贾谧。谧与之亲善，号曰'二十四友'。广城君每出，崇降车路左，望尘而拜，其卑佞如此。"[①]人格形象似乎显得卑鄙奸佞，为史家不齿，但"二十四友"是依附于鲁国公贾谧的文学和政治相结合的同道团体，著名人物有刘琨、陆机、陆云、欧阳健、潘岳、左思、挚虞等文章高手，而石崇的别墅洛阳金谷园是一个会聚地点，由此可见石崇的个人号召力和凝聚力，也可见石崇的文学才华和政治能力都是很不错的，不是一个简单的卑佞小人。支撑其身名俱泰的是厚实的经济基础，"财产丰积，室宇宏丽。后房百数，皆曳纨绣，珥金翠。丝竹尽当时之选，庖膳穷水陆之珍。与贵戚王恺、羊琇之徒以奢靡相尚"[②]。不仅如此，还任侠无行检，在荆州任上抢劫远使商客，致富不赀，大发不义横财。房玄龄综括其一生行状说："石崇学乃多闻，情乖寡悔，超四豪而取富，喻五侯而竞爽。春畦藿靡，列于凝沍之晨；锦障逶迤，亘以山川之外。撞钟舞女，流宕忘归，至于金谷含悲，吹楼将坠，所谓高蝉处乎轻阴，不知螳螂袭其后也。"[③]石崇是"士当身名俱泰"人格实践的典范，儒家传统的忠义廉洁、温柔敦厚等士人风节可以荡然无存，依附于任何一个强大的能庇护自身生命及荣华富贵的统治者就是最高的人生信念。

以文章著称的"掷果潘郎"潘岳，人格境界与石崇差不多，美姿仪，有容止，"二十四友"，潘岳为首，才华毫无疑问，优异出众；但"性轻躁，趋世利，与石崇等谄事贾谧，每候其出，与崇辄望尘而拜"；"构愍怀之文，岳之辞也。谧《晋书》限断，亦岳之辞也。其母数诮之曰：'尔当知足，而干没不已乎？'而岳终不能改"[④]。若纯粹从生存环境和生命意识来考察，士人阶层的人格分裂或多样化脸谱似乎完全可以找到历史缘由。

① 房玄龄：《晋书》，中华书局，1974，第1006-1007页。
② 房玄龄：《晋书》，中华书局，1974，第1007页。
③ 房玄龄：《晋书》，中华书局，1974，第1010页。
④ 房玄龄：《晋书》，中华书局，1974，第1504页。

心无所依，行无定准，士人阶层人格复杂性既是个体人生态度决定的，也是时代风尚造就的，“自然即名教”成为他们最名正言顺的托辞。不过，他们在追求身名俱泰的过程中也透露出一些温情脉脉的精神细节，比如潘岳具有非凡人气，爱美成癖，小名“檀奴”，因为他长得美，在后世文学史中，“檀奴”“檀郎”“潘郎”等都成了俊美情郎的代名词，这也算是魏晋士人审美意识觉醒很好的表征，这种审美表征摆脱了政治和道德的标签，张扬了魏晋人们对身体美的热烈追求。所以，从审美文化角度看，“自然即名教”的思想风潮，带动了审美思想的深入和普及，其独立超拔意识丰富了士人阶层的精神世界。司空图《冯燕歌》：“掷果潘郎谁不慕，朱门别见红妆露。”骆宾王《艳情代郭氏赠卢照邻》：“掷果河阳君有分，贯酒成都妾亦然。”韦庄《江城子》词：“缓揭绣衾，抽皓腕，移凤枕，枕潘郎。”另外，潘岳将上刑场与其母诀别“负阿母”之声亦显孝子之情诚；而与石崇在刑场的对话也大有两心相惜的温情在，“崇谓之曰：‘安仁，卿亦复尔邪！’岳曰：‘可谓白首同所归’”。其对妻子杨氏的忠诚和深情，凝聚在三首《悼亡诗》里，“如彼游川鱼，比目中路析”，情谊真挚，缠绵无尽，“潘杨之好”自此传颂至今。其留给后世的文学形象和美学形象都是很丰满艳美的。

被朝野称誉为“一世龙门”的王衍，既有盛才美貌，明悟若神，常自比子贡，兼声名藉甚，倾动当世，可谓名位俱全者。然而东晋名士庾翼对其颇有微词：“王夷甫，先朝风流士也，然吾薄其立名非真，而始终莫取。若以道非虞夏，自当超然独往，而不能谋始，大合声誉，极致名位，正当抑扬名教，以静乱源。而乃高谈庄、老，说空终日，虽云谈道，实长华竞。及其末年，人望犹存，思安惧乱，寄命推务。而甫自申述，徇小好名，既身囚胡虏，弃言非所。凡明德君子，遇会处际，宁可然乎？而世皆然之。益知名实之未定，弊风之未革也”[①]。批评王衍没有生活原则，既为名教中人却不思以静乱源，不好好从事政治实务以做吏治楷模，而是思安惧乱、寄命推务；既为清玄论道之人，却不能超然独往，珍惜名誉，而是助长奢靡享受之风。考其行迹，王衍确实有着很多不堪行为，如其女为愍怀太子妃，在太子为贾后所诬之时，王衍惧

① 房玄龄：《晋书》，中华书局，1974，第2044页。

祸，自表离婚；在得知太子被诬获罪，得太子亲笔书信却隐蔽不公告出来，致使太子被害。其贪生怕死之情与其玄谈名士雅望有着云泥之别、河汉之远；尤其不可思议的是，王衍兵败被石勒捕获后，“为陈祸败之由，云计不在己。勒甚悦之，与语移日。衍自说少不豫事，欲求自免，因劝勒称尊号”。视朝廷厚望和重托为可有可无之物，连石勒都为其毫无气节和人格的言行所激怒：“君名盖四海，身居重任，少壮登朝，至于白首，何得言不豫世事邪！破坏天下，正是君罪。”[①]王衍是一位实实在在把自然天性与名教事功混融一体的士人，在他的身上集中了太多的看似矛盾的性格特征。在追求实现自然生命价值的时代，士人阶层大多撇弃儒家传统的名利观念，公然袒露对荣华富贵的渴望。史传里的王衍对财富看得并不太重。其妻郭氏是贾后之亲，借中宫之势，刚愎贪戾，聚敛无厌，且喜欢干预人事，王衍疾恶郭氏之贪鄙，在郭氏面前“口未尝言钱”，而以“阿堵物”名之。这种姿态是否有表演的成分在？似乎未必就是表演，因为凭其家族名望及本人显位，奢侈生活早已不足为忧。情感表达可以很好地证明一个人的存在，此期士人阶层对情感的表达是略无顾忌的，体现出重情风尚。王衍亦然，如《晋书》传载：“衍尝丧幼子，山简吊之。衍悲不自胜，简曰：‘孩抱中物，何至于此！’衍曰：‘圣人忘情，最下不及于情。然则情之所钟，正在我辈。’简服其言，更为之恸。”（《世说新语》记成王戎事迹）[②]儒家要求情感适度表达，发乎情而止乎礼义，讲究的是理性节制；道家则根本主张“少私寡欲”，把生命情感全都淡化成“无”，超越生死悲欢，物物而不物于物，冷眼旁观着这个世界。王衍他们却将情感和欲望都毫无掩饰地宣泄出来，心里头压根没有儒家的教训，也没有道家超脱，只希求人的自然情感自由无碍地发出来。“情之所钟，正在吾辈”的宣告，简直是把情感当成人的本质规定性。

二、性情倾向和审美物象的融通互映

温峤曾问隐士郭文：“饥而思食，壮而思室，自然之性，先生安独

① 房玄龄：《晋书》，中华书局，1974，第1238页。

② 房玄龄：《晋书》，中华书局，1974，第1236-1237页。

无情乎?”郭文回答说:“情由忆生,不忆故无情。”[1]遁世的隐逸者可能追求道家式的极度克制的情感,而温峤们则主张“情感的自然流露”,呈现出“自然之性”。即如军旅名士桓温,也时时从外界风景变移而感叹时光无情流逝,所以“桓公北征,经金城,见前为琅邪时种柳,皆已十围,慨然曰:‘木犹如此,人何以堪!’攀枝执条,泫然流泪”[2]。这是对人生时光的感叹之情,是细水微澜式的心境呈现,也隐含着生命意识的细致化,与“士当身名俱泰”的呼声一样,是对生命自主性的吁求。桓温入蜀至三峡中,部伍中有人抓到一只小猿,母猿缘岸哀号,“行百余里不去,遂跳上船,至便即绝。破视其腹中,肠皆寸寸断”[3]。桓温知道这情状后大怒,罢黜其人。一介武人的心思竟然如此细腻多感,自当是一种移情效应已经在他内心激起。“从某种意义上说,正是由于对生命的重视,才导引出魏晋士人对于炽热情感的追求与执着。至此,情感不再是羞于启齿的隐私,或是淫邪丑恶的象征,相反却成了人性之美的符号。”[4]这种人性之美的标志性符号就是“一往情深”。一往情深可以发生在朋友之间、亲人之间、邻里之间、君臣之间甚至陌生人之间,也可以发生在人与自然山水之间、人与事之间、人与物之间。也许乱世的环境使人的心灵更加多愁善感,使人的情感世界更容易发生共鸣。尚书令王浚冲曾著公服,乘轺车,经过黄公酒垆时,转身对车客感慨:“吾昔与嵇叔夜、阮嗣宗共酣饮于此垆。竹林之游,亦预其未。自嵇生夭、阮公亡以来,便为时所羁绁。今日视此虽近,邈若山河。”[5]这是对昔日韶光的无限留恋和追怀,既念故友,亦是自悲岁月。“王长史登茅山,大恸哭曰:‘琅琊王伯舆,终当为情死!’”如果说桓温的情感是由宇宙人生之叹而激发,那么王伯舆的情感是为自身而叹。荀奉倩宣称“妇人德不足称,当以色为主”,并深深地爱着其妻,“荀奉倩与妇至笃。冬月妇病热,乃出中庭自取冷,还以身熨之。妇亡,奉倩后少时亦卒”[6]。应该说,这是爱美与重情完全融合一体的典范,珍重这种生死

① 房玄龄:《晋书》,中华书局,1974,第2441页。

② 余嘉锡:《世说新语笺疏》,中华书局,2007,第135页。

③ 余嘉锡:《世说新语笺疏》,中华书局,2007,第1015页。

④ 宁稼雨:《魏晋士人人格精神》,南开大学出版社,2003,第308页。

⑤ 余嘉锡:《世说新语笺疏》,中华书局,2007,第749页。

⑥ 余嘉锡:《世说新语笺疏》,中华书局,2007,第1075页。

相随的情感就是他们最高的人生价值。魏文帝曹丕装驴鸣祭别王粲则是君臣文友之间的深情体现："王仲宣好驴鸣。既葬，文帝临其丧，顾语同游曰：'王好驴鸣，可各作一声以送之。'赴客皆一作驴鸣。"[①]一个帝王如此不顾尊严脸面作出这番表现，此情此景，显示出人性的真美品质。"王子猷、子敬俱病笃，而子敬先亡。子猷问左右：'何以都不闻消息？此已丧矣！'语时了不悲。便索舆来奔丧，都不哭。子敬素好琴，便径入坐灵床上，取子敬琴弹，弦既不调，掷地云：'子敬，子敬，人琴俱亡！'因恸绝良久。月余亦卒。"[②]这是兄弟深情的典范，弹琴便是兄弟相语相知，真情和真美由此折射出来。士人阶层这种个体真实性情的反映，形成定型的社会惯性，而社会惯性又内化为士人阶层的情感体验，最终凝聚为类似于法国社会学家皮埃尔·布迪厄所言的"性情倾向"。这种性情倾向主导了此段时期的士人群体的精神世界。

士人群体的主"我"重"情"，颇有任自然的意味，这种任自然已经过滤了"任诞"，显示的是他们对于正常情感的率性抒发。他们还以一片赤诚的深情去对待自然山水，给自然山水注入了人的精魂，大有一种以物观物、物我交融的胸怀气象。所以，士人阶层的性情倾向与审美物象力求达到融通互映。比如那位被人称为颜回再世的羊祜，文才武略，秀外慧中，也是对生活怀抱深情之名士："祜乐山水，必造岘山，置酒言咏，终日不倦。尝慨然叹息，顾谓从事中郎邹湛等曰：'自有宇宙，便有此山，由来贤达胜士，登此远望，如我与卿者多矣，皆湮灭无闻，使人悲伤，如百岁后有知，魂魄犹应登此也。'湛曰：'公德冠四海，道嗣前哲，令闻令望，必与此山俱传。至若湛辈，乃当如公言耳。'祜当讨吴贼功，将进爵土，乞以赐舅子蔡袭。诏封袭关内侯，邑三百户。"[③]将个体生命放置于永恒山水宇宙之中，万千惆怅里回荡着自我生命的叹息声，真是一种美丽的伤愁，又是一种旷世之悲情，融进了传统的追求不朽的价值观念，比同时代人对"士当身名俱泰"的追求显得更有高情远致，与王羲之《兰亭集序》"向之所欣，俯仰之间，已为陈迹，犹不能不以之兴怀，况修短随化，终期于尽"的情感基调可谓异曲同

① 余嘉锡：《世说新语笺疏》，中华书局，2007，第748页。

② 余嘉锡：《世说新语笺疏》，中华书局，2007，第759页。

③ 房玄龄：《晋书》，中华书局，1974，第1020页。

鸣。据《世说新语》载："顾长康从会稽还，人问山川之美，顾云：'千岩竞秀，万壑争流，草木朦胧其上，若云蒸霞蔚。'"若没有对自然山水之美的体验和感悟，顾恺之估计就很难会提出"以形写神""迁想妙得""传神写照"等画论思想，其"三绝"雅号是水乳交汇，共同构成其追求精神超脱与豁达宽容的立世态度。魏晋士人的情真意深，造就其充满神韵的人格美之境界。这里的"真"非指物理形相之真，乃指士人的内在真性情，就是当时理论界共同关注和探讨的"自然天性"。把"任诞"过滤后的"自然天性"，不太在乎身份、地位、功名、利禄，日常生活之礼节、操守、准则也以本性情、真本质为底色，不刻意修饰、不矜持做作，"人生贵得适意"就是最率真畅情之事。故很多名士以其"自然天性"的呈露而留下历史的身影。王羲之在郗虞卿到家里选婿时"独袒腹东床，啮胡饼，神色自若"，创造了"东床快婿"的美谈佳话。王子猷雪夜访戴的故事，反映的是乘兴而为兴尽而止的原生态的自然天性；其爱竹如癖则将率真深情寄寓在审美物象里面，审美物象又反衬出一种纯真士人的执着精神。

三、佛玄合流：自然美中的"精神我"

及至东晋偏安江南渐渐安顿后，山河之异带来的心灵创伤很快就被自然美的发现和崛起给抚平了。士人的理想人格消磨了自然与名教之间的冲突和焦虑，加上佛学话语的审美意趣渗入士人阶层的日常生活中，佛教中的般若学改造了玄学，通过"非有非无"的中道观与"性空"论，彻底消除了玄学中的"有""无"概念的差别，泯灭了本体和现象的差别，建立了一种"物我俱一"的物我关系模型。"般若佛学极大地解开了人的心灵，解放了人的精神，将玄学的人格（自我）本体论转换为佛学的精神（心灵）本体论，使主体从有限自由的'人格我'上升为无限自由的'精神我'。这反映在审美文化、艺术观念上，则意味着在魏晋'缘情'论崛兴的同时，一种偏于畅神的、写意的审美思潮也将于晋宋之后的佛学语境中开始生成。"①被观照的客体由此也成为真正自由的客体，它随着主体自由性的获得也一并具有自由品格，不是喻体、背

① 仪平策：《中国审美文化·秦汉魏晋南北朝卷》，上海古籍出版社，2013，第179-180页。

景和外部媒介，而是呈现出审美化、情趣化、韵味化、空灵化的精神特征。《世说新语·言语》载简文帝入华林园，沉醉其中，顾谓左右曰：“会心处不必在远，翳然林水，便自有濠濮间想也，觉鸟兽禽鱼自来亲人。”所谓“想也”，即是简文帝的“精神我”与翳然林水、鸟兽禽鱼达到了默契沟通和会心交流的境界，天真的本性和良好的心态，使他自得其乐。“会心”应该是“精神我”与自然美互相交融的关键。僧肇《般若无知论》说：“内有独鉴之明，外有万法之实。万法虽实，然非照不得，内外相与，以成其照功，此则圣所不能同，用也。内虽照而无知，外虽实而无相，内外寂然，相与俱无。”[①]又其《物不迁论》说：“夫生死交谢，寒暑迭迁，有物流动，人之常情，余则谓之不然！何者?《放光》云：法无来去，无动转者。”[②]“精神我”主客两忘，物我俱一，真俗无别、内外相与，士人群体在品鉴自然山水的神韵时，也从中映照出主体自身的人格风流。

东晋张湛的哲学思想融合玄佛义理，适应了此期士人对生命的思考，“虚无”成为安身立命之所。张湛《列子注》构想了相应的理想人格，如《周穆王注》有“圆通玄照”的神人人格：“所谓神者，不疾而速，不行而至。以近事喻之，假寐一昔，所梦或百年之事，所见或绝域之物。其在觉也，俯仰之须臾，再抚六合之外。邪想淫念，犹得如此，况神心独运，不假形器，圆通玄照，寂然凝虚者乎?”[③]又如《仲尼注》有“居中履和”的圣人人格：“圣人居中履和，视目之所见，听耳之所闻，任体之所能，顺心之所识；故智周万物，终身全具者也。”[④]再如《黄帝注》有“与群俯仰”的至人人格：“向秀曰：变化颓靡，世事波流，无往不因，则为之非我。我虽不为，而与群俯仰。夫至人一也，然应世变而时动，故相者无所用其心，自失而走者也。”[⑤]三种理想人格兼容了玄、道、佛的思想因素，不滞于“有”，也不滞于“无”；既不重“内”，也不重“外”；即物而虚，即俗而真。可以看出，其理想人格的

① 张春波：《肇论校释》，中华书局，2010，第102页。
② 张春波：《肇论校释》，中华书局，2010，第11页。
③ 杨伯峻：《列子集释》，中华书局，1979，第94页。
④ 杨伯峻：《列子集释》，中华书局，1979，第133页。
⑤ 杨伯峻：《列子集释》，中华书局，1979，第76页。

设计思想，“既吸收了老庄以来有关冥内外、齐物我的思想，又融入了佛教般若学颇执论，尤其是《维摩诘经》中‘入不二法门’的思想，从而成为东晋时期许多士族文人的思维和处世方式”[①]。东晋士人满足于偏安东南一隅，不再以物质财富和奢靡生活来掩饰精神的焦虑感，不再以任诞纵欲来填充精神的空虚感，从国计民生的宏大叙事中逃避和解脱出来，而是力求营造“精神我”的心灵空间。“士人们很快接受了这一生活方式，并在这一思想的基础上发展成为对精神的刻意追求，对生命的内心世界的另一种体验。当这种刻意的追求在潜意识中定式化后，他们就逐渐演变成为对纯粹的心灵世界的精心营构，将人格的价值与追求逐渐引向审美的态度。”[②]玄学的“本无”“独化”，佛学的缘起性空，道家的超越物我，道教的神仙思想，形成士人阶层的共同旨趣，这种旨趣主动解构士人阶层社会性责任，却极力铺就士人阶层的纯美人生，从而深化了六朝士人主体觉醒这个时代主题，于自然山水之美的映照下成就一种美学人格。

士族文人运用圆通玄照、居中履和、与群俯仰、不二法门的思维方式，观照物我一体的周遭环境。《世说新语·言语》记王坦之等人聚谈：“王中郎令伏玄度、习凿齿论青、楚人物，临成以示韩康伯，康伯都无言。王曰：‘何故不言？’韩曰：‘无可无不可。’”[③]伏玄度和习凿齿两人各自举例欲争高下，而韩康伯不予评判，理由便是以无差别的“不二”态度来看待伏、习二人的争辩。又如，“竺法深在简文坐，刘尹问：‘道人何以游朱门？’答曰：‘君自见朱门，贫道如游蓬户’”。竺法深即出自琅琊王氏家族的王潜，师从名僧刘元真，渐渐改正了一般士族子弟习见的浮华性格，刻苦钻研了般若学的佛学理论。刘孝标注引《高逸沙门传》云：“法师居会稽，皇帝重其风德，遣使迎焉，法师暂出应命。司徒会稽王天性虚澹，与法师结殷勤之欢。师虽升履丹墀，出入朱邸，泯然旷达，不异蓬宇也。”[④]有道是朱门蓬户、红粉骷髅，全在一心。南渡之初，丞相王导曾是主张复兴大业者，在新亭饮宴时，座中有人慨叹

① 宁稼雨：《魏晋士人人格精神》，南开大学出版社，2003，第392页。

② 刘月：《魏晋士人人格美学研究》，复旦大学出版社，2013，第64页。

③ 余嘉锡：《世说新语笺疏》，中华书局，2007，第157-158页。

④ 余嘉锡：《世说新语笺疏》，中华书局，2007，第129页。

风景不殊而山河有异，引得诸人相视涕泪；王导愀然变色："当共勠力王室，克复神州，何至作楚囚相对？"[①]然而在政局稳定后，王导坚持的是绥靖宽政做法，有意模糊是非："丞相末年略不复省事，正封箓诺之，自叹曰：人言我愦愦，后人当思此愦愦。"[②]宽简务虚之作风，政事上如此，其实也在社会人事生活的诸方面得到士人阶层的普遍接受。朱门蓬户，无可无不可，东晋士族的仕隐兼修的人生态度和生活方式正是在此思想的理性支持下秉持和运行的。故老庄的"物我两冥"和般若学的"不二法门"在士人群体的言行举止中得到迎合反映，隐士皆无高低的评判，并行不悖而只有方式的分别。《世说新语·栖逸》讲："戴安道既厉操东山，而其兄欲建式遏之功。谢太傅曰：卿兄弟志业，何其太殊？戴曰：下官不堪其忧，家弟不改其乐。"[③]这种尊重多元价值观的人生态度，也是玄学"得意忘言"在佛道义理融通互渗情况下的新变，体现了东晋中后期士人阶层的普遍人格形象讲究神韵美的营建，讲究生命境界与审美境界的交融。

四、"万趣融其神思"：陶渊明的审美询唤

陶渊明无疑是"欲辨已忘言"美学人格的极佳典范。陈寅恪《陶渊明之思想与清谈之关系》评析道："渊明之思想为承袭魏、晋清谈演变之结果及依据其家世信仰道教之自然说而改创之新自然说。惟其为主自然说者，故非名教说，并以自然与名教不同。但其非名教之意仅限于不与当时政治势力合作，而不似阮籍、刘伶辈之佯狂任诞。盖主新自然说者不须如主旧自然说者之积极抵触名教也。又新自然说不似旧自然说之养此有形之生命，或别学神仙，惟求融合精神于运化之中，即与大自然为一体。"[④]陶渊明早年也有济世之志，曾五次出仕，均感"有志不获骋"而辞官归隐，躬耕田园，寄情山水，怀抱自然，将士族文人对于生命的觉醒在田园生活中实实在在地践履，在士族文人对于绮靡艳丽的追求中另标平淡质直之风，不带任何压抑和违心地实现了怀抱自然的理想

① 余嘉锡：《世说新语笺疏》，中华书局，2007，第109-110页。

② 余嘉锡：《世说新语笺疏》，中华书局，2007，第211页。

③ 余嘉锡：《世说新语笺疏》，中华书局，2007，第776页。

④ 陈寅恪：《金明馆丛稿初编》，上海古籍出版社，1980，第204-205页。

人格。钟嵘《诗品》评说："文体省净，殆无长语。笃意真古，辞兴婉惬。每观其文，想其人德。世叹其质直。至如'欢颜酌春酒'，'日暮天无云'，风华清靡，岂直为田家语邪！古今隐逸诗人之宗也。"[①]陶渊明以其亲身践履，对"任自然"作了新理解：它自然，不限于有意地疏离名教，不屈从于政治权势；更不等于要佯狂任诞地放纵人的生物本能；它不是激烈地与名教对抗，也不是逃避到山林保养形体；它其实是在任何生命境遇中都能不卑不亢，不做违心事情，与田园山水建立主客交融的深厚感情；自然，不只是身体安顿之所，更是精神依托之处。僧肇《涅槃无名论·奏秦王表》说："既曰涅槃，复何容有名于其间哉?斯乃穷微言之美，极象外之谈者也。自非道参文殊，德侔慈氏，孰能宣扬玄道，为法城堑？使夫大教卷而复舒，幽旨沦而更显。寻玩殷勤，不能暂舍。欣悟交怀，手舞弗暇。岂直当时之胜轨，方乃累劫之津梁矣。"[②]陶渊明的田园生活不是刻意伪装的，乃是一种我行我素的自然真性的寄寓；他与田园环境建立的物我关系不是主客对立，乃是"采菊东篱下，悠然见南山"的主客两忘、物我俱一的审美境界。陈寅恪认为陶渊明的思想是承袭魏晋清谈演变之结果，以及依据其家世信仰道教而改造成一种新自然说，这是很有道理的。

概而言之，陶渊明的精神世界里，一是有道家和玄学的因素，朱熹说"渊明所说者庄老，然辞却简古"[③]，其实"简古"本身是道家和玄学共同的表达风格。叶梦得《石林诗话》说"渊明正以脱略世故，超然物外为意，顾区区在位者，何足累其心哉"[④]，指出陶渊明本不欲以诗自名，但抒胸中所欲言，后人不可企及处正在于不为语言文字而作诗。"羁鸟恋旧林，池鱼思故渊"（《归园田居·其一》），回到人的自然本性的精神家园，是陶渊明的人生旨归；而"此中有真意，欲辨已忘言"（《饮酒·其二》）则体现出玄学"得意忘象"的思维特征；"怀良晨以孤往，或植杖而芸耔，登东皋以舒啸，临清流而赋诗；聊乘化而归尽，乐夫天命复奚疑"（《归去来兮辞》）。在玄道思想观照下的生死态

① 曹旭：《诗品集注》，上海古籍出版社，1994，第260页。

② 张春波：《肇论校释》，中华书局，2010，第173页。

③ 黎靖德：《朱子语类》，中华书局，1986，第3243页。

④ 何文焕：《历代诗话》，中华书局，1981，第434页。

度化解了生命短暂之焦虑，而充实的田园生活里亦能涵养虚极静笃的审美心胸，使陶渊明达到遗世独立、恬静自由、顺乎自然的至人境界。陶渊明的精神世界里，二是有传统儒家的安贫乐道、平淡中和的思想因素，真德秀《跋黄瀛甫拟陶诗》云："以余观之，渊明之学，正自经术中来，故形之于诗，有不可掩。《荣木》之忧，逝川之叹也；《贫士》之咏，箪瓢之乐也。《饮酒》末章有曰：'义农去我久，举世少复真。汲汲鲁中叟，弥缝使其淳。'渊明之智及此，是岂玄虚之士所可望耶。"[①]真德秀所举诗文都是儒家思想在陶渊明身上的反映，儒家思想中既有积极参与事功的社会责任意识，也有独善其身、知天乐命的自我修养意识。陶渊明身上更多的是冲澹平和、自得其乐的儒家人格。陶渊明的精神世界里，三是有佛教般若学的思想因素。《形影神》三篇兼容道家的虚静观和般若空观看待生命问题，"谓人最灵智，独复不如兹；适见在世中，奄去靡归期"（《形赠影》）；"此同既难常，黯尔俱时灭；身没名亦尽，念之五情热"（《影答形》）；"纵浪大化中，不喜亦不惧，应尽便须尽，无复独多虑"（《神释》）。形神之辨在佛教兴起后成为一个争论的问题，与陶渊明交游甚密的慧远就写过《形尽神不灭论》《佛影铭》，宣扬形灭神永恒存在的思想。陶渊明虽说未入佛门，思想也未必跟慧远相同，但他生活的佛玄合流正成为历史事实的时代，陶氏家族亦有礼敬佛教遗风，他思想活跃通达，居住于佛教文化圣地庐山脚下，长期与慧远等佛学修养深厚的名士交往，有意或无意地在诗文中表现出佛学思想。《形影神》可以说就是一个例子：顺应自然规律，不喜不惧，不忧不虑、超越生死。这种思想已经很接近佛学了。"借问采薪者，此人皆焉如？薪者向我言，死没无复余。一世异朝市，此语真不虚；人生似幻化，终当归空无。"（《归园田居·其四》）幻化和空无，即幻象和无实体，都是般若空观里的术语；此外，"流幻百年中，寒暑日相推"（《还旧居》）；"一生复能几，倏如流电惊"（《饮酒》）；"吾生梦幻间，何事绁尘羁"（《饮酒》）等诗句，表达的是陶渊明对人生的理解如幻如化，这与般若学的"缘起性空"说极为相通。慧远《大智论抄序》说："无性之性，谓之法性。法性无性，因缘以之生。生缘无自相，虽有而常无。常无非绝有，犹火传而不息。"[②]当然，陶渊明在接受各种文化资源

① 吴文治：《宋诗话全编》，江苏古籍出版社，1998，第7998-7999页。

② 释僧祐：《出三藏记集》，中华书局，1995，第390页。

时存在一个思想过滤的过程，恰如朱光潜《诗论》所言：“渊明是一位绝顶聪明的人，却不是一个拘守系统的思想家或宗教信徒。他读各家的书和各种人物接触，在无形中受他们影响。像蜂儿采花蜜，把所吸收来的不同的东西融会成他的整个心灵。”[①]陶渊明“欣然会意”各种思想，灌注于自我的人格建设中。他心灵的“桃花园”，一切任真自得，是天道合一的审美的人生境界。如同僧肇《不真空论》所言：“以名求物，物无当名之实；以物求名，名无得物之功。物无当名之实，非物也；名无得物之功，非名也。是以名不当实，实不当名，名实无当，万物安在。”[②]以名实来理解事物的存在以及事物之间的关系是毫无意义的，名和物本来就不是同一的。陶渊明也是这样来理解自然与名教的关系，恰如苏轼《书李简夫诗集后》所言：“欲仕则仕，不以求之为嫌；欲隐则隐，不以去之为高。饥则扣门而乞食；饱则鸡黍以迎客。古今贤之，贵其真也。”[③]不执着于名教，也不执着于自然，类似于佛学的不真空论，故反而显示出隐逸诗人之宗的真性情和真自然的美学人格。

及至晋宋之际，“庄老告退，而山水方滋；俪采百字之偶，争价一句之奇；情必极貌以写物，辞必穷力而追新。此近世之所竞也”[④]。刘勰所言“庄老告退”指的玄学渐渐地融进佛学里面并被替代，佛教的玄远境界、精致理论以及宗教神秘氛围，使士族文人不再单纯地探索社会人生的玄理，而是转向自然山水，排解现实苦难，寄寓精神。清谈、琴棋书画、诗文等雅事成为生活的重要内容。审美文化尚“清”旨趣在这个时代已经蔚为风尚，既是中国艺术精神中最显著的审美特征，也是士族群体理想人格最显著的特征。儒家的清高气节、道家的虚静胸怀、佛家的性空清净，成为士人化解现实苦难的途径和目标。“圣人含道映物，贤者澄怀味象”[⑤]；“圣贤映于绝代，万趣融其神思”[⑥]，在士人的精神世界里，形式美和神韵美巧妙地融通起来，惟务折衷，偏于善的价值观

① 朱光潜：《诗论》，三联书店，2012，第339页。
② 张春波：《肇论校释》，中华书局，2010，第57页。
③ 李之亮：《苏轼文集编年笺注》，巴蜀书社，2011，第373页。
④ 范文澜：《文心雕龙注》，人民文学出版社，1958，第67页。
⑤ 张彦远：《历代名画记》，浙江人民美术出版社，2011，第107页。
⑥ 张彦远：《历代名画记》，浙江人民美术出版社，2011，第104页。

念里融进了对真和美的价值观念的追求，这是时代风尚规训的结果，反映了士人阶层的精神世界对于审美趣味的询唤。

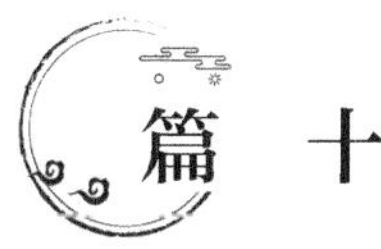

篇　十

文艺批评的拟社会化机制及审美法则定型

魏晋南北朝的社会品评随时序发生功能移转，经由道德素养移至政治清议再转向审美旨趣；文艺批评体系随之体现出拟社会化特征，其客体论和主体论也初建起来。此期的文艺批评活动借鉴社会品评之“取象比类”思维方式，形成具体的“比兴象喻”批评法，并分流出重视感性审美体验的《诗品》“直寻”模式与追求客观公正效果的《文心雕龙》“妙鉴”模式。《诗品》遂构建起一个诗人社会，在批评史上对后代诗话、词话、曲话的形成有内在的影响；《文心雕龙》把社会品评的道德标准转换成了艺术标准，正是文艺批评走向自觉成熟的表现。

此期社会品评有其独特的文化传统，主要的品评对象和内容从人物品藻到自然山水品赏，再到文学艺术品鉴；其品评维度大致经由道德素养到政治才能，再转向审美旨趣；社会品评形成了一些重要范畴，如“清”“逸”“雅”“通”“丽”“简”“达”“秀”等；也形成多样化的标准，如“自然”“滋味”“缘情”“绮靡”“清刚”“传神”；品评焦点从质到形再到神。中国古代品评风肇始于汉前，成熟于汉魏，兴盛于六朝，发挥于隋唐以后；各个阶段的政治语境、社会思潮和审美观念等都会影响社会品评机制的生成和文艺品鉴标准的变化。就文艺品鉴风气的形成来说，其渊源主要来自人物品藻传统与自然山水品赏时风。

一、社会品评模式及其功能移转

东汉桓灵时期的社会品评主要是政治清议，对应当时的政治气候，反映士风的变化情况。从汉高祖至汉末，士风由汉初的轻死重气而任侠成俗发展到汉武帝时期的崇尚儒学而党同伐异；再演变成王莽时期的追慕隐逸而保身怀方，最后变成桓灵时期匹夫抗愤而处士横议。也就是说，桓灵时期士人所处的政治环境比以前更加恶化，“主荒政缪，国命委于阉寺，士子羞与为伍，故匹夫抗愤，处士横议”；而清议的具体指涉，“乃激扬名声，互相题拂，品核公卿，裁量执政，婞直之风，于斯行矣”（《后汉书·党锢列传》）。士人阶层激扬的名声就是政治人物的道德操行，品核公卿、裁量执政则是直接干预朝政的政治活动。士人阶层通过清议运动涵养成刚正不阿的士林风气，其公议力量是很大的，“是时太学生三万余人，皆推先陈蕃李膺，被服其行。由是学生同声，竞为高论，上议执政，下讥卿士，范滂岑晊之徒，仰其风而扇之。于是天下翕然，以臧否为谈，名行善恶，托以言：‘不畏强御陈仲举，天下模楷李元礼。’公卿以下皆畏，莫不侧席”。（袁宏《后汉纪》卷二十二）。当时陈蕃是三君之冠，王畅、李膺是八俊之首，郭林宗、贾佳节是太学诸生之冠，他们共同构成了汉末清议运动中的领袖力量。士林清议采用风谣形式对朝野人物进行褒贬，而风谣大多数是韵语，其政治性能有一个变化过程。起初是豪门党人之间的清议，如“天下规矩房伯武，因师获印周仲进”，讲的是甘陵周福曾授学桓帝而被擢为尚书，同郡河南尹房植也是朝中名人，两家宾客互相讥揣，各树朋徒结成仇隙，乡人遂作此风谣。后来风谣转入太学，如“天下模楷李元礼，不畏强御陈仲举，天下俊秀王叔茂”，大学生编造风谣所标举的不是人物的经学造诣而是政治风度和道德品格。桓帝时，流传风谣“左回于，具独坐，徐卧虎，唐雨堕”，表达出民间一种嫉恶宦官专横的心情。灵帝末年，京都童谣“侯非侯，王非王，千乘万骑上北芒”喻指袁绍尽诛宦官之事。清议人物的政治化意味着对当权者的权威的挑战，这自然而然招致“党锢之祸”的打击。清议力量虽在党锢中遭到摧残，但清议之风“鼓动流俗，激素行以耻威权，立廉尚以振贵执，使天下之士奋迅感慨，波荡而从之，幽深牢破室族而不顾，至于子伏其死而子欢其义”（《后汉

书·党锢列传》)。这种不畏强权生生不息的独立精神，具有一种道德标杆的历史意义，对于魏晋士人也有示范作用。

清议运动本意在于抑制宦官任人唯亲的政局，力图以公众舆论品评来选拔政治人才，故虽其领袖人物被捕杀，而此后政府在任用官员前也往往要征询当时重要名士的意见，这应是清议运动的成果；更重要的是，由社会名士掌握的人物品评制度得到确立，比如汝南郡人许劭兄弟主持的"月旦评"盛极一时，评人物，品诗文字画，每月初一发布结果，被品题的对象均能身价百倍，流传世俗。月旦评的题目品藻很有权威性，受社会各界人士热捧。其核论乡党人物产生的广泛影响，连许多英雄豪杰都非常敬服，像袁绍唯恐奢靡场景被许劭看不起，而改轻车简从回乡以留下好形象；曹操卑辞厚礼，求得"君清平之奸贼，乱世之英雄"品题竟大悦而去。月旦评固然本身也颇受讥评，像褒贬不平、谤讪遭祸、克己不能尽礼而责人专以正义、朋党结私等，都是负面评价，但它对于题目品藻的弘扬，直接影响魏晋玄谈用称号来指目人物的风尚。汤用彤说："溯自汉代取士大别为地方察举，公府征辟。人物品鉴遂极重要。有名者青云，无闻者委沟壑。朝廷以名治（顾亭林语），士风亦竞以名相高。声名出于乡里之臧否，故民间清议乃隐操士人进退之权。于是月旦人物，流为俗尚，讲目成名（《人物志》语），具有定格，乃成社会中不成文之法度。"①魏晋时期，潘岳与夏侯湛并称"连璧"，嵇康等称为"竹林七贤"，邴原被目为"云中白鹤"，裴楷称为"玉人"，刘庆孙等是"三才"，夏侯玄、邓飏等是"四聪"，诸葛诞、夏侯玄等是"八达"，范滂、刘表等是"江夏八俊"，凡此种种，实如月旦评之题目品藻。从当时品题称号来看，人们已不再过分关注道德形象了，只是想求得声名以便在社会上立足，如曹操苦求许劭品题，目的就在于"欲为一郡守，好作政教，以建立名誉，使世士明知之"；因为他清楚自己始举孝廉，本非知名之士，担心不能显名于海内人士之间。三国时代，各国主鉴于选拔人才的实际需要，促使人物品藻风气更浓厚。这个时期产生了不少善于鉴别人物的专家，蜀国的顾劭、孙和、李肃、谢渊、羊衜等都很善于品题人物和识别人才，特别是虞翻、朱育对古今人物的品

① 汤用彤：《汤用彤学术论文集》，中华书局，1983，第202-203页。

评，显示了江东地区品评人物风气中的地望意识和家乡观念。蜀国的庞统、司马徽、顾劭、许靖等均乐于以人伦鉴识自任，水平也很高。曹魏则在《求贤三令》发布后，变通以道德品行为标准的传统选才原则，转而以实际的政治才能为准则。曹丕立魏以后，“惟才是举”的标准里重新加入品行要素，这就是九品中正制度的确立。九品官人法确定人物品位的依据是中正对人物的评价，而中正又参考乡论，乡论则重视人物道德品行。曹丕时代的人物品藻兼顾德才，把东汉察举征辟与曹操“惟才是举”结合起来了。更重要的是，曹魏已注意到名实相称与否的问题，“毓于人及选举，先举性行，而后言才”；“才所为为善也，故大才成大善，小才成小善”（《三国志·卢毓传》）。九品中正制作为一种官方用人制度，其品评标准德才并重，兼收并蓄，表明曹魏时期对人性和人才的认识愈加深入细致。不过，因中正职位掌握在世家大族手里，九品中正制变成士族阶层享受特权的工具，选才标准按照士族阶层的观念和趣味被替换成郡望和家世，从而助长了一种远离现实的倾向。加上玄学兴起，这时的人物品藻重点在于征神见貌，关注人物精神气质，故审美性标准凸显出来，且品题用语讲究拟象和寓意，带有纯粹审美的性质。宗白华《论〈世说新语〉的晋人的美》据此说：“美学上的评赏，所谓‘品藻’的对象乃在‘人物’。中国美学竟是出发于‘人物品藻’之美学。美的概念、范畴、形容词，发源于人格美的评赏。”[①]《世说新语·品藻》说嵇康身长七尺八寸，风姿特秀，人们用“萧萧肃肃，爽朗清举”“肃肃如松下风，高而徐引”来赞誉其形貌气质，山涛以“岩岩若孤松之独立，傀俄若玉山之将崩”来形容老朋友，都是审美性质的品鉴用语。又如记载时人评价阮思旷，说他骨气不及王羲之，简秀不如刘真长，韶润不如王仲祖，思致不如渊源，而兼有诸人之美。同样是用一种审美眼光去看待品评对象。

二、人物品藻的审美化趋向与文艺品评体系拟社会化特征

自从人物品藻转向审美活动后，形与神的关系便成为讨论的问题。关注和研究人的形体，原是一种相人术的课业。《荀子·非相篇》说：

① 宗白华：《中国美学史论集》，安徽教育出版社，2000，第124页。

“相人之形状颜色，而知其吉凶妖祥。”通过观察人物的形体外貌和言行举止来推知其命运穷通厄顺，古已有之，单襄公从晋厉公的“视远步高”的举止，观其容而知其心，判定晋国必乱（《国语·周语下》）。孟子提出“征神见貌”法，通过观察形貌来认知人物神情。班固的《汉书·古今人物表》设置出九品模式来分类人物，曹魏的九品中正制参考这一模式用来保证用人制度的合理性和公正性，扩大了人伦鉴识的影响。刘邵《人物志》就是在此背景下著成，对人才选拔方法作了理论总结。刘邵在五行说的金、木、水、火、土对应人的筋、骨、血、气、肌，再对应义、仁、智、礼、信等五常，五常体现相应的五德和性情；据此提出鉴识察人的具体方法，即“九征”法，考察人的神、精、筋、骨、气、色、仪、容、言九个方面，概括起来其实就是考察人物的形貌与神韵两方面。《人物志》本意是总结人才选拔方法，但因其才性和名理的结合，所用品鉴和判断之语词多有感性因素，形成一种审美性的人物品藻。牟宗三说：“《人物志》之品鉴才性即是美的品鉴与具体智悟之混融的表现。智悟融于美的品鉴而得其具体，品鉴融于智悟而得其明澈。其品鉴才性之目的固在实用（知人与用人），然其本身固是品鉴与智悟之结晶。它既能开出美的境界与智的境界，而其本身复即能代表美趣与智悟之表现。”[①]可以说，《人物志》是魏晋人物品藻审美化的开端，《世说新语》则是集大成者，此风延伸到文艺品评领域，则是自然而然的事情了；文艺品评中对于形和神的重视也是自然而然的事情。

在人物品藻风气的影响下，出现类似九品官人法的各类品评体式，庾肩吾《书品》、谢赫《古画品录》、钟嵘《诗品》、萧衍《棋品》等，构成盛极一时的“品评”文化现象。陶宗仪《说郛》上曾引魏国邯郸淳的《艺经》说：“夫围棋之品有九：一曰入神，二曰坐照，三曰具体，四曰通幽，五曰用智，六曰小巧，七曰斗力，八曰若愚，九曰守拙。九品之外，今不复云。”可知曹魏时期已有围棋等游艺品第活动。梁武帝萧衍“好弈棋，使恽品定棋谱，登格者二百七十八人，第其优劣，为《棋品》三卷，恽为第二焉”（《南史·柳元景传》）。沈约应命作《棋品序》，在中国围棋的“技”“戏”“艺”“道”四个境界说法的基础上进

① 牟宗三：《才性与玄理》，广西师范大学出版社，2006，第55页。

行发挥，而弘扬其“道”的神理思致：“弈之时义大矣哉！体希微之趣，含奇正之情，静则合道，动必适变。若夫入神造极之灵，经武纬文之德，故可与和乐等妙，上艺齐工。支公以为手谈，王生谓之坐隐。是以汉、魏名贤，高品间出；晋、宋盛士，逸思争流。虽复理生于数，研求之所不能涉；义出乎几，爻象未之或尽。圣上听朝之余，因日之暇，回景纡情，降临小道。以为凝神之性难限，入玄之致不穷。今撰录名氏，随品详书，俾粹理深情，永垂芳于来叶。”沈约指出围棋的真谛就是“以为凝神之性难限，入玄之致不穷”；他把江彪、王恢列为第一品，羊玄保列为第三品，到溉列为第六品，是现代九段评法的雏形。汉魏以来，马融、蔡洪、曹摅、梁武帝萧衍等人皆作《围棋赋》，涵盖了儒道思想，兼融兵家、天文、阴阳思想，萧衍的《围棋赋》更是最具棋理深度赋体棋论。品评法在书法审美领域中的运用，王羲之在《自论书》里把自己与钟繇、张芝比较显出各自的长短优劣；后来羊欣、王僧虔、袁昂等人以书法家时序为线索依次进行优劣品评。庾肩吾更像九品官人法，以品评优劣为纲序，把汉至齐梁时期的一百二十三位书法家按上上，上中至下中，下下的九品法论列，“今以九例，该此众贤。犹如玄圃积玉，炎洲聚桂。其中实相推谢，故有兹多品。然终能振此鳞翼，俱上龙门。傥后之学者，更随点曝云尔”。一个书法艺术的阶序社会由此建构起来了，书法家的才性气质与书法作品的风貌格调等审美因素成为品评的主要内容。谢赫《古画品录》提出“六法”说：气韵生动，骨法用笔，应物象形，随类赋彩，经营位置，传移模写。认为唯有陆探微、卫协备该六法。谢赫依此六法设置六品，“谨依远近，随其品第，裁成序引”。虽非九品，但品第的方法及其精神殊无二致。钟嵘的《诗品》全按九品排行榜，把古今诗人一百二十二位分为九等，不仅是九种类别，而且是九个阶差，这是针对过去评诗“皆就谈文体，而不显优劣”而作出诗人水平高下的审美判断。《诗品》还梳理出诗风形成和表现的三大源流系统，即国风、小雅和楚辞，然后对每一诗风源流各作具体描述，描述的方法是以具体意象拟喻作品风格。钟嵘这种品鉴法，如同文学世界里的月旦品藻，把诗人及其作品独立于自然和社会体制之外，构成一个自足的诗意世界，或者说，构成了一个独立的诗人社会。在这个诗人社会里，钟嵘设计了一张鲜明的具有阶序的诗人关系图表，而图表的形式，“无论是近乎九品裁官、类同宾主门客、拟于宗族社群、或为

英雄榜谱，均使风格与风格间的关系形成了一种恍若社会组织的结构，而这个结构，事实上就是以审美判断构筑的诗人国度”[1]。在钟嵘看来，诗人因其风格渊源不同和创作水准有别而形成阶层化的诗人社会。陈思王曹植之所以被列入上上品，在于其诗源出于《国风》，但兼融《小雅》和《楚辞》，故能“骨气奇高，词采华茂，情兼雅怨，体被文质，粲溢今古，卓尔不群”。骨气指作品体现的精神气质和思想情感，词采则指涉诗歌偏文偏质的分类；所谓情兼雅怨，实指曹植诗兼备《国风》《小雅》和《楚辞》的情感表达方式；所谓体被文质，指文体的华彩丽辞或省净质朴。在钟嵘的诗人国度里，百余位诗人诗作偏文偏质、偏雅偏怨，自上上品以降，各各设等分品，“故公干升堂，思王入室，景阳、潘、陆，自可坐廊庑之间矣”，颇像一个模拟的现实等级社会。这种诗歌品评法，成为中国文学艺术批评的基本法则之一。

三、人物品评、文艺批评的客体论和主体论

在钟嵘之前的文学批评也并非像他所说的“皆就谈文体，而不显优劣”，其实也有品第。比如杨修《答临淄侯笺》赞誉曹植文章“含王超陈，度越数子”的说法就包含品评比较的意思。曹丕评建安诸子的优劣长短也隐含高下比较。挚虞《文章流别论》评陈琳、王粲、应玚、刘桢等人之赋，虽“各有所长”，但“粲其最也”。葛洪《抱朴子·钧世》比较了上古诗与两汉魏晋诗赋，进行古今相同题材文学作品的对比，持一种今胜于古的文学史观。刘勰提出“六观”法，也是要提升批评者的判断力，分出作品的优劣；且在不少篇目里品鉴了作品，如“子建思捷而才俊，诗丽而表逸；子桓虑详而力缓，故不竞于先鸣”（《文心雕龙·才略》）。《世说新语》除了记载大量品第人物的故事，也记载了品第文学的活动。如《文学篇》第七十九条载庾仲初作《扬都赋》成，以呈庾亮，“亮以亲族之怀，大为其名价，云可三《二京》，四《三都》”。又第六十条载张华把《三都赋》比作张衡《二京赋》，使左思一举成名。第九十八条载顾长康自评《筝赋》与嵇康《琴赋》：“不赏者作后出相遗，深识者亦以高奇见贵。”类似的记载尚有其他，说明魏晋时期关于

① 龚鹏程：《中国文学史（上）》，世界图书出版公司，2009，第208-209页。

作家作品的品第批评活动已如人物品藻般成为常态，晋宋以后则更是普遍，颜延之对“谢五言如初发芙蓉，自然可爱；君诗若铺锦列绣，亦雕缋满眼”的风格比较“终身病之”，正说明品第优劣、铨衡次序在文学批评领域已大行其道。当然总的看来，钟嵘之前的文学品第批评较为零散随机，更未有意识地普遍分品列等，也无鲜明的文学史意识。从这个意义说，钟嵘批评陆机《文赋》“通而无贬”，李充《翰林论》“疏而不切”；王微《鸿宝》“密而无裁”，颜延之论文“精而难晓”等，也是相当有理由的。钟嵘《诗品》整体框架以“九品升降”显现优劣，品第法通贯全文，甚至对同一品级的诗人也要分出高低。这种“九品升降”的编排体系，是汉魏以来的人物品藻风气在文学批评领域的集中体现，使品第批评法成为后世论文的常用方法，与后世《主客图》《宗派图》《点将录》等前后呼应，通过品第升降的安排，构成一个秩序严整的文学世界。

人物品藻涉及客体和主体两方面，就客体而言，汉末魏晋以来，品藻的对象由伦理道德转向政治才能，政治才能又衍变为人物的才学和气质表现，再发展为审美对象。《世说新语·赏誉》讲：“太傅府有三才：刘庆孙长才，潘阳仲大才，裴景声清才。”据刘孝标注可知，刘庆孙的长才指的是政务能力，潘仲阳的大才指的是才学，裴景声的清才则指的是个性魅力。这个时候，作为客体的个人的才华修养、气质容貌比经纶世务的才干更受社会关注和品赏。“孙兴公、许玄度皆一时名流。或重许高情，则鄙孙秽行；或爱孙才藻，而无取于许。”（《世说新语·品藻》）许玄度的高情与孙兴公的才藻，且无论高下，都不关实际世务，而仅关人物的精神气质或艺术才华。换言之，人物品评的旨趣朝着务虚方向发展，突出人物对象的才情禀赋的特质，比如某种情感癖好、某种怪异行为、某种艺术技能等。如果说“高情”还有道德遗留，那么“才藻”就纯粹属于美的领域，真和善都可以不考虑。高僧支道林在《世说新语》中的形象基本上是通过审美欣赏的角度呈现出来的。“支作数千言，才藻新奇，花烂映发。王遂披襟解带，留连不能已”；“支道林先通，作七百许语，叙致精丽，才藻奇拔，众咸称善”（《世说新语·文学》）。支道林的才藻指的是清谈论辩能力，人们关注的是清谈过程中体现的人物风采，而对具体内容及其思想价值不作评价，这分明是出于

审美无功利的品藻活动。就主体而言，魏晋六朝的人物品藻活动中出现许多评论家，这些评论家时称“有人伦鉴识”者，他们的“鉴赏先见”引起的社会反响甚至比品题对象的社会反响更大，组织月旦评的许劭就是一个例子。其他如王戎因与族弟王敦保持距离得以全身而被人们赞誉有先见之明；周浚发掘微贱同乡史曜使之闻名于世，“以才理见知，有人伦鉴识”；何点的人伦鉴识是发现了吴兴丘迟、济阳江淹；王衍、桓彝等的鉴识能力都在史书中有记载。当然，人伦鉴识水平也有境界或层次差别，比如同样表示水平很高，但仍有“理鉴”和“神鉴”之别。“时同郡人潘京素有理鉴，名知人，其父遣若思就京与语，既而称若思有公辅之才”（《晋书·戴若思传》）。这里的“理鉴”无疑比初级的印象式鉴识要有更高的水准，意味着品藻主体的鉴识实践能够从直观感性提升至客观理性，对自然生化的道理、社会事务运作规律的事理、礼仪人伦教化的义理、内心世界的情理等都有很高妙的把握。而“神鉴”更代表着品藻人物的最高水准，对道理、事理、义理和情理的把握已臻最高境界。温峤曾当谢尚面赞扬谢鲲说：“尊大君岂惟识量淹远，至于神鉴沉深，虽诸葛瑾之喻孙权不过也。”（《晋书·谢鲲传》）桓玄致会稽王司马道子信中说王珣“神情朗悟，经史明彻，风流之美，公私所寄”，“其崎岖九折，风霜备经，虽赖明公神鉴，亦识会居之故也”（《晋书·王珣传》）。神鉴就对品藻客体的出神入化的深识洞鉴，足见品鉴主体已深入对象的精神世界而把握其精髓。在此影响下，文艺品鉴也兼顾主体和客体两方面。具体的创作个性和丰富的作品模式都得到批评家的承认和鼓励，曹丕《典论·论文》认识到“夫人善于自见，而文非一体，鲜能备善”；“文以气为主，虽在父兄，不能以移子弟”；故建安七子显示出各自的长处和短处。从文体特征来说，“文本同而末异”，“四科八体”都有各自的风格体貌。正因如此，对品鉴主体而言，务必审己度人，要把握不同作品的风格差异与不同作家的创作个性，却又必须力求客观公正，隐藏品鉴主体的个人喜好。刘勰从反面来说明品鉴主体的批评态度：“慷慨者逆声而击节，酝藉者见密而高蹈，浮慧者观绮而跃心，爱奇者闻诡而惊听。会己则嗟讽，异我则沮弃，各执一隅之解，欲拟万端之变，所谓东向而望不见西墙也。”（《文心雕龙·知音》）只有做到“无私于轻重，不偏于爱憎”，“平理若衡、照辞如镜”，文艺批评才能有客观公正的保证。所以，刘勰用“俗鉴”和“妙鉴”来划定品鉴主体的批评水准和境界，“妙鉴”大致相当于人物品藻之“神鉴”。

四、由形貌容止鉴识到审美经验范畴概括

形貌容止是魏晋时期鉴识人物的首要依据。“是以众人之察，不能尽备；故各自立度，以相观采：或相其形容，或候其动作，或揆其终始，或揆其拟象，或推其细微，或恐其过误，或循其所言，或稽其行事。”（《人物志·效难》）仪动成容，各有态度，刘邵认为洞察人物的容止，这也是主要的观察方法；故人体形貌成为审美对象，《世说新语》专辟“容止”一类，正是此审美转向的体现，诸如“掷果潘郎”“看杀卫玠”就是魏晋社会观照男性美的极致事例。形貌容止首先体现在形体标准，魏晋时期的载入史籍的美男子，基本上八尺以上，至少也不低于七尺，而且眼睛、眉毛、胡须、声音、姿态等都纳入审美领域。据《三国志》记载，刘表“长八尺余，姿貌甚伟”；管宁“长八尺，美须眉”；王褒“身长八尺四寸，容貌绝异”；崔琰“声姿高畅，眉目疏朗，须长四尺，甚有威重”；何熙“身长八尺五寸，体貌魁梧，善为容仪”；司马朗“长八尺三寸，腰带十围，仪状魁岸”；太史慈“长七尺七寸，美须髯”；诸葛亮“长八尺，容貌甚伟”；许褚“长八尺余，腰大十围，容貌雄毅，勇力绝人”；刘备“长七尺五寸”；赵云“长八尺，姿颜雄伟”；王烈“门人出入，容止可观，时在市井，行步有异，人皆别之”；何夔“长八尺三寸，容貌矜严”；周瑜“长壮有姿貌”；陆绩“容貌雄壮，博学多识”；滕胤“为人白皙，威仪可观”。据《晋书》记载，魏舒“长八尺二寸，姿望秀伟”；嵇康“长七尺八寸，美词气，有风仪”；陆机“长七尺，其声如钟”；郗恢“身长八尺”；王湛“长七尺八寸，龙颡大鼻，少言语”；王育“身长八尺余，须长三尺，容貌绝异，音声动人”；赵至“身长七尺四寸”。大致看来，在三国阶段美男多八尺以上，魏晋之际美男多七尺以上，都属于高大型；但前者偏于雄伟，后者偏于秀伟。究其原因，战争年代崇尚武力，统一年代推重文化涵养，故魏晋人物品藻经历一个由雄壮美向秀丽美转变的过程。这似乎也对应着文学上的建安风骨转向“太康之英”的过程。

秀美一般含有较多的女性气质，而女性气质通常显出“丽”的审美

特征。魏晋南北朝士人阶层流行“丽”的审美趣味，并运用于人物品藻活动。很多名士容止都具丽质，或肤色白皙，或身姿柔美，或举止艳冶，或“王夷甫容貌整丽，妙于谈玄，恒捉白玉柄麈尾，与手都无分别”（《世说新语·容止》）；“楷风神高迈，容仪俊爽……时人谓之玉人”（晋书·裴楷传）；石苞“雅旷有智局，容仪伟丽，不修小节”（《晋书·石苞传》）；“潘安仁、夏侯湛并有美容，喜同行，时人谓之连璧”（《世说新语·容止》）；“鱼弘，襄阳人，身长八尺，白皙美姿容”（《梁书·鱼弘传》）；“晦美风姿，善言笑，眉目分明，鬓发如点漆。涉猎文义，朗赡多通”（《宋书·谢晦传》），同时期的谢混风华时称“江左第一”，连皇帝都要将其喻为两玉人；“敬容身长八尺，白皙美须眉”（《梁书·何敬容传》）；“江夏文献王义恭，幼而明颖，姿颜美丽，高祖特所钟爱，诸子莫及也”（《宋书·刘义恭传》）等等，由形貌之美丽升华至精神层面的美丽，体现这一时期士人阶层推崇神韵的审美心理；“丽”的标准反映于文艺领域，则呈现纯文学的抒情性和审美性标准。曹丕《典论·论文》提出“诗赋欲丽”就是一个时代审美期待和事实的反映。陆机《文赋》进一步认为文章应该“会意尚巧”“遣言贵妍”“五色相宣”，并对各类体裁施以标准，“诗缘情而绮靡，赋体物而浏亮”；虽然诗赋必须缘情体物，但侧重点其实在绮靡浏亮的风格标。在文学创作实践上，陆机本人“天才秀逸，辞藻宏丽”“才高辞赡，举体华美”；张华“学业优博，辞藻温丽”；潘岳“词辞绝丽”；左思“词藻壮丽”；成公绥“少有俊才，词赋甚丽”。钟嵘品评魏晋诗人实际也以绮丽为上品之要素。追求形式的华丽绮艳是文艺走向审美自觉的重要表现。就文艺领域而言，魏晋南北朝延续了汉代尚丽旨趣，但已不限于赋体文章追求华丽风格，更推广至一切文体的共同要求，而且理论主张也愈加明确和深化。经过曹丕、陆机等人的倡导发扬，以“丽”品诗衡文成为常态，发展出细致深微的具体描述。如“潘诗烂若舒锦，无处不佳”是“丽”的拟喻式；“至于五言流靡，则刘桢、张华；四言侧密，则张衡、王粲”，“流靡”“侧密”都是“丽”的别称。谢灵运诗如“初发芙蓉，自然可爱”，实为清丽；颜延之诗“铺锦列绣，雕绘满眼”，实为艳丽。其他如陈琳、阮瑀的章表书记是“今之隽也”；吴质的书信“得所来讽，文采委曲，晔若春荣，浏若清风”；五经“圣文雅丽，衔华佩实”；祢衡《吊张衡文》“缛丽而轻清”；班固《汉书》“赞序弘丽”；

七国献书“诡丽辐辏”；等等。“古来文章，以雕缛成体”，刘勰的观点代表了这个时期的华丽美学风尚；“义归乎翰藻”，萧统正是以华辞丽藻为选文标准而编纂成《文选》，意味着文学性的重要标志之一便是“丽”的理则。魏晋以后，书画领域亦以“丽”为好尚。“缤纷络绎，纷华灿烂”，“繁缛成文，又何可玩”，这是成公绥评赞隶书特色。“纷扰扰以绮靡，中持疑而犹豫”，“忽班班而成章，信奇妙之焕烂，体磊落而壮丽，姿光润以璀璨”，这是索靖形容草书之美。“绮靡婉丽，纵横流离”，这是王珉形容行书之美。“爰有飞白之丽，貌艳势珍”，这是刘劭形容飞白之美。虞龢《论书表》更是认为人性“爱妍而薄质”，故“古质而今妍”是书法发展史的规律。王献之书法的“宛转妍媚”一改钟、张质美风格，成为晋宋以后书法美学典范。王僧虔评谢综“书法有力，恨少媚好”；羊欣学王献之，厥有“买王得羊，不失所望”之风谣。袁昂《古今书评》评萧子云书法“如上林春花，远近瞻望，无处不发”；评卫恒书法“如插花美女，舞笑镜台”，同样是看重妍媚靡丽的书风。在绘画领域，顾恺之《论画》认为《小列女》“服章与众物既甚奇，作女子尤丽，衣髻俯仰中，一点一画，皆相与成其艳姿”；认为《北风诗》“美丽之形，尺寸之制，阴阳之数，纤妙之迹，世所并贵”。谢赫《古画品录》评吴暕说“体法雅媚，制置才巧，擅美当年，有声京洛”；称赞戴逵之画“精采有余”，陆绥之画“风彩飘然”。姚最《续画品》评沈粲“笔迹调媚，专工绮罗，屏障所图，颇有情趣”；评嵇宝钧、聂松之画“意兼真俗，赋彩鲜丽，观者悦情”；评沈标“触类皆涉，性尚铅华，甚能留意”；评谢赫“丽服靓妆，随时变改，直眉曲鬓，与世事新”。可以说，人物品藻活动中的绮丽华美之宗尚，也成为整个文艺领域的审美风尚。

魏晋六朝在人物容止方面普遍追求“丽”的俊美优雅，由容止之美丽进而激赏神采之动人，再超越容止之美丽，突出“神”优于“形”的品藻观念。《宋书》记载广陵孝献王刘义真“美仪貌，神情秀彻”；谢方明“自然有雅韵”；谢览“为人美风神，善辞令”；张缵“眉目疏朗，神采爽发”；陶弘景“神仪明秀，朗目疏眉”；江禄“形貌短小，神明俊发”。士人对于容止的品藻，最后都升华至神情、雅韵、风神、神采、神仪、神明等精神层面，一旦进入精神层面，则姿容形貌就隐让于神采了。像左思、刘伶、庾敳、温峤、支遁、范晔、王智深等形貌都不堪入

目，但因才情风度不凡而不影响其名士风范。谢安侄女谢道蕴嫁与王凝之，张玄妹嫁于顾氏家族，有人比较两位女性，说："王夫人神情散朗，故有林下风气；顾家妇清心玉映，自是闺房之秀。"（《世说新语·贤媛》）显然，谢道蕴有竹林名士之风，张玄妹顾家妇是大家闺秀，但林下之风神要高出一筹。社会对于秀美风格的追求，使人物体形之瘦弱受到欢迎。王导对卫玠"弱不堪罗绮"表现出明显的欣赏态度；庾子嵩因体肥受到周伯仁调笑，而周伯仁自认"清虚日来，滓秽日去"；杜弘治形体羸弱，在王羲之看来却是"面如凝脂，眼如点漆，此神仙中人"。但是，同样是清瘦，仍有形与神的阶序，魏晋士人普遍认为神韵高于形美。《世说新语·品藻》记录东晋名士如刘惔、王濛、桓伊等会聚瓦官寺，谈论前朝及江左人物，比较杜弘治与卫玠风采，桓伊一语评论"弘治肤清，卫虎（玠）奕奕神令"得到诸人认同。或许可以说，《世说新语》充分体现"魏晋识鉴在神明"的审美特点，"嵇中散临刑东市，神气不变"（《雅量》）；"子敬神色恬然"（《雅量》）；"太尉神姿高彻，如瑶林琼树，自然是风尘外物"（《赏誉》）；"林公器朗神俊"（《赏誉》）；"谢尚年长于惔，神颖夙彰"（《赏誉》）；"王夷甫盖自谓风神英俊，不至与人校"（《雅量》）；"天锡见其风神清令，言话如流"（《赏誉》）。类似例子还有很多，若加上同义词语则更多。徐复观指出："举凡当时由人伦鉴识所下的'题目'，如'清'、'虚'、'朗'、'达'、'简'、'淡'、'远'之类，尽管没有指明是'神'，其实都是对于'神'的描述，亦即是'神'的具体内容。"[①]注重精神气貌是魏晋南北朝人物品藻活动具有形而上意味的重要原因。当然，形神兼备是一个总的审美追求。

五、形式美和神韵美的描述、发展及有机融通

"形、与、神"的比较，无疑以"神"为上。"神"当初意指眼睛，由于眼睛最能体现人物的气貌风采，故"神"渐渐虚化，成为与"形"相互依存而超越"形"的精神气质。"顾长康画人，或数年不点目精"，原因是"四体妍蚩，本无关于妙处，传神写照，正在阿堵中"（《世说

① 徐复观：《中国艺术精神》，华东师范大学出版社，2001，第93页。

新语·巧艺》）这里的“传神写照”之“神”的基本含义正是眼神，“传神”指的是通过眼神来传达人物的精神性格特点和精神气质，实为以神传神。他画殷仲堪“但明点童子，飞白拂其上，使如轻云之蔽日”，就是要以人物眼神为突破点，扬长避短，传达人物形象之上的精神意涵；眼神是美的载体，而精神是美的实质。“手挥五弦易，目送归鸿难”，强调的就是要抓住最能表现人物精神境界的动态感，恰如潘天寿所言：“顾氏所谓神者何哉？即吾人生存于宇宙间所具有之生生活力也。以形写神，即所表达出对象内在生生活力之状态而已。”[①]顾恺之这种“以形写神，形神兼备”的观点正是当时社会普遍重视人物风度气质在绘画领域的反映，它突破了绘画讲究形似的传统观念，转向追求神似的美学新风，故它又是哲学领域的形神问题在绘画领域的反映，代表着一种审美趣味的转折。人物品藻活动中对‘神’的描述还有“拔俗之韵”“风气韵度”“风韵”“高韵”“天韵”“性韵”“清韵”“雅韵”“体韵”“神韵”“远韵”“玄韵”“气韵”等词语。谢赫《古画品录》的绘画“六法”之首是“气韵生动”，实与人物品藻同声相应，也是指绘画通过对“形”的把握而进入“神”的境界。元代杨维桢《图绘宝鉴·序》说：“论画之高下者，有传形，有传神。传神者，气韵生动是也。”据此，如果说顾恺之的“传神”在于强调以眼神传达出所画人物的内在精神，那么谢赫的“气韵”指涉范围更宽阔，还强调形貌动作、姿态神情及整体画面的生动效果，是品画的最高艺术标准。故谢赫评陆绥作品是“体韵遒举”；评顾骏之是“神韵气力，不逮前贤”；评毛惠远是“力遒韵雅，超迈绝伦”；评戴逵是“情韵连绵，风趣巧拔”；评陆探微是“穷理尽性，事绝言象”；评卫协是“虽不说备形妙，颇得壮气”；评张墨、荀勖是“风范气候，极妙参神，但取精灵，遗其骨法”。“气韵”非他，就是对象内在精神活力的存在状态。由于自然山水之美被士人阶层发现，并于其中领略玄趣，山水诗文和山水画的创作都繁荣起来。宗炳《画山水序》与王微《叙画》，由人物画转至山水画来讨论“形”“神”问题，而且上升至“道”的层面来论述“神”的内在性和超越性。宗炳说：“夫圣人以神法道，而贤者通；山水以形媚道，而仁者乐。”“神”与“道”相通，并蕴含在“形”里，所谓“圣人含道暎物，贤者澄怀味像”，必

① 潘天寿：《潘天寿艺术随笔》，上海文艺出版社，2001，第5页。

须把握山水形貌中蕴含的道理和神韵，此乃就绘画的客体而言。“圣贤暎于绝代，万趣融其神思”，此乃就欣赏主体而言，“余复何为哉，畅神而已；神之所畅，熟有先焉”。在品鉴山水画作之时，主体心灵与画中山水冥合，与圣贤相接，与万趣相融，进入“神之所畅”的审美境界，这就是“畅神”之说。后来文艺发展史上有“能品”“妙品”“神品”“逸品”的品第术语，不能说与此无关。宗炳的“畅神”说法在文学欣赏中得到一些响应。《世说新语·文学》载阮孚评郭璞诗句“林无静树，川无停流”说：“泓峥萧瑟，实不可言。每读此文，辄觉神超形越。”赞誉此诗颇得山水玄意和澄怀观道的理趣，形象、感情、玄理融于一体。“神超形越”类似于宗炳的“畅神”，指的是身心超越尘俗时的审美体验。然而，文学批评中的“入神”“机神”“神明”“神思”等术语主要指文学作品达到的最高审美境界，或者指创作构思过程中的神妙入迷状态，而非作为品评等级的术语出现。

文艺品鉴重视“神”的体悟和判断，却不等于忽略“形”的描述和发掘，如同人物品藻活动重视人物神采而兼顾形美。沈约《宋书·谢灵运传论》首次将人物品藻之“形似”语运用于文学批评，认为汉魏以来产生三种文学风格，其中“相如巧为形似之言，班固长于情理之说，子建、仲宣以气质为体”。形似之言指的是在辞赋中对园林城池、动静景物等具体物象形貌的细描镂刻。陆机《文赋》言“赋体物而浏亮”，挚虞《文章流别论》言赋“以事形为本”，刘勰《文心雕龙·诠赋》言赋“写物图貌，蔚似雕画”，等等，都揭明赋体作品的特征在于巧为形似之言。晋宋山水诗兴盛，赋体的“形似”要求移用到诗歌里，再移扩至整个文学领域。“自近代以来，文贵形似，窥情风景之上，钻貌草木之中。吟咏所发，志惟深远，体物为妙，功在密附。故巧言切状，如印之印泥，不加雕削，而曲写毫芥。故能瞻言而见貌，即字而知时也。”（《文心雕龙·物色》）文贵形似，诗尤其如此，“何逊诗实为清巧，多形似之言”（《颜氏家训·文章》），诗歌创作和批评对形美的追求，自晋宋以后成为时尚。钟嵘《诗品》对“形似”之作多有称誉，如评张协诗“文体华净，少病累，又巧构形似之言”；评谢灵运诗“故尚巧似，而逸荡过之”；评颜延之“尚巧似，体裁绮密，情喻渊深”；评鲍照“贵尚巧似，不避危仄，颇伤清雅之调”。巧构形似之言意味着诗歌借“景语”

以抒情的方式得到强化，写实的技巧丰富了诗歌的表现手法。诗歌对景物之形象、色彩、动静、光影的重彩细绘，处处充满着声色大开的感官之美。巧构形似之言提升了景语写情的表现力，使“文贵形似”与“诗缘情而绮靡”的诗学思想统合起来了，并不显得互相矛盾。形似之言再现了物象之美，产生绮靡的视听效果，颇含绘画美和音乐美的特点。沈约总结文风说，继相如巧为形似之言后，“降及元康，潘、陆特秀，律异班、贾，体变曹、王，缛旨星稠，繁文绮合，缀平台之逸响，采南皮之高韵”；“爰逮宋氏，颜、谢腾声。灵运之兴会标举，延年之体裁明密，并方轨前秀，垂范后昆”。无论是谢诗的清新自然，还是颜诗的错采镂金，其实都是对前代巧构形似之言的文学传统的继承和发扬。“五色相宣，八音协畅，由乎玄黄律吕，各适物宜”，晋宋以来的山水诗极好地印证着“文贵形似”的观念，也间接地反映了魏晋人物形貌品藻的流风余韵。

容止之秀美的总体形象是“秀骨清相”。秀骨清相也经历一个由道德人伦属性转向审美属性的过程。比如东汉李固“貌状有奇表，鼎角匿犀，足履龟文”（《后汉书·李固传》）；王充《论衡·骨相篇》说“论命者如比之于器，以察骨体之法，则命在于身，形定矣”，都说明骨相蕴含的道德意味。在以容止为对象的人物品藻活动中，骨相的道德意味里添加了审美意味，比如蔡邕评论度尚是“朗鉴出于自然，英风发乎天骨”（《荆州刺史度尚碑》）；“然其器识高爽，风骨魁奇，姚兴覩之而醉心，宋祖闻之而动色”（《晋书·赫连勃勃载记论》）；刘裕被称“风骨奇特”；王羲之被称“风骨清举”；蔡撙被称“风骨鲠正”等，指人物风度神气方面的清劲力量感。后来移用至文艺领域，则指涉风格的骨力，即思想内容所体现的刚健雄健的风骨、遒劲的格调和审美风格。“时议者以为羲之草隶，江左中朝莫有及者，献之骨力远不及父，而颇有媚趣”（《晋书·王羲之传》）；“魏武沉雄古朴，骨力难侔”（胡应麟《诗薮·古体中》）；“文章须自出机杼，成一家风骨”（《魏书·祖莹传》）；“不兴之迹，殆莫复传，唯秘阁之内一龙而已，观其风骨，名岂虚成”（谢赫《古画品录·曹不兴》）。“陆公参灵酌妙，动与神会，笔迹劲利，如锥刀焉，秀骨清像，似觉生动，令人懔懔，若对神明，虽妙极象，而思不融乎墨外”（《历代名画记》卷六）；“开元应乾，神武聪

明，风骨巨丽，碑版峥嵘”（《法书要录》卷六引窦臮《述书赋下》）；卫夫人《笔阵图》说：“善笔力者多骨，不善笔力者多肉。多骨微肉者谓之筋书，多肉微骨者谓之墨猪。多力丰筋者圣，无力无筋者病”。（《书法要录》）后来张怀瓘《书议》将“风骨”引入书法评论：“以风神骨气者居上。妍美功用者居下。”刘勰、钟嵘则将之引入文学领域，“是以怊怅述情，必始乎风；沉吟铺辞，莫先于骨。故辞之待骨，如体之树骸；情之含风，犹形之包气。结言端直，则文骨成焉；意气骏爽，则文风清焉”。刘勰《文心雕龙·风骨》更是从文学理论角度系统论述风骨的内涵和外延。文学史还有“建安风力”“左思风力”等说法，表示一种慷慨悲歌通脱峻逸的文学风格。秀骨清相在魏晋以降完成了由人物形象到文学艺术风格的变迁。

六、“取象比类”思维方式与“直寻”和“妙鉴”的文艺批评模式

从思维方式来看，“取象比类”是人物品藻活动最常见方式，或者说题目人物通常运用比兴之体。余嘉锡说：“凡题目人者，必亲见其人，挹其风流，听其言论，观其气宇，察其度量，然后为之品题。其言多用比兴之体，以极其形容。”[①]借比兴来传意，实为象喻品题，这是魏晋南北朝时期的社会品评机制的重要思维方式。此种象喻，或用静物譬拟，《世说新语·赏誉》记载陈仲举尝叹曰：“若周子居者，真治国之器；譬诸宝剑，则世之干将。”干将和莫邪都是《吴越春秋》所载宝剑，用来比喻人物的出类拔萃。《世说新语·德行》记载陈季方自评其父“譬如桂树生泰山之阿，上有万仞之高，下有不测之深；上为甘露所霑，下为渊泉所润”，以桂树比喻人物德行，象喻意味很明显。有时也用动物譬喻，《三国志》裴松之注引《襄阳记》把诸葛亮喻为卧龙，庞统喻为凤雏，司马徽喻为水镜。《世说新语·品藻》中的诸葛氏三兄弟并有盛名，各在一国，“于是以为蜀得其龙，吴得其虎，魏得其狗。诞在魏，与夏侯玄齐名；瑾在吴，吴朝服其弘量”。三种动物均形象喻示人物的突出才能，体现人们的赞美之意。这种象喻法运用，使人物品评言简意赅而

① 余嘉锡：《世说新语笺疏》，中华书局，2011，第396页。

形象生动，有助于直觉把握品评对象的核心特征，并增添了更多的审美因素。究其来由，这种由言到象再到意的认知思维及方法，是古已有之的传统。自《易传·系辞》“圣人立象以尽意，设卦以尽情伪，系辞焉以尽其言”的说法，到王弼《周易略例·明象》“尽意莫若象，尽象莫若言。言生于象，故可寻言以观象；象生于意，故可寻象以观意。意以象尽，象以言著”，形成一个以象为中介的文本阐释过程。汤用彤《魏晋玄学和文学理论》说：“时人用之解经典，用之证玄理，用之调和孔老，用之为生活准则，故亦用之于文学艺术，也用于文学和艺术批评。”[①]这种认知思维运用于人物品藻随处可见，《世说新语》“赏誉”“容止”“德行”“雅量”等门类用了大量形象比喻来品鉴人物对象；而南朝史学家范晔撰《和香方》，以中草药比类朝士：麝本多忌比庾炳之，零藿虚燥比何尚之，詹唐黏温比沈演之，枣膏昏钝比羊玄保，甲煎浅俗比徐湛之，甘松苏合比慧琳道人，沉实易和则是自比，此为独特的“取象比类”之例，拟喻人物的德行才能、胸襟气度、学问识鉴和神采风韵。

作为文字书写的艺术，书法线条的结构布局、笔法姿态的美感，自然而然促进了比兴象喻法的运用。魏晋南北朝时期的书法批评论著，都习惯运用具象化和拟喻性的语言来描述一种审美感受，通过立象尽意的方式进行品鉴评判。例如索靖《草书状》：“婉若银钩，漂若惊鸾，舒翼未发，若举复安。虫蛇虬蟉，或往或还，类婀娜以羸羸，欻奋口而桓桓。及其逸游盼向，乍正乍邪，骐驥暴怒逼其辔，海水窳窿扬其波。”几乎通篇运用比拟手法，将草书的审美特征描述得细致入微。王僧虔《书赋》：“情凭虚而测有，思沿想而图空。心经于则，目像其容；手以心麾，毫以手从；风摇挺气，妍靡深功。尔其隶也，明敏婉蠖，绚蒨趋将；摛文斐缛，托韵笙簧；仪春等暖，丽景依光；沈若云郁，轻若蝉扬。稠必昂萃，约实箕张。”将书法创作从构思到运笔的整个过程相当形象生动晓谕读者。袁昂《古今书评》以自然物象或人物风姿拟喻书法风格，萧子云“如上林春花，远近瞻望，无处不发”；崔子玉“如危峰阻日，孤松一枝，有绝望之意”；师宜官“如鹏羽未息，翩翩自逝”；韦

① 汤用彤：《汤用彤魏晋玄学讲义》，天津古籍出版社，2009，第159页。

诞“如龙威虎振，剑拔弩张”；皇象“如歌声绕梁，琴人舍徽”；孟光禄“书如崩山绝崖，人见可畏”；卫恒“如插花美女，舞笑镜台”。庾肩吾《书品》论各体笔画的生成和特征：“仁义起于麒麟，威形发于龙虎。云气时飘五色，仙人还作两童。龟若浮溪，蛇如赴穴。流星疑烛，垂露似珠。芝英转车，飞白掩素。参差倒薤，既思种柳之谣；长短悬针，复相定情之制。蚊脚傍低，鹄头仰立，填飘板上，谬起印中。波回堕镜之鸾，楷顾雕陵之鹊，并以篆籀重复，见重昔人。”又论笔势特征：“是以鹰爪含利，出彼兔毫；龙管润霜，游兹虿尾，学者鲜能具体，窥者罕得其门。若探妙测深，尽形得势；烟花落纸，将动风采。带字欲飞，疑神化之所为，非世人之所学，惟张有道、锺元常、王右军其人也。”由于文字书写本身的视觉形象性，以直觉领悟传达出审美感受便成常规，这类拟喻是品评书法艺术的一种常见方法，比文学批评还要普遍。

延扩到文学批评领域，则在魏初即开始流行。曹植《与吴季重书》说：“得所来讯，文采委曲，晔若春荣，浏若清风。”杜预《春秋序》说：“（《左传》）若江海之浸，膏泽之润，涣然冰释，怡然理顺，然后为得也。”李充《翰林论》说：“潘安仁之为文也，犹翔禽之羽毛，衣被之绡縠，犹浅于陆机。”钟嵘《诗品》更以大量物象之喻来品评诗人诗作。如评谢灵运诗“譬如青松之拔灌木，白玉之映尘沙，未足贬其高洁也”。评陆机、潘岳诗“余常言陆才如海，潘才如江”。评曹植诗“陈思之于文章也，譬人伦之有周孔，鳞羽之有龙凤，音乐之有琴笙，女工之有黼黻”。评张翰、潘尼诗“虽不具美，而文采高丽，并得虬龙片甲，凤皇一毛”。有时在取象比类时会顺便品藻对比，如评范云、丘迟诗“范诗清便宛转，如流风回雪。邱诗点缀映媚，似落花依草。故当浅于江淹，而秀于任昉”。评王粲诗“方陈思不足，比魏文有余”。评张协诗“雄于潘岳，靡于太冲”。评左思诗“虽野于陆机，而深于潘岳”；评鲍照诗“骨节强于谢混，驱迈疾于颜延”；评陆机诗“气少于公干，文劣于仲宣”。有的比较分出高低，有的比较却只是分出风格差异以彰显其特征。刘勰《文心雕龙》也多采用比兴之体来评论作家作品，如喻张衡、蔡邕辞赋“竹柏异心而同贞，金玉殊质而皆宝也”；喻嵇康、阮籍风采“殊声而合响，异翮而同飞”；喻傅玄、傅咸才华“并桢幹之实才，非群华之韡萼也”；喻贾谊才思“陵轶飞鸟”；喻郭璞诗风“飘飘而凌云”。这些象喻总体上是作家论，属于人物品评范围。《文心雕龙》把比兴象喻法运用到文体论、风格论和批评论上。如言“书记”体说“然才冠鸿笔，多疏尺牍，譬九方堙之识骏足，而不知毛色牝牡也”；言“诏策”体说“授官选贤，则义炳重离之辉；优文封策，则气含风雨之润；敕戒恒诰，则笔吐星汉之华；治戎燮伐，则声有洊雷之威；眚灾肆赦，则文有春露之滋；明罚敕法，则辞有秋霜之烈：此诏策之大略也”；言“祝盟”体说“若夫臧洪歃辞，气截云蜺；刘琨铁誓，精贯霏霜；而无补于汉晋，反为仇雠。故知信不由衷，盟无益也”。又如《风骨》篇论审美风格，“故辞之待骨，如体之树骸；情之含风，犹形之包气。结言端直，则文骨成焉；意气骏爽，则文风清焉。若丰藻克赡，风骨不飞，则振采失鲜，负声无力。是以缀虑裁篇，务盈守气，刚健既实，辉光乃新。其为文用，譬征鸟之使翼也”。还分出三种风格类型，即风骨乏采、采乏风骨和采兼风骨，均以象喻理：“夫翚翟备色，而翾翥百步，肌丰而力沈也；鹰隼乏采，而翰飞戾天，骨劲而气猛也。文章才力，有似于此。若风骨乏采，则鸷集翰林；采乏风骨，则雉窜文囿；唯藻耀而高翔，固文笔之鸣凤也。”这些比兴象喻给人鲜明的直觉印象，很好地领会其义指。又如《知音》篇论文学批评的客观性原则：“凡操千曲而后晓声，观千剑而后识器。故圆照之象，务先博观。阅乔岳以形培塿，酌沧波以喻畎浍。无私于轻重，不偏于憎爱，然后能平理若衡，照辞如镜矣。”再论“妙鉴”之美好情状：“夫唯深识鉴奥，必欢然内怿，譬春台之熙众人，乐饵之止过客，盖闻兰为国香，服媚弥芬；书亦国华，玩绎方美；知音君子，其垂意焉。”“知音”篇名本身就是比拟用法，借“高山流水”故事化用到文学批评领域，强调文学批评抵达“妙鉴”的难度和可贵。可见，以刘勰和钟嵘为代表的文学批评家已经熟练运用比兴象喻法，这一阐述问题和评论作家的重要方法，若论其渊源，显然可说“他们汲取了人物品藻在遣辞设喻方面的丰富成果，又融合了时代赋予的新思维新理念，从而使他们的著作成为我国古典文艺批评领域中的典范之作”[①]。影响所及，后来北朝文学批评如颜之推等也多用此法。

《诗品》和《文心雕龙》深受人物品鉴机制的影响，但两部论著的

① 范子烨：《中古文人生活研究》，山东教育出版社，2001，第80页。

批评模式还是有区别的。《诗品》重视感性直观体验，提倡“直寻”的读诗法，直接体验诗作所写的景和情，而不必刻意关注形式声律；“直寻”的目标是体验和品鉴诗的“滋味”。诗作的滋味来自穷情写物，“干之以风力，润之以丹彩，使味之者无极，闻之者动心”，既有丹彩又有风力，这就是诗之至境。它要求品鉴者通过穷情写物的文字直接诉诸想象，故对品鉴者的审美直觉力和感受力都是极高的考验。这显然是传统的整体式直觉感悟的批评模式，再附会九品赏鉴法，《诗品》遂构建起一个诗人社会，在批评史上对后代诗话、词话、曲话的形成有内在的影响。《文心雕龙》则重视理性客观的分析，提倡“六观”的批评法，从位体、置辞、通变、奇正、事义和宫商等六个角度去批阅文情，经由作品形式的分析把握去洞察作者的思想情感。“觇文辄见其心”，但觇文见心需要广博的识见阅历、深厚的文艺修养和精深高妙的鉴别力，还需要“平理若衡，照辞如镜”的客观公正之批评态度。对于批评主体的要求，刘勰区分出俗鉴和妙鉴的标准；对于批评客体即作品的要求，刘勰提出判断好作品的六条标准，也即情深而不诡，风清而不杂，事信而不诞，义直而不回、体约而不芜，文丽而不淫。六条标准偏重内容，是操作六观法进行判断的依据。六观法的理性色彩较浓，是对文学批评传统的突破；其注重形式的比较分析，“从方法上说，颇受时代佛、玄哲学论辩习气的浸染”[①]。魏晋清谈围绕着儒、道、玄、佛等思想精义展开，确实提升了人们的抽象思辨能力，扩展了人们析理辨义的思考范围，也增强了文学赏鉴经验。再者，魏晋清谈亦由汉末以降的清议和人物品藻制度发展而来，清谈主体的个性修养和神采风貌由此显现，但清谈高手所下的鉴赏断语或品评结论获得人们的普遍认同，必须遵循一种客观性标准。高妙的主体修养和鉴赏能力，加上客观公正的批评原则，是清谈活动得以维系并受士人阶层热衷的必要条件。《文心雕龙》用“知音”指称文学批评，包含着视文学批评为美学鉴赏活动的意图。刘勰把社会品评的道德标准转换成了艺术标准，在品评主体条件方面，刘勰把人格的道德涵养转换成了艺术的博观圆照，这是符合艺术规律的，也正是文艺批评走向自觉成熟的表现。

① 施维达：《魏晋南北朝文化与文艺美学》，巴蜀书社，1995，第136页。

篇 十一

魏晋士人精神气质在文艺创作领域的灌注

东汉末年经由“董卓内乱”和“黄巾外乱”，统一格局分崩离析，群雄并峙，战乱纷起，社会、经济、生活遭到严重破坏；魏晋南北朝三百余间，有大小政权的分裂，有南北空间的对立，有民族文化的冲突，有自然地理的差异，有学术思想的对诤，有宗教信仰的分歧，诸种历史因素的汇聚，使得统治阶层经营了数百年的儒家名教礼制日益失去威信，“仁政”的构想在人们朝不保夕的痛苦中成为虚妄矫饰之物。然而，“国家不幸诗家幸”，就文艺的发展而言，却在山河板荡的岁月里换得一个独立自觉、纵深细致和经验拓展的绝佳时期。政治约束力相对松弛，为思想活跃掀开了禁锢，为人性觉醒和心灵纾缓提供了更大的可能性。在这样一个时代，人们的思考力和创造力被激活，文学艺术也在“不假良史之辞、不托飞驰之势，而声名自传于后”精神鼓舞下成就卓著。

一、士人精神的文学史考察

建安时期（196—220年），个体生存的价值诉求蔚为风尚。曹操擎起“唯才是举”的旗帜，革新了东汉世族把持的官员选拔制度，察举和征辟的历史积弊被曹操开始“打扫”。个体才智在政治军事场域得到很大限度的发挥，在文艺创作上也尽显“洋洋清绮”特征，走进个体生命体验的世界。“建安风骨”或“建安风力”是人们对此一时期文学风格的概括。以曹操父子为中心，团聚着一批志同道合的文人学士，他们用文学手段揭示社会乱象，高蹈政治理想，感伤生命飘零，舒泄际遇愤懑，呈现一种慷慨悲壮的情感基调。钟嵘《诗品序》说："降级建安，曹公父子，笃好斯文；平原兄弟，郁为文栋，刘桢王粲，为其羽翼。次有攀龙托凤，自致于属车者，盖将百计，彬彬之盛，大备于时。陈思为建安之杰，公干仲宣为辅，曹刘殆文章之圣。"建安文学受人崇敬之意很鲜明地表露出来了。建安文学以曹操、曹丕、曹植及一群僚属组成，其中包括建安七子（王粲、孔融、陈琳、阮瑀、徐干、应玚、刘桢）。主要成员还有吴质、杨修、王昶、司马孚、郑冲、荀纬、邯郸淳、邢颙、丁敬礼、卞兰、繁钦、蔡琰等，君臣唱和的文学盛景，确实可称"彬彬之盛，大备于时"。由文学史看，建安文学包括建安前几年至魏明帝时期。这批文学之士主要汇聚在曹操政权邺城，形成一个文学集团，人数近百人，统称为"邺下文人集团"。比起以前的文学集团，其性质有所改变。汉景帝时期的梁孝王刘武曾经"招延四方豪杰，自山东游士莫不至"（《汉书·梁孝王传》），包罗了邹阳、枚乘等一批"皆以文辩著名"的名士，留下了"梁园宾客"的文学传说。汉武帝也出于更好地加强中央集权专制制度，采取一些办法吸引诸侯王身边的文学辩说之士，班固把这批人称作"言语侍从之臣"，因为这批人如"司马相如、吾丘寿王、东方朔、枚皋、王褒、刘向之属，朝夕论思，日月献纳"（《两都赋序》）。这样的文人集会尽管颇具文学气息和色彩，但是毕竟只是金马门的"言语侍从之臣"，他们身份是游士或辩士；他们的文学志趣和情感虽然相近，却毕竟主要是文学言语的献纳获取君主的青睐和赏赐，外在功利目的较为浓重，其文学活动缺乏为艺术独立的审美心境。建安文学集团虽说仍然还有一部分"言语侍从之臣"的痕迹，但是君臣之间均为文学同道，彼此切磋论艺，互相引为知音。而且，这一集团中的成员在政治见解上并不完全一致，建安七子也未必自始至终认同曹操政权，大多对仕宦不感兴趣。徐干、阮瑀都曾拒绝过曹操的征辟重用，王粲、陈琳都先后有过激烈的政治冲突，疏狂的孔融经常羞辱曹操，他们不再是清客帮闲之流，不再是简单的被君主豢养的下属。所以，建安文学集团的性质转变了，开始了真正的文人化写作，他们从《古诗十九首》的感伤主义题旨中走出来，加进建功立业的政治宏愿，表达出"梗概而多气"的超迈情怀，"慷慨"和"悲凉"两种审美风格

被他们恰到好处地统一起来了。

曹操无疑是邺下政治中心的缔造者，也是建安文学活动的领导者，但这个文学集团的核心人物应该是曹丕，曹丕也确实是以文学情怀对待集团成员的。阮瑀去世后，曹丕“每感存其遗孤，未尝不怆然伤心”，于是作《寡妇赋》，“以叙其妻子悲苦之情，命王粲等并作之”。以文学的形式抚慰文学同道的遗孤，曹丕以文学情怀与这些成员结缘，在政治之外的文学情感是平等的，无怪乎此举后被西晋潘岳效仿，“昔阮瑀既殁，魏文悼之，并命知旧作寡妇之赋，余遂拟之以叙其孤寡之心焉”。《世说新语·伤逝》记载曹丕带领“赴客皆一作驴鸣”为王粲送葬诀别，其中透露的情感基础是很深厚的，若无文学心灵的共鸣，是不可能做出这番奇特的举动。又如《与吴质书》说自己“间者历览诸子之文，对之抆泪”；“昔伯牙绝弦于钟期，仲尼覆醢于子路，痛知音之难遇，伤门人之莫逮”。呈露出对建安七子风流云散后的无比痛惋之情，如此真情相待，与往昔文学集团自是大不同了。曹丕的深情绝非偶发，实乃伴随文学生命的全过程，其《又与吴质》再度倾诉：“昔年疾疫，亲故多离其灾，徐、陈、应、刘，一时俱逝，痛可言邪！昔日游处，行则连舆，止则接席，何曾须臾相失？每至觞酌流行，丝竹并奏，酒酣耳热，仰而赋诗，当此之时，忽然不自知乐也。谓百年已分，长共相保，何图数年之间，零落略尽，言之伤心。”诚恳自然、情意绵切，不见丝毫君主赐恩的姿态，不见半点矫饰伪作的表白，对曾经共处的文学共同体表达一个成员的心声。

曹丕与集团成员同作《寡妇赋》，说明文学发展的另一新变，即文人之间的应酬唱和已经具体化了，是文人与文人围绕某话题彼此回应，不同于以往的虚拟性质或作者自我角色转换，从而显示出成员写作的集团性。例如，曹植有著名的《洛神赋》，其话题源自宋玉《神女赋》，应玚也有《神女赋》，王粲、陈琳、杨修等亦均有《神女赋》，众人皆赋神女话题，属于同题共作，说明文学创作的自觉性比以往加强了。同理，像《车渠碗赋》《玛瑙勒赋》《鹦鹉赋》《柳赋》《伤夭赋》《迷迭赋》《莺赋》《愁霖赋》《喜霁赋》《秋思赋》《大暑赋》《弹棋赋》等赋体作品，尤其是大量咏物小赋，在建安文学中都有多人同题共作。同题共作有点像文人群体间的文字游戏活动，但正是这种文字游戏，喻示纯文学写作的时代到来了，此为“文学自觉意识”的征兆之一。另外，建安文人群体的群居切磋、角技论文、公燕赠答、送别怀念等文学交流活动，“凡此等等，构成了一种庞大的互文现象，彼此指涉，互相印证”[①]。故解读这类作品不能孤立为之，而应注意话题的团体性和互文性，若简单地附会个人身世心曲和际遇，反倒隐没了建安文学的历史贡献。“诗可以兴，可以观，可以群，可以怨”（《论语·阳货》），这是儒家对文学功能的规定，但建安以前的文学创作在“可以群”方面并不突出，甚至忽略。建安作家们的同题共作现象却是大大发挥了“诗可以群”的功能。“诗可以群”指出了文人雅集而命题作文的重要意义，建安诗之“公燕体”在魏晋南北朝得到普遍认可，也得到唐宋以后的文人效仿，系建安文学新变的证明之一。建安文学的贡献，若从文人群体意识的角度去理解，就会别有发现。

天崩地裂的建安时期，作家们都高扬个体生命价值和尊重才情禀赋展示。“昔仲宣独步于汉南，孔璋鹰扬于河朔，伟长擅名于青土，公幹振藻于海隅，德琏发迹于此魏，足下高视于上京。当此之时，人人自谓握灵蛇之珠，家家自谓抱荆山之玉。”（曹植《与杨德祖书》）曹植非常形象地描绘了建安作家们自我尊重的主体意识，揭示个体的存在由过去依附于皇权转向疏离而自主确认。曹丕提出的“文以气为主”也同样标志着建安文人阶层对生命自主性的强调。他们也追求功利性的声名，但其声名不是凭附政治势力而获得，乃建立在自我情性表达的特殊性上而获得。至于曹操最后“设天网以该之，顿八纮以掩之”，此等豪举也是出于文学家身份而非政治枭雄身份。“自献帝播迁，文学蓬转。建安之末，区宇方辑，魏武以相王之尊，雅爱诗章；文帝以副君之重，妙善辞赋；陈思以公子之豪，下笔琳琅；并体貌英逸，故俊才去蒸。”（刘勰《文心雕龙·明诗》）刘勰此论点明一个事实：写作已经成为确证人生价值的重要方式。所以，无论是政治权力场之人还是一般的士人群体，都把写作当成一种事业去经营，此所谓“盖文章，经国之大业”。在他们看来，文学的功能和价值已然等同于治国经世，同属不朽之盛事。

① 龚鹏程：《中国文学史（上）》，世界图书出版公司，2009，第84页。

“年寿有时而尽，荣乐止乎其身，二者必至之常期，未若文章之无穷”，曹丕的不朽之梦也就是文人阶层之梦，其内涵是一致的。

新旧时代交替之际，曹操既为乱世英雄，其文学作品抒发政治抱负者较多，像“老骥伏枥，志在千里；烈士暮年，壮心不已”（《龟虽寿》）；“山不厌高，海不厌深，周公吐哺，天下归心”（《短歌行》）；“历登高山临溪谷，乘云而行”（《气出唱》）；“比翼翔云汉，罗者安所羁？冲静得自然，荣华何足为”等诗句，无不坦露一代雄杰之壮志高情。当然，乱世之中的高昂激情总是伴随着沉郁的悲怆，“缘事而发”的诗文在进行实录般的写作时，不可避免地由苍凉感受中发出一种沉痛的历史感。即便是曹操这样的政治枭雄，面对生灵涂炭的惨景，也会顿生忧时伤世之感，“生民百遗一，念之断人肠”（《蒿里行》），“泣涕于悲夫，乞活安能睹”（《善哉行》），这样的诗句不仅是忧叹黎庶百姓生命尊严被践踏，且是对生命本身脆弱无根的感喟。女人蔡琰的五言《悲愤诗》更是“真诗史也”，其白描式的长篇叙事，将一腔悲愤以血泪方式表达出来。《七哀诗》，王粲、曹植都写过，属于同题共写，“悟彼下泉人，喟然伤心肝”；“上有愁思妇，悲叹有余哀”。《文选》五臣吕向注“七哀”条说：“谓痛而哀，义而哀，感而哀，耳闻而哀，目见而哀，口叹而哀，鼻酸而哀，谓一事而七情具矣。”“七哀”即七情之哀，既有诗人内心之哀感，也有诗中人物情景之哀感。《七哀诗》体裁反映战乱、瘟疫、死亡、离别、失意等社会内容，是民间生活的直观写照，王粲、曹植同题共作，变为乐府新题，变为一种传统诗体，也在实践上开启魏晋文艺“悲美”风格传统。

建安文学具有过渡性质，文学风格上有延续性，既承“汉音”又开“魏响”，统称“建安体”。通常而言，曹操作品体现更多的汉代文人慷慨悲歌的风格，曹丕、曹植、王粲等作品体现更多的时代新变。清代沈德潜说：“孟德诗，犹是汉音。子桓以下，纯乎魏响。子桓诗有文士气，一变乃父悲壮之习矣。要其便娟婉约，能移人情。”（《古诗源》卷五）陈祚明说：“细揣格调，孟德全是汉音，丕植便多魏响。”（《采菽堂古诗选》卷五）张玉谷也说：“老瞒诗格极雄深，开魏犹然殿汉音。文帝便饶文士气，《短歌》试个百回吟。”（《古诗赏析》卷首）可见在文学批评史上，文学新变之处往往就是特色和贡献所在，曹丕兄弟开启“魏响”的意义在于讲究“便娟婉约，能移人情”，也即突出“文士气”的舒张。“文士气”，就是表现文人的情怀，是文学自省意识的证据；“文士气”强调为文学而文学、为艺术而艺术的特征，具体指涉文人的情感特征与文学语言的运用。谢榛评说：“诗以汉、魏并言，魏不逮汉也。建安之作，率多平仄稳贴，此声律之渐。而后流于六朝，千变万化，至盛唐极矣。”（《四溟诗话》卷一）又说：“若陈思王‘游鱼潜绿水，翔鸟薄天飞’、‘始出严霜结，今来白露晞’是也。此作平仄妥帖，声调铿锵，诵之不免腔子出焉。”（《四溟诗话》卷三）这里的评说虽然微有贬刺“腔子出焉”，却指出以曹丕兄弟为代表的建安文学的审美趋势：情采兼备与声律格调在创作中越来越重要，发掘文学的审美特征也越来越显得重要。这些趋向，是文学观念自觉与创作自觉所促成和发生的。钟嵘高度赞赏曹植诗“骨气奇高，词采华茂，情兼雅怨，体被文质，粲溢古今，卓尔不群”，而把绍续汉音的曹操诗置于下品，正是执行此标准去安排的。在汉魏六朝文风由质趋文、由朴转丽的演变过程中，建安文学实开风气，至于隋唐以后人们指责其泛滥，如李白说“自从建安来，绮丽不足珍”的论调，恰从反面点明这一文学发展事实。从自律的角度来说，曹丕兄弟的文学观念和创作实践，是文学本体论很好的确证。

以上是就建安文学整体风貌而言，具体到每个作家，则各呈异彩，也各露怯处。据《典论·论文》评议，王粲长于辞赋，徐干能著论，陈琳、阮瑀擅长章表书记，应玚、刘桢较善诗歌。但是，“孔璋章表殊健，微为繁富。公干有逸气，但未遒耳；其五言诗之善者，妙绝时人。元瑜书记翩翩，致足乐也。仲宣独自善于辞赋，惜其体弱，不足起其文；至于所善，古人无以远过”（《又与吴质书》）。在文人争雄竞胜的时代，建安作家依凭一技之长，共同创造了文学体制大备的文学盛景。曹操是汉末四言诗杰出者，通脱潇洒，梗概多气，《短歌行》《步出夏门行》《度关山》等都是经典作品。曹丕《燕歌行》二首虽未必是最早的七言诗，却使七言诗的体制固定了下来。孔融、曹植的六言诗创作保留了诗歌史上特别的一类体裁。孔融还利用汉字偏旁部首构成特点，创立了“离合体诗”，如《离合作郡姓名字诗》：“渔父屈节，水潜匿方。与旹进止，出行施张。吕公矶钓，阖口渭旁。九域有圣，无土不王。好是正

直，女回于匡。海外有截，隼逝鹰扬。六翮将奋，羽仪未彰。虵龙之蛰，俾也可忘。玟璇隐曜，美玉韬光。无名无誉，放言深藏。按辔安行，谁谓路长。”通过分解拆合重组新词，以诗的形式介绍自己的籍贯、姓氏、名字，实际谜底是“鲁国孔融文举”的一行字，运用文字示巧的游戏法，从而表达新义和抒发情感。虽然类似于文字游戏，却是文学技巧的训练和考验，于文学形式规律的探索都是极有益的尝试。六朝时期，离合体诗盛行，像潘岳、宋孝武帝、谢惠连、谢灵运、梁元帝、萧巡等都有作品，有的作品也在拆字游戏中反映情致，而且由此创造出更多的文字游戏似的诗体，龚鹏程归纳起来大概有：窦滔妻回文体、鲍照十数体、建除体、谢庄道里名体、梁简文帝卦名体、梁元帝歌曲名体、姓名体、鸟名体、兽名体、龟兆名体、针穴名体、将军名体、宫殿名体、屋名体、草名体、船名体、车名体、树名体、沈炯六府体、八音体、六甲体、十二属相体①。如此繁多的诗体，都是在文字游戏中创造出来，其思想内容和艺术价值或许大多数乏善可陈，但文学从经学中独立出来，从政治附庸中释放出来，从伦理框架里跳脱出来，不能不考虑到文字游戏的贡献，文学不就是语言文字的艺术吗？

辞赋方面，曹丕、曹植兄弟带领建安作家群发展了抒情小赋，使之成为主流辞赋类别。其中王粲的《登楼赋》、曹植的《洛神赋》为代表作；前者开创了中国文人登楼凭栏的审美风尚，后者创造了文学虚拟典范而丰富了中国文人的想象力。数量更多的同题咏物小赋，除如前所列，又如《迷迭香赋》《酒赋》《槐赋》《九华扇赋》等，“如此之多的同题咏物小赋的出现，不仅表明文学的自觉在当时已是一种普遍的现象，而且表明建安作家的文学创作已经是一种群体性的自觉的活动，表明曹丕、曹植兄弟已经在当时文坛上发挥着领袖群雄的作用”②。虽曰领袖群雄，群雄却无压抑勉强之意，“桢在曹植座，厨人进瓜，植命为赋，促立成”。（刘桢《瓜赋序》），留给后世的其乐融融的文学游戏场景。章、表、奏、议、檄这类说理性文体，也在建安文人的手里变成文学作品，陈琳、阮瑀的章表书记曾被曹丕称赞为“今之隽也”，理由就是说

① 龚鹏程：《中国文学史（上）》，世界图书出版公司，2009，第87页。

② 卫绍生、闵虹：《魏晋文学与政治的文化观照》，中州古籍出版社，2005，第67页。

理文字的文学性相当突出。陈琳的《为袁绍檄豫州》和《檄吴将校部曲文》，分别为辱骂曹操和孙权而作，《昭明文选》因其文采斐然和气势充沛而收录进去了，看中的正是文学性特别强并开声讨类檄文样板。雏形小说方面，曹丕作《列异传》，“序鬼物奇怪之事”（《隋书·经籍志》）；邯郸淳作《笑林》，是谈笑解颐之书。两部书的叙事法开导志怪志异类小说的发展。

论体文方面，曹丕从才性论角度来进行文学批评，实开文学批评之作家论新风，所谓“徐干时有齐气”“孔融体气玄妙”“公干时有逸气”“至于引气不齐、巧拙有素，虽在父兄，不能以移子弟”等说法，皆从作家才性禀赋而论及其作品优劣和性质。论体文当然不仅是作家论，也论经书新义和诸子学说，建安文人著论颇效先秦诸子，一改汉儒“我注六经”而为“六经注我”法，互相论难辩驳，思想活跃蔚为风气。徐干“常欲损世之有余、益俗之不足，见辞人美丽之文并时而作，曾无阐弘大义、敷散道教、上求圣人之中、下救流俗之昏者，故废诗、赋、颂、铭、赞之文，著《中论》之书二十二篇”。曹丕称赞此书“成一家之言，辞义典雅，足传于后”。（《与吴质书》）观其内容，主要是“阐发义理，原本经训，而归之于圣贤之道”（《四库全书总目提要》），除《宋史》列为杂家外，其余皆列之儒家。徐干以文人身份而能著论，且阐发义理的文字依然典雅美丽，则颇有后世所谓“文儒”风范。就像曹丕著《典论》出于“立言不朽”的愿望，徐干也是出于“德艺兼备”的愿望，《中论·艺纪》说：“德者以道率身者也；艺者德之枝叶也，德者人之根干也。斯二物者，不偏行，不独立。木无枝叶，则不能丰其根干，故谓之瘣；人无艺则不能成其德，故谓之野。若欲为夫君子，必兼之乎。”徐干也许是在响应曹丕“观古今文人，类不护细行，鲜能以名节自立”的叹惜，决心做一名“怀文抱质”的彬彬君子。“恭恪廉让，艺之情也；中和平直，艺之实也；齐敏不匮，艺之华也；威仪孔时，艺之饰也。通乎群艺之情实者，可与论道；识乎群艺之华饰者，可与讲事。”徐干认为文艺的思想内容、情感来源、价值功能等都与儒家思想传统紧密相关，他其实不想仅做一名文士，他想一身兼营儒家“德行、政事、言语、文章”，同样反映了建安文人追求不朽的宏伟愿望。联想到曹植曾对杨修说“辞赋小道，固未足以揄扬大义，彰示来世”，自己不愿“以

翰墨为勋绩，辞赋为君子”，而想“流惠下民，建永世之业，留金石之功”。但杨修反问道：“不忘经国之大美，流千载之英声，铭功景钟，书名竹帛，岂与文章相妨害哉？”曹植本人是建安时期最杰出的文人，想必不会真心地贱看文艺，其贬低翰墨辞赋只因特殊身份而有更高的政治追求。为此他也研练名理，著《魏德论》《汉二祖优劣论》《藉田论》《辩道论》《仁孝论》《髑髅说》等文章，大有“兴论立说”之势态。不管怎样，建安文人首次提出“文学与德业”关系的问题，并各抒己见，共同推进了论体文创作的繁荣。

论体文的繁荣又推动文学进入讲究才性与玄理的正始竹林时期。曹魏政权历文帝曹丕、明帝曹叡至齐王曹芳，皇权实力越来越弱，曹芳在托孤大臣曹爽和司马懿的辅佐下，登基却不敢称帝。这个时期的文人阶层都陷入党争漩涡难以超脱。齐王曹芳正始年间，顾命大臣曹爽结党营私，设计剥夺司马懿兵权，把明帝废置不用的邓飏、何晏、丁谧等视为心腹提携并委以重任，这批人本无杰出政治才能，却张狂得无所顾忌，以致朝野怨声载道。嘉平元年（249年），高平陵政变发生，司马政治集团掌控朝政。魏晋替代之际，“天下多故，名士少有全者”，世族出身的司马氏统治者提倡名教礼法治政，其政治和道德的悖谬、虚伪使天下名士笼罩在两难处境。此一时期的学术和文学却也在政治斗争最激烈的境遇中具有独特之处。“昔王辅嗣吐金声于中朝，此子复玉振于江表，微言之绪，绝而复续。不意永嘉之末，复闻正始之音。”（《晋书·卫玠传》）文学史一般把魏晋易代的历史时期称作“正始之音”。这段时期有正始名士和竹林名士两个集团，前者主要是玄学名士，后者主要是文学名士。正始之音有文学代表是阮籍和嵇康。《文心雕龙·明诗》总评其特征说：“正始明道，诗杂仙心。何晏之徒，率多浮浅。惟嵇志清峻，阮旨遥深，故能标焉。”这里所说的何晏之浮浅，当指其轻狂矫饰的社会行为，非指其贵清虚的玄学思想。正始之音先以何晏主盟，夏侯玄、皇甫谧、王弼、傅嘏附依；后至嘉平、甘露、景元年间，嵇康、阮籍主演，向秀、山涛、刘伶、王戎、阮咸为辅。这两批名士都有共同的情趣嗜好和生活方式，或玄思清谈，或容止雅量，或游仙隐逸，或诗酒伎艺，或服药傅粉，或任诞纵情，都积极地拥抱现实，在名教与自然之间穿梭出入，遂被后人艳称为“魏晋风度”。

正始名士何晏、夏侯玄、王弼等人在文学史上的意义主要是树立了一种文人生活方式，开创以哲学思辨为主题的清玄之风，从而对后世哲学和文学艺术都产生深远影响；其玄学贵无论思想在中国文化史上具有独特的学术价值。何晏是曹操养子，娶金乡公主为妻，少年即以才秀知名；但在魏明帝以前基本上遭受排斥或闲置，他在这段时期发愤著书，有《论语集解》《孝经注》《道德论》《无名论》《景德殿赋》等，其中《道德论》是玄学经典著作，《论语集解》是后世“论语学”的基础，收入《十三经注疏》；正始年间，曹爽秉政，何晏党附，典选举封列侯，死于高平陵政变。观其一生，政治才能乏善可陈，学术思想晖丽万有，贵族生活方式影响一时。何晏诗文留存极少，《魏诗》收录其五言诗《言志诗》二首：“鸿鹄比翼游，群飞戏太清。常恐夭网罗，忧祸一旦并。岂若集五湖，从流唼浮萍。逍遥放志意，何为怵惕惊。”；“转蓬去其根，流飘从风移。芒芒四海涂，悠悠焉可弥。愿为浮萍草，托身寄清池。且以乐今日，其后非所知。”钟嵘《诗品》称：“平叔鸿鹄之篇，风规见矣。”言志二首诗已现魏晋诗歌玄理化的端绪，运用比兴手法，延续汉末以来的忧生之嗟，对人生命运作哲理本根性的探讨，引申出魏晋名士共同的关于“自由如何可能”的哲学问题，得到阮籍《咏怀诗》的呼应：“宁与燕雀翔，不随黄鹄飞；黄鹄游四海，中路将安归？”何晏卷入政治斗争有他身不由己之处，也有热衷投入的一面，但以他文人式气质参与周旋，只能是疲于奔命，难逃绝境。他结合自己的实际境遇和感受，用艺术形象思考这个哲学问题。正始之音褪去了建安文学的慷慨豪壮之气，赋予了更深刻的悲哀感和无望感。何晏留存了一些论颂记赋类的文章，于抒情言志之外析理论事，文采可观甚于两汉同类文章。《全三国文》收录了他的《景福殿赋》《奏请大臣侍从游幸》《祀五郊六宗及厉殃议》《明帝谥议》《与夏侯太初难蒋济叔嫂无服论》《韩白论》《白起论》《冀州论》《九州论》《无为论》《无名记》《论语集解叙》《瑞颂》《斫猛兽刀铭》，其中《景福殿赋》被收入《昭明文选》。在《景福殿赋》里，何晏借颂扬的体式委婉表达其政治思想，其细致描绘景福殿的气势、规模、结构、装饰、雕绘图案、形态色彩等，都指向治国主张的宣布。这些政治理念渗透在每段描绘性文字当中，描写和论议结合，如“观虞姬之容止，知治国之佞臣。见姜后之解佩，寤前世之所遵。贤钟离之谠言，懿楚樊之退身。嘉班妾之辞辇，伟孟母之择邻。故将广智，

必先多闻。多闻多杂，多杂眩真。不眩焉在，在乎择人。故将立德，必先近仁。欲此礼之不觞，是以尽乎行道之先民。朝观夕览，何与书绅”？很明确地表达出政治观点：任用贤能，以史为鉴，广视听辨真伪，等等。最后一段更是集中体现他的政治期待：“圣上犹孜孜靡忒，求天下之所以自悟。招忠正之士，开公直之路。想周公之昔戒，慕咎繇之典谟。除无用之官，省生事之故。绝流遁之繁礼，反民情于太素。”何晏与曹魏皇室有直接的利益联系，表达自己对国家意识形态建设的看法是情理中之事，故而此赋虽有玄理成分，却主要是儒家思想的反映，是儒家德政思想的文学解说，也是他援道入儒作出的新解释，服务于社会政治的发展趋势。另外，如同李泽厚所言：“他写的《景福殿赋》，知识渊博，文笔细密精彩而富于哲理，颇不同于铺陈过剩的汉赋，是研究中国古代建筑美学的一篇重要文献。”①在重视人物风度的时代，何晏的历史形象，除了悲剧色彩的政治形象，更是思想家和文学家的形象，这些形象又集合成一个风度翩翩的美学人物形象。唐代孙过庭的草书《景福殿赋》作品，结体有章草遗意，艺术水平极高；明代项元汴收藏并加盖天籁阁诸书藏印记以及项元汴自己的小楷释文，亦颇精善；董其昌曾选摹此卷二十行刻于《戏鸿堂帖》中，清代乾隆刻《墨妙轩法帖》又将此卷全部摹刻。《景福殿赋》由文学作品转为书法的书写内容，是其艺术价值的一个重要确证。

同样转为书法杰作的文章还有夏侯玄的《乐毅论》，此文经由书圣王羲之小楷书写而进入艺术史名传天下。夏侯玄文学造诣高深，可惜《唐书·经籍志》所列其文集多卷已佚，仅留存《时事议》《答司马宣王书》《皇胤赋》《乐毅论》《内刑论》《答李胜难肉刑论》《辨乐论》《夏侯子》等文，收录于《艺文类聚》和《全三国文》。正始名士留存文章多为论体作品，说明了学术论著的文学化事实，这又从一侧面证明了魏晋之际的文学盛况，而且在南朝文坛颇受欢迎，“魏之初霸，术兼名法。傅嘏、王粲，校练名理。迄至正始，务欲守文；何晏之徒，始盛玄论。于是聃周当路，与尼父争途矣。详观兰石之《才性》，仲宣之《去伐》，叔夜之《辨声》，太初之《本无》，辅嗣之《两例》，平叔之二论，并师

① 李泽厚：《中国美学史》，中国社会科学出版社，1984，第112页。

心独见，锋颖精密，盖论之英也”。（刘勰《文心雕龙·论说》）用文章来探索自然天道性命，应该是曹丕赋予文学“经国大业、不朽盛事”的使命及功能之余绪，这一余绪在竹林名士笔下仍起影响。嵇康、阮籍的论体文照样光彩照耀，“康所著文论六七万言，皆为世所玩咏”（《三国志》注引《魏氏春秋》）；“研求名理而论生焉。论贵于允理，不求支离。若嵇康之论，成文矣”（李充《翰林论》），其论体文的文学性都很强，在当时即声誉极大。嵇康传下《养生论》《释私论》《明胆论》《管蔡论》《声无哀乐论》《答向子期难养生论》《难张辽叔自然好学论》《难宅无吉凶摄生论》《答解宅无吉凶摄生论》等，都有很高的论辩艺术性，尤其《养生论》和《声无哀乐论》最为著名。《释私论》反映了嵇康的伦理观念，对名教和自然关系问题提出了自己的看法：“夫称君子者，心无措乎是非，而行不违乎道者也。何以言之？夫气静神虚者，心不存乎矜尚；体亮心达者，情不系于所欲。矜尚不存乎心，故能越名教而任自然；情不系于所欲，故能审贵贱而通物情。”核心观点便是“越名教而任自然”，既是嵇康的一种政治态度，也是一种生活方式，代表了竹林名士对精神自由至上的诉求。《养生论》是古代养生论著中较早的名篇，论述了养生的必要性和重要性，以及具体的养生途径，主张形神共养而尤重养神，显见与道教养生之炼形和养神思想的融通，而主要弘扬了养神思想，体现正始士人阶层注重精神修养的心理需求。《声无哀乐论》则虚拟“俗儒秦客”和“东野主人”八次辩难过程，批驳儒家传统乐论，阐述自己的音乐美学思想，结合自己的养生思想，探讨了音乐美的根源，“声音自当以善恶为主，则无关于哀乐”，区分了声音和音声，将音乐从伦理规范中释放出来，替之以音乐的纯然意义和美感价值；特别思考了音乐的形式特征，认为音声本身虽无哀乐，但与哀乐通过中介发生间接联系，“然皆以单复、高埤善恶为体，而人情以躁静专散为应。譬犹游观于都肆，则目滥而情放；留察于曲度，则思静而容端。此为声音之体尽于舒疾，情之应声亦止于躁静耳”。正如孙过庭《书谱》谈书法与人的情绪的中介关系：“写《乐毅》则情多怫郁，书《画赞》则意涉瑰奇，《黄庭经》则怡怿虚无，《太师箴》又纵横争折。暨乎兰亭兴集，思逸神超；私门诫誓，情拘志惨。所谓涉乐方笑，言哀已叹。”书法线条本身没有情绪，但书法线条的种种变化组合关系会引起人的情绪变化，于是书法与人的情绪发生了间接联系；音乐只有美与不美，而无

哀乐之分，但能激起人的情绪变化而表露人的哀乐。因此，《声无哀乐论》“既为音声寻得独立的地位，又没有彻底割裂音声和情感之间的关系。这正是嵇康的音乐美学思想值得引起我们注意的地方”①。这篇文章对音乐本体论、审美心理诸问题的探讨，在中国音乐美学史上新开路径，标志音乐艺术走向自觉时代。

阮籍的《通老论》《达庄论》《通易论》《大人先生传》《乐论》等论体文章也表现出极强的文学色彩，于形而上的事理研索中显示文学的技艺经验。《通老论》阐述老庄之旨，兼明无为之贵。《乐论》由“乐”的本质与功能析论礼乐刑政的关系，从天人关系角度寻找其政治主张的哲学根据；《通易论》提出天地同道的宇宙整体观，认为人类社会与自然界都有特定结构和秩序的整体，如君臣上下之分，男女尊卑之别等，“应时，故天下仰其泽；当务，故万物恃其利。泽施而天下服，此天下之所以顺自然、惠生类也”。故君主自当应时、当务、施泽、顺自然、惠生类，政治方能稳定，社会方能和谐。《大人先生传》以虚拟笔法描绘了“士君子”“隐士”“薪者”和“大人先生”等四种人格类型，指涉阮籍人生阶段的四种精神状态，大人先生是他设置的理想人格和精神归宿。阮籍和嵇康的这些苦心孤诣的论著，表达了他们的玄学思想，但在他们“越名教而任自然”的生活取向当中，也隐匿着对真正名教礼制的无限追怀，因此暗含着“自然即名教”的理论基因。

嵇康和阮籍的诗无疑是“正始之音”的杰出代表，蕴含在诗里的悲哀、孤寂和绝望却不失理性的超俗人格精神，“嵇志清峻，阮旨遥深”，两种表述生命意义的风格样式，都表征着魏晋易代时期的政治环境对士人阶层造成的精神影响。嵇康留存五十余首诗，包含四言、五言、七言和杂言诸体诗，尤善四言诗，篇数占半。钟嵘评说嵇康诗“颇似魏文，过为峻切，讦直露才，伤渊雅之致。然托谕清远，良有凿裁，亦失高流矣”。（《诗品》卷中）言其峻切或者清峻，都是从温柔敦厚的儒家诗教去评说，意指嵇康诗含蓄蕴藉不足，故有伤渊雅之风致。但是，不以渊雅风致为尚，正是嵇康诗独标于世的原因，其峻切、其清峻，均因融进

① 朱志荣：《中国美学名著导读》，北京大学出版社，2004，第40页。

哲学思想，使其诗旨的表露更多了一重关于天道自然和社会人生的哲思，而非囿于儒家诗教的框架里。清代陈祚明说："饶隽语，以全不似《三百篇》，故佳。"（《采菽堂古诗选》卷八）指出嵇康四言诗在《诗经》风雅传统之外别开一路径，故能出色。这一路径是什么呢？何焯《文选评》点出："四言不为《风》《雅》所羁，直写胸中语，此叔夜高于潘陆也。"直抒胸臆当然不是苍白地呼喊，重点不在抒情的方式，而在抒情的内容；也就是说，抒写自我的思想、敞开自我的襟怀，表露自我的志趣情操，展示自我的人格理想。如狱中所作八十六句《幽愤诗》，其剖白心迹，反思罹难的原因在于暗于人事，在于"抗心希古，任其所尚"；也就是以古代圣贤为榜样，使自己志趣高尚，且一直坚持这样做从来不后悔，因为古代圣贤都是"穆然以无事为业，坦尔以天下为公"（《答向子期难养生论》）。这里其实讥刺"以天下私亲"的政治现实状况。既然无法改变现实，那就"托好老庄，贱物贵身"，即坚持自己固有的角色，越名教而任自然；"以明堂为丙舍，以诵讽为鬼语，以六经为芜秽，以仁义为尸腐"，这就是贱物；"志在守朴，养素全真"，这就是贵身。何焯言其"高于潘陆"，正是看中这一点。潘岳、陆机的政治立场和价值取向是随机改变的，而嵇康无论政治如何，皆"与世无营，神气晏如"。所谓"正始明道，诗杂仙心"，"明"的是古代圣贤高尚之道，"杂"的是老庄式的理想主义精神。又如《赠秀才入军》第十四首："息徒兰圃，秣马华山。流磻平皋，垂纶长川。目送归鸿，手挥五弦。俯仰自得，游心太玄。嘉彼钓叟，得鱼忘筌。郢人逝矣，谁与尽言。"想象其兄游猎弹琴时的悠然神情及其高远超逸的境界，实则抒发自己的玄远志趣，妙在象外，却又意在言表，其"直写胸中语"当作如是解。

作为建安七子当中的阮瑀后代，阮籍"才藻艳逸，而倜傥放荡，行己寡欲，以庄周为模则"（《三国志·王粲传》）；本有济世大志，然而时代酷烈程度甚于从前，名教礼法固然是遮羞布，政治高压下却也不得公然随意鄙弃，"由是不与世事，遂酣饮为常"。阮籍八十二首《咏怀诗》是五言诗名篇，相当隐晦地将其在绝望中自我救赎的内心世界作了一个诗歌呈现。其隐秘题旨难测，"嗣宗身事乱朝，常恐罹谤遇祸，因兹发咏，故每有忧生之嗟。虽志在讥刺，而文多隐避，百代之下，难以情测”（《文选·咏怀诗》李善注引颜延之语），大致由忧嗟和讥刺构成，《咏怀》其一“孤鸿号野外，翔鸟鸣北林；徘徊将何见，忧思独伤心”已揭诗的意图。相比嵇康诗“伤渊雅之致”，钟嵘认为阮籍诗：“其源出于《小雅》。无雕虫之功。而《咏怀》之作，可以陶性灵，发幽思。言在耳目之内，情寄八荒之表。洋洋乎会于《风》《雅》，使人忘其鄙近，自致远大，颇多感慨之词。厥旨渊放，归趣难求。颜延年注解，怯言其志。”（《诗品》卷上）虽然厥旨渊放而归趣难求，但来自《诗经》系统，整体风格“怨而不怒，哀而不伤”，属于诗教正统作法，故被列入上品。司马懿制造高平陵事件剪除了曹爽等人，司马师又接着剪除一大批曹魏集团人物，司马昭则把高贵乡公杀了，使魏晋换朝不可逆转。嵇康死于其中，王戎、山涛、向秀投向司马氏集团。阮籍以其“至慎”性格既做不了嵇康，又不肯学王戎辈，于是乎以“毁顿”对待余生。《咏怀诗》的隐衷大概也由此寻觅。但其诗若仅循风雅路径而作，诸如比兴手法，借古讽今，游仙寄托，则不足以扬其特色。阮籍不独是怨伤讥刺，还融进了建安的慷慨豪气，“使气以命诗”，却无建安的及时行乐主旨，从而发扬一种骨气和情采兼胜的创作精神；他在诗里设计了理想人格，诸如“飘若风尘逝，忽若庆云晞”，“道真信可娱，清洁存精神”等诗句，使精神追求更为高远自由而获得超越性，主体意识趋向更深层次化，审美旨趣包蕴了哲理玄思，其诗是情与思的巧妙融合，而这些方面与嵇康是声息相通的。阮籍《咏怀诗》首创了五言抒情组诗体例，对晋宋以后出现多种形式的咏怀类组诗是产生直接影响作用的。阮籍和嵇康一样，受时风影响或者引领时风，将志怪神异、博物猎奇、山海经志等材料化用到诗里，从而营造一种艳逸瑰奇的非凡诗境，其咏怀诗中的游仙诗，“奥诘达其渺思”，此种艺术想象的作诗法，拓展了诗歌创作经验。归结起来，正始之音在立足社会现实的基础上“越名任心”，使文学发展的自律性继续加强，向主体心灵世界继续纵深开掘。此外，就思想意义和认识价值而言，若考察魏晋士人阶层的心路历程，则正始之音是必经之途。

河内司马氏本以礼法传家，但在与曹魏皇权周旋斗争中表现出来的手段是很残酷的，尤其对待士人阶层态度鲜明，毫不手软。政局状况决定了士风状况，西晋士风诸多悖谬亦由此造成。司马懿杀何晏、桓范、夏侯玄、诸葛诞等，“天下名士去其半”；司马昭处死嵇康，整个士林震动，“海内之士，莫不痛之。帝寻悟而恨焉”；此后向秀失图改节并举计入洛，曾注庄子，“于旧注外为解义，妙析奇致，大畅玄风”，与郭象的观点“其致一也”，“名教即自然”的处世哲学被士人阶层普遍接受。不过，林下“锻铁”“灌园”的优游生活显然得其心，故当其过旧庐而闻笛声进，遂有“追思曩昔游宴之好，感音而叹”，乃作《思旧赋》，以深微典故怀念友人的深情高致，以“妙声绝而复寻”的两段音乐意象描写，构造了凄美的象征艺术；《思旧赋》成为悼亡名篇，是建安以来文学“重情”传统的深入，标志着士人精神风貌由焦灼痛苦转向适性逍遥。西晋（265—316年）皇权的政治理念以孝治国，避免提倡“忠”的尴尬处境，虽然这孝道也早已变质；不管怎么说，晋武立国至元康时期政局较为稳定，各种利益集团间的紧张格局趋于平缓。士人阶层也基本归聚在司马政权中，他们虽也效仿竹林名士“任自然”，却与名教合体，且可恣情纵欲而不必承受反名教的罪名；因而文坛流行的不是正始时代深刻的绝望情绪，却代之以清雅绮靡、轻柔舒缓和精工细巧的审美风尚。

结合钟嵘《诗品》和刘勰《文心雕龙》归纳，再参以《晋书》《隋书》等史籍，西晋文人名单有张载、张协、张亢、陆机、陆云、潘岳、潘尼、左思、张华、孙楚、挚虞、傅玄、傅咸、刘琨、应贞、何劭、夏侯湛、成公绥、嵇含、曹摅、卢湛、欧阳建、木华、贾充、荀勖、裴秀、裴楷、裴頠、周处、郭象、石崇、蔡洪等。这些人都曾经撰有个人文集，至少从数量上喻示政局稳定后迎来了一个文学兴盛时代。刘勰说：“晋虽不文，人才实盛：茂先摇笔而散珠，太冲动墨而横锦，岳湛曜联璧之华，机云标二俊之采，应、傅、三张之徒，孙、挚、成公之属，并结藻清英，流韵绮靡。前史以为运涉季世，人未尽才，诚哉斯谈，可为叹息。”（《文心雕龙·时序》）钟嵘说：“太康中，三张、二陆、两潘、一左，勃尔复兴，踵武前王，风流未沫，亦文章之中兴也。”（《诗品》卷上序）从总体上看，这批文人主要是在太康年间进行文学活动，故后人称其为“太康文学”。文学史的太康当然不止十年，它还延续至晋惠帝光熙年（306年）。这段时期里，太康文人享受了十余年盛世岁月，此为散珠横锦、流韵绮靡；也遭遇了长达十六年的“八王之乱”，此为运涉季世、人才未尽。繁华和凋敝轮回流转，太康文学的色彩是很鲜明的。至于成就和品位如何，刘勰评价说：“晋世群才，稍入轻绮，张、潘、左、陆比肩诗衢，采缛于正始，力柔于建安。或析文以为妙，或流靡以自妍。引其大略也。”（《文心雕龙·明诗》）太康文学的总特征已被刘勰抓住要点。轻绮，采缛，力柔，流靡，这些都是太康文学的审美总格调，它的形成与西晋士族阶层的奢靡肆欲之风尚关系甚密。从晋武帝到大臣们的纸醉金迷、豪奢淫逸生活，《世说新语·汰侈》的记载足以说明当时的奢靡程度；石崇的穷奢极欲就是一个典型，而团聚在其金谷园的作家群想必也浸染此风。在恣情肆欲的生活刺激下，在玄风吹拂下，“诗缘情而绮靡”成为美文标准。“缘情者，情灵摇荡者，体现了强烈的诗性精神（抒情精神）；绮靡者，绮縠纷披者，体现了积极的文学精神（艺术精神）。质文相生，文情并茂，动人的内容与优美的形式和谐统一，此乃强烈诗性精神与积极文学精神有机重合的经典之作。”[①]张华曾经提醒“二陆”注意吸收玄学思想的精华，虽然“二陆”仍感到难以融入玄风，但玄学本体论所表现出来的率真任情、贵生适性、重文尚艺的气质风貌，“二陆”不可能不感受到它的影响。

太康文学之“重情”无疑续自建安文学和正始之间，即钟嵘所谓“踵武前王”，但是其情感越来越内在化、主观化、自我化和表情化，而慷慨悲壮的内涵越来越淡去，此为力柔于建安；形而上的深邃哲思亦消散殆尽，代之以繁缛文风，此为采缛于正始。张华的诗“儿女情多，风云气少”（钟嵘《诗品》卷中）；潘岳专写伤春悲秋悼亡之情而名重诗史，“情深之子，每一涉笔，淋漓倾注，宛转侧折，旁写曲诉，刺刺不能自休”（陈祚明《采菽堂·古诗选》卷十一）；陆机《感时赋》《思亲赋》《思归赋并序》《述思赋》《叹逝赋并序》等大量叙写人间离情的辞赋很多，完全是在实践他的“诗缘情”之说。相比建安文学之情感选择着眼于整个社会人生的宏大叙事，太康文学之情感取向多是个体叙事的人类常情，或者说，突出了自然环境或社会环境下的具体人生和个体细微的情感经验。“凡斯种种，感荡心灵，非陈诗何以展其义？非长歌何以骋其情？”（钟嵘《诗品》序）这种细细铺叙个别体验的方式，已与汉

① 姜剑云：《太康文学研究》，中华书局，2003，第222页。

魏不同。其情感特征的微观化趋向，又导致情感载体的缛彩绮靡化，即文学形式越来越受重视，设情位体、巧构形似等文学经验得到开展。其心理原因是，由内在理想与外在现实所引发心理冲突已然不存在，也就没有“阮籍式”的焦灼痛苦了，精神世界也随之平庸化，反映到文学内容则是单调贫乏；若要使文学还有可观性，那只有用心地吟风弄月、玩赏辞藻，在雕琢文采过程中获得成就感。结果，形式主义和唯美主义盛行起来。“这是一种文人色彩很浓的抒情化趋向，它在标志着文学走向内心的同时，也流露出脱离现实的形式化审美倾向”；“这种文学的内在化和审美化也有它积极的历史意义，即它在很大程度上正标志着审美意识的趋于自觉和独立。西晋诗文文人化格调形成的辩证意义似也正在乎此”。[①]概而言之，太康文学抛弃了理想主义，在没有激情的平庸生活状态中玩赏起纯文学来了。

纯文学的玩赏法便是创作拟古诗，因为拟古诗是雕琢文采较好的文学体式。拟古自然也是对文学传统的刻意模仿，而模仿过程也可以说是学习过程，是创新的前期准备。傅玄、“二陆”都在拟古方面比较成功。傅玄（217—278年）是儒家名教中人，“鹑觚贞谅，实惟朝望。志厉强直，性乖夷旷”。（《晋书·傅玄传》），这么一个端直之士，留存一百多首诗，乐府诗成就最高。其乐府诗自然是模拟之作，如模仿古诗《陌生桑》作了《艳歌行》；模仿《饮马长城窟行》作同题乐府诗；模仿左延年《秦女休行》作同题乐府诗；沿袭汉诗《怨歌行》作《怨歌行朝时篇》；等等。其模仿法是修改某些词句，题旨也作改动，如《艳歌行》加进道德劝诫；或者题旨不变而词句敷衍扩展，使辞采更加华美和意象更加丰富；或者完全改变原乐府诗的题旨，如《惟汉行》，改叙事为描写，以刻画人物形象为主要意图。傅玄主要是一位政论家、伦理学家，“在文学创作上，他只是西晋的并不激动人心的文风的先导”，“却是一种朝着文学的丰富多样发展的华美文风的先导”[②]。陆机（261—303年）、陆云（262—303年）兄弟俩的拟古诗也不少，陆机《拟古诗》十二首如《拟明月何皎皎》《拟行行重行行》等的整体风格都与原古诗十

① 仪平策：《中国审美文化史·秦汉魏晋南北朝卷》，上海古籍出版社，2013，第138页。

② 罗宗强：《魏晋南北朝文学思想史》，中华书局，1996，第89页。

九首的朴茂无华迥异，换成了清绮含典的文字，以景语来写情语，借意象的排列来巧构形似，不经意的排偶声律和结构布置，颇有些像刘勰所言“为文而造情”了。这应当与陆机《文赋》里主张炼字琢句有关，钱钟书说：“机意谓上世遗文，固宜采撷，然运用时须加抉择，博观而当约取。去词采之来自古先而已成熟套者，谢已披之朝华；取词采之出于晚近而犹未滥用者，启未振之夕秀。”[1]拟古诗便是他博采约取古典精华而炫技的产品，其艺术感染力并不是很强，时人赞誉也主要是针对他“为文而造情”的本事，如张华曾对陆机说：“人之作文，患于不才，至子为文，乃患太多也。”（《世说新语·文学》）张华本人就擅长拟古，与陆机是趣味相投。陆云与陆机齐名，曾自述“四言五言非所长，颇能作赋”（《与兄平原书》）。其实四言诗达一百余首，只是数量大而多出自宴饮赠答场合，故拟古模仿痕迹较重，明代张溥直指其诗特点：“士龙所传四言偏多，有皇思文诸篇，诵美祁阳，式模大雅；类以卑颂尊非朋旧之体，余篇一致间有至极，使尽其才，即不得为韦侯讽谏仲宣思亲顾高出补王六首，则有余矣。”（《汉魏六朝百三家集题辞》）。其实“二陆”所在秘书监贾谧门下的“二十四友”之诗风多有相似，潘岳、左思、刘琨等都写过不少的颂美皇权和饮宴游赏之作，这些作品见证了太康文学重视艺术技法这个事实，“降及元康，潘陆特秀；律异班贾，体变曹王；缛旨星稠，繁文绮合”。（沈约《宋书·谢灵运传论》）就艺术魅力而言，这类拟古游宴之作不算太好，包括陆机，最重要的成就不是诗艺，而是《文赋》里提出的文艺理论，特别是对诗、赋、碑、诔、铭、箴、颂、论、奏、说十种文体的审美特征作了一个概括，代表了当时文字作品对于形式美的呼唤和规定：诗之绮靡，赋之浏亮，碑之披文，诔之缠绵，铭之温润，箴之清壮，颂之彬蔚，论之朗畅，奏之闲雅，说之炜谲诳，这些规定都是针对文字写作之形式特征而说的；总的要点是，无论什么文体，都得讲究文字的表现力，穷形尽相，遣言贵妍，则情理亦由文采显出。《文赋》是以赋体的文学作品来讨论文学理论的问题，它本身有示范意义，给往后的以赋论赋、以诗论诗、以词论词、以曲论曲等文学批评方式作了一个很好的示例。《文赋》这种做法，与时人的辨体意识强于前代，挚虞《文章流别论》在文学体式方面的认

① 钱钟书：《管锥编》，中华书局，1986，第1186页。

识更详尽细致，论及文章分类、各类的源流和性质、功能和评价等，刘勰评说“孙楚缀思，每直置以疏通；挚虞述怀，必循规以温雅；其品藻流别，有条理焉”。（《文心雕龙·才略》），指出挚虞论文主张儒家文艺思想。《文章流别论》对东晋南朝文艺理论的发展有重要影响。

左思是“二十四友”之一，自然也作《招隐》《咏史》这类拟古诗题，也作《三都赋》这类颂美作品。他自称“山川城邑则稽之地图，鸟兽草木则难之方志，风谣歌舞各附其俗，魁梧长者莫非其旧”（《三都赋序》），本着实证的精神来写《三都赋》，在文坛领袖张华的推荐下终被“竞相传写，洛阳为之纸贵”（《左思传》）。这种实证的精神有建安辞赋的遗风，运用于《咏史》诗的写作则变成寓古讽今的历史精神，故钟嵘说《咏史》“其源出于公干。文典以怨，颇为精切，得讽谕之致”（《诗品》卷上），提炼出“左思风力”而把其诗列为上品。左思《咏史》八首诗形式上亦为拟古写作，是仿班固、王粲咏史抒情，但非纯粹炫示文学技巧的模拟；他通过咏史抒发了自己真实的感怀，“题云《咏史》，其实乃咏怀也”（何焯《义门读书记》）；非但咏怀，而且继承了建安作家理想主义精神，兼含正始之音的“阮籍式”“奥诘达其渺思”的批判精神。所以，在审美风格上，也在流行的“结藻清英，流韵绮靡”之外另造一种抒写内心真情的诗风。这种诗风得到刘琨的响应，刘琨《扶风歌》《重答卢谌》等诗颇有建安悲凉慷慨的格调，钟嵘《诗品》评道：“其源出于王粲。善为凄戾之词，自有清拔之气。琨既体良才，又罹厄运，故善叙丧乱，多感恨之词”。评价很准确，指出其诗如其人。朱熹认为悲情源自“刘琨恃才傲物，骄恣奢侈，卒至父母妻子皆为人所屠”（《朱子语类》卷一百三十五）；而王夫之则认为“琨乃以孤立之身，游于豺狼之窟，欲志之伸也，必不可得；即欲以颈血溅刘聪、石勒，报晋之宗社也，抑必不能；是以君子深惜其愚也”（《读通鉴论》卷十三），不管悲情的触机为何，但到底是以生命体验在写作，“英雄末路，万绪悲凉”，“随笔倾吐，哀音无次，读者乌得于语句间求之”（沈德潜《古诗源》卷八），实践了“太康之英”“缘情”的一面。

太康文坛不能不提张华（232—300年）。阮籍曾说张华有王佐之才，而晋武帝司马炎称誉他“才综万代，博识无伦，远冠羲皇，近次夫子”

（《晋书·张华传》），张华如此德高位重，提携了陆机、陆云等文学才俊，又在文学实践上开创太康文学的审美风尚。钟嵘谓“其体华艳，兴托不奇，巧用文字，务为妍冶”，其实就是肯定了他的开创之功。张华在济世事功方面的成就反映了他儒家进取的人格精神，而深得阮籍赏识又反映他思想中的玄学要素；亦儒亦玄的精神组合，使他在政治场域中“勇于赴义，笃于周急”，而在文学场域中则“风云气少，儿女情多”。政治生活和文学生活，张华区分得很清楚，不会混在一起，他把创作当成休闲赏玩，就像那个时候的名士谈玄说理活动一样。事实上，《鹪鹩赋》就是他的玄学处世哲学的文学阐述，当然也是他参与谈玄说理的一个例证。推而论之，魏晋名士的谈玄说理出现大量的巧言妙语，而妙语常能解颐，遂成文学作品。张华注过《神异经》，撰有《博物志》；陆云著《笑林》，郭璞注《穆天子传》《山海经》，著《玄中记》及《外国图》，等等。这个时期志怪神异小说由短篇到长篇，文学想象力越来越丰富，叙事法越来越多样，说明太康以来文人讲故事的过程越来越文学化，遂为此后演化成小说体式继往开来。

经过“八王之乱”的一番折腾，晋室元气大伤，内忧外患困难重重，内迁诸民族乘机兴起，五胡乱华局面初成，北方世族及百姓开始南渡。晋怀帝永嘉五年（311年），旋即发生“永嘉之乱”，前赵刘曜、石勒攻晋，杀太尉王衍及诸王公，陷京师洛阳，俘获怀帝，并杀王公士民三万余人，“中州士女避乱江左者十六七”（《晋书·王导传》）晋愍帝在风雨飘摇中撑了五年，西晋终亡，皇室后裔司马睿在建康创立东晋政权，并与世家大族形成“王与马共天下”的门阀政治制度，北方则五胡十六国并存对峙。这一局面给士人心态的影响是巨大的。文学领域，永嘉南渡改变了文学发展的空间分布，中原士族的文学精神和审美追求移至江南地区，使之崇文尚学气质在江南自然山水滋养下郁然勃兴，文学世家、艺术世家大量出现。刘勰梳理东晋文学流变轨迹说：“逮明帝秉哲，雅好文会，升储御极，孳孳讲艺，练情于诰策，振采于辞赋，庾以笔才愈亲，温以文思益厚，揄扬风流，亦彼时之汉武也。及成康促龄，穆哀短祚，简文勃兴，渊乎清峻，微言精理，函满玄席；澹思浓采，时洒文囿。至孝武不嗣，安恭已矣。其文史则有袁殷之曹，孙干之辈，虽才或浅深，珪璋足用。自中朝贵玄，江左称盛，因谈馀气，流成文体。

是以世极迍邅，而辞意夷泰，诗必柱下之旨归，赋乃漆园之义疏。故知文变染乎世情，兴废系乎时序，原始以要终，虽百世可知也。”（《文心雕龙·时序》）根据刘勰这段话可知，东晋文风有延续西晋的部分，也有新变的部分。庾亮、温峤深受崇儒的晋明帝赏识，其文学创作亦以儒家礼教为依归，辞赋、诰策、笔札都有大汉遗风；承玄风余绪的简文帝时代，文学重有校练名理、清玄高远之致，但华彩不再，绮靡不复，袁宏、殷仲文、孙盛、干宝等人可为代表。细节也许不准确，大体规律确乎如此。

王衍临难之前感叹：“吾曹虽不如古人，向若不祖尚浮虚，戮力以匡天下，犹可不至今日！”（《晋书·王衍传》）自己承担清谈误国之罪责。所以桓温北伐时公然指责：“遂使神州陆沈，百年丘墟，王夷甫诸人不得不任其责！”（《晋书·桓温传》）范宁更是直指整个魏晋玄学之罪：“王、何蔑弃典文，不遵礼度，游辞浮说，波荡后生，饰华言以翳实，骋繁文以惑世。缙绅之徒，翻然改辙，洙泗之风，缅焉将坠。遂令仁义幽沦，儒雅蒙尘，礼坏乐崩，中原倾覆。”（《全晋文》卷一百二十五）由此可见，东晋玄谈依然，然谈玄名士如庾亮、温峤辈基本以儒为本，以敦礼来纠正玄谈之弊。反映到文坛，就是批判和反省玄虚，矫正太康以降之浮华，重申名教，主张一种“抱朴”的文风。比如名士戴逵“常以礼法自处，深以放达为非道”（《晋纪·总论》），其《竹林七贤论》认为七贤之风虽高，而礼教尚峻，元康诸人徒效其形式而纵恣肆欲，与名士乐广一样，其实是推崇名教礼制的。这批名士们，生活上享受适性逍遥之趣，却必须依归于风教。所以此时华美诗赋的主场退让给史论、碑诔、赞吊、诏策、书箴等文体。比如赞体，戴逵《闲游赞》、袁宏《三国名臣赞》、庾亮《翟征君赞》、孙绰《列仙传赞》等；如论体，殷浩《易象》、孙盛《老聃非大贤》、戴逵《放达为非道》、王修《贤才》、王坦之《废庄论》等，都是改华靡流妍为简朴尚理的佳作。怪不得钟嵘要说此风平淡无奇，“永嘉时，贵黄老，稍尚虚谈。于时篇什，理过其辞，淡乎寡味。爰及江表，微波尚传。孙绰、许询、桓、庾诸公，诗皆平典似道德论，建安风力尽矣”。（《诗品》序）钟嵘把文风平淡归因于贵黄老尚虚谈显然是弄错了，原因恰恰相反，平淡文风乃是批判黄老庄玄学的结果。因为这个时候庄老即将告退，玄风虽还在刮，却

是渐渐与佛学合流；道教倒是开始借鉴佛教的传播方式，领袖人物葛洪开始注重思想体系建设了，“五千文虽出老子，然皆泛论较略耳。其中了不肯首尾全举其事，有可承按者也。但暗诵此经，而不得要道，直为徒劳耳，又况不及者乎？至于文子庄子关令尹喜之徒，其属文笔，虽祖述黄老，宪章玄虚，但演其大旨，永无至言。或复齐死生，谓无异以存活为徭役，以殂殁为休息，其去神仙，已千亿里矣，岂足耽玩哉？其寓言譬喻，犹有可采，以供给碎用，充御卒乏，至使末世利口之奸佞，无行之弊子，得以老庄为窟薮，不亦惜乎”。（《抱朴子·释滞》）葛洪基本上是学承汉儒而反对玄谈的，其《抱朴子·外篇》即以晋初江南儒学为基础，体现一种“立言助教”的基本倾向，他“不仅为了骋辞章于来世，令后世知其为文儒，而且旨在弘扬儒教，扭转世风，并总结历史教训，为晋室中兴提供借鉴”[①]。道教本来就是入世的宗教，葛洪主动向儒家思想靠拢，实现兼容并包，反映到文学创作上就是以平淡中和为归趣。这与刘勰所指出的“世极迍邅，而辞意夷泰”的东晋文风是持相同看法。

东晋这种平淡中和的文学理论主张，太康时期的挚虞已有伏笔，挚虞《文章流别论》主张“四言为正”，“颂之所美者，圣王之德”，批评太康文学“假象过大”“逸辞过壮”“辨言过理”“丽靡过美”；他强调儒家名教对于文学创作的规范作用，如同刘勰说其述怀“必循规以温雅”。葛洪是东晋道教领袖，内擅丹道，外习医术，学贯百家，文学和音乐方面也成就斐然。其《抱朴子》虽是道教著作，却多有文学和美学的思想精粹散布各章中。曹丕曾经提出关于德行和文学的关系问题，但只提及两者经常不一致；葛洪则将文章与德行并重，认为两者关系：德行为本源而文章为末流。关于文学的内容与形式、文与质关系，他主张保持一种平衡关系，既不以质害文，也不以文害质，颇有孔子“文质彬彬”的意味。他坚决反对只讲文不讲质，也就是浮华的文风，比如批评汉末以降的文坛过分讲究辞采巧言，“唯在于新声艳色，轻体妙手，评歌讴之清浊、理管弦之短长、相狗马之剿驽、议遨游之所处、比错涂之好恶、方雕琢之精粗、校弹棋樗蒲之巧拙、计渔猎相掊之胜负、品藻妓妾之妍

① 丁宏武：《葛洪论稿》，中国社会科学出版社，2013，第201页。

蚩、指摘衣服之鄙野”（《抱朴子·外篇·崇教》）。葛洪正像晋宋间很多士族道教思想家，往往学承儒家而反对玄谈，其人生追求兼跨世俗和尘外，注重炼形养神以达长生，隐显任时以出处两得，归结起来就是抱朴守拙，珍重自己的生命，追求精神的超越性。书法家王羲之也是士族道教家庭出身，其《兰亭集序》记叙兰亭修禊时一伙文人雅士聚会的欢乐与描写兰亭周围山水之美，抒发作者对于生死无常的感慨；“固知一死生为虚诞，齐彭殇为妄作。后之视今，亦犹今之视昔，悲夫！”流露出来的显然不是道家思想，而是道教思想，对生命的伤痛感慨，也就是对生命表示珍重的追求。

对生命本身的珍爱之情，在东晋文人笔下往往并不显得很峻切热烈，而是显得平平淡淡，那就是寻求一种中和的生活境界。陶渊明无疑是中和美学的典范，虽然在《文心雕龙》没有论述过他，他的声名也主要是在齐梁时期确立，但是也许默默无闻丝毫不影响他对平淡生活的拥抱和投入，事实上他孜孜以求的正是这种生活状态。晋室南渡后也曾发动若干次北伐行动，但几无胜利可言；偏安江南后，君和臣、朝臣和藩镇、南渡士人和土著士人、各宗教组织等各组复杂利益集体之间的矛盾加烈，酿成王敦之乱、苏峻之乱、伪楚之乱、孙恩和卢循之乱、谯纵之乱、刘裕平乱、刘裕篡晋，大大小小的动乱事件构成了东晋政权的发展史。陶渊明（365—427年）几番仕途进退，对纷扰世事和功名荣利自是看透了，才会回归田园，甘作普通人，过着普通人的生活。他回归田园颇具时代象征意味，是魏晋南北朝期间第二次发现了“人”的价值。第一次是汉末建安作家群张扬个体精神，走向社会政治场域；陶渊明这次是尊重个体生命，退回日常生活场域。退回日常生活不属于隐居，因为隐居往往是对世俗生活厌倦，而陶渊明对世俗生活怀有一种“淡泊中的热情”。昭明太子萧统眼光明锐：“有疑陶渊明诗篇篇有酒，吾观其意不在酒，亦寄酒为迹者也。其文章不群，辞彩精拔，跌宕昭彰，独超众类，抑扬爽朗，莫之与京。横素波而傍流，干青云而直上。语时事则指而可想，论怀抱则旷而且真。加以贞志不休，安道苦节，不以躬耕为耻，不以无财为病，自非大贤笃志，与道污隆，孰能如此乎？”（《陶渊明集序》）萧统真是陶渊明的知音，知其嗜酒却意不在酒，酒只是诗媒和真情的载体；他躬耕园陇却意不在园陇，园陇只是生活背景，实是自

我的鲜明觉识；他可以“被褐欣自得，屡空常晏好”（《始作镇军参军经曲阿作》），故能旷达且真实，不需要隐遁伪饰；因褪去了伪饰，故其诗“文体省净，殆无长语，笃意真古，辞兴婉惬”（钟嵘《诗品》卷中）。省净，就是删繁就简，不慕丽辞而返璞归真。也就是说，陶渊明诗文尽量使用日常生活语言而非文学语言；钟嵘是喜欢文学语言的，尽管“每观其文，想其人德”，但“人德”毕竟不是文学本身，只好依据自己的评判标准把陶渊明诗放在中品了。“风华清靡，岂真为田家语邪”，钟嵘发现了陶诗之“清”的范畴构成陶诗“中和”审美典范的重要质素，可惜“古今隐逸诗人之宗”的看法却偏宕了。萧统也有自己的“尚文”的评判标准，却是更为包容，“尝谓有能观渊明之文者，驰竞之情遣，鄙吝之意祛，贪夫可以廉，懦夫可以立，岂止仁义可蹈，抑乃爵禄可辞，不必傍游太华，远求柱史，此亦有助于风教也”（《陶渊明集序》）。萧统不仅发现了陶渊明人格精神之崇高，而且发现了其诗旨与老庄道家思想的根本不同，发现了陶渊明退居田园的生活意义，即“亦有助于风教也”，有助于建设乡村生活伦理秩序，对文人阶层的精神安放也有示范意义。陶诗“繁华落尽见真淳”，不求工而工的造境，一方面有关其“人德”，一方面有关陶渊明追求诗之情与理的中和，恰如东坡拈出陶渊明谈理之诗，前后有三：“一曰采菊东篱下，悠然见南山；二曰笑傲东轩下，聊复得此生；三曰客养千金躯，临化消其宝。皆以为知道之言。”（葛立方《韵语阳秋》卷三）用诗来寄寓哲理，孙绰、许询、庾亮、桓温、支遁等人的玄言诗早就尝试过，但钟嵘曾讥讽其“理过其辞，淡乎寡味，平典似道德论”（钟嵘《诗品序》），意谓没有诗的趣味。陶诗却既有情致又有理趣，如其《形影神》诗教人要委运任化的处世哲学，说理的方式简直像精彩的戏剧，让人捧腹，让人沉思。陶渊明把田园题材引入诗中，开拓新的表现领域；田园是生活场，也是他人生哲学和审美理想的映射区。

然其“中和”审美典范不是简单的“田家语”，乃是在质直朴拙中含有古雅华美的成分，像《闲情赋》《感士不遇赋》《归去来兮辞》都是文质彬彬，“始则荡以思虑，而终归闲正”，大有寓物言志的意味，在古雅华美的描叙中显示一种社会价值内涵。尤其《闲情赋》一篇在华艳语句下回荡着凄恻情思，可惜萧统未能识其真意，说：“白璧微瑕，惟在

《闲情》一赋，扬雄所谓劝百而讽一者，卒无讽谏，何足摇其笔端？惜哉！亡是可也。”此篇以艳靡辞采宣泄其心中柔肠千结，通过“十愿”和“十悲”来抒写自己对绝代佳人的思慕之情，这种写法其实是对楚骚遗风的继承和再现，至情至性，故虽无劝百讽一者，亦颇合“国风好色而不淫”的诗教传统，礼教中人为之侧目掩耳是没有真正领略陶渊明的真意。当然，这又使得他在平淡自然的面貌下，隐藏着难以消解的内外矛盾和物我冲突，与佛门中人的精神气质不太一致。朱熹说《咏荆轲》一篇最能露出陶渊明精神本相，“平淡的人如何说得这样言语出来”（《朱子语类》卷一四〇），看来是有道理的。进而言之，这正是陶渊明“淡泊中饱含热情”的体现，也是其“任情自然”之人生态度的表征。因其任情自然，才能结庐于人境时充耳不闻车马的喧声，才能抚弄一张无弦琴而不感枯寂无聊。萧统《陶靖节传》说：“渊明不解音律，而蓄无弦琴一张，每酒适，辄抚弄以寄其意。”人或很不解，实际陶渊明演奏的已不是琴，而是雅趣，是得意忘言的人生境界，正如元代李治所指出：“陶渊明读书不求甚解，又蓄素琴一张，弦索不具，曰：‘但得琴中趣，何劳弦上声。’此二事正是此老得处。俗子不知，便谓渊明真不著意，此亦何足与语！不求解，则如勿读；不用声，则如勿蓄。盖不求甚解者，谓得意忘言，不若老生腐朽为章句细碎耳。‘何劳弦上声’者，谓当时弦索偶不具，因之以为得趣，则初不成声，亦如孔子之论乐于钟鼓之外耳。”（《敬古斋古今注》）因此，魏晋时期“人”的第二次发现，就是落实在陶渊明吟诗作赋、抚琴读书、种豆植桑等平淡的日常生活之中。陶渊明也以其任情自然的真性情、真节操和真人格获得文学史上的崇高位置，而他的《桃花源记》所构造的世外桃源成为此后的士人阶层的精神家园，文中的洞天思想也与晋宋间志怪神异小说的洞府仙乡叙事模式亦有互文性影响。

晋宋之际，佛学融汇玄学而擅主场，高僧法显传入《涅槃经》，佛教界热情地探讨“佛性”问题，认为一切众生皆具“佛性”，唯独那些罪孽深重、冥顽不化的“一阐提”永远与佛无缘。释道生却不认同这种观念，既然众生皆具“佛性”，就应包括“一阐提”，他觉得“一阐提皆得成佛”才是《涅槃经》的精神原旨。那么成佛的方式是什么呢？以往佛学认为“渐悟成佛”，即通过“积学”“累学”途径一步步修炼，逐渐

体悟到佛的最高本体，获得“佛性”。道生认为所谓成佛，是重新回归生命的本来状态，重新发现自我；“佛性”植根于一切生命之中，它超越任何分析思辨，不能通过修炼学习积累而获得，“悟”没有中间状态；据此道生提出“顿悟成佛”之说。晋宋时期的谢灵运（385—433年）不是一般的佛学爱好者，而是一位颇有造诣和影响力的佛学家，他非常推崇道生的“顿悟成佛”说，特别欣赏“顿悟成佛”说的“不二”的思维方式。早在永嘉时期，谢灵运就参加了一场佛学论争，著成《辨宗论》，并为道生辩护而与法勖、僧维、慧驎、法纲、慧琳、王弘、江洲僧人往复问难。元嘉七年（430年），《大涅槃经》传入建业，其“一阐提悉有佛性”思想能够证成道生的“顿悟成佛”说，而谢灵运与众僧合作，组织润色了旧译本，是重要的改译者。在晋宋之际的佛学话语环境下，自然山水作为审美对象进入文学世界，不再是名士风度的背景喻体，而是真正独立的审美对象，本身具有无审美意蕴。“宋初文咏，体有因革；庄老告退，山水方滋”（刘勰《文心雕龙·明诗》），玄学隐退而佛学日炽，人物美退位给自然美，山水诗由此崛起，代表人物便是谢灵运。谢灵运借用佛学的“缘起性空、空有不二”思维开创山水诗派。所谓“不二”即是无差别，性相一如，性相同体之意，也即所谓“中道”。《辨宗论》说：“至夫一悟，万滞同尽耳。”一切的差别，种种执着都泯然无界，浑融如一体。谢灵运的山水诗正是他从佛学话语中走出来亲近自然的结果。亲近自然靠的是用心去感受，在感受中顿悟“物我俱一”的审美境界。“邂逅赏心人，与我顺怀抱”“将穷山海迹，永绝赏心悟”“含情尚劳爱，如何离赏心”等等，诗里的自然山水成了心情神意的外在投射物，心情神意又成为自然山水的映照物，两者是互为对象了。欣赏山水即是欣赏心情，达到物我两忘的精神自由，成为山水诗派的基本思致。在艺术形式上，钟嵘说谢诗“名章迥句，处处间起，丽典新声，络绎奔会”（《诗品》卷上），所谓“新声”指的是在古体诗外别开新的诗歌体式，包孕着近体格律诗的雏形。“远岩映兰薄，白日丽江皋；原隰荑绿柳，墟囿散红桃。”（《从游京口北固应诏》）“连障叠巘崿，青翠杳深沈；晓霜枫叶丹，夕曛岚气阴。”（《晚出西射堂》）还有最著名的“初景革绪风，新阳改故阴；池塘生春草，园柳变鸣禽”（《登池上楼》）。凡此种种，都预示着诗体新迹象的发生。山水诗在谢灵运笔下，虽也时呈富艳精工的表象，但其模山范水都遵循心灵的投射，故一切显得不失自然，变创新声尚处不自觉状态。

到了颜延之，则几乎每首诗都刻意推敲，对偶、用典、雕镂，用钟嵘的话来说是："尚巧似，体裁绮密，情喻渊深，动无虚散，一句一字，皆致意焉。又喜用古事，弥见拘束，虽乖秀逸，是经纶文雅才。"（《诗品》卷中）琅琊颜延之（384—456年），史传"少孤贫，居负郭，室巷甚陋。好读书，无所不览，文章之美，冠绝当时"（《宋书·颜延之传》），与谢灵运、鲍照有"颜谢""元嘉三大家"的诗誉。鲍照曾评其诗相比谢灵运之优劣，"谢公如初发芙蓉，自然可爱，君诗如铺锦列绣，亦雕绘满眼"（《南史·颜延之传》）；此与钟嵘引汤惠休所言"谢诗如芙蓉出水，颜如错彩镂金"基本一致。虽然颜延之本人"终身病之"，似感遗憾，但是颜、谢对举颇有诗史意义，代表两种作诗法，一多出于敏捷才性，一多出于舒缓经营，其实都令世人艳羡。此即沈约所说："灵运之兴会标举，延年之体裁明密，并方轨前秀，垂范后昆。"（《宋书·谢灵运传论》）说的是颜、谢之诗才各以特色垂范后世，没有褒贬之意。"兴会标举"者，通常更具自然灵性；而"体裁明密"者，通常更显苦心经营布置的本领。故同样状写景物，谢灵运采用"寓目辄书"的表达方式，景中融情，情中寓理，突破玄言诗的平典板滞，带来清新气息，有一份自然生动的韵致；颜延之则着意用典、铺陈和谋篇琢句，把抒情主体隐匿于客观铺叙形态之中，有一份严谨厚重的形式感。颜延之这种写法其实在当时更为普遍，因为元嘉文风力反东晋的方法就是越过东晋的玄理而取法汉魏，喜欢用典拟古便是一种具体方法。比如《拟乐府古题》或《古诗十九首》，《拟明月何皎皎》《拟行行重行行》《拟青青河畔草》《拟客从远方来》《江南思》《长想思》《长别离》等同题拟作，蔚为风尚。连谢灵运都乐于拟作《董逃行》《悲哉行》《善哉行》《折杨柳》《君子有所思》等乐府旧题。故北宋的张戒说"诗以用事为博，始于颜光禄而极于杜子美"（《岁寒堂诗话》），将颜延之与杜甫并论，可见这种写法在文学发展史上的价值所在。当然，用古事是要借他人酒杯浇自家胸中块垒，颜延之的《五君咏》《北洛使》《还至梁城作》《秋胡行》不独雕琢镂刻地经营诗的形式美，诗里还是有才子用世的苦心孤诣在，这点与谢灵运是相同的。谢灵运关注山水，寄身山水，却并不想终老于山水，毕竟谢氏家族非普通富贵人家，而经常是政治核心力

量，与政局有千丝万缕的纠葛，他是很想干一番宏图大业的，“进德知所拙，退耕力不任”（《登池上楼》）就是其心声。怀着一颗激扰不安的心，在对自然山水进行巧构形似的体物游赏活动时，总要在诗里寓目辄书、即事申理以释解其情志，这种游赏山水的诗艺传统一直被后世诗人延续。

东海鲍照（412—466年）“文辞瞻逸，尝为古乐府，文甚遒丽”（《南史·鲍照传》），颇有集合各家之长处的特点。钟嵘说：“善制形状写物之词，得景阳之諔诡，含茂先之靡嫚。骨节强于谢混，驱迈疾于颜延。总四家而擅美，跨两代而孤出。嗟其才秀人微，故取湮当代。然贵尚巧似，不避危仄，颇伤清雅之调。故言险俗者，多以附照。”（《诗品》卷中）善制形态写物之词，主要体现在山水游赏诗里，其写法借鉴谢灵运：总叙缘起经过，中间描写景物，末抒情志或议论。《登庐山》《从登香庐峰》《登黄鹤矶》《望孤石》《山行见孤桐》《三日游南苑》等诗几成一模式，是谢诗的翻版。鲍照“才秀人微”，故诗“伤清雅”“言险俗”者别成一家之风格，显著特点就是运用乐府旧题，拟古咏史，反映社会现实生活，此与颜、谢孤芳自赏式不同。鲍照的乐府诗数量最多，从汉魏古辞到吴歌、白纻舞辞，一路代拟下来。其乐府诗题除《拟行路难》，全用“代”题，《代少年时至衰老行》《代堂上歌行》《代朗月行》《代苦热行》《代升天行》《代陈思王白马篇》《代陆平原君子有所思行》《代出自蓟北门行》《代结客少年行》《代白头吟》《代棹歌行》《代贫贱苦愁行》《代边居行》等等，有的假拟演戏般，有的却是抒发自家情怀，反映社会人生风貌，显示一种苍凉的悲美，与谢灵运着意于一己之情怀相比，境界更为辽阔旷远。此悲美境界又与鲍照创造新声有关系，梁代萧子显《南齐书·文学传论》论其诗说：“发唱惊挺，操调险急，雕藻淫艳，倾炫心魄，亦犹五色之有红、紫，八音之有郑、卫，斯鲍照之遗烈也。”这里的声调已与是否合乐无关，它强调的是文字本身的音声美，气势惊挺，波荡起伏犹如色彩斑斓，杜甫以“俊逸鲍参军”赞李白，指的就是其诗声韵格律之美堪比鲍照乐府诗。可见，鲍照诗体现诗文走向声律化的趋势，其俊逸豪放和奇崛险俗的艺术风格对后世影响不言而喻。同时，鲍照是刘宋时代最杰出的骈体文作家，其代表作《芜城赋》呈现“驱迈苍凉之气，惊心动魄之词”，采用大量对偶骈俪句式构造颇具刺激震撼人心的意象组合，如："泽葵依井，荒葛罥涂。坛罗虺蜮，阶斗麇鼯。木魅山鬼，野鼠城狐，风嗥雨啸，昏见晨趋。饥鹰厉吻，寒鸱吓雏。伏暴藏虎，乳血餐肤。崩榛塞路，峥嵘古馗。"表达广陵之乱的社会惨景的特殊内涵。这种写法是以诗的格律规则运用于赋体文章，启示齐梁时期徐陵、庾信的骈体文写作。

钟嵘总结五言诗的发展历程，分建安、太康、元嘉三个阶序，说："陈思为建安之杰，公干、仲宣为辅。陆机为太康之英，安仁、景阳为辅。谢客为元嘉之雄，颜延年为辅。斯皆五言之冠冕，文词之命世也。"（《诗品》卷上）经过这三个时期的发展变创，五言诗至南朝萧齐时代形成"永明体"，由于声韵学介入文学世界，永明体成为律体诗的一种。齐武帝永明年间，众多文人团聚在武帝次子竟陵王萧子良身边，构成一个文人名士的文学集团，其中萧衍、沈约、谢朓、王融、萧琛、范云、任昉、陆倕等八人号为"竟陵八友"。萧子良还跟汝南安城人周颙交密，而周颙著《四声切韵》提出了汉字的平、上、去、入四种声调；而"竟陵八友"之沈约将四声的区辨同传统的诗赋音韵知识如双声叠韵相结合，发明"四声八病"说，以规定五言诗创作避免平头、上尾、蜂腰、鹤膝、大韵、小韵、旁钮、正钮等八种声律上的毛病。这就是《南齐书》卷五二《文学传・陆厥传》里记载的情况："永明末，盛为文章，吴兴沈约、陈郡谢朓、琅琊王融以气类相推毂；汝南周颙善识声韵，约等文皆用宫商，将平、上、去、入为四声，以此制韵，有平头、上尾、蜂腰、鹤膝。五字之中音韵悉异，两句之内，角徵不同，不可增减。世呼为永明体。"对八种病犯的具体解释，存于日本僧人普照金刚的《文镜秘府论》西卷《文二十八种病》里。沈约对此发现和运用是相当自豪的，认为从屈原以降，文人写作虽然变创文体日益精进繁多，但是还有一个重大秘密没有发现，他说："若夫敷衽论心，商榷前藻，工拙之数，如有可言。夫五色相宣，八音协畅，由乎玄黄律吕，各适物宜。欲使宫羽相变，低昂互节，若前有浮声，则后须切响。一简之内，音韵尽殊；两句之中，轻重悉异。妙达此旨，始可言文。至于先士茂制，讽高历赏，子建函京之作，仲宣灞岸之篇，子荆零雨之章，正长朔风之句，并直举胸情，非傍诗史，正以音律调韵，取高前式。自灵均以来，多历年代，虽文体稍精，而此秘未睹。至于高言妙句，音韵天成，皆暗与理

合，匪由思至。张、蔡、曹、王，曾无先觉，潘、陆、颜、谢，去之弥远。世之知音者，有以得之，知此言之非谬。如曰不然，请待来哲。”（《宋书·谢灵运传论》）在他看来，从屈原至曹植、王粲再至当代颜延之、谢灵运，他们的高言妙句、音韵天成，都只是暗与声理相合而已，并非自觉地运用声音的规律。可是，沈约也说过“降及元康，潘陆特秀，律异班贾，体变曹王。缛旨星稠，繁文绮合，缀平台之逸响，采南皮之高韵，遗风余烈，事被江右”（《宋书·谢灵运传论》）。这就是在说潘岳、陆机已经在文章中注意音声之辨么？而钟嵘说谢灵运诗“丽典新声，络绎奔会”，不也是指出诗歌与新声的结合么？话语之所以前后矛盾，是没有把文字的语音声律及其规则，跟音乐的宫商角徵羽节律是不同的，格律诗是文字艺术而非音乐艺术。永明诗文声韵格律的重视，是魏晋以来文学自觉性和独立性发展的结果。

这个时期还延续了关于文笔的概念辨析。较早辨析文笔区别的颜延之，大体认识是无韵为“笔”，有韵为“文”。后来萧绎不满足于有韵无韵来区别，而强调文学特有的抒情性质；萧统则以“事出于沉思，义归乎翰藻”来选择文学作品。在南朝士人眼里，“笔”仅能显示一个人的学，“文”则展示一个人的才，而南朝士人似乎更重视文才，“士大夫悉以文章相尚，无以专经为业者”（《资治通鉴·齐纪永明四年》）。可见那时的文学风头之盛，怪不得“世称沉诗任笔，昉深恨之”（钟嵘《诗品》卷中）。任昉是以笔著称的，仍深以为憾。永明文学对于声律的重视和纯文学的爱尚，标志着继汉末以来的“中国古代诗人作为一个相对独立的创作阶层登上历史舞台后的又一次历史性转变”；“以更为独立的面貌出现在历史的舞台上”[①]。文学的格律之美由此成为这一时期文人们共同的追求。

永明体于是成为新诗体，竟陵八友都是这一诗体的作家，代表人物是谢朓、沈约和王融。“齐永明中，王融、谢朓、沈约，文章始用四声，以为新变，至是转拘声韵，弥为丽靡，复逾往时”（《南史·庾肩吾传》）。此后至梁陈百余间，包括吴均，何逊、阴铿、徐陵、庾信在内

① 刘跃进：《门阀士族与永明文学》，三联书店，1996，第22页。

的九十余人皆对此新诗体进行了尝试，推动了格律诗在唐代确立和兴盛。谢朓是永明诗人中最有创作成就的一位，因与前辈谢灵运同擅山水诗而并称“大小谢”。他的创造在于自觉运用永明声律知识去丰富山水诗的写作经验，如《入朝曲》最有代表性，成为永明体经典诗作：“江南佳丽地，金陵帝王州。逶迤带绿水，迢递起朱楼。飞甍夹驰道，垂柳荫御沟。凝笳翼高盖，叠鼓送华辀。纳献云台表，功名良可收。”钟嵘以“工丽”来涵括永明诗的审美特征，此篇词采华赡而清丽，更兼平仄协调对仗工整，称它为唐代格律诗的起点也不为过。“蓬莱文章建安骨，中间小谢又清发”；“解道澄江静如练，令人长忆谢宣城”，清楚地说明了谢朓诗对唐诗的借鉴意义。当然，以谢朓、沈约、王融为代表的永明诗歌，以辞采、声律、句法、结构为形式规范，不仅创作清丽、清发之作，也创作了不少的清怨之作。沈约《咏桃》：“风来吹叶动，风去畏花伤，红英已照灼，况复含日光。歌童暗理曲，游女夜缝裳，讵诚当春泪，能断思人肠。”也许有代拟心曲的意思，但清怨情绪表露无遗。谢朓《玉阶怨》：“夕殿下珠帘，流萤飞复息，长夜逢罗衣，思君此何极。”幽情怨意在诗境中回荡。而“大江流日夜，客心悲未央”；“寄言罻罗者，寥廓已高翔”；“常恐鹰隼击，时菊委严霜”等等，清怨感慨中隐含有悲郁之气。这些诗作的存在，使永明文学不沉迷于形式美而提升了诗思境界。

文学史上的永明文学大概从泰始元年（465年）到梁武帝天监十二年（513年）近五十年的时间。这段时期，皇室贵族或世家大族莫不从事文学活动，文学简直有“过热”之嫌。清代赵翼《廿二史札记》赞誉“齐梁之君多才学”：“创业之君，兼擅才学，曹魏父子固已旷绝百代，其实则齐、梁二朝亦不可及也。……至萧梁父子间，尤为独擅千古。武帝少而笃学，洞达儒玄，虽万机多务，犹卷不辍手。……天性睿敏，下笔成章，千赋百诗，真疏便就，诸文休又一百卷。……历观古帝王，艺能博学，罕或有焉。”这些帝王皇族的才学包括儒、道、玄、佛、经、史、子、集等各个方面，自然也包括文学。考其原因，“永明之世，十许年中，百姓无鸡鸣犬吠之警，都邑之盛，士女富逸，歌声舞节，袨服华妆，桃花绿水之间，秋月春风之下，盖以百数”（《南齐书·良政传序》）良好的社会政治环境与帝王自上而下的鼓动倡导，文学独立性进

一步加强，地位进一步提升。宋文帝于儒学、玄学、史学三馆外别立文学馆；宋明帝立总明观，分儒、道、文、史、阴阳五部。文学由此从经史之学的附庸中独立出来，地位甚或具有超越经学之势。齐武帝永明年间，由皇族和士族组构的文学集团除萧子良集团外，至少还有豫章王萧疑集团和随王萧子隆集团。其中竟陵王府邸是永明文学中心，皇族与士族共同映射出这一时期的文学风光。

在皇族参与鼓动下，文苑郁兴，到梁陈时代，出现“徐庾体”“宫体”“吴均体”“阴何体”“选体”等等，最富有生命力的近体诗，在各家诗体中都包括进去了。徐陵、庾信把语言形式的绮艳与思想内容的风雅传统结合起来，创制“徐庾体”，此体以庾信成就最高，“庾子山《燕歌行》开唐初七古，《乌夜啼》开唐七律，其他体为唐五绝、五律、五排所本者，尤不胜举”（刘熙载《艺概·诗概》）。从南北朝诗到唐诗的演进史，庾信诗有直接影响。皇族与士族共构的文坛，往往形成一种“文雅的庸主”和“柔媚的词臣”一起吟咏讽诵和诗赋创作的场景。梁武帝、梁简文帝、梁元帝、陈后主等帝王，沈约、任昉、徐陵、江总、庾信等，君臣之间争宠翰墨不亦乐乎。宫体诗便是梁简文帝创制，君臣效仿。因宫廷生活所限，宫体诗“清辞巧制，止乎衽席之间，雕琢蔓藻，思极闺闱之内。后生好事，递相放习，朝野纷纷”（《隋书·经籍志四》），流宕未已，至陈朝而未能全变。如同“大小谢”对于自然山水的文学感觉经验的发掘，宫体诗对于文学感觉经验的开拓也是有贡献的，不能因其性灵隐匿和不再言志缘情就断然否决。宫体诗以女性生活为主要题材内容，从皇后、妃嫔、贵族女子到舞女、歌伎，再到采桑女、采莲女、织妇、捣衣妇等，都成为诗里描写对象，一方面艳情声色大炽，女性身体美成为新的审美领域；一方面咏写刻画女性生活景物如镜、灯、烛、幔、窗、琵琶、琴瑟、衣架、殿、阁、闺、堂、柳、莲藕、蔷薇、鸳鸯等，极大地拓展了咏物的范围，提升了咏物的技巧。这些文学经验，综合发展成香奁闺情的传统，五代两宋词，明清艳情小说戏曲，都不可避免地接续这个传统。专写女性之美，则艳情自生，道德价值让位于审美价值。乐府、清商曲辞、吴歌西曲等，侧艳被于江左。为了方便写作，相传徐陵辑成《玉台新咏》作为选本，收录自东周至南梁诗歌七百六十九首，编纂宗旨是“选录艳歌”，语言上弃深奥典重而取明白易懂，故民间文学得到重视，如《孔雀东南飞》首见此书。又重视女性写作，故班婕妤、鲍令晖、刘令娴等女作家的作品得以保存和流传。

徐陵编此艳诗集并作《玉台新咏序》，体现四声之学运用到辞赋创作的新变，即骈体文的出现。观《玉台新咏序》之文辞多为四六句式，如“楚王宫里，无不推其细腰；卫国佳人，俱言讶其纤手。阅诗敦礼，岂东邻之自媒；婉约风流，异西施之被教。弟兄协律，生小学歌；少长河阳，由来能舞。琵琶新曲，无待石崇；箜篌杂引，非关曹植。传鼓瑟于杨家，得吹箫于秦女”。类似这篇序的骈体文被称作“四六文”。四六文的兴起，同律体诗一样，是六朝文坛追求文学语言形式美的产物。元嘉时期的鲍照已有四六文的雏形，比如《芜城赋》：“是以板筑雉堞之殷，井干烽橹之勤，格高五岳，袤广三坟，崪若断岸，矗似长云。制磁石以御冲，糊赪壤以飞文。观基扃之固护，将万祀而一君。出入三代，五百余载，竟瓜剖而豆分。”句式对偶骈俪都已相当精工，但真正有意识地标举四六文体当属于萧梁徐陵、庾信辈。清代程杲说：“四六盛于六朝，庾、徐推为首出，其时法律尚疏，精华特浑。譬诸汉京之文，盛唐之诗，元气弥沦，有非后世能造其域者。”（《四六丛话考》）许梿评《玉台新咏序》说：“骈语主徐庾，五色相宣，八音迭奏，可谓六朝之渤澥，唐代之津梁”。（《六朝文絜》）徐陵及其四六文《玉台新咏序》对骈体文的繁荣具有重要作用。庾信的《哀江南赋》用四六句式伤悼和反思梁亡的前因后果，悲叹个人身世，宏大叙事与个体叙事相结合，思想意蕴和形式审美相结合，获得“赋史”称誉。历代虽有诟病庾信气节者，但都不得不承认其赋的文学史价值。就形式美的新变而言，声韵对偶、结构辐辏、自然用典等方面，此赋呈现很强的形式美感。纪昀称赞庾信为“四六宗臣”，赋文“华实相扶，情文兼至”，并说：“信北迁以后，阅历既久，学问弥深，所作皆华实相扶，情文兼至。抽黄对白之中，灏气舒卷，变化自如，则非陵之所能及矣。”（《四库全书总目提要》卷一四九）陈寅恪《读哀江南赋》也从文学成就的角度评赞说：“古今读《哀江南》赋者众矣，莫不为其所感，而所感之情，则有浅深之异焉。其所感较深者，其所通解亦必较多。兰成作赋，用古典以述今事。古事今情，虽不同物，若于异中求同，同中见异，融会异同，混合

古今，别造一同异俱冥、今古合流之幻觉，斯实文章之绝诣，而作者之能事也”（《金明馆丛稿初编》）庾信之赋，散文的气势、骈文的色泽、咏怀的情愫、叙事的结构，都在《哀江南赋》里得到充分体现。

南朝之所以能出现《玉台新咏序》《哀江南赋》这种四六体骈文，是与皇族与士族共同从事辞赋美文写作风尚有关的。梁代善写骈体辞赋者众多，比如皇族萧衍《净业赋》，萧统《陶渊明集序》，萧纲《晚春赋》《悔赋》，萧绎《采莲赋》《荡妇秋思赋》等都是辞赋杰作。词臣则更众，除沈约、任昉、徐陵、庾信外，陆倕、丘迟、何逊、吴均、王筠、江淹、刘峻、庾肩吾、陶弘景等，可谓人才炳蔚，盛极一时。其中，江淹的《恨赋》《别赋》借赋来描叙，进而说理论情，是情理结合的辞赋绝调。丘迟的《与陈伯之书》则前景后情，借景生情，虽是书信体劝降书，却收纵自如，于骈俪的声韵节奏中抒情论理，已经完全褪去了“为文而造情”的生硬的技巧痕迹。道教中人陶弘景被称作“山中宰相”，其《答谢中书书》堪称六朝山水小品经典名作：“山川之美，古来共谈。高峰入云，清流见底。两岸石壁，五色交辉。青林翠竹，四时俱备。晓雾将歇，猿鸟乱鸣；夕日欲颓，沉鳞竞跃，实是欲界之仙都，自康乐以来，未复有能与其奇者”。江南山川之美中反映娱情林泉的审美旨趣，其文辞清丽温婉足可媲美吴均的《与朱元思书》，却又多了一些精神超越的质素。律体诗和骈体文的发达兴盛，意味着中国文学在形式美的规律探索和应用方面，又推进了一步，标志着古代文人审美意识走向成熟，从偏于善的伦理价值诉求转向把握偏于审美韵味的文学特征。隋代李谔《上隋高祖革文华书》批评齐梁文风积弊弥盛说：“贵贱贤愚，唯务吟咏。遂复遗理存异，寻虚逐微，竞一韵之奇，争一字之巧。连篇累牍，不出月露之形；积案盈箱，唯是风云之状。”（《隋书·李谔传》）值得注意的是，李谔的文字本身就通篇流露出齐梁骈偶风格，前代文学遗风又岂能说断就断呢！

格律诗和骈体文的成就，应当与辨体意识有关。为文以体制为先，在实践和理论的总结活动方面，齐梁时期有两部文学理论著作《文心雕龙》和《诗品》，还有两部重要的文学选集《昭明文选》和《玉台新咏》。《诗品》和《玉台新咏》在诗的体式方面做了一个分类和总结；

《文心雕龙》和《昭明文选》更对文学整体作了一个细致分类和总结。刘勰《文心雕龙·序志》说其写作是“本乎道，师乎圣，体乎经，酌乎纬，变乎骚”，这里的“体乎经”指的是要依儒家经学条例对各个文体进行辨识疏解，具体操作方法和途径是“论文叙笔，则囿别区分，原始以表末，释名以章义，选文以定篇，敷理以举统”。就文类而说，前十篇论文，后十篇论笔，总计有诗、乐府、赋、颂赞、祝盟、铭箴、诔碑、哀吊、杂文、谐隐、史传、诸子、论说、诏策、檄移、封禅、章表、奏启、议对、书记，虽然比起后来的《文章辨体》《文体明辨》等书仍有疏漏，但比起以前应该说是很详备了，对各种文类的解析也很细致精要，这对后人了解南朝宋齐文学创作情况和理论问题都是很有价值的。《昭明文选》则是从文学作品归类体现当时的辨体意识。萧统说其体例是“凡次文之体，各以汇聚。诗赋体既不一，又以类分。类分之中，各以时代相次”。其总的选文原则是文学性，即使是“事出于沈思”之作亦须“义归乎翰藻”才能入选。在这个原则下分文体，如赋、诗、骚、七体、诏、策、令、教、文、表、上书、启、笺、奏记、书、檄、对问、设论、辞、序、颂、赞、符命、史论、史述赞、论、连珠、箴铭、诔、哀、碑文、墓志、行状等文体；文体下面再分文类，如“诗”这一文体之下又细分补亡、述德、献诗、公燕、祖饯、咏史、游仙、游览、行旅、招隐、咏怀、哀伤、赠答、军戎、情诗、郊庙、杂拟等文类；“赋”这一文体之下又分京都、郊祀、畋猎、纪行、游览、宫殿、物色、鸟兽、志、哀伤、论文、音乐、情等文类。文体分类的细致化，说明古人文字生活的复杂性和丰富性，也说明各体各类文字符号组织的文学化程度越来越高。“文体是指一定的话语秩序所形成的文本体式，它折射出作家、批评家独特的精神结构、体验方式、思维方式和其它社会历史、文化精神。”①萧统坚持文学本位原则和文学性标准，把汉魏以降最具文学审美特征的文字作品汇聚一书，表彰文采，为梁以后的文坛重视文采立了一个表率。陈后主陈叔宝（553—604年）在位时大建宫室，生活奢侈，不理朝政，日夜与妃嫔、文臣游宴，制作艳词。文学与富贵缔结最紧密的因缘当自晋宋开始，而陈后主将这层关系推向高潮终成“亡国之音”哀以思。“古人有言，亡国之主，多有才艺，考之梁、

① 童庆炳：《文体与文体的创造》，云南人民出版社，1994，导论第1页。

陈及隋，信非虚论。然则不崇教义之本，偏尚淫丽之文，徒长浇伪之风，无救乱亡之祸矣”（魏徵《陈书》卷六《后主本纪》）。宫体诗《玉树后庭花》成为替换性名词，指代荒淫奢豪的生活方式、情欲话语的审美感受、靡丽华艳的精神追求和亡国离乱的社会征兆。

汉魏六朝士人的文雅风流不仅记载于《文心雕龙》和《昭明文选》，以文学作品荷载其才情禀赋；还记载于丰富多彩的言语清谈之中，比如邯郸淳的《笑林》、裴启的《语林》、郭澄之的《郭子》、沈约的《俗说》、殷芸的《小说》、杨松玢的《解颐》、虞通之的《妒记》、刘义庆的《世说新语》。《世说新语》编撰者是刘宋临川王刘义庆（403—444年）及其门下文士，此书是记录士人阶层为主的魏晋社会日常生活的小说样式，内容按“德行”“言语”“政事”“文学”“方正”“雅量”“识鉴”等三十六在，每类长短各异，成为“一部名士底教科书”（鲁迅《中国小说史略》附录《中国小说的历史的变迁》）。相对于志怪神异小说，《世说新语》乃随手而记的笔记体志人小说。论文学价值，明代胡应麟评其：“读其语言，晋人面目气韵，恍然生动，而简约玄澹，真致不穷”（《少室山房笔丛》卷十三《九流绪论下》）；谓其叙述语言，隽永传神、简洁凝练，人物语言颇具个体风采，体现清玄旨趣。王世贞说自己喜读此书，只患很快就读完：“至于《世说》之所长，或造微于单辞，或徵巧于只行，或因美以见风，或因刺以通赞，往往使人短咏而跃然，长思而未罄。”[①]其弟王世懋也说：“晋人雅尚清谈，风流映于后世，而临川王生长晋末，沐浴浸溉，述为此书，至今讽习之者，犹能令人舞蹈，若亲睹其献酬。”[②]《世说新语》运用各种修辞技巧，创造许多佳句名言，像“一往情深”“卿卿我我”“拾人牙慧”“黄娟幼妇”“望梅止渴”“七步成诗”“雪夜访戴”等故事都固定为成语或典故，让人遥想其中的人物事迹、文学形象、典章故实。后又配以齐梁时代的刘孝标注释，其文学价值和史料价值更增几许。刘知几从史学家角度评说其文学虚构笔法：“晋世杂书，谅非一族，若《语林》《世说》《幽明录》《搜神

① 丁锡根：《中国历代小说跋集·世说新语补序》，人民文学出版社，1996，第410页。

② 丁锡根：《中国历代小说跋集·世说新语序》，人民文学出版社，1996，第411页。

记》之徒，其所载或诙谐小辩，或神鬼怪物。其事非圣，扬雄所不观；其言乱神，宣尼所不语。皇朝新撰晋史，多采以为书。夫以干、邓之所粪除，王、虞之所糠秕，持为逸史，用补前传，此何异魏朝之撰《皇览》，梁世之修《遍略》，务多为美，聚博为功，虽取说于小人，终见嗤于君子矣。”若从文学角度来看，则所谓其事非圣、其言乱神恰恰是艺术特色，是作品魅力所在，文学区别于史学亦判然分明。所以，隋唐后的侯白《启颜录》、王谠《唐语林》、王方庆《续世说新书》、何良俊《何氏语林》、孔平仲《续世说》、王晫《今世说》、李绍文《明世说新语》、冯梦龙《古今谭概》、吴肃公《明语林》、李清《女世说》、颜从乔《僧世说》等志人小说都曾拟仿《世说新语》，形成特殊的“世说体”这一小说体式。再者，《世说新语》并非像刘知几所说毫无历史价值，魏晋士人阶层的生活方式和精神面貌多可从中获得感性把握，让历史人物不再是干枯寂寞而没有温度的符号集群，这对于正史人物传是个很好的补充，《晋书》酌取材料于它也正说明这个价值。况且，《世说新语》描写和刻画的人物形象群有助于了解士族家庭关系及世族制度。比如温县司马氏（代表人物：司马懿—司马孚—司马师—司马昭—司马攸）；琅琊王氏（代表人物：王衍—王导—王敦—王羲之—王献之—王徽之—王洵）；陈郡谢氏（代表人物：谢鲲—谢尚，谢安，谢玄，谢道韫）；太原王氏（代表人物：王昶—王湛—王承—王述—王坦之，王恭）；龙亢桓氏（代表人物：桓彝—桓温—桓冲—桓豁—桓玄—桓振）；陈郡殷氏（代表人物：殷羡—殷浩—殷仲文，殷仲堪）；新野庾氏（代表人物：庾亮—庾皇后—庾冰—庾翼）；陈留阮氏（代表人物：阮籍—阮咸—阮瞻）；陈郡袁氏（代表人物：袁乔、袁宏、袁耽）高平郗氏（代表人物：郗鉴—郗愔—郗超）；泰山羊氏（代表人物：羊祜—羊孚）；河东裴氏（代表人物：裴秀—裴頠，裴楷）；等等。各大家族之间又勾连起错综复杂的姻亲裙带关系，从中体现出魏晋时期的婚姻观念和风俗，反映士族身份地位升降情况及其与社会政治发展变化的密切联系。总之，《世说新语》是南朝集大成者的志人叙事小说，构建了一个以士人阶层为中心的文学社会。

《世说新语·文学》第二十五条载：“褚季野语孙安国，云：‘北人学问，渊综广博。’孙答曰：‘南人学问，清通简要。’支道林闻之曰：

‘圣贤固所忘言。自中人以还，北人看书，如显处视月；南人学问，如牖中窥日。”余嘉锡笺疏引《北史·儒林传序》说：“南人约简，得其英华；北学深芜，穷其枝叶。”这是讲东晋以后南北学风差异的故事，文风其实也大略如此。如《隋书·文学传序》概括尤其精要：“江左宫商发越，贵于清绮；河朔词义贞刚，重乎气质。气质则理胜其词，清绮则文过其意；理深者便于时用，文华者宜于咏歌，此其南北词人得失之大较也。”北方世族多以经学传家，又受汉儒诗教传统影响较深，文风较为朴重，偏于文学的伦理道德维度；南方士族多清玄世家，多有佛道的宗教因缘，文风追尚轻靡华艳，偏于文学的审美形式维度，常将文学与道德分为两物。然而，这只是大略，随着南北文化交融程度的加深，文学地域包容性也越来越强。佛玄合流，三教互渗，已在齐梁之际加大进度。南北文学本来亦有共同的渊源，比如北方的“词义贞刚”“重乎气质”特点，显然有建安以来重视人格精神的文化痕迹，有“文气”说的审美影响。这是南北文学汇聚的共同基因。北周建德五年（576年），武帝宇文邕北连突厥，南和陈朝，攻灭北齐统一北方。北齐的阳休之、卢思道、颜之推，薛道衡等同入北周；而颜之推本由南方辗转至北方的文人。同样流落到北方的还有其兄颜之仪、庾信、王褒、何妥、萧该等。这批文人原先在南方就已声名远传，而今又主盟北方文坛，南风北渐遂不可避免。再者，北朝原先多以经学传家，从事文学且著名者并不多，北魏以来仅“北地三才”温子昇、邢邵、魏收较有成就。然“北地三才”都有意模仿南朝文学，南朝文学毕竟代表着创新的走向。济阴王晖业曾称赞温子昇：“江左文人，宋有颜延之、谢灵运，梁有沈约、任昉，我子昇足以陵颜轹谢，含任吐沈。”（《北史·文苑》）用南朝颜延之、谢灵运、任昉、沈约来作参照物，其实是向南朝看齐，承认北朝总体不如南朝。邢邵擅长骈文，据《北史》《北齐书》《颜氏家训》介绍，“所作诏诰，文体宏丽”，“文章典丽，既赡且速，年未二十，名动衣冠”，其现存文章大多辞藻华丽，对仗工整，都是爱慕和仿效南朝如沈约的文风。《冬日伤志篇》现存八首诗，其中如《七夕》《思公子》等，从内容到形式均摹仿齐梁诗。魏收也类似，如其《挟琴歌》《美女篇》《后园宴乐》等几乎无北地质朴贞刚之气质，全然是南朝脂粉轻靡气息。《北史·魏收传》记载魏收与邢邵攀比文学技艺优劣，议论更相訾毁，各有朋党，乃至互相揭短，均以南朝任昉、沈约为效仿典范；邢邵揭魏收偷窃任昉，魏收揭邢邵剽窃沈约。南风北渐的影响力可见一斑。北周文风呢？也照样在向南朝靠拢。“唯王褒、庾信奇才秀出，牢笼于一代。是时，世宗雅词云委，滕赵二王，雕章间发。咸筑宫虚馆，有如布衣之交。由是朝廷之人，闾阎之士，莫不忘味于遗韵，眩精于末光，犹丘陵之仰嵩岱、川流之宗溟渤也。”（《周书·王褒传》）王褒、庾信由南到北，也把南朝的文学审美趣味传到了北朝，从朝野上下对他们文学风采的痴迷程度可知南方风气弥漫北周文坛。所以，“周氏吞并梁荆，此风扇于关右，狂简斐然成俗，流宕忘返，无所取裁”（《隋书·文学传序》）。梁陈文学趣尚是如此普遍地刮向北周文坛主流，使之流宕忘返。

考其原因，自是与北朝政权的汉化政策有直接关系。宇文泰建西魏时，与汉族士人阶层合作，崇古尊今，以三代圣王为榜样，争取士大夫的认同，最终要跟南朝萧梁争夺文化正统。故在政治上奉行德治教化为主，辅以法治，推崇儒家学说，以儒家伦理纲常观念稳定统治秩序。正因文化政策导向汉文化传统，北朝文学界歆慕并取法南朝文学就是很正常的了。而南朝文学的发展至少有两个路径：一条是重视形式规律的审美风尚，以清绮柔靡文风蔓延主流文坛；另一条是注重社会思想内涵的伦理风尚，以缘情重质文风抵抗柔媚之俗。其实北朝西魏以来，文风是继承了缘情重质的一面，但随着南北交融的进程，对南朝重视形式规律的审美风尚也一起产生了追慕的心理。同样，南人北至，原有的文学气息也不可避免地混合了北地的气息而发生变化，如庾信就是南北融合的标志性人物。庾信原是梁朝宫体诗的重要作者，还是徐庾体的代表诗人，流寓北方后，文学视野显然不再局限于宫廷生活，而增添了身世感慨以及北方广阔的历史和现实生活，诗风也融进了北方的萧瑟苍凉和慷慨悲郁的审美格调，《哀江南赋》《拟咏怀》等就是南北气质融合的经典范本。他既把南朝柔媚靡丽的审美文化趣味传到了北朝，同时也感染了北朝那种悲郁、凝重、肃穆、辽远的审美文化趣味。魏徵说：“若能掇彼清音，简兹累句，各去所短，合其两长，则文质彬彬，尽善尽美矣。”（《隋书·文学传序》）《庾子山集》臻此境界，是“南北称美”的文学形态，也是南北文化融合的象征符码。

二、“南帖北碑”的审美文化史考察

在汉末，中国书法艺术的各种字体均已形成，从汉隶到章草、正楷再演化为行书的字体演变，这使书法家的书写空间更为广阔，自由发挥的程度得到提升，也使书法家有意地追求完备的法度和多样的个性风格。魏晋南北朝士人阶层多兼擅文学与书画，他们普遍研习各体书法，使书法艺术在魏晋南北朝时期达到了全面的成熟，迎来书法艺术史的第一个高峰；这一时期，书体的法度程式和笔画结体业已完备，此后的书法发展史主要是书法家个体风格的创新，而非书体的变异。在书写工具和材料方面，绢素运用于书画，尤其造纸技术的出现，对书法艺术的结体和章法有直接影响；绢素较贵重，皇族使用较多，书法的大众化还得依靠纸张的普及。汉末左伯所造的纸比较流行，人称“子邑之纸，妙研辉光”；钟繇跋王次仲草书《道经帖》据说是麻纸。魏晋用墨主要是松烟和石墨，擅长草书的韦诞制作的墨质量较好，获“韦诞墨”称誉。砚的材质和形制此时配合墨材也越来越多样化，铜、铁、漆、瓷等材质的砚都有。笔的制法则名目很多，据贾思勰《齐民要术·笔法》记载韦诞以铁梳选毛，兔毫及羊青毛为笔毫，可知毛笔已普及。书法各种要素都齐备，创作成就相应达到一个高峰。

汉字的书写艺术可谓中国特色的书法，宗白华讲它是“一种最高意境与情操的民族艺术”[①]。当汉字书写从关注实用功能转向形体结构本身的审美功能之时，书法的艺术价值就产生了。东汉以前的汉字书写主观上以实用为目的，客观上为后世留下了审美的因素。元代郝经《移诸生论书法书》称言：“夫书一技耳，古者与射御并，故三代、先秦不计夫工拙，而不以为学，是以无书法之说焉。自包牺氏画八卦，造书契，皇颉制字，取天地法象之端，人物器皿之状，鸟兽草木之文，日月星辰之章，烟云雨露之态而为之，初无工拙之意于其间也。”[②]所以，即使是秦时李斯作《仓颉篇》、赵高作《爰历篇》、胡毋敬作《博学篇》，“皆取史籀大篆，或颇省改”，都只是定型为小篆文字的活动而非审美的主观

① 宗白华：《美学散步》，上海人民出版社，1981，第116页。

② 崔尔平：《历代书法论文选续编》，上海书画出版社，1993，第174页。

追求。至于西汉众多文人操管能书，如司马相如、严延年、张安世、史游、扬雄、杜邺、张敞、爰礼等，西汉政府选拔制度重视书写能力，他们以能书而被任官。不过，此时仍然以识别古文字、书写的规范性为标准以服务于政府文书工作，非为字形结构、点画线条和空间布局的艺术性，这些能书善书的文人基本上是文字学家且都有相应的著作。西汉文史必须掌握的字体是秦书八体，即大篆、小篆、刻符、虫书、摹印、署书、殳书、隶书，以此八体为基础，汉末到三国期间定型为大篆、小篆、鸟篆、隶书四种书体。汉时隶书演化出章草和楷隶，楷隶定型为正楷，正楷为追求书写速度又演化出行书。

西汉末年，文人尺牍成为审美对象，“自陈遵、刘穆之起滥觞于前，曹喜、杜度激洪波于后，群能间出，角立挺拔。或秘象天府，或藏器竹帛。虽经千载，历久弥珍”[①]（张怀瓘《书断》）。作为书写作品被人收藏，说明书法审美意识愈强，社会习书者也渐次增多。东汉的杜操、崔瑗、崔寔、班固、蔡邕、蔡琰、王次仲、邯郸淳、张芝、张昶等已把书写视作纯粹的艺术活动，对书写艺术的爱好出于无功利的动机。“桓灵”之间，在汉隶和章草基础上，张芝创造今草，响应社会兴起的草书热潮，“临池学书，池水尽墨”（卫恒《四体书势》）。赵壹感于社会研习草书热潮妨碍儒学正道的弘扬，特作《非草书》予以矫正时风，说：“余郡士有梁孔达、姜孟颖者，皆当世之彦哲也，然慕张生之草书过于希孔、颜焉。孔达写书以示孟颖，皆口诵其文，手楷其篇，无怠倦焉。于是后学之徒竞慕二贤，守令作篇，人撰一卷，以为秘玩。余惧其背经而趋俗，此非所以弘道兴世也；又想罗、赵之所见嗤沮，故为说草书本末，以慰罗、赵、息梁、姜焉。”[②]其时草书腾兴，赵壹想复返仓颉史籀只能是逆行，其主张必将不会实现。草书本为书写简便而创制，却因线条笔墨行气的变化多端而可寄寓书写者的主观情感，书写者往往通过文字的结构形态、轻重缓急等来传递自己的精神气质。汉灵帝光和元年（178年）特设鸿都门学，包括辞赋书画等专门之学，背后虽涉及政治势力的博弈，毕竟在经学外另立文艺专门之学，扩展了教育内容，培养了师宜官、梁鹄、毛弘等书法名家，其意义更在于标志书法艺术已然独

① 张彦远：《法书要录》，上海书画出版社，1986，第238页。

② 张彦远：《法书要录》，上海书画出版社，1986，第1页。

立。元代刘因《叙学》说："字画之工拙，先秦不以为事。科斗、篆、隶、正、行、草，汉氏而下，随俗而变，去古远而古意日衰。魏晋以来，其学始盛。自天子大臣至处士，往往以能书名家，变态百出，法度备具，遂为专门之学。故宋高祖病不能书，不足厌人望。刘穆之使放笔大书，亦自过人，一纸可三四字，其风俗所尚如此。"[①]所谓去古意日衰，乃反指书写本体论意识加强，汉末各种字体已备，经验也已理论化。在崔瑗《草势》、赵壹《非草书》后，有蔡邕《篆势》《九势》《笔论》《笔颂》，不仅论及结体布局，也涉论书法创作时的精神状态，这是走向魏晋书法美学成熟期的前期理论准备。

当然，"一个艺术高峰的出现，需要众多书法家在艺术风格和审美意识上作出超越前代并且启迪后世的贡献，这些恰恰是魏晋南北朝时期书坛的显著特点。魏晋南北朝的特定文化氛围，为中国书法艺术第一个高峰的出现，创造了转变的契机和赖以发展现实土壤"[②]。魏晋之际最具代表性的书法家是钟繇和陆机。其他如曹操、杨修、韦诞、曹植、嵇康、钟会、曹髦、荀勖、傅玄、刘伶、向秀、张翰、张华等造诣也颇高。曹操在政治军事活动之余，也从事文学、书法活动。曹操善草书，西晋张华《博物志》说他仅次于崔瑗、张芝和张昶；而梁庾肩吾《书品》列之为"妙品"，"尤工章草，雄逸绝伦"。如同对建安文学产生影响，曹操对书法艺术也产生较大影响。曹魏的韦诞既是书法材料的发明家，也是创作家，"诞善楷书，魏宫观多诞所题。明帝立凌霄观，误先钉榜，乃笼盛诞，辘轳长絙引上，使就题之，去地二十五丈。诞甚危惧，乃戒子孙绝此楷法，箸之家令"（《世说新语·巧艺》注引卫恒《四体书势》）[③]。钟繇（151—230年）是曹魏时期的书法巨匠，刘子翚《屏山集钞·临池歌》："钟繇学书夜不眠，以指画字衣皆穿；当时尺牍来邺下，锦标玉轴争流传。"说的就是钟繇苦研书法的故事。据《笔阵图》所记，钟繇入抱犊山学书三年，与曹操、邯郸淳、韦诞共探笔法，"每见万类，皆书象之"，"善三色书（铭石书、章程书、行押书），最妙者八分"。钟繇勤勉好学，隶、楷、行、草诸体皆佳，而以楷书最

① 刘因：《静修集》，丛书集成初编本，中华书局，1985，第7页。
② 陈绶祥主编：《中国美术史·魏晋南北朝卷》，齐鲁书社，2000，第97页。
③ 余嘉锡：《世说新语笺疏》，中华书局，2007，第842页。

见称赏。他懂得书法取法自然，并联想到书法家和作品的关系，故能以自然为师，强调书者的主体创造精神。现传钟繇代表作主要有《力命表》《宣示表》《贺捷表》《调元表》《荐季直表》《丙舍帖》，因多为政治活动中的文书，估计体现不出他的最高水准，但仅依这些作品足可确立他的书法地位。《宣和书谱》说："楷法今之正书也，钟繇《贺克捷表》备尽法度，为正书之祖。"意谓钟繇为楷体的法度规范建立了完整体系。实际上，钟繇作品虽然保留了由隶入楷的明显特征，却正好见证了他有确立楷体法度的关键性贡献。张怀瓘《书断》称赞他："真书绝世，刚柔备矣，点画之间多有异趣，可谓幽深无际，古雅有余，秦汉以来一人而已。"楷书基本定型是由钟繇完成的，他使书法获得艺术性的空间更加广阔。钟繇所处时代的书法家共同缺点都是隶意太浓，李世民指出这点："钟虽擅美一时，亦为迥绝，论其尽善，或有所疑。至于布纤浓，分疏密，霞云卷，无所间然；但其体势则古而不今，字则长而逾制，语其大量，以此为瑕。"[①]（《晋书·王羲之传》）尽管留有这个"瑕疵"，但这个"瑕疵"换个角度看却是天然质朴，非刻意求工者所能比拟。钟繇对后世书法的影响无疑是深远的，王羲之等书法家都曾潜心钻研钟繇作品，庾肩吾列之为"上品之上"，张怀瓘列之为"神品"，不愧为楷书鼻祖。西晋时期重要书法家陆机在推动行草书体发展做出了贡献，现存年代最早的一幅名家草书真迹便是他的《平复帖》。"陆士衡《平复帖》以秃笔作稿草，笔精而法古雅。"（《詹东图玄览编》）"《平复帖》最奇古，与索幼安《出师颂》齐。惜剥蚀太甚，不入俗子眼。然笔法圆浑，正如太羹玄酒，断非中古人所能下手。"[②]（《清河书画舫》）这件稀世珍宝写在牙色麻纸上，文字内容大致是陆机向友人问候疾病的一通信札，草书九行，计八十四字，反映隶草向今草渐变过渡情况，已不带明显的汉隶遗意了。陆机的文学名气盖住了书法名气，但也说明魏晋以来文人兼善书法是艺术史的特点。

士族阶层崛起和兴盛于魏晋，出现很多特色文化家族，包括书法世家。书法世家中最为突出者即是琅琊王氏家族，除王导外，还有王恬、王洽、王劭、王荟、王珣、王敦、王廙、王玄之、王羲之、王凝之、王

① 房玄龄：《晋书》，中华书局，1974，第2107页。

② 卢辅圣编：《中国书画全书·第四册》，上海书画出版社，1993，第13、144页。

涣之、王献之、王淳之等王家人，基本主导了东晋书坛。有河东安邑卫瓘、卫恒、卫铄（即卫夫人）等卫家人也以书法传家。有陈郡阳夏谢安、谢灵运等谢家人，有谯国龙亢桓温、桓玄等桓家人，在政治事功外兼营书法，也有相当影响力。此外，颍川长社钟氏，颍川颍阴荀氏，京兆杜陵杜氏和韦氏，太原晋阳王氏，泰山平阳羊氏、颍川鄢陵庾氏，范阳卢氏，高平金乡郗氏，太原祁温氏，等等，都在书法方面出了不少家族人才。其中卫氏家族声誉最为绵长最为崇远，对诸世家大族的书法成就均有影响。

卫氏家族书法显名可从曹魏时期的卫觊说起。卫觊是文学家，与建安潘勖、魏黄初王象齐名，可惜其作品在《全上古秦汉三国六朝文》里，仅有《魏官仪》和《孝经图》两书的存目。其书法造诣与汉末梁鹄、韦诞并驱，“好古文、鸟篆、隶草、无所不善”（《三国志·魏志·卫觊传》）卫恒在《四体书势》中提到其祖父卫觊抄写古文《尚书》，师法邯郸淳几乎乱真。卫觊能写古文、篆书、八分书，尤其“善草及古文，略尽其妙。草体微瘦，而笔迹精熟”（羊欣《采古来能书人名》）。总的来说，曹魏时期能与钟繇并称的大概只有卫觊。其子卫瓘继承家传草书，据元代盛熙明《法书考·书谱》介绍：“幼为魏尚书郎，与索靖俱善书，时谓一台二妙。庾云：上下品。张云：行第五，并小篆、隶书俱妙品，古文、大篆能品，章第四，神品。王云：卫觊子也，为晋司空。采张芝草法，取父书参之，更为草稿。子巨山亦善书。故云：伯玉得筋，巨山得骨。”[①]看来卫氏书家偏于“瘦”的审美风格，以“筋”“骨”称显，形成自家笔法。庾肩吾《书品》列“卫觊—卫瓘—卫恒、卫宣、卫夫人”三代，张怀瓘《书断》延伸到第四代卫璪、卫玠，故卫氏书法有“四世家风不坠”称誉。当然，卫氏书法家风不脱时代共同风格，即从张芝到索靖、卫瓘，都留下章草风味。欧阳询《与杨驸马书章草千文批后》说：“张芝草圣，皇象八绝，并是章草，西晋悉然。迨乎东晋，王逸少与徒弟洽复为今草，韵媚宛转，大行于世，章草几将绝矣。”[②]魏晋之际的书坛章草艺术兴盛，直至书体演变最后完成，王羲之出来结束章草时代，以自然天成、韵媚宛转、风神俊逸风格开一代新

① 盛熙明：《法书考》，四库全书本，1344，第8页。

② 张彦远：《法书要录》，上海书画出版社，1986，第197页。

书风。

王羲之（321—379年）字逸少，生于信奉道教的琅琊王氏家族。王氏家族书法门户的形成离不开卫氏家族传授家法之功，“亡高祖丞相导，亦甚有楷法，以师钟、卫，好爱无厌”（王僧虔《论书》）。王羲之早年也曾问学于卫夫人卫铄，得钟繇之法、卫氏家法和卫夫人法门。韦续《唐人书评》评卫夫人书风：“如插花舞女，低昂美容。又如美女登台，仙娥弄影，红莲映水，碧沼浮霞。”王羲之的姿媚习尚亦由此而初蕴，但置身于新的书法时代，王羲之转益多师，广闻博取。他在《题卫夫人〈笔阵图〉后》里自称：“羲之少学卫夫人书，将谓大能。及渡江北游名山，比见李斯、曹喜等；又之许下，见钟繇、梁鹄书；又之洛下，见蔡邕《石经》三体书；又于从兄洽处见张昶《华岳碑》。始知学卫夫人书，徒费年月尔。羲之遂改本师，仍于众碑学习焉，遂成书尔。时年五十有三。”[①]此段话叙述了王羲之学书师法诸家的经验，虽然北游之类的具体事件是否属实仍有争议，但是就王羲之博采众长、备精诸体这点来说应该是不错的，即使没有实地游赏，想必看过碑刻的拓片，故“右军自言见李斯、曹喜、梁鹄等字，见蔡邕《石经》，于从兄洽处复见张昶《华岳碑》，是其书之取资博矣”[②]。王羲之在继承前辈传统的基础上树立了魏晋新书风，“俱变古形，不尔，至今犹法钟张”（王洽《与右军书》），东晋书风大变，人们由效法钟、张改趋向王羲之。王羲之的新变主要在于书体风格，一是楷书在钟繇基础上变化体势，完善笔法，骨力刚健，“一行而众相，万字皆别”（《书断》）；一是损益变革行书笔法，扬弃隶意，尚玄从简，确立飘逸潇洒、流美便捷的行书体，使书法的抒情色彩大为增强，开创“尚韵”传统；一是散尽章草笔法，承张芝、余泽将今草由萌芽发展至成熟，既易读易识又颇富变化韵致和神采飞扬。王羲之的楷书作品有《黄庭经》《乐毅论》《东方朔画赞》等，皆为细楷摹本，真迹不可觅。草书作品有《十七帖》《初月帖》《上虞帖》《平安帖》《行穰帖》，也是真迹不传，只有摹本或伪作略见其风采。行书作品有《姨母帖》《快雪时晴帖》《丧乱帖》《平安帖》《兰亭集序》《何如帖》《奉橘帖》《孔侍中帖》《寒切帖》《远宦帖》《二谢帖》《雨后帖》《秋月

① 严可均辑：《全晋文》，商务印书馆，1999，第260页。

② 刘熙载：《艺概》，上海古籍出版社，1978，第146页。

帖》《都下帖》等，结体从容自然，笔势委婉含蓄，线条遒美隽秀。最著名的是《兰亭集序》，被米芾称作“天下第一行书”。赵孟頫寻访兰亭旧迹，评说：“学书在玩味古人法帖，悉知其用笔之意，乃为有益。右军书兰亭是已退笔，因其势而用之，无不如志，兹其所以神也。”“书法以用笔为上，而结字亦须用工。盖结字因时相传，用笔千古不易。右军字势，古法一变。其雄秀之气，出于天然，故古今以为师法。齐梁间人，结字非不古，而乏俊气。此又存乎其人，然古法终不可失也。”（《定武兰亭跋》）[①]赵孟頫对兰亭的笔势反复赞叹，知悉王羲之作品的神韵来源在于纵引笔势的扩张；所谓“因势而用之”，就是随机运行，自然天成，改变章草之单字横向笔势，转为纵引笔势而形成字和字的链式关系，突出笔势的“赋形”功能，从而生成新的草书形态，“使一些笔画的姿态及其组合关系发生了变异的情节，出现了一种大于单字结构的字群结构，草书的连绵情调更加浓郁”[②]。《兰亭集序》成为不可复制的“天下第一行书”，是“详察古今，研精篆素，尽善尽美”（《晋书·王羲之传》）的结果。李世民酷爱《兰亭集序》，亲撰《王羲之传》，真迹也因他而变为传说不再复现于世。汉魏以来世所流行书法非真即草，名家辈出；而王羲之将真草融合，创为王氏行书，《兰亭集序》正是“变古制今惟右军”（王僧虔《论书》）的典范之作。“梁氏秘阁散逸以来，吾见二王真草多矣，家中尝得十卷，方知陶隐居（陶弘景）、阮交州（阮研）、萧祭酒（萧子云）诸书，莫不得羲之之体，故是书之渊源。萧晚节所变，乃右军年少时法也。”（《颜氏家训·杂艺》）[③]王羲之“俱变古形”的行书作品，呈现方圆刚柔骨肉气血兼备的风格，既媚且遒，达到圆满中和的境界，这正是作为古典范本的基本特征。后人还从中品味到创作者的情绪渗透在点线组合的符号群里。孙过庭说：“写《乐毅》则情多怫郁；书《画赞》则意涉瑰奇；《黄庭经》则怡怿虚无；《太师箴》又纵横争折；暨乎兰亭兴集，思逸神超，私门诫誓，情拘志惨。所涉乐方笑，言哀已叹。”（《书谱》）[④]以《兰亭集序》来看，王羲之在晋穆帝永和九年（353年）与名流高士谢安、孙绰等几十人举行

① 赵孟頫：《赵孟頫集》，浙江古籍出版社，1986，第253-254页。

② 刘涛：《秦汉魏晋南北朝书法史》，江苏教育出版社，2002，第172页。

③ 王利器：《颜氏家训集解》，中华书局，1993，第572页。

④ 马国权：《书谱译注》，上海书画出版社，1980，第72-73页。

风雅集会，与会者皆临流赋诗各抒怀抱，收录成集，由他当场草成一篇序文。就文学角度而言，此乃“雅人深致，玩其抑扬之趣”（李兆洛《骈体文钞》卷二十一）；“通篇着眼在死生二字。只为当时士大夫务清谈，鲜实效。一死生而齐彭殇，无经济大略，故触景兴怀，俯仰若有余病。但逸少旷达人，故虽苍凉感叹之中，自有无穷逸趣”（《古文观止》卷七）[①]。可以想见，其书写过程也完全是即兴的，笔意里包蕴了书写过程中即时情怀。王羲之的《昨还帖》《秋中帖》《适欲遗书帖》《阔别帖》多述由病痛带来的迟暮之感，以及强作欢颜的良苦用心，这些书法作品皆非为书写而书写，孙过庭的体察是很有道理的。人们用“飘若游云，矫若惊龙”“龙跳天门，虎卧凰阁”“天质自然，丰神盖代”等词语来比拟和描述王羲之的书法作品，其实也是在比拟和描述王羲之其人。

在王羲之的后代子侄中，要数王献之的书法水平最高。谢安总问王献之：“君书何如君家尊?”王献之回答：“故当不同。”谢安说：“外论不尔。”王献之自信满怀：“人那得知!”（《晋书·王献之传》）[②]王献之引以为傲的资本，是在继承家法的基础上做到创新而自成一格。王献之少年时代曾对其父亲说：“古之章草，未能宏逸。颇弄诸体，今穷伪略之理，极草纵之致，不若藁行之间，于往法固殊，大人宜改体。”（张怀瓘《书估》）[③]“改体”是“二王”的卓越共识，父亲王羲之已经做到了，而儿子王献之更是执意自创新体，创造出结构微妙、字体娟秀的“今草”，又称“小草”“游丝草”，是秀美字体的典范。张怀瓘《书议》描述了游丝草字体特征，说：“子敬才高识远，行草之外，更开一门。夫行书，非草非真，离方遁圆，在乎季孟之间。兼真者，谓之真行；带草者，谓之行草。子敬之法，非草非行，流便于行，草又处其中间。无藉因循，宁拘制则；挺然秀出，务于简易，情驰神纵，超逸优游；临事制宜，从意适便。有若风行雨散，润色开花，笔法体势之中，最为风流者也。逸少秉真行之要，子敬执行草之权，父之灵和，子之神俊，皆古今之独绝也。”[④]他这种非草非行的新书体，被称为“破体”，又叫“一

① 吴楚材等：《古文观止》，中华书局，1959，第287–288页。

② 房玄龄：《晋书》，中华书局，1974，第2105页。

③ 张彦远：《法书要录》，上海书画出版社，1986，第112–113页。

④ 张彦远：《法书要录》，上海书画出版社，1986，第124页。

笔书”。这种“一笔书”在笔势方面一气呵成，自由洒落，变化随意。观其《中秋帖》，行笔如风，数字而不间断，体势连绵缠结而狂纵奔放，于“尚韵”外别具“尚意”风味，完全符合张怀瓘所归纳的“挺然秀出”“情驰神纵”“超逸优游”“从意适便”诸特征。在笔画结体方面，则秀媚灵动，充满逸气，“骨势不及父，而媚趣过之”（羊欣《采古来能书人名》）；“子敬草书，逸气过父亲”（李嗣真《书后品》）。由于王献之的刻意新变，“父子之间又为古今”，其妍媚和逸气代表了东晋后期的书风特征，有别于其父领导的东晋中期之既媚且遒。王献之的《鸭头丸帖》《廿九日帖》等通篇姿媚秀妍，后者行楷中杂有草字；《十二月帖》由行、楷写起，随后草意越来越强，体现“非草非行”的笔法特点；《十三行洛神赋》结体宽绰外拓，笔画挺拔秀逸，章法布局则顾盼生姿互相呼应，董其昌说“每以大令《十三行洛神赋》为宗极耳”（《画禅室随笔》卷一）。东晋书风以王氏家族为主导分为三个时期，王廙、王羲之、王献之各为早、中、后三个时期的书坛领袖，共同变制今体，确定尚韵重意的书法审美方向。

南北朝时期，北朝书法名家不多，北碑的艺术成就却很高。马宗霍说：“自五胡云扰，晋室东迁，割据之形既成，南北之局已肇。及晋之亡，南则宋齐梁陈，划江而守，北则魏齐周隋，跨河而治，各自为政，趣尚渐殊。书虽艺事，不能无异。欧阳修曰，南朝士人，气尚卑弱，字画工者，率以纤劲清媚为佳。赵孟坚曰，晋宋而下，分为南北，北方多朴，有隶体，无晋逸雅，谓之毡裘气。此为论定南北朝书法之最显者。然欧意贬南，赵意轻北。至阮元作南北书派论，谓南派乃江左风流，疏放妍妙，长于启牍，减笔至不可识。而篆隶遗法，东晋已多改变，无论宋齐矣。北派则是中原古法，拘谨拙陋，长于碑榜。”[①]人们习惯用“南帖北碑”来描述南北之间的书风差异。但随着南北文化交融进程，书法艺术也在互相交融中发展演变。

先说北朝书法。魏碑是北碑主角，书体独具一格，它承汉隶笔法而构字紧密厚重，峻烈朴拙中不乏妩媚，是北朝书法冠冕。北朝承燕赵之

① 马宗霍：《书林藻鉴・书林纪事》，文物出版社，1984，第58页。

后，书体多出于崔悦和卢谌二家，而崔卢二家皆传钟繇、卫瓘和索靖遗法，在北方特有地理环境下演变出北碑特有的书体。康有为说："魏碑无不佳者，虽穷乡儿女造像，而骨血峻宕，拙厚中皆有异态，构字亦紧密非常，岂与晋世皆当书之会耶？何其工也！"（《广艺舟双楫·十六宗》）[①]北魏最受推崇者是郑道昭，魏碑体鼻祖，被誉为"书法北圣"。他的作品主要保留在山东莱州云峰山，存有四十二种刻石作品，"尚能锋芒毕露，得窥见古人之笔意，至其姿势之圆劲遒美，一碑有一碑之面目，各种兼备"（包世臣《历下书谈》）；"北碑体多旁出，《郑文公碑》字独真正，而篆势、分韵、草情毕具"（包世臣《历下笔谭》）相对南朝追踪"二王"秀媚飘逸来说，郑道昭是延续了汉魏隶书风格。其《白驹谷》字体又称"擘窠大字"或"榜书"，方笔刻成，笔墨雍容，以安静简穆为上，雄深雅健次之。据康有为《广艺舟双楫》考证，北碑名家除郑道昭外，还有寇谦之《嵩高灵庙碑》、萧显庆《孙秋生造像》、朱义章《始平公造像》、崔浩《吊比干文》、王远《石门铭》、王长儒《李仲璇修孔庙碑》、穆子容《太公吕望碑》、释仙《报德像》，各有异彩而共显北碑特征。北齐名家有张景仁、赵彦深、姚元标、韩毅、袁买奴、李超等，世宗高澄引为宾客。张景仁幼年家贫以学书为业，以工草隶选补内书生，"时后主在东宫，世祖选善书人性行淳谨者令侍书，景仁遂被引擢。小心恭慎，后主爱之，呼为博士"，后授中书监，"自苍颉以来，八体取进，一人而已"（《北齐书》卷四十四）[②]。姚元标深得崔氏家法，"北朝丧乱之余，书迹鄙陋，加以专辄造字，猥拙甚于江南。……惟有姚元标以工于楷隶，留心小学，后生师之者众。洎于齐末，秘书缮写，贤于往日者多矣"（《颜氏家训·杂艺》）[③]，收徒授学，对于书艺普及贡献较大。北周赵文渊（后避唐讳改为赵文深）、冀儁皆名家。赵文渊少年献出魏帝而遂以书名，西魏时奉命编定了一部六体书法字典。窦臮《述书赋》说："文渊、孝逸（赵孝逸），独慕前踪。至师子敬，如欲登龙。有宋齐之面貌，无孔薄之心胸。"[④]王褒自梁入周，与赵文渊互相推重。冀儁"性沉谨，善隶书，特工模写"（《周书·艺术传》），周

① 崔尔平：《广艺舟双楫注》，上海书画出版社，1981，第172页。

② 李百药：《北齐书》，中华书局，1972，第591-592页。

③ 王利器：《颜氏家训集解》，中华书局，1993，第575页。

④ 张彦远：《法书要录》，上海书画出版社，1986，第159页。

文帝宇文泰引为记室，当时碑榜多出自赵文渊和冀儁之手。王褒生于琅琊王氏家族，江陵沦陷后入西魏，被扣留不复南返，辗转入周。“识量渊通，志怀沉静。美风仪，善谈笑，博览史传，尤工属文”（《周书·王褒传》）。王褒由南至北客观是起着文化交融的标志作用，他身上的南朝书法艺术风格也随至北朝。说：“及平江陵后，王褒入关，贵游等翕然并学褒书（真草）。文深之书（楷隶）遂被遐弃。文深惭恨，形于言色。后知好尚难反，亦攻习褒书，然竟无所成，转被讥议，谓之学步邯郸焉。至于碑、榜，余人犹莫之逮。王褒亦每推先之。宫殿楼阁，皆其迹也。”（《周书·艺术传》）[①]王褒作为王氏家族的后代，把王羲之的真草传入盛行楷隶的北方，真草的自由精神，掀起贵游阶层的强烈好尚。但是，从宫殿楼阁字迹仍是赵文渊的楷隶可知，南北书风是互相交融而非替代。与南朝相比，北朝书法艺术杰作的具体作者大多无从考证，大量的碑版、墓志、塔铭、造像题记、摩崖书、幢柱石刻经、写经、札牍等不计其数，构成北朝书法艺术的总体风貌，又呈现不同的审美特点。魏碑书体的典型风格方峻严整、雄健紧密，用笔方折，棱角分明，方形横势，如著名的《龙门二十品》是龙门石窟众多造像题记中的精品，可谓魏碑正宗。《张猛龙碑》《张玄墓记》《皇甫驎墓志》《孟敬训墓志》《贾思伯碑》等更显宽博舒展，落落大方，特别是《张猛龙碑》用笔方整俊美，“结体之妙，不可思议”，“整炼方折，碑阴则流宕奇特”，开隋唐楷法先河。随着南北交融加强，《元珍墓志》《元倪墓志》《常季繁墓志》等作品在方整平正中含有端庄秀美笔态，《敬使君碑》则笔画内敛丰润而初具虞世南、褚遂良的雍容气度。东魏的《高归彦造像记》书法精致秀媚、清润温雅，被称为魏代石刻之冠，风格颇似赵孟頫书法。这些都是北朝书风新变的例证。

晋宋禅代后，南朝书法名家当中，宋有羊欣，齐有王僧虔，梁有萧子云，陈有僧智永，基本上沿着“二王”开辟的路径发展下去。陶弘景平生经历宋、齐、梁三朝，说：“比世皆高尚子敬，子敬、元常继以齐名。贵斯式略，海内非惟不复知有元常于逸少亦然。”（《与梁武帝论书启》）王献之妍媚风格在大受欢迎，风头超过乃父与钟繇，这是因为刘

① 令狐德棻：《周书》，中华书局，1971，第849页。

宋时期的书法家几乎都是王献之的传人。羊欣早随子敬而最得王体；谢灵运是王献之的外甥，也曾受业于献之；范晔和萧思话同师羊欣；王僧虔是王珣孙，曾以飞白书法在尚书省墙壁上题辞而被人视为座右铭，他的《让尚书令表》被时人看作能与从祖王献之媲美；宋文帝刘义隆“善隶书，次及行草，规模子敬，自谓不减于师”（张怀瓘《书断·中》“宋文帝”条）。众多追随王献之的书法家中，羊欣学得最像，其书迹常被人们误认为王献之作品，以至于后人描述这种现象及辨识方法：“时人云：‘买王得羊，不失所望。’今大令书中风神怯者，往往是羊也。”（张怀瓘《书断·妙品·羊欣》）刘宋后期理论家虞龢编有《羊欣书目》六卷。齐高帝萧道成亦爱好书法，“善草书，笃好不已，祖述子敬，稍乏风骨”（张怀瓘《书断·齐高帝》）。追慕献之却终有不及，这是刘宋书艺创新不足的缺憾。这种全社会“高尚子敬”而右军“不复见贵”的书法趣尚在梁武帝时降温。梁武帝好文尚古，撰《观钟繇书法十二意》，主张学钟繇：“子敬之不逮逸少，犹逸少不逮元常，学子敬者如画虎也，学元常者如画龙也。”（张彦远《法书要录》卷二）因此，萧子云“始变子敬，全法元学”，响应梁武帝号召。梁武帝对此颇为欣赏：“笔力劲骏，心手相应，巧逾杜度，美过崔寔，当与元常并驱争先。”[①]范晔后来也改攻隶篆而得盛名。然而，实际上他们学得是王羲之早年书法风格。萧子云并未见到钟书；陶弘景与梁武帝议论书法时曾提到“江东无复钟迹，常以叹息”，所以在梁武帝的引导下，王献之书风退潮，而钟繇书风并未流行，倒是王羲之书风再度兴盛起来。王羲之真迹在梁时尚多，梁武帝借助王羲之弘扬古法，大同年间（535—545年）“敕周兴嗣撰《千字文》，命殷铁石模次羲之之迹，以赐八王”（武平一《徐氏法书记》），供皇族子弟研习。王羲之书体始得再次流行。陈朝的智永是王羲之七世孙，以弘扬推广王羲之书法为毕生重任，其书《真草千字文》就是当时流行的王羲之书法范本。南朝书风总的倾向是真草并行，偏于妍媚典雅而娟秀纤弱。后期南北书风交融日盛，碑刻和帖学融通互济，崇尚自然天趣与重视法度规范并行不悖。

魏晋南北朝的书法家大多数在理论上也卓有建树，他们对书法艺术

① 姚思廉：《周书》，中华书局，1973，第515页。

进行理性反思和概括，在书法技法探讨、书法品评鉴赏、书法演变史、书法美学范畴等方面都提出了自己的见解或理论，从而使有关书法学的概念和批评范式在这个时期得以确立。书法批评理论的确立和兴盛基本上是伴随着当时的学术思潮和文学观念的发展进程，士人阶层在玄学、老庄、佛教、道教等学术思想领域的研究活动，推动了他们在书法艺术领域的思考和实践，诸如“道”“气”“本末”“形”“神”“天然”“自然”“韵味”“意”“悟”“境”“性情”等概念术语都运用到书法批评理论的构造活动中。众多书法理论著述采用文学体裁如“赋”“品”“状”体，或赞述或品评，见于“书”“表”“启”“论”体的书艺讨论也往往采用骈俪句式，或托物寓意或比兴模拟，书论与文论是并行互渗式发展的。

魏晋之际，辞赋家成公绥著有《隶书体》，卫恒著有《四书体势》，索靖著有《草书状》，对篆、隶、草等书体的美学特征予以关注和揭示，或专赞隶体之规矩有则的简易实用功能，或叙论各体发展源流，著作本身文采粲然，“传专意于君子，报款曲于人间”，从略言梗概中抉发各类书体的美妙特征。比如索靖描述草书美质：“忽班班而成章，信奇妙之焕烂，体磊落而壮丽，姿光润以璀璨。”首次拈出草书中的“壮丽”特征，并发现文字功能由模仿外物转向了抒情表意，“科斗鸟篆，类物象形；睿哲变通，意巧滋生”。又论及书法结构体式和笔意形成：“体有疏密，意有倜傥。或有飞走流注之势，惊疏峭绝之气，滔滔闲雅之容，卓荦调宕之志，百体千形，而呈其巧，岂可一概而论哉！”虽是针对草书特征而言，却从写意角度去把握书法艺术的审美属性，这是认识深化的表现。“士人们将书法创作实践与个人品格相提并论，认为书法作品之‘形’，实为人心的传神写照，使得有关书法艺术的理论探讨具有特殊的美学价值。这种具有美学理论性质的书法理论作品，正是南朝书法理论的一个重要特征。”[①]索靖尚未提出类似“书如其人”观点，但已发现书写过程中的情感表现问题，为东晋南朝的书法写意理论开辟了路径。到了东晋，据传是卫夫人著的《笔阵图》继承“类物象形”的书法美学观而提出“通灵感物”之说，意谓书写过程就是主体感知、把握和描述外

① 黄新亚：《中国魏晋南北朝艺术史》，人民出版社，1994，第131页。

物的某种本质、神韵、气象、姿态、体势的过程，例如“横”如千里阵云，隐隐然其实有形，“点”如高峰坠石，磕磕然实如崩也，“撇”是陆断犀象，“竖”是万岁枯藤，“斜勾”是百钧弩发，“横斜勾”是崩浪雷奔，“横折勾”是劲弩筋节，象形意味颇为浓厚。但《笔阵图》更大的创新点是具体地谈论笔法和意念的关系：“有心急而执笔缓者，有心缓而执笔急者。若执笔近而不能紧者，心手不齐，意后笔前者败；若执笔远而急，意前笔后者胜。”强调在处理写意和法度关系时“意前笔后”的重要性，实是直探书法艺术的写意本质。王羲之的数篇书论文章进一步强调书法写意特征，“顷得书，意转深，点画之间皆有意，自有言所不尽”（《晋王右军自论书》）；“子敬飞白大有意”（虞和《论书表》引）；“飞白不能乃佳，意乃笃好”（《飞白不能帖》）；“夫欲书者，先乾研墨，凝神静思”（《题卫夫人〈笔阵图〉后》）。王羲之对“意”的强调已超过卫夫人，美学趣尚已真正由象形转到写意上了，其所谓“意”已有神思之义，神思即形象，而形象是客观物象和主观精神的水乳交融。“阳气明则华壁立，阴气太则风神生”、“力圆则润”（《记白云先生书诀》），“含文抱质”（《用笔赋》），王羲之从实践到理论构建起了兼营丹采和风力的“中和谐美”的书法美学观念。

晋宋间的羊欣在创作上追效王献之，撰成《采古来能书人名》，收集著录的书法家上至秦李斯、赵高，下及东晋王献之、王珉，凡六十九人，介绍朝代、郡望、姓名、官职、擅长书体等，逐条进行陈述、记录，杂以评论，记叙比较简约，后来王僧虔根据羊欣本增加书法纪事，进呈给齐太祖萧道成。这份名单相当于一条书法发展简史，勾勒了书坛名家风格渊源递的变情况。虞龢《论书表》史论结合，专叙“二王”书事，品题宫中秘笈和征集而来的法书优秀作品，交代当时所藏钟繇、王羲之、王献之和羊欣的卷数、字数、编次及拓书情况等，旁及纸墨，夹叙夹议，在述评中体现论者的史识和见解。专门的批评论著则有袁昂《古今书评》，陶弘景《与梁武帝论书启》，庾肩吾《书品》，萧衍《观钟繇书法十二意》《草书状》《与陶弘景论书》，江式《求撰集古今文字表》，王愔《古今文字志目》等，其中王僧虔的《论书》《笔意赞》《书赋》等书论文章的出现，可谓书法美学思想已接近成熟了。

王僧虔（426—485年）是王羲之四世孙，书承祖法，《齐书》本传记载："僧虔善隶楷书，宋文帝见其书素扇，叹曰：非惟迹逾子敬，方当器雅过之。"张怀瓘《书断》亦赞称："祖述小王，尤尚古直，若溪涧含冰，冈峦被雪，虽极清肃，而寡于风味。"窦臮《述书赋》评其书迹："致丰富，得能失刚。鼓怒骏爽，阻负任强。然而神高气全，耿介锋芒，发卷伸纸，满目辉光。"观其墨迹《王琰帖》（又名《太子舍人帖》），确乎不愧祖法，将王氏风格完满发挥，梁武帝借用袁昂《古今书评》评王羲之语，说："僧虔书如王、谢子弟，纵复不端正，奕奕有一种风流气骨。"（《古今书人优劣评》）梁武帝的推崇是没有刻意抬高的，评价恰如其分。王僧虔在书法史的价值更在于其理论贡献。先看其《书赋》："情凭虚而测有，思沿想而图空。心经于则，目像其容。手以心麾，毫以手从。风摇挺气，妍靡深功。尔其隶明敏婉，蠖绚茜趋。将摛文匪缛，托韵笙簧。仪春等爱，丽景依光。沉若云郁，轻若蝉扬。稠必昂萃，约实箕张。垂端整曲，裁邪制方。或具美于片巧，或双兢于两伤。形绵靡而多态，气陵厉其如芒。故其委貌也必妍，献体也贵壮。迹乘规而骋势，志循检而怀放。"[①]这篇短文的行文风格和句式与陆机的《文赋》颇为相似，以赋的体式表达书法见解，涉及若干基本理论问题：一是指出书写要素包括主体、媒介、作品，并概括了三者之间的关系，强调情思的主导作用，主体情思物化为形象就是书法创作，或者说隐微的心态转化为字体就是书法创作的过程；二是谈论主体在创作过程中的心理活动状态，包括结体布局的构思、运笔时的心手相应、凝聚于线条墨色的情感，首次引进魏晋玄学中"有""无"概念，给作品形式灌注生命气息，作品才能"风摇挺气"，即气韵生动起来；三是对书法形态的艺术哲学化的辩证思考，他认识到美的呈现具有多样性，绵靡多态者多以字形体现，陵厉如芒者多以行气体现，但均须适度，即乘规骋势和循检怀放。虽只有百来字，但"其视野由形态的层面升华到理性的抽象，不仅代表了魏晋南朝书学的最高成就，而且是孙过庭《书谱》的前导"[②]。齐梁时期的思想界对"形神之辨"问题的探讨，既伴随着南朝佛学兴盛过程，也与文学、艺术、哲学、美学等互相呼应。王僧虔也在这个问题上提出其书法美学的基本观点："书之妙道，神彩为上，形质

① 欧阳询：《艺文类聚》，上海古籍出版社，1982，第1267页。

② 刘涛：《秦汉魏晋南北朝书法史》，江苏教育出版社，2002，第328页。

次之，兼之者方可绍于古人。以斯言之，岂易多得？必使心忘于笔，手忘于书，心手达情，书不忘想，是谓求之不得，考之即彰。”（《笔意赞》）[①]王僧虔认为书法美学包含“形质”和“神彩”两个方面，两者以“神彩为上”，但理想状态是两者兼备。所谓“形质”，大致指类物象形的字体、用笔法度，一种直观感性的实体形式。所谓“神彩”，则指突破有限实体形式而进入无限审美境界的精神气度。简言之，形质是字体的外在形状，神彩是精神内涵。要做到形神兼具，就得以心为本，以意为主，力求做到心手相应。实际上，心手达情应该是书法艺术的重要功能，若实现了心手两忘而笔意默契，则获得一种象外之致和韵外之旨，抵达中和的美学境界。换一种说法，就是“骨丰肉润，入妙通灵”。“骨丰肉润”是对艺术结构的要求，包容了象形和写意、优美和壮美等书法形态。所以，王僧虔虽然是主学王献之，却并不独遵妍媚风格，这种兼容并包的胸怀体现在他的《论书》一文。其文叙史和评论结合，上自汉魏张芝、钟繇，下迄南朝刘宋孔琳之等三十八位书法家，都各作介绍和评议，“序古善书人，评议无不至当”（《法书要录》）。在此文里，他说萧思话“全法羊欣，风流趣好，殆当不减，而笔力恨弱”；说谢综“书法有力，恨少媚好”；说孔琳之书“放纵快利，笔道流便，二王后略无其比，但工夫少，自任过，未得尽其妙”。风流、笔力、妍媚、放纵、功夫、天然等书法的表现技巧或审美风格，王僧虔尽量全面照顾，体现其理论的开阔性和包容性。

庾肩吾（487—551年）是南阳新野人，世居江陵，曾受命抄撰众籍，丰其果馔，号为高斋学士。他是文学家和书法家，著有《书品》，叙述书法源流演变，评论历代书法家艺术特色，其理论价值颇受后人重视。“品”是一种独特的文化现象，渊源可能由《论语》把人分为“上智”“中人”“下愚”三种，再到《汉书》以善恶道德标准制“九品”《古今人表》；近源由汉代人物品评制度和风气发展而来，曹魏创立九品中正制用于政治人才的选拔则提供一种品第等级模式。后来，品第法由人的家世和道德政治才能转为才性气质、风貌格调及其相应能力等，即转向人的精神世界，而审美创作是一种精神活动，理所当然地成为品评

① 王原祁等辑：《御定佩文斋书画谱》，摛藻堂四库全书荟要本，第17页。

内容和对象。沈约《棋品》、钟嵘《诗品》、谢赫《古画品录》和庾肩吾《书品》等就是响应这种文化现象的产物，其基本模式大概分三部分：一论作者之品第高下，二论作品风格源流根系，三以拟象法描述作品的美感类型，唤起人们的审美共通感。羊欣、王僧虔、袁昂等所列书法史人物表积累了丰富的品评经验，庾肩吾在此基础上将九品法引入书法艺术批评，说："余自少迄长，留心兹艺，敏手谢于临池，锐意同于削板。而蕺山之扇，竟未增钱；凌云之台，无因诫子。求诸故迹，或有浅深，辄删善草隶者一百二十八人，伯英以称圣居首，法高以追骏处末。推能相越，小例而九，引类相附，大等而三，复为略论，总名《书品》。"[①]庾肩吾论书已经开始讨论创作主体之"才性"和"学力"、"天才"和"苦功"的关系问题。在他看来，"工夫"很重要，可能通过积学、苦学得到"学力"的提升；但"天然"更受推崇，这是一种艺术创造的才性禀赋的体现，不可勉强而得之。故有如是说法："张工夫第一，天然次之；衣帛先书，称为草圣。钟天然第一，工夫次之；妙尽许昌之碑，穷极邺下之牍。王工夫不及张，天然过之；天然不及钟，工夫过之。"[②]综合考虑，张芝、钟繇、王羲之均被列上上品阶。字里行间透露出庾肩吾对"天然"的理解：任其自然。在他看来，任其自然优越于苦心勤学，因为它变化无穷，能够因时而新变："或横牵竖掣，或浓点轻拂，或将放而更流，或因挑而还置，敏思藏于胸中，巧态发于毫铦。詹尹端策，故以迷其变化；《英》《韶》倾耳，尤以察其音声。殆善射之不注，妙斲轮之不传。是以鹰爪含利，出彼兔毫；龙管润霜，游兹虿尾，学者鲜能具体，窥者罕得其门。若探妙测深，尽形得势；烟花落纸，将动风采。带字欲飞，疑神化之所为，非世人之所学。"[③]正是执此品评标准，庾肩吾论书不避人事，坚持艺术至上，坚持审美居先，体现了一位批评家的艺术自觉性。正如文学批评的发展方向，后世书法艺术之主体论也基本沿着才性和学力两条路径展开；也正如文学批评界构建了一个品秩井然的文人等级社会，书法批评界自引也构建了一个模拟社会化的等级秩序。这里包含庾肩吾等批评家的开创和实践之功。中国书法在从实践到批评再到理论，为魏晋南北朝的士人阶层开辟了一片精神的自由空

① 张彦远：《法书要录》，上海书画出版社，1986，第51页。

② 张彦远：《法书要录》，上海书画出版社，1986，第52页。

③ 张彦远：《法书要录》，上海书画出版社，1986，第51-52页。

间，也为南北社会文化交融提供了一个彼此认同和欣赏的符号载体，这应该说是颇具审美文化史的重要意义。

结　语

魏晋南北朝士人精神的多层面呈现

宗族体制的社会功能在魏晋南北朝时期很强大，依赖父系血缘纽带发挥着凝聚协调、群居教育、自治防御功能以及辅助发挥国家职能。士族阶层为保持其特权地位，形成一整套严密的观念结构，设置阶层流通壁垒；但由于真正的世家大族数量并不多，士庶界线主要在宗族内部严格区分，而在宗族之间较为宽松。此期篡位禅代频繁，以门户利益为先的宗族观念和发展策略，支配着家庭及其成员的个体发展志趣；家庭教育和门风建设是家庭生活的重要组成部分，远甚于朝政大事，成为士族门第和高贵气质的文化表征。在社会动荡而生计维艰的情况下，现实理性的奋斗并不能完全保证家族经久兴盛，人们需要神秘力量的支撑和超越现实的精神寄寓，各类宗教及方术由此渗透到魏晋南北朝家庭生活之中并构成一种精神信仰系统。

魏晋时期士人阶层重视经纶世务，既有实现个体生命价值的考量，也包含争取宗族利益最大化和恒久化的习惯，接近政治权力核心是其突出体现；而贵清虚的姿态实则为一种低调的文化炫耀，通过玄谈举止的文化活动架构起来。何晏、王衍、谢安的精神气质和政治人格的两重性，代表了魏晋以降士人阶层既重世务又贵清虚的政治哲学。魏晋士人既在学术思想方面构造了一个才性与玄理兼备的清虚世界，也在事功世务方面构造了一个成败荣辱交织的人生图谱。他们有意地疏离或者无心地卷进政治场域，精神世界充满着矛盾性和丰富性，其理论和实践、才性和玄理、德行和福配之间的关系亦须作出更多同情式的历史诠释。

魏晋士人阶层通过辨名析理，规范人生的行动指南，呈现出异彩缤纷的生命气质和心灵境界；但言论和行动、信仰和实践之间的悖谬性及复杂性，使其游移于情礼困境而难以自拔。情与礼的关系如何实现动态平衡，落实在名教与自然之辨的所持立场。正始名士通过本体论的玄理探讨来设计政治制度，其人生哲学的政治寓意颇强。竹林名士在情礼困境中努力超越政治场域，在批判精神中保存独立精神，张扬人生最高价值的自觉追求。而崇有论和独化论的人生哲学主张适性逍遥，旨在调和兼综名教与自然的关系，但在社会乱局中失去精神的超越性。大致说来，魏晋士人阶层的人生哲学由现实功利性的诉求演变为精神超越性的追求，而其精神世界的侧重面由政治气质的培育转向审美境界的涵养。

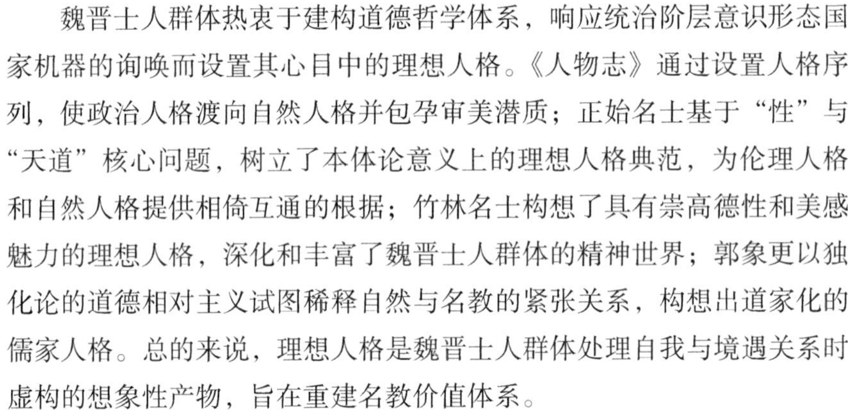

魏晋士人群体热衷于建构道德哲学体系，响应统治阶层意识形态国家机器的询唤而设置其心目中的理想人格。《人物志》通过设置人格序列，使政治人格渡向自然人格并包孕审美潜质；正始名士基于“性”与“天道”核心问题，树立了本体论意义上的理想人格典范，为伦理人格和自然人格提供相倚互通的根据；竹林名士构想了具有崇高德性和美感魅力的理想人格，深化和丰富了魏晋士人群体的精神世界；郭象更以独化论的道德相对主义试图稀释自然与名教的紧张关系，构想出道家化的儒家人格。总的来说，理想人格是魏晋士人群体处理自我与境遇关系时虚构的想象性产物，旨在重建名教价值体系。

西晋“身名俱泰”的价值共识带动审美风尚的蔚起，而审美风尚所呈现的独立超拔意识丰富了士人阶层的精神世界。东晋偏安后，士人的理想人格消磨了自然与名教之间的冲突和焦虑：审美意趣在话语实践中泯灭了本体和现象的差别，建立了“物我俱一”的物我关系模型；儒家的清高气节、道家的虚静胸怀、佛家的性空清净，成为士人化解现实苦难的途径。在士人群体的精神世界，形式美和神韵美得到巧妙汇通；对真和美的价值询唤，游离出偏善的观念传统。

魏晋南北朝的社会品评有其独有的文化传统和运行机制，构造了此时期文艺批评理论的特征和范型。社会品评对象随着时序发生功能移转，经由道德素养移至政治清议再转向审美旨趣；文艺批评体系随之体现出拟社会化特征，文艺批评的客体论和主体论也初建起来。社会品评范畴由雄壮美转为秀丽美，突出“神”优于“形”的品藻观念；而文艺批评重视“神韵”的体悟和判断，也不忽略“形美”的巧构和发掘，实现两者的有机融通。此期的文艺批评活动借鉴社会品评之“取象比类”思维方式，形成具体的“比兴象喻”批评法，并分流出重视感性审美体验的《诗品》“直寻”模式与追求客观公正效果的《文心雕龙》“妙鉴”模式。

书法艺术在魏晋南北朝时期达到了全面的成熟，形成了富有时代特色的审美旨趣：书体的结构程式和法度标准业已确立；书法家族群兴盛，促进主体精神在书法形式符号群的渗透，确定了尚韵重意的审美趋向；“南帖北碑”的书风新变和差异，也随着同质化竞争进程而实现异趣融通。此时期的书法理论经籍开始进行理性反思和概括，在技法探讨、品评鉴赏、演变史、美学范畴等核心议题方面形成了诸多美学主张，使书法艺术学的概念和批评范式基本成型。从创作实践到批评理论建设，魏晋南北朝的书法艺术开辟了一片自由的精神空间，也为南北文化交流提供了一个彼此认同和欣赏的符号载体，这具有审美文化史的重要意义。

跋

接触魏晋人物名字，似乎始自语文课本，最早的当属陶渊明。从《归去来兮辞》《桃花源记》《五柳先生传》《归园田居》等篇目里，初步感知了陶渊明的历史形象。抚卷摩挲之余，感叹其真诚地面对世俗生活，任性地对待体制工作，美好地虚构精神家园。那种“悠然见南山”的姿式，那份“带月荷锄归”的充实，那个“不求甚解”的自信，那泓“纵浪大化中”的深沉，那缕“逶迤过千城”的刚气，还有那身“托体同山阿”的洒脱，都把我迷住了，就像也迷住不知其数的别人一样。后来陆续知晓魏晋其他人物，又从鲁迅先生那里获知“魏晋风度”的概念。原来陶渊明并不寂寞，魏晋时期有个同类群体，具体成员或先或后，或独行或结伴，他们共同形塑了魏晋名士风流。他们对官宦、学者、文人、俗民的身份游移，对形而上问题的玄理对诤，对名教和自然关系的践履表态，对器物恋癖行为的超越，对重情爱美观念的高蹈，对宗族利益的营营追逐，对命运际遇的释怀，统合成这个特别时期的全息影像，给历史留下一张精神名片和一种人格品牌，遥应无数后人的效仿追随。

至于步入研究轨道，大概萌芽于阅读《世说新语》的过程。刘宋时期的刘义庆用一千多则记录，分德行、言语、政事、文学、方正、雅量等三十六类别，记述自汉末到刘宋时的名士遗闻轶事；齐梁时期的刘孝标作注加以丰富，共同建构了魏晋士人阶层的历史群像。可以说，后人对魏晋士人风范的印象、接受和理解，主要源自南朝人的文学性图谱。也就是说，南朝人眼中的魏晋名士风流群像，基本上固化了此后历代人们的认知模板。南朝人的塑造活动，一方面很好地凝练了魏晋士人风采的特征，弘传了这个可亲可爱又可笑可悲的精神标识；另一方面放大了魏晋士人群体“越名教而任自然”的审美形象，淡化了这个群体在实际历史境遇中的精神实质。若要接近历史真实的魏晋士人群像，就不能仅凭以《世说新语》为代表的笔记叙述，还得参照更多史书文献，如《后汉书》《三国志》《魏书》《晋书》《华阳国志》《宋书》《南齐书》《梁书》等，如此察悉魏晋人物言行的矛盾裂缝，方能更好地理解人物形象的丰盈性和复杂性，体现阐释史的叠代融合。

阅读若干文献后，好奇心顿起。但彼时兴趣更在明代文人的精神世界，特别是在中华书局出版了一本普及性小册子之后，拟花若干年磕一磕明代文人的休闲生活理念。后逢机缘，承担教育部重点研究基地北京师范大学文艺学研究中心重大项目“魏晋南北朝文艺思想通史”的部分研究任务。但身心好像一下子沉重起来，担心自己学识浅薄拖后腿。在师长鼓励下，硬着头皮转而沉浸到魏晋南北朝的文艺思想领域。断断续续多年过去，勉强完成任务。囿于学术能力，整个研究过程较为艰苦，自己的性情好尚与生活状态没有体现丝毫魏晋风度，这隐约有点反讽意味。其实也好理解，名士风流不是单凭特立独行就能造就，而是需要足够坚实强大的政治资本、文化资本和经济资本来支撑。不过，在研究过程中，对魏晋士人精神的理解还是有所加深，丰富了感性层面的细节认知，扩容了理性层面的一些辨思。此后，就从“文化互文”视角，进一步观察魏晋士人精神在宗族文化教育、政治场域实践、人生哲学态度、道德人格理想、文艺批评机制、审美创造理念等方面的互文呈现，试图在不同文本的互文指涉中，寻绎不同时段的传续与变异，说明士人精神复杂和矛盾的发生逻辑。

再谈些感想略作补记。通过研阅各类文献而互相参鉴，我后知后觉历史真的有表层结构和深层结构。比如嵇康的《与山巨源绝交书》，表面看来，好像是嵇康坚守“放任自然”原则而拒绝山涛的荐举，并表示对山涛投靠新政治势力的蔑视，给世人留下高洁气节的伟岸身影。我曾经被这种傲然坚贞精神感动不已。然而，将多种文献互文研阅后，感受不那么单纯了。“其意如此，既以解足下，并以为别。”既然绝交了，嵇康后来为什么还要托孤给山涛？“山公尚在，汝不孤矣！”嵇康在慷慨赴难之前对儿子嵇绍的嘱咐声，说明正气凛然而斩钉截铁的绝交之语，未必不是在政治上保护好友，给家人留条后路，也未必不是对“己所不欲，勿施于人”儒家观念的践行。毕竟历史的洪流绝非个体的抗争可以扭转，嵇康可以选择自己的道路，塑造自己的历史形象，却不愿绑架亲友选择同样的道路。这样的嵇康形象，想必更具有生活的真实性。

又如魏晋名士竞逐食色财货，秽杂无检节，群居谑戏，嗜痂恋物，这些行径为什么被历代文化人艳称为“名士风流”呢？石崇劫掠聚敛巨财，邀狐朋狗友弄出金谷园雅集，而观其《思归引》自叙，仿佛比陶渊明更清高脱俗，岂不怪诞？再如郭璞，他比刘琨年轻几岁，但恃才自负更甚；自负的底气来自家族势位，这份底气又助他遍注经典，学问精进，已然远超刘琨。在声色方面，郭璞同样胜过刘琨，对自己不检点的行为很是坦然，且发展出哲学辩词；文艺才华稍逊刘琨，却也不差，其游仙诗远续楚骚，近承建安、元康，把游仙诗这个文学类型推向了顶峰。郭璞精通易理卜筮等道术和堪舆法，对时势的把握比刘琨更有洞察力，早早逃到南方游山玩水、求仙，兼及躲避北方战乱；对政治较为淡漠，可惜政治不淡漠他，最后还弄死了他。可见，一个人无论如何精通道术，都无法预测自己的命运与归宿，这大概是精英和庸众共同的人生法则。而刘琨呢？他是集文学家、音乐家、书法家身份于一体的政治家，境界高出一般政客许多；他与祖逖闻鸡起舞、击楫中流，追求辉煌人生，说明文人从政也能创造忧世济民的伟业，其历史深远影响自不待言。但正史在流传中常会选择性地遮掩人物的负能量，而突出其正能量；人们只记住了身为奋斗榜样的刘琨，遗忘了“素豪奢、嗜声色”的刘琨；正史记载刘琨略施技艺，只是登楼清啸、夜吹胡笳，便使围城贼兵凄然长叹、流涕遁走。这个“吹”法，是用来证明文艺乃“经国大业”“不朽盛事”吗？这颇令我困惑。

携持景仰和困惑的心态，撰写了这么一本识见粗砺浅薄的书稿，诚惶诚恐，就当是几年阅读经历的小结吧。感谢《人文论丛》《兰州学刊》《中国文学研究》《新疆大学学报》《国学》《中国美学研究》《极目》《理论学刊》等刊物辟出版面，发表部分文字内容。感谢兰州大学出版社接纳书稿并将之出版印行，编辑梁建萍老师严谨认真、热心细致，修正了不少文字内容的硬伤，令我感佩。学力局限，深感有负师友的扶助和宽容，乞允后续努力精进。

张文浩　于四川自贡

2023年12月25日